诗性正义
当代西班牙内战小说中的历史与记忆

邹萍——著

复旦大学出版社

目 录

绪 论   001

上篇 概 观

第一章 历史的记忆书写   019
  第一节 历史与记忆的关系   020
  第二节 从集体记忆到"记忆之场"   029
  第三节 文化记忆与记忆的文学再现   039

第二章 西班牙内战的记忆书写   057
  第一节 西班牙内战的历史与记忆   058
  第二节 记忆"爆炸"与记忆危机   075
  第三节 内战记忆小说的概念界定与再现模式   089

下篇 见 证

第三章 记忆书写的伦理意义   111
  第一节 概述   111
  第二节 《我现在诉说的名字》中的叙事艺术与伦理向度   115
  第三节 《盲目的向日葵》中的记忆书写与伦理意义   132

第四章 记忆书写与空间   148
  第一节 概述   148

第二节　《波兰骑士》中的记忆书写与时空隐喻　　153
　　第三节　《冰冷的心》中的家族空间与民族纪事　　170

第五章　记忆与媒介　　190
　　第一节　概述　　190
　　第二节　看见记忆的风景：《月色狼影》中的自然景观与历史书写　　196
　　第三节　听见记忆的声音：《沉睡的声音》中的听觉叙事　　214

第六章　记忆书写的"跨界"　　239
　　第一节　概述　　239
　　第二节　记忆的"侦探"——《萨拉米斯士兵》中的叙事策略　　244
　　第三节　侦探的游戏、历史的迷局 ——《邪恶的人四处行走》中的隐性进程　　259

第七章　记忆的解构　　274
　　第一节　概述　　274
　　第二节　"坏记忆"？"好记忆"？——《又一本该死的内战小说！》中的解构与建构　　279
　　第三节　元小说的迷宫游戏——《昨日无用》中的戏仿与真诚　　296

结　语　　312

参考文献　　321
后　记　　348

绪　论

自20世纪80年代以来,"记忆"研究在哲学、历史学、社会学、文学、心理学等不同学科,甚至是绘画、音乐、雕塑等艺术领域不断升温,直至形成一个巨大的场域,吸引着各类问题和不同学科经由记忆在此交汇、聚合、碰撞。今天,记忆研究俨然已经成为最为热门的跨学科命题之一。

这或许并不意外,在古希腊神话里,"记忆"就被描述成一个神秘且强大的形象——记忆女神摩涅莫绪涅(Mnemosyne),她与宙斯结合,诞下了包括掌管着英雄史诗的卡利俄佩(Calliope)、历史女神克利俄(Clio)等9位女神。这不仅彰显了记忆在古希腊文化中至高至上的地位,更生动形象地展示了记忆与作为整体的文化,尤其是记忆、历史、与叙事之间由于同源共生而天然具备的亲密关系。的确,在历史于19世纪成为一门独立学科之前,英雄史诗、口述记忆一直是历史的同义词。历史是我们获得有关过去知识的重要途径,记忆也同样让我们向过去频频回首,正如雅斯贝斯(Karl Jaspers, 1883—1969)指出的:"对于我们来说,历史是记忆。我们不仅懂得记忆,而且还根据它生活。如果我们不想化为虚无,而想获得部分人性的话,历史就是奠定了的基础,我们继续受它束缚。"[①]应当说,历史与记忆之间既彼此依赖,又有着立场和视域的区别,这或许就是为什么无论是将历史和记忆等同起来,还是将它们区别看待,都有可能成为争论焦点的原因。

[①] [德]雅斯贝斯:《历史的起源与目标》,魏楚雄等译,北京:华夏出版社,1989年,第265页。

但毋庸置疑的是,围绕着二者关系的讨论丰富了史学研究的内涵,凸显了记忆,尤其是个人记忆对于人们了解过去、反思自身,以及审视历史的重要作用和意义。在今天,口述记忆、日记本、私人照片、家族往事等已经成为史学研究领域的重要依据。"历史—记忆"关系的讨论也逐渐成为一个多元开放的问题空间,有人批判地将它们的关系对立起来,认为历史是"抽象的、总体化的、死亡的",而记忆是"个别的、有意义的、活着的"[①];也有人在二者交互变化的关系中,不断思考和开拓新的研究命题和阐释方法。

现代意义上将"记忆"研究向前推进了一大步的,是法国社会学家莫里斯·哈布瓦赫(Maurice Halbwachs,1877—1945)。20世纪20年代,他开创性地提出"集体记忆"的理论,阐释了"记忆的社会框架"的概念,论证了个人记忆必然受到不同社会文化语境的作用和形构。在历史与记忆的关系问题上,哈布瓦赫主张将二者区别看待,以凸显集体记忆对于一个群体身份延续的重要性。哈布瓦赫的"集体记忆"理论研究将记忆从精神、心理层面带入到社会层面,对于20世纪八九十年代在法国兴起的"记忆之场"的研究,以及扬·阿斯曼夫妇提出的"文化记忆"理论都具有奠基性的意义。前者将自己置身历史与记忆的间隙之中,后者则打通历史与记忆间的壁垒,将其看作具体社会文化语境下的不同记忆的模式。总之,有关记忆的命题与讨论离不开"历史—记忆"这一对双重变量自身以及彼此之间的关系探讨。

应该说,"记忆"研究在西方社会的兴起与20世纪复杂曲折的历史进程不无关系。两次世界大战、原子弹、集中营、独裁、流亡、冷战、越南战争……在人类文明经历着摧毁性的灾难和创伤之时,人们开始重新审视历史的发展变化,尝试寻求新的解释。因为"自从启蒙运动

---

① Maurice Halbwachs: *The Collective Memory*. New York: Harper Colophon Books, 1980, p.78.

以来西方社会所依靠的那些乐观的假设受到了挑战,他们对科学、进步和现代性的信仰从20世纪60年代以后已经极大地动摇了。所有这一切都表现在历史编撰学的方法上"①。换言之,人们意识到历史的发展并非总是线性地向前,科学和理性也并不能为所有问题找到解决方法,这时回首过去就成为必然。史学研究的范畴也因此延伸至那些非理性的、情感的、小写的、微观的历史和记忆。在这样的必然之下,推动了这场记忆热潮兴起的另一个偶然原因,是1961年令全世界瞩目的艾希曼(Eichmann)大审判,这场审判带来的争议和对大屠杀事件(Holocaust)的挑战,让人们意识到大屠杀的幸存者和见证人正在不断减少,要使这一历史事件获得公正的评判,首先要让它不被遗忘。记忆于是成为历史的"支点"②。

不难发现,此时成为公共话语聚焦点的"记忆",一方面,以受害者的记忆、苦难记忆、创伤记忆为主要内涵;另一方面,则以记忆与见证,记忆与认同,记忆与伦理,记忆与民族同一性建构等因素之间的密切关联为重要外延,这也构成了20世纪末期记忆研究的一大特点。在法国,大革命、"一战"等造成的创伤深深印刻在人们的记忆里,而法国的历史研究传统是将历史与政治、与意识形态紧密挂钩,同时高举"科学"和"实证"的大旗。③ 官方历史对一些创伤和问题的刻意回避,逐渐引起公众的不满。如何正确认识和评判自己民族的历史,成为包括哲学家、历史学家、文学家等在内的众多民众共同关注的问题。他们在不同领域对此进行着探索和回应,其中影响最大的莫过于史学家皮

---

① [美]伊格尔斯:《二十世纪的历史学——从科学的客观性到后现代的挑战》,何兆武译,沈阳:辽宁教育出版社,2003年,第3页。
② [法]雅克·勒高夫:《历史与记忆》,方仁杰、倪复生译,北京:中国人民大学出版社,2010年,第108页。
③ 沈坚:《记忆与历史的博弈:法国记忆史的建构》,载《中国社会科学》2010年第3期,第207页。

埃尔·诺拉(Pierre Nora, 1931—)提出的"记忆之场"的概念,希望"通过碎化的和独立的'记忆场所'研究来破除民族神话,颠覆神圣化的法国史,对抗纪念式的历史"①,重塑法国人民的民族史观。"记忆之场"不仅强化了记忆与空间之间的联系,更将传统历史主义的视角转向了记忆的视角。随着诺拉和"记忆之场"的影响力的扩大,7卷本的《记忆之场》也已经成为法国人民建构民族认同的"场所"。记忆在史学研究中的地位划时代地来到前所未有的高度。

在德国,阿斯曼夫妇发展提出"文化记忆"理论。作为对哈布瓦赫的批判式继承,他们区分出"交往记忆"和"文化记忆",前者的保存时效较短,大约在八十年即三代人左右。因而如果仅凭"交往记忆"或者说日常记忆,那么随着见证者的不断离世,历史被世人所遗忘势必无法避免。但"文化记忆"则不然,它可以通过有效稳定的文化形式——档案、仪式、纪念碑等,以及专业的机构和人员,将这段记忆在人类历史进程中保存、固化下来。不仅如此,正如上文已经提及的,文化记忆打通了"记忆"和"历史"的壁垒,"神话和历史的区别消失了",在文化记忆的视阈下,"重要的不是过去本身,不是考古学家和历史学家们调查、重构出来的那种过去,而仅仅是被记住的那种过去"②,因此文化记忆尽管也回望过去,但更加关注过去如何对当下产生意义和作用,即记忆的认同功能。

1995年,在《集体记忆与文化身份》一文中,扬·阿斯曼总结了"文化记忆"所具有的六大特征:第一,"'身份固化'或群体关系"("the concretion of identity" or the relation to the group),文化记忆储存知识,一个群体从中获取关于自己的整体性和独特性意识;第二,"重

---

① 沈坚:《记忆与历史的博弈:法国记忆史的建构》,载《中国社会科学》2010年第3期,第216页。
② [德]扬·阿斯曼:《交往记忆与文化记忆》,载[德]阿斯特莉特·埃尔、安斯加尔·纽宁主编:《文化记忆研究指南》,李恭忠、李霞译,南京:南京大学出版社,2021年,第142页。

构能力"(capacity to reconstruct),记忆无法将过去一成不变地保存下来,被保留的是每个时代的社会在其当代的参照框架中能够重构的东西,文化记忆则从当下通过重构来发挥作用;第三,"形构"(formation),文化记忆以稳定的形式——语言、图像或是制度化的仪式,将知识固化下来,然后以社会遗产的形式进行传播;第四,"组织"(organization),文化记忆通过规范化、机构化的庆典以及专业的人员来进行专门的记忆实践;第五,"义务"(obligation),文化记忆拥有明确的意义和价值体系;第六,"反思性"(reflexivity),文化记忆具有反思的能力,包括对个人自身或对集体进行反思。[①] 这六大特点,即文化记忆与身份认同、象征与文化记忆、文化参与者的责任、记忆的反思义务,记忆与价值取向的关系等,实际上构成了"文化记忆"理论框架下,记忆运行机制的几个重要环节。只有通过彼此之间的有机联动,才能使"包含某特定时代、特定社会所特有的、可以反复使用的文本系统、意向系统、仪式系统"[②]的整个"文化记忆"体系有组织地运转,使历史和文化在世代交替中获得稳定性和连贯性。

显而易见,无论"集体记忆"理论、"记忆之场",还是"文化记忆"机制,都将记忆的社会属性,即记忆如何在群体的交互中发挥功能、实现价值视为核心问题,而达成这一目标的前提就是记忆的再现和表征。哈布瓦赫在论及语言和记忆的关系时,以罹患失语症的人为例,认为他们由于丧失了语言交流能力,切断了个人记忆与集体记忆的交换通道,导致记忆的社会框架"损毁变形",最终造成他们的"记忆的领

[①] Jan Assmann: "Collective Memory and Cultural Identity", in *New German Critique*, n°.65, *Cultural History/Cultural Studies* (Spring — Summer), 1995, pp.130-132.
[②] [德]扬·阿斯曼:《集体记忆与文化身份》,陶东风译,载陶东风、周宪主编:《文化研究》(第11辑),北京:社会科学文献出版社,2011年,第3—4页。

地都非常典型地变小了"。① 也就是说,"回忆是在与他人及他们的回忆的语言交流中构建的。我们回忆许多我们能找到机会去讲述的东西"。② "讲述"是一种语言符号的编码,不仅能够存储记忆,更能够通过"重复"③巩固记忆,使其在当下的文化意义系统中始终保持在场。

文学文本以其强大的语言建构能力,在记忆的塑造、存储和流通方面,发挥着重要作用。虚构真实、制造记忆是作家们的合法特权,通过巧妙的语言修辞,文学文本能够"塑造某种关于过去的集体想象"④,并且那些经典、优秀的文学文本所生产出的携带共情能力的想象,无论是在保存时间和传播范围方面,抑或是在对人们潜在记忆的触动和激发上,都表现出比其他记忆媒介更为卓越的优势。这一点在民族创伤记忆的再现上尤显突出,我们经常见到,那些无法经由正常官方渠道得到表征的历史事件,通过文学创作变得鲜活而真实。于是,阿斯特莉特·埃尔(Astrid Erll)以战争小说的构造为例,总结出四种文学对记忆的再现模式。第一种是以第一人称叙事、意识流、保留方言特色等叙述方法,来模拟真实记忆效果的体验型战争小说;第二种是以神话或圣经中的故事为原型,通过隐喻、象征、互文指涉等手法来再现某一历史事件的神话型;第三是通过对叙事视角的选择,将与自己冲突的记忆文化的成员所表达的版本,解构为虚假的对抗型战争小说;以及通过上述三种、或其他模式建构过去的同时,对这一再现过程展开批判性反思的反思型小说。⑤ 埃尔经由对文本与集体记忆之间

---

① [法]莫里斯·哈布瓦赫:《论集体记忆》,毕然、郭金华译,上海:上海人民出版社,2002年,第76页。
② [德]阿莱达·阿斯曼:《回忆的真实性》,王杨译,载[德]阿斯特莉特·埃尔、冯亚琳主编:《文化记忆理论读本》,北京:北京大学出版社,2012年,第149页。
③ 同上。
④ [德]阿斯特莉特·埃尔:《文学、电影与文化记忆的媒介性》,载[德]阿斯特莉特·埃尔、安斯加尔·纽宁主编:《文化记忆研究指南》,李恭忠、李霞译,第389页。
⑤ 同上书,第485—487页。

的互动和转换的剖析，证明通过一定的艺术创作过程，小说可以同时成为文化记忆的对象和媒介。而如何成为以及为什么能够成为这样的记忆媒介或对象，也是我们在本书中始终关注的重点。

对于同样在近代史上经历了巨大战争创伤的西班牙来说，自20世纪末持续到现在的历史记忆的追溯热潮更多地体现在文化层面。作为欧洲大陆上唯一在"二战"后建立了法西斯政权的国家，长期以来，西班牙社会都在集体履行着所谓的"沉默契约"①。佛朗哥政府在1939年至1975年的独裁统治，迫使"沉默"和"遗忘"成为人们的一种生活方式，或曰生存方式。官方历史对记忆的改写、严苛的文化审查，让经历过的和未曾亲历的西班牙人，都极难触碰到这场战争的真实模样。直到20世纪六七十年代，佛朗哥政权进入尾声，高压政策略显松动，年轻的一代才能偶尔通过国外作家以不同体裁——历史、自传、小说等书写的内战历史②，生平第一次了解到有关这场民族之殇的其他版本。

1975年至1982年，西班牙进入民主过渡阶段，迫切需要缓和政治矛盾、避免武装冲突，以通过平稳民主转型尽快适应现代西方社会的节奏。1977年政府颁布《大赦法》（the Amnesty Law），释放了在佛朗哥统治期间被逮捕的人们，但同样也使曾经为法西斯政府服务的人合法地避开了法律的审判，于是，关于内战和战后的记忆被彻底空悬。这

---

① Txetxu Aguado: *Tiempos de ausencias y vacíos: Escrituras de memoria e identidad*. Bilbao: Universidad de Deusto, 2010, p.27.
② 在这一时期想要比较客观、全面地了解有关西班牙内战的面貌，主要依靠来自国外的相关历史著作，例如英国历史学家、作家休·托马斯（Hugh Thomas, 1931—2017）于1962年出版的《西班牙内战》（*The Spanish Civil War*）；美国历史学家、记者加布里埃尔·杰克逊（Gabriel Jackson, 1921—2019）在1965年至1975年间创作的多部与内战有关的专著，比如1965年由美国普林斯顿大学出版社出版的《西班牙共和国与内战：1931—1939》（*The Spanish Republic and the Civil War 1931—1939*）等；此外，还有法国著名作家安德烈·马尔罗（André Malraux, 1901—1976）根据自己在内战中的亲身经历创作的小说《希望》（*Man's Hope*, 1937）；法国作家乔治·贝尔纳诺斯（Georges Bernanos, 1888—1948）于1938年出版的《月色下的墓地》（*Les grands cimetières sous la lune*）等叙事作品。

一阶段,随着文化审查制度的取消,历史小说热再度兴起,涉及内战的小说多达百余部。① 但由于此时的政治导向及主流思潮是"遗忘""和解"和"向前看",于是那些不必站在任何一方的实验小说,或巧妙避开棘手问题的侦探小说,显然更受欢迎。故此,在民主过渡阶段,内战小说尽管数量显著增长,但由于未能在读者中引起充分回应,以及没有得到再版和广泛传播,因而还不足以形成重塑或反思集体记忆的一种话语建构。

实质性的变化始于20世纪90年代前后。随着西班牙国内政治逐步稳定(顺利完成民主转型)、经济有序增长(加入欧共体)、国际影响力渐渐恢复(成功申奥)等一系列有助于加强民族意识举措的实施,加之彼时在全球范围内兴起的"记忆之场""文化记忆"等热潮,包括大屠杀记忆引起的,对战争幸存者的关注等一系列因素,促使半个世纪以来被埋葬、被回避的内战记忆,在21世纪初再次成为政治文化语境下、包括叙事文学在内的聚焦点。文学批评家波苏埃洛·伊万科斯(Pozuelo Yvancos, 1952—)将其原因归纳如下:

首先,在后现代主义思潮的影响下,人们的自我意识显著加强,个人记忆、被讲述的经历和"我"的见证,在当下西班牙的历史文化语境中显得愈发重要,这一心态与大量以第一人称展开叙事的西班牙小说尤显契合;其次,近年来,历史小说再度获得青睐,从整体上对内战题材的叙事文学形成了一种推动;再次,从文化社会学角度而言,内战是一段刚刚过去的历史,并且正在西班牙政治文化生活中扮演着重要角色,众多悬而未决的历史遗留问题,比如大量还未公开的万人坑,使这一在民主过渡时期被置于真空状态的敏感话题,在当下时而成为公众

---

① Mar Langa Pizarro: "La novela histórica española en la transición y en la democracia", en *Anales de Literatura Española*, n°.17, 2004, p.111.

争论的焦点,时而化身政治角力的砝码;最后,就内战这一历史事件本身来看,它的范围波及西班牙全国,每一寸土地,每一个家庭,无一能够幸免其难、置身事外。对于小说家们而言,这段具备了所有伟大文学所需的三要素——偶然性、英雄史诗和悲剧色彩的历史,无疑是吸引着作家们不断深耕的创作沃土。①

其中,一批出生于内战后20世纪五六十年代的,被称为"孙辈"②的内战后的第三代作家们,他们未曾亲历战争的残酷,在成长过程中所接受的,一方面是被官方历史强加的关于过去的认知,另一方面则是碎片化、模糊不清的,来自父辈们的另一种内战记忆。两种记忆激发的矛盾和疑惑迫使成年后的他们不断追问:"我是谁?"或"我们是谁?"被阻断的记忆使这些知识分子既无法从过去找到身份的归属,也无法从当下获得相应的集体认同,因而有学者将其称为"文化孤儿"③。相应地,他们的内战书写也呈现出和上一代作家不同的特点:

第一,他们以"后记忆"(post-memory),而非个人直接记忆的形式,通过"想象和创造",表征与思考"后代与先辈们的个人创伤、集体创伤和文化创伤的关系"④;第二,作为后代的他们对这场战争并无直接的痛苦体验,因而敢于用书写去"揭开伤疤",去触碰造成民族苦难的根源,且毫不畏惧这种行为裹挟着的道德责任,例如《邪恶的人四处行走》对佛朗哥时期丧失人性的盗童案件的揭露;第三,他们通过记忆的再现建立起当下与过去的关联,通过记忆的反思呈现历史记忆对于个

---

① 参见 José María Pozuelo Yvancos: *Novela española del siglo XXI*. Murcia: Universidad de Murcia, 2014, pp.294-297。

② Hans Lauge Hansen, Juan Carlos Cruz Suárez: "Literatura y memoria cultural en España (2000-2010)" en *La memoria novelada (vol.I)*, ed. por Hans Lauge Hansen, Juan Carlos Cruz Suárez, 2012, p.31.

③ José Carlos Mainer, Santos Juliá: *El aprendizaje de la libertad 1973-1986: la cultura de la transición*. Madrid: Alianza Editorial, 2000, p.124.

④ Marianne Hirsch: *Family Frames: Photography, Narrative, and Post-memory*. Cambridge: Harvard University Press, 1997, p.22.

体或集体身份建构的重要性,整体上表现出对"沉默契约"及其后果的对抗和反叛;第四,作为年轻一代的作家,他们的作品体现出围绕记忆的新的审美之思,在追溯内战历史的同时还具有"描绘记忆如何运行的文学性"①;第五,他们的创作大都十分畅销,不仅获奖无数,许多还被改编成电影,在国内外收获大批读者和观众。于是作品被出版社频繁再版,被学者们不断评论和阐释,也激发了更多同类型、同题材的作品的出现,共同聚集、凝结成为有关民族记忆和身份的"可反复使用的文本系统"②。例如2021年,《萨拉米斯士兵》在距离首次出版二十年后被引入中国市场,可见这部作品持久稳定的可记忆性。

这一文学现象自21世纪初便受到西方学界的广泛关注。其中最具影响力的是安娜·卢恩戈(Ana Luengo)、何塞·科尔梅罗(José Colmeiro)、科雷德拉·贡萨莱斯(Corredera González)、乔治·提拉斯(Georges Tyras)、戈麦斯·洛佩斯·奎诺内斯(Gómez López-Quiñones),以及上文刚刚提到的波苏埃洛·伊万科斯等人的研究著作。

2004年,安娜·卢恩戈在《记忆的十字路口:当代小说中西班牙内战的集体记忆》(*La encrucijada de la memoria: la memoria colectiva de la Guerra Civil Española en la novela contemporánea*)一书中,以哈布瓦赫的集体记忆理论和阿斯曼夫妇的文化记忆为基础,以穆尼奥斯·莫利纳的《波兰骑士》(1991);拉法埃尔·契尔柏斯的《马德里的沦陷》(2000);哈维尔·塞尔卡斯的《萨拉米斯士兵》(2001)等5部作品为研究对象,分析它们如何从不同视角再现和反思西班牙内战时期的历史,并由此得出结论:当代西班牙内战题材小说有利于一个民族完善

---

① [德]柏吉特·纽曼:《记忆的文学再现》,载[德]阿斯特莉特·埃尔、安斯加尔·纽宁主编:《文化记忆研究指南》,李恭忠、李霞译,第414页。

② [德]扬·阿斯曼:《集体记忆与文化身份》,陶东风译,载陶东风、周宪主编:《文化研究》(第11辑),第4页。

甚至重构其历史记忆。密歇根州立大学教授何塞·费尔南多·科尔梅罗的专著《历史记忆与文化身份：从内战后到后现代》（*Memoria histórica e identidad cultural: de la postguerra a la postmodernidad*，2005）中提出，佛朗哥政权在内战后对集体记忆的操控，和民主过渡时期政府与人民间达成的"沉默契约"，是造成今天西班牙人民历史记忆缺失和文化身份危机的主要原因。达特茅斯学院戈麦斯·洛佩斯·奎诺内斯的专著《永不休止的战争——记忆、暴力、乌托邦：西班牙内战在当代的呈现》（*La guerra persistente. Memoria, violencia, utopía: representaciones contemporáneas de la Guerra Civil española*，2006）从三个角度：历史在当下不同媒介形式中的表现、文学作品中的暴力表征，以及对第二共和国的乌托邦想象，分析了16部以内战为题材的小说和电影，尤其强调政治因素对记忆的影响而造成过去的不可靠，使其成为一个必须永远探索下去的永恒的课题。同样来自达特茅斯学院的特克斯苏·阿罩多教授在著作《缺失的年代：记忆与身份书写》（*Tiempos de ausencias y vacíos: escrituras de memoria e identidad*，2010）中则以当代西班牙不同历史时期的内战小说作为研究对象，阐释了文本作为记忆的媒介对于一个民族的记忆重构和身份认同的重要影响。玛利亚·科雷德拉·贡萨莱斯在《当代小说中的西班牙内战：不同年代的沉默与对话》（*La guerra civil española en la novela actual: silencio y diálogo entre generaciones*，2010）中以安东尼奥·索列尔的《我现在诉说的名字》（1999）、爱德华多·苏尼卡的《荣耀之都》（2003）、豪尔赫·森普伦的小说《二十年与一天》（2003）等5部小说为例，分析了不同的叙述模式及意义：多视角见证式的回忆让读者看到战争带给人类的罪恶；"家族"构成的回忆空间清晰展示了未曾经历内战的后代们如何看待前人无法言说的战争记忆，以及重获这段记忆对于他们重新审视自我并真正获得历史归属感的重要性。此外，2011年由法国司汤达·格勒诺布尔大学教授乔治·提拉斯主编的《当代西班牙小说新航向》(Nuevos derroteros de la narrativa española actual)一书中也独辟一章对内战题材的回忆小说进行了专门研究,例如:阿尔穆德纳·格兰德斯在历史小说《冰冷的心》(2007)中运用交际记忆和集体记忆的工作原理,使内战中的战败方重新获得历史内涵和现实意义;本杰明·普拉多在《行走的坏人》(2006)中通过侦探式的调查和走访将西班牙内战期间骇人听闻的儿童偷窃案件重新拉进人们的视野,展现出以他为代表的年轻一代作家不轻言遗忘,以及对于民族历史批判、审视的态度,等等。除专著以外,近二十年来,相关高质量的学术文章、论文集、博士论文等不胜枚举,而且还在不断增加。

如同"记忆"从"历史"中分离出来一般,渐渐地,学界将这些促生了一种记忆文化现象的叙事,从历史小说的类别下独立出来,将其称为"记忆小说"[①]。由于"记忆"固有的流动性、碎片化的特性,以及其自身运行过程中随时发生的选择、重构、遗忘等行为,在对以西班牙内战为回忆对象的"记忆小说"进行研究时,我们的重心已经不在于追问:回忆究竟有多真实?而是专注于文本如何通过艺术化的构造,消解了事实与叙事的中间地带,使自身成为新的象征意义上的"记忆之地";同时,通过这类文学在建构一个民族的文化记忆的过程中的批判和反思,来审视和考察当今西班牙知识分子,乃至整个社会的历史观、价值观和记忆观。

因此,本书共分为七章,并按照递进的研究顺序分为"概观"和"见证"两个部分。上篇的第一章是对与记忆研究相关的重要概念的梳理和关系厘清。从"历史"和"记忆"的关系入手,以20世纪记忆研究发展的几个重要节点:集体记忆、"记忆之场"和文化记忆之间的区别与联系为主要线索,探寻普遍意义上的历史、记忆和文学文本在文化记

[①] 关于"记忆小说"的概念界定,请见本书第二章第三节"内战记忆小说的概念界定与再现模式"中的相关论述。

忆研究框架下的有机互动和意义生成。第二章则将这一脉络具体化至当代西班牙内战题材小说的研究。结合西班牙内战、战后和民主过渡时期的社会历史背景,对"记忆小说"的生成语境和概念进行了界定,并通过总结和概括学界对于其再现模式的几种划分,确定了下一个部分的讨论框架,即依照文化记忆机制的特征和运行规律,将研究的方向从记忆的结果转向记忆生成的过程,包括记忆发生的动机(记忆选择的道德立场)、记忆发生的过程(时空要素、媒介和人),以及记忆对自身的反思(以记忆解构记忆),围绕着文化记忆的几个核心要素,从记忆书写的伦理意义、记忆与空间、记忆与媒介、身份认同以及记忆的解构和反思这样几个维度,对西班牙内战小说特有的历史再现和意义生成功能进行更为个性化的讨论。

依据这一研究框架,下篇选择了胡里奥·亚马萨雷斯(Julio Llamazares,1955—)、安东尼奥·索列尔(Antonio Soler,1956—)、穆尼奥斯·莫利纳(Muñoz Molina,1956—)、阿尔穆德纳·格兰德斯(Almudena Grandes,1960—)、哈维尔·塞尔卡斯(Javier Cercas,1962—)、伊萨克·罗萨(Isaac Rosa,1974—)等9位出生于西班牙内战后的,已经在国内外获得广泛认可的"孙辈"一代作家们所创作的内战记忆小说作为分析的对象[①],对上篇论及的文本在文化记忆中的作用及其意义生成形成回应。

作为上篇所梳理的诸多概念及关系在具体文本中的实践,下篇的"见证"共由五个章节构成,其中第三章"记忆书写的伦理意义"可看

[①] 在由文本建构和储存关于过去的记忆时,必须要拥有个人和集体的持续关注、反复阐释,才能进入文化记忆的运行机制,才有可能和不同代际的读者建立对话,不断生成新的意义。因此获得一定数量读者群的认可和接受是非常重要的选择条件。故下篇的9部作品都是享誉国内外的畅销小说,例如获得"行星"小说奖和国家文学奖的《波兰骑士》;获何塞·曼努埃尔·莱拉小说奖等诸多荣誉的《冰冷的心》;在出版的第二年被追授国家文学奖和西班牙文学批评奖的《盲目的向日葵》;获罗洛慕·加列戈斯小说奖,并引起不小争议的《昨日无用》;等等。这些小说不仅被多次再版、发行纪念版等,且很多被改编成电影,如《萨拉米斯士兵》《盲目的向日葵》《月色狼影》《沉睡的声音》等。

作之后章节的论证立场。在对战争这一与创伤记忆有着直接因果联系的特殊题材进行再现时,正如埃尔总结的四种书写模式——是英雄史诗般的颂扬,还是对抗和反思,其中作者对这一事件的理解和看待角度,即书写的伦理出发点是至关重要的。因此下篇的第一章将通过具有代表性的文本,从普遍意义上揭示战争伤痛对人类造成的巨大苦难。这些作家呈现出的具有人文关怀的、客观的写作立场,或称之为记忆观,也是后四章讨论不同的"记忆景观"——即不同叙述模式的基本出发点。具体来说,下篇的五个部分分别对应着:(1)记忆书写的伦理意义,即作家们如何通过叙事的艺术运动传达记忆或遗忘所蕴含的伦理立场,以此对既有的记忆文化产生一种道德导向。(2)记忆书写与空间,主要关照记忆与空间,尤其是空间隐喻,以及记忆与身份认同等命题的讨论。后代在包含着情感因素、历史反思的代际空间中,对家族先辈创伤记忆的挖掘和再现的过程,往往也裹挟着国家与民族的伤痛记忆与多舛的命运,体现出年轻的一代敢于承担和不轻言遗忘的记忆观和文化心态。(3)记忆与媒介:长期以来被遮蔽、被误读的记忆需要特殊的媒介将其激活。"风景"和"声音"不仅能够见证记忆,更是记忆的强大媒介和催化剂,能够唤醒和澄明被社会长期遗忘的两个特殊边缘人群的记忆:女囚和游击队员。记忆机制特有的运行规律与有关记忆的审美之思通过"看"和"听"被结合在一起。(4)"寻找真相"和身份认同建构是内战记忆小说和侦探小说叙事程式的交汇点。一名深受身份危机困扰的知识分子:记者、老师、作家、翻译等承担着侦探的角色,证人是战争的亲历者或目击者,证物是不同的记忆媒介:照片、日记、文献等,结案报告则往往是一本书、一篇新闻报道,一则会议论文等。在这样的叙述模式下,"侦探"牵引着叙事的走向,通过一次次穿梭记忆迷雾的探案之旅,侦探本人也完成了精神洗礼和自我成长,即交往记忆经由新的记忆承载者的"调查破案",

从被存储和被遗忘的记忆,成为被理解和被居住的功能记忆。(5)以"元小说"的形式书写记忆,引入两种或多个叙事声音在文本中相互拆台,刻意暴露历史、或是记忆被人为制作的过程,可以被称为"历史编撰元小说"或"元记忆"小说,实际上是对"历史—记忆"关系的又一次批判性反思,让人们再次思考:当面对西班牙内战这样,从记忆的缺失,到被反复回忆和书写的历史,我们该如何记忆?或者说,到底需要或应该建立怎样的记忆文化?

最后需要说明的是,在对个案进行选择时,本书除了对上述文化记忆功能的考虑之外,在通盘构思时还纳入了以下因素:作家本人的出生年代满足"后记忆"的追溯和回顾式见证的前提;文本中所建构的回忆空间彼此各异,从而投射出这场战事在时间跨度和地理空间上的进程,共同绘制出一幅多维立体的内战图景,等等。然而,尽管思量了很多,由于内战记忆小说在数量和主题上的丰富,笔者还是非常遗憾地放下了许多重要作家和重要作品,希望能够在将来的研究中和他们重新相遇,也期待着更多学者的分享和参与。

上篇
概观

第一章
历史的记忆书写

"历史"和"记忆"是两个本身极具多样性和复杂性的概念,它们既有区别又有联系,有关二者关系的研究和探索不仅涉及多个领域和学科,而且伴随着人类社会的发展和社会思潮的变迁一直处于运动变化之中。随着20世纪60年代以来对犹太民族大屠杀记忆的研究热潮的兴起,记忆,尤其是个体记忆的重要性被不断凸显。正如德国历史学家耶尔恩·吕森(Jörn Rüsen)指出的那样:"在人类生活的文化定向中,记忆是一种巨大的力量,它似乎要取代历史在那些决定历史认同的行为中所处的核心位置。"[1]

始于20世纪80年代,并至今仍然处于不断发展完善的"文化记忆"理论,更是前所未有地将记忆与心理学、历史学、社会学、人类学、文学等多个学科紧密联系在一起。在"文化记忆"的研究框架下,历史、记忆和文化之间的边界被不断打破又被不断重新定义。关于它们的研究至今也不存在公认的方法,更尚未能形成概念化的解释,但是对于它们彼此之间的联系的探讨却能够不断激发出新的思考和挑战。无论历史学科还是文学,在与记忆的交叉和互动中,都创造性地开拓着新的研究范式和方向:面对已经逝去的过去,记忆和记忆书写是如何反哺历史,又或是如何挑战历史的权威的?"历史记忆"这一表述的内涵和所指是否总是有效?文学文本在"历史—记忆"这对变量的关

---

[1] 转引自[荷]F.R.安克斯密特:《历史表现·总序》,周建漳译,北京:北京大学出版社,2011年,第157页。

系变化过程中扮演着怎样的角色?

带着这样的追问,本书在理论部分将主要探究这样几个基本的关系:首先,历史和记忆的关系是如何发展变化的,以及我们在当下对其复杂关系进行探究的意义何在;其次,从"历史—记忆"关系的变化发展的角度,以20世纪记忆研究发展的几个重要节点——集体记忆、"记忆之场"和文化记忆之间的区别与联系为主要线索,探寻历史、记忆和文学文本在文化记忆研究框架下的有机互动和意义生成。

第一节　历史与记忆的关系

当我们提及"历史"或"记忆"的时候,总觉两者似乎都是显而易见的概念,世界历史、民族历史、家族史、公共记忆、集体记忆、历史记忆等表述在生活中屡见不鲜。然而如果我们想要深入探究历史、记忆和文学书写之间的关系,尤其是理解为何在对"历史—记忆"的关系研究中,一方面始终存在着内涵和方法论上的混乱,而另一方面,又一直对哲学家、历史学家、心理学家、社会学家、作家甚至读者们等等,产生着源源不断的吸引力,首先就必须要深入思考一下,当我们谈及"历史"或"记忆",又或是"历史记忆"时,我们想要表达的概念总是一样的吗?如果不同,又有哪些区别和侧重?"历史"和"集体记忆"是怎样的关系?诸多为"历史"和"记忆"之间的联系或区别进行注解的尝试,为何对于刚刚过去的20世纪具有特别重要的意义,又为何在当下的语境中备受关注?

由于一切的讨论源于我们渴望从当下对过去进行有效的追溯和纪念,因而首先有必要追问,到底什么是历史,以及一直以来我们是如何记录和保存历史的?我们会发现在人类历史的传递过程中,记忆早已参与其中并与之共存互生。在文字产生之前,人们靠着口述的记忆传递早期人类的历史,世界上许多民族的历史正是通过长篇史诗的口头吟唱或是神话故事的讲述,将那些重要的历史事件一代代流传下去,尽管在这个过程中夹杂着人们的想象和夸张,但是那些诸如洪水、干旱等重大自然灾害,又或是战争等人类文明进程中的重要历史事件都通过口述的记忆得以保存和传递。在文字被发明以后,历史的传递便从口耳相传进入符号记载的阶段,文字超越了大脑记忆的时效和容量,使历史有了相对固定和客观的形态,使历史学科的建立成为可能。[1]

19世纪初,当历史被作为一个现代学科建立起来以后,为了维护学科的独立性,"过去",作为学科研究的特殊对象被从这一概念中分离出来,许多历史实证主义学家提出,"历史"是历史事件本身和关于"历史"的叙述和理解这两个维度的结合,或称之为"经历的历史"(history as lived)和"书写的历史"(history as written)[2],前者关乎历史的本体论阐释,而后者则与历史的方法论研究关系密切。历史学科的主要任务就是通过历史学家们对过去留下的种种痕迹的研究,去获得关于过去的知识和意义。将这两层含义看作"历史"这一术语的不可分割的正反两面的历史学家和学者们不在少数,例如冯友兰先生就一直认为"历史"包含着双重意义,并在他晚年出版的《中国哲学史新编》的绪论中再次对此做出了界定:

> 历史这个词有两个意义。就其第一个意义说,历史是人类社会在过去所发生的事情的总名……就这个意义所说的历史,是本来的历史,是客观的历史。……历史家研究人类社会过去发生的事情,把他所研究的成果写出来,以他的研究为根据,把过去本来

---

[1] 参见葛剑雄、周筱赟:《历史学是什么》,北京:北京大学出版社,2015年,第11—31页。
[2] [英]杰弗里·丘比特:《历史与记忆》,王晨风译,南京:译林出版社,2021年,第30页。

的历史描绘出来,把已经过去的东西重新提到人们的眼前,这就是写的历史。这是历史这个名词的第二个意义。①

也就是说,首先存在着一个作为研究对象的,一系列"本来的"、纯粹"客观的"的历史事实,然后才有可能产生关于这些事件的记录和书写。尽管这是许多历史学科的坚定的捍卫者的思考和理论基础,然而事实上我们知道这样的所谓原生的"历史"实际上是不可能存在的,时间每分每秒都在流动,事件一旦发生就立即成为过去,也就是说从本质上而言"历史"都是不在场的事件,正如德里达在《声音与现象》中表述的那样:"在场的历史是关闭的,因为'历史'从来要说的只是'存在的呈现',作为知和控制的在场之中的在者的产生和聚集。"②也就是说,所谓客观真实的历史是无法存在于当下的,历史从根本上而言是一种"不在场"的存在,是依赖于人们的意识和叙述才能够从过去来到现在的知识"呈现"的过程。

正因为如此,我们今天获得的历史必然是经过人们的认知和选择的结果,是客观和主观的结合,是历史的书写者的理解接受和重新建构。从这个意义上而言,"历史不仅是指过去的事实本身,更是指人们对过去事实有意识、有选择的记录"③。因而,今天获得更多公认的看法是"历史"是"经历的历史"和"书写的历史"的结合体。尽管如此,二者之间依然存在着微妙的张力和互动,而正是在这样一种相互作用中,记忆开始逐渐与历史产生了一种分离。因为"历史学家在历史研究中使用的方法会受到他们自身所记住的东西的影响,而记忆也在众多层面上作用于内容的传递——既包括最终被压缩进历史原始材料

---

① 冯友兰:《三松堂全集》第八卷,郑州:河南人民出版社,2000年,第7—8页。
② [法]雅克·德里达:《声音与现象》,杜小真译,北京:商务印书馆,2010年,第131页。
③ 葛剑雄、周筱赟:《历史学是什么》,第89页。

的信息的传递,也包括左右这些材料的解释的思想的传递"①。

伴随着后现代主义思潮在20世纪下半叶的兴起,历史宏大叙事被不断消解,与之相对的是曾经被边缘化的、小写的历史越来越多地受到人们的关注和重视,涉及那些有争议的重大创伤性历史事件时尤其如此。人们质疑历史的同一化的话语权威,记忆成为"照亮那些创伤性的、被压制的、被审查的东西"②的希望之光。人们逐渐意识到,记忆不仅是历史得以保存和传递的重要载体和方式,更对历史的有效性和价值评断具有重要意义。总之,记忆正在挑战传统意义上大写的历史的权威,人们于是开始重新思考历史与记忆的关系。

在关于二者的关系的讨论中,主要表现出两种倾向:一种试图将历史与记忆区别开来,认为尽管一直以来二者在"寻求探究复活过去这一不可能的梦想方面通力合作"③,但是它们在"有关过去的知识是如何获得和验证的",以及"这些知识是如何传承、保存和转变的"④等方面存在着显著不同,甚至达到了完全对立的地步:"历史恰恰不是记忆,而是一个系统的学科,寻求依赖于记忆所触发的机制和控制完全不同的机制和控制,并且往往倾向于给记忆以谎言。"⑤正如乔治·科林伍德表述的那样:"历史是一种有组织的、可推论的知识,而记忆是无序的,并且完全不可能推论。"⑥显然,记忆在他们看来因为太过主观而有着无法验证的不确定性和不稳定性,与历史相比,它缺少后者的"精确性、客观性、公正性

---

① [英]杰弗里·丘比特:《历史与记忆》,王晨凤译,第31—32页。
② [意]维塔·弗图纳蒂、艾琳娜·兰姆博蒂:《文化记忆:欧洲的视角》,载[德]阿斯特莉特·埃尔、安斯加尔·纽宁主编:《文化记忆研究指南》,李恭忠、李霞译,南京:南京大学出版社,2021年,第163页。
③ [美]帕特里克·H.赫顿:《记忆:见证、经验、集体记忆》,载[加]南希·帕特纳、[英]萨拉·富特主编:《史学理论手册》,余伟、何立民译,上海:格致出版社,2017年,第493页。
④ David Lowenthal: *The Past is a Foreign Country*. New York: Cambridge University Press, 1985, p.212.
⑤ Michael Bentley: *Modern Historiography: An Introduction*. London: Routledge, 1999, p.155.
⑥ Robin George Collingwood: *The Idea of History*. New York: Oxford University Press, 1961, p.252.

和与过去的批判性间距"①,缺乏历史具有的方法论上的科学性和因此带来的可靠度。不仅如此,历史还能够通过科学的求证过程来证实记忆并且纠正其中错误的部分。总之,历史是"记忆的官方形式"②,提供给人们重新认识过去和理解过去的可信赖的途径。

而持相反意见的学者们亦不在少数,他们更加倾向于认为历史与记忆之间不仅有着不可分割的、天然内在的联系,且后者被赋予了比前者更为重要的作用和意义,因为显然只有被记住的过去才有可能被书写从而成为历史,因而历史是"由记忆生产的有组织的知识形式"③,是"一种记忆的艺术"④,是为了实现对记忆的传递。换言之,"历史是记忆的延伸,或是记忆的一种形式,或是记忆的整齐排列,或至少在某种程度上与记忆有着相似或可类比的意义"⑤,这一点,尤其体现在以威廉·狄尔泰(Wilhelm Dilthey,1833—1911)为代表的哲学家和史学家们对于记忆中的自传体回忆或自传体写作的态度上。他们认为,记忆对于历史产生的重要意义和影响,恰恰在于它被另一些学者所诟病的主观性、个体性和局限性。记忆的这些特性在狄尔泰看来,不仅不会影响人们思考历史的意义,反而是我们理解和诠释历史意义的基本所在:"我们自身生命的力量和广度,以及我们用于反思它们的精力,就是历史视野的基础。仅仅这一视野本身就可以让我们给过去无血色的阴影重新带来生命力。"⑥也就是说,人们通过记忆,尤其

---

① [美]帕特里克·H.赫顿:《记忆:见证、经验、集体记忆》,载[加]南希·帕特纳、[英]萨拉·富特主编《史学理论手册》,余伟、何立民译,第493页。
② 同上。
③ [英]杰弗里·丘比特:《历史与记忆》,王晨凤译,第33页。
④ Patrick H. Hutton: *History as an Art of Memory*. Hanover: University Press of New England, 1993, p.44.
⑤ [英]杰弗里·丘比特:《历史与记忆》,王晨凤译,第33页。
⑥ 转引自 H.P. Rickman(ed.): *Meaning in History: W. Dilthey's Thoughts on History and Society*. London: George Allen & Unwin, 1961, pp.86-87。

是对自身经历的记忆使得自己的生命具有了一种延续性。记忆首先使一个人的过去、当下和未来成为相互关联的,连续的时间和意义整体,使个体的生命具有了目标和价值,然后人们才有可能具备去学习、理解和思考历史的意愿与能力。

显然,倾向于将历史和记忆区别开来的观点,更希望突出历史作为一门学科的独立性和科学性,强调客观科学的历史思考对于社会和整个人类知识生产的意义;而侧重历史和记忆的内在关联和相互影响的观点则更加关注历史知识的形成和建构过程。两种立场倾向并非全然对立,而是天然拥有很多交叉地带,因为历史的书写离不开个性化的私人记忆,而记忆也同样可以通过人与人的交流传播进入公共空间。那么我们在当下的语境中继续追问"历史"和"记忆"的关系的意义何在呢?

一方面,由于历史和记忆这两个概念的复杂性,对于二者之间的关系讨论必然是持久和开放的,意义的产生就在于对其关联的认知过程本身,而非取得某种定论。例如"历史记忆"这一在今天似乎已经习以为常,但实际上还是经常引起表述混乱和争议的概念,到底应该如何理解和界定的问题,就取决于我们是如何看待"历史"和"记忆"的关系的。尽管"历史记忆的追溯""历史记忆的书写"等表述在当下的语境中比比皆是,然而当使用"历史记忆"这一表述时,我们希望表达的内涵和外延是否总是一样呢?

始终将"历史"和"记忆"的关系视为对立的哈布瓦赫就明确表示反对"历史记忆"这样的表述,他本人在《论集体记忆》一书中提出:"集体记忆(collective memory)不同于正式的历史,且'历史记忆'这一表述实在是不幸的,因为历史与记忆本就是两个在诸多方面都相互对立的概念。"[①]在哈布瓦赫看来,比"历史记忆"更为科学准确的表述是

---

① Maurice Halbwachs: *The Collective Memory*. New York: Harper Colophon Books, 1980, p.78.

"集体记忆",但依然是与"历史"相对立的概念:集体记忆是一个群体用以观察和定义自身的重要依据,这时记忆必须注意保持这个群体的相似性和联系性,因而那些只属于个例情况的变化就会被从记忆中抹平和抛弃;而历史则恰恰相反,历史看到的只有差异与断裂,只有体现出变化的过程或事件才会被历史所记载,因此不应该存在"历史记忆"这样的表述。① 历史学家桑托斯·胡里亚则从西班牙本身的社会现实出发指出,"如果不在一个社会概念的范畴内进行讨论的话,集体记忆、历史记忆,以及其他类似的表述,都是不存在的",他进一步解释道,因为独裁政府的绝对权力,关于过去的历史只存在唯一的官方版本,因此"这不是历史记忆,而是历史的政治,因为回忆和讲述过去只是为了使当下合法"②。显而易见,哈布瓦赫从社会学集体主义理论研究的角度出发,认为"历史"和"记忆"是两个从本质上而言就互为他者的概念;而桑托斯·胡里亚则从这二者关系的功能外延出发,为"历史记忆"这一表述能够有效存在的历史、社会语境做出了要求。事实上,哈布瓦赫的"集体记忆",诺拉的"记忆之场"和20世纪80年代兴起的"文化记忆"等这些记忆研究领域的重要概念的提出和发展,无一不是开始于对"历史"和"记忆"的关系的辩证思考。换言之,对"历史—记忆"关系的理解和阐发,是在对记忆展开研究时无法绕开的必经之路。因而我们在使用"历史记忆"这一表述时的出发点也应当建立在对这二者的关系基本定位之上,才有可能比较清晰地理清记忆对于历史、文本对于记忆和历史的作用和意义。

另一方面,关于"历史"和"记忆"的关系的探究,能够让我们清晰辨别出那些对于二者关系的不同倾向所代表的政治立场和文化

---

① 参见[德]扬·阿斯曼:《文化记忆:早期高级文化中的文字、回忆和政治身份》,金寿福、黄晓晨译,北京:北京大学出版社,2015年,第42页。

② Santos Juliá: "Bajo el imperio de la memoria", en *Revista de occidente*, 2006, n°.302-303, p.10.

倾向。也就是说，人们能够通过刻意打破"历史—记忆"之间的平衡来完成某种政治实践。这里的政治实践并不是狭义上的权力机构对政治的操控，而是广义上的普通民众对于政治的关心和主动参与。尤其是20世纪60年代以来，在纳粹大屠杀记忆的重要性被不断凸显和强化的过程中，原本作为记忆的官方形式的历史的稳定性和权威性正面临着前所未有的挑战。如此，就像杰弗里·丘比特解释的那样：

> 我们不仅需要知道"历史"和"记忆"这两个词所承载的不同意义，也需要了解在不同的文化语境中它们可能被赋予不同的价值。至少在我们的文化中，关于历史—记忆关系的言论倾向是评估性的：不论是暗示地还是明显地，它们通过操纵这两个术语之间的关系来决定其中某个术语的价值。这样的操控所意在达到的挑起争论的效果，在不同的案例中有不同的表现。在那些将历史和记忆视为完全不同的人之中，有些人想要树立起历史知识相较于记忆的优越性（科学的和客观的）；其他人则意图相反，以历史（一种由回顾性的臆测与一厢情愿的妄想所构成的不确定的化合物）来反衬记忆（一种真实可信的、直接的知识形式）。关于后一种立场，一种更为激烈的政治性的版本也变得很普遍，其中"历史"代表着来自宏大叙事的压迫——它是关于过去的，被建构起的、推定的权威观点，通过排除或边缘化其他经历来服务于精英阶层的利益——"记忆"则代表着被边缘化的和被排除的声音，多样而无序，但往往具有复兴的可能。①

这段话不仅解释了为何近年来记忆研究不断成功进军历史学科，并大有喧宾夺主之势的原因，更强调了当我们在面对"历史—记忆"的

---

① ［英］杰弗里·丘比特：《历史与记忆》，王晨凤译，第38—39页。

关系时,还必须注意到所处的不同"文化语境"赋予两者的不同价值,即所谓"历史记忆"的记忆主体是谁,以及这一记忆产生的前提或发生的处所。正如上文所提到的,对于历史学家胡里亚来说,"历史记忆"这样的表述,对于官方记忆被独裁政府强制同一化的西班牙而言就是不恰当的。那么在本书下篇的具体文本分析中所讨论的"历史记忆"是基于怎样的"历史—记忆"的关系的理解,又包含了怎样的内涵和外延,也将以此为出发点在具体的文本中予以讨论。

最后,也是最重要的,对历史和记忆的关系看似无穷尽的探讨,极大地丰富了历史学家们的研究视野,推动了相关学科的发展和不断完善;而"记忆"也走出了原本与历史交错共生的状态,它与历史的这场世纪之争,不仅为人们提供了一种新的、辩证观看历史的角度,激发了历史研究的新活力,更促生了多种以记忆为核心的、跨学科研究模式的建立,丰富了人们认知和感知现实的能力。我们不再执着于探索二者的距离和界别,而是接受差异和争论或将永远存在,这样,关于"历史—记忆"的关系的讨论就依然是一个充满了生命力和创造力的、多元开放的命题:

> 一场理论争论构成了20世纪最后几十年的特征,动摇了一些本体论范畴和学科规则,从此以后,或许可以说再也没有人能够提供某种关于过去的终极见解了。经典被打破,微观历史与宏观历史比肩而立,历史学和文学对于客观性和主观性等理念提出质疑,这些都教育我们应该做一名审慎的观察者,应该采用多元而非单一的记忆概念:"记忆"不再是单一的,而是存在着许多"记忆"。①

---

① [意]维塔·弗图纳蒂、艾琳娜·兰姆博蒂:《文化记忆:欧洲的视角》,载[德]阿斯特莉特·埃尔、安斯加尔·纽宁主编:《文化记忆研究指南》,李恭忠、李霞译,第160—161页。

第二节 从集体记忆到"记忆之场"

当下记忆研究中最为重要和引人注目的理论阵地主要有两个,其一当属法国历史学家皮埃尔·诺拉在20世纪80年代发展形成的"记忆之场"(Lieux de mémoire)的概念;其二则是在几乎同一时期,全球范围内兴起的文化记忆研究的热潮。随着这两股力量的推动,不同学科在记忆研究这一命题上也在不断升温,并频繁展开跨界合作。当研究的边界越来越开放,研究范式越来越多元时,我们十分有必要再次回到现代意义上的记忆研究的重要开创者莫里斯·哈布瓦赫,以及他在这一领域奠基性的作品——《论集体记忆》[①]。沿着这样的脉络,不仅有助于从多维度、跨学科的"记忆"研究的视角下,再度反观历史和记忆之间的关系变化,更能够帮助厘清诸如"集体记忆""记忆之场""文化记忆"等记忆理论之间的发展线索、联系以及区别。我们将不难发现,在进入20世纪后,各学科"记忆"研究的边界正日益变得开放,甚至逐渐模糊:"记忆"吸引着不同学术视角和研究方法在此交汇,成为跨越国界和学科边界的一种文化现象。因此,历史书写中的记忆转向也并非偶然事件,而是"历史—记忆"这对双重变量之间的关系,在发展变化中的必然趋势。

一、哈布瓦赫与集体记忆

值得指出的是,哈布瓦赫最初的研究领域并非社会学,而是哲学

[①] 尽管在1925年出版的《记忆的社会框架》一书中,哈布瓦赫首次提出了"集体记忆"的概念,但是这一概念并非哈布瓦赫的独创。鲁塞尔(Russell)指出,现代早期的"集体记忆"主要从属于不特定群体的语义记忆,最早出现在文学和思辨性话语之中,用以指称永恒不变的教义。参见 Nicolas Russell:"Collective Memory before and after Halbwachs", in *The French Review*, vol.79, 2006, pp.793-798。

和心理学。他从巴黎高等师范学院毕业时,不仅同时获得法律和艺术学的博士学位,而且已经取得了哲学教师的资格。哈布瓦赫于20世纪20年代在"记忆"研究领域取得的突破,即开拓性地从社会学的研究范畴提出并论证了"集体记忆"这一术语,这毫无疑问要归功于他跨学科的学术研究背景。

1877年,哈布瓦赫出生于法国东北部城市兰斯,两岁时他随家人迁居巴黎,在巴黎的亨利四世中学求学期间,他遇到了当时正处于学术巅峰时期的哲学家亨利·柏格森(Henri Bergson),并迅速为后者在当时几乎全新的哲学批判视角所吸引。柏格森认为"科学和理性的性质决定了它们的研究范围和对象是有限的,超出此范围和对象它们将是无能为力的"①。相对应地,柏格森强调包括个人记忆在内的个体直接经验(immediate experience)对于哲学反思的重要性,因此他认为作为个体的人的主观感受,尤其是人对于内在时间的直觉才是人类获得自我认知的源泉。为了区别于客观世界里被科学分割的度量时间,这位法国哲学家更创造了"绵延"(la durée)一词来表达他对于不可分割的、川流不息的时间的哲学理解。他始终认为人的内在意识决定着人的存在,而这种意识的最基本的特征就是时间上的"绵延",即意识具备的天然的流动性:

> 柏格森认为,人们之所以认识不到作为本体的绵延,就在于人们首先没有意识到"意识"自身的绵延本质,没有意识到真正的时间(即绵延)首先是我们意识生命的特有形式。例如记忆,就能充分说明意识的真正时间的特征、绵延的特征。过去的事情现在肯定不再存在,但我们还能意识到"过去",说明"过去"是存在于我们的

---

① 谭裘麒:《唯有时间(绵延)真实——柏格森自我意识本体论初探》,载《哲学研究》1998年第5期,第65页。

记忆之中的。我们若设想一个没有记忆,即没有意识的人去观察世界,那世界就会变成一个个孤立的瞬间,世界就会在这一个个孤立的、不能相互转化和综合的瞬间中被割裂、被间断,人们就无法形成关于世界的整体的画面,就不知世界为何物。现在有了时间,有了记忆,就有了世界的连续性,就能在意识中形成某种整体性。①

不难注意到,在柏格森看来,"绵延"的核心正是记忆,他认为记忆就是人对于过去的一种意识,记忆能够让已经不存在的过去延伸到现在,并在时间的流动中不断生产出新的意义,连接起过去、现在和未来。换言之,在流动不可分割的意识中,"在绵延里,过去为完全新的现在所充满"②之所以可能,正是因为我们的记忆。尽管之后哈布瓦赫不再追随柏格森的哲学思想,由哲学研究转而投身于涂尔干倡导的社会学研究,但无可否认"柏格森对他的影响是不容忽视的"③,这一点尤其体现在之后他对于"集体记忆"这一概念的论证和阐发上,正如杰弗里·奥立克总结的那样:"哈布瓦赫接过了柏格森提出的时间与记忆这一问题,却通过涂尔干的社会学棱镜来论述这个问题。"④

具体而言,柏格森的思想使哈布瓦赫始终没有忽视个体记忆和自传记忆对于集体心理形成的重要性。而社会学的研究方法,尤其是涂尔干学派的集体主义理论,则为哈布瓦赫在社会性框架内进行记忆研究提供了重要的方法论依据。涂尔干提出"集体欢腾"(collective effervescence)的重要概念,认为人类创造力的基础是社会或群体。换

---

① 谭裴麒:《唯有时间(绵延)真实——柏格森自我意识本体论初探》,载《哲学研究》1998年第5期,第67页。
② 龙迪勇:《寻找失去的时间——试论叙事的本质》,载《江西社会科学》2000年第9期,第49页。
③ [美]刘易斯·科瑟:《导论:莫里斯·哈布瓦赫》,载[法]莫里斯·哈布瓦赫:《论集体记忆》,毕然、郭金华译,上海:上海人民出版社,2002年,第6页。
④ [美]杰弗里·奥立克:《从集体记忆到关于记忆实践和记忆产品的社会学》,载[德]阿斯特莉特·埃尔、安斯加尔·纽宁主编:《文化记忆研究指南》,李恭忠、李霞译,第155页。

言之，人只有在以集体为单位的庆祝仪式、舞蹈和节日庆典里才会被激发出非凡的创造力和思考力，焕发出生机。尽管"集体欢腾"的概念无法填补欢腾时期与平淡日常生活时期之间的空白和断裂①，但也的确激发了哈布瓦赫对于"集体记忆"理论的思考和阐发。哈布瓦赫不仅对涂尔干有所继承——将记忆从心理学领域纳入了社会框架的范式下进行研究；更对其有所超越——从集体意识和集体记忆的角度，为传统的社会学理论纳入了丰富的时间维度，通过记忆在过去和现在的流动，探讨了观念的社会变迁问题。②

整体而言，哈布瓦赫对于"集体记忆"的研究遵循着三个方面的思想主线。第一，个体记忆的社会建构：每一个独立个体的回忆可以被看作过去留下的"碎片"，它们需要与其他记忆进行交流和对话，即进入拥有共同认同基础的集体意识，通过集体表征（collective representations）才能成为真正的记忆；第二，集体记忆在中间群体（家庭和社会阶级）中的发展：家庭、阶级社会和宗教共同体是集体记忆的主要制作者，这三种类型的群体的共同特点是，都拥有相对稳定的结构和运行机制，为其成员提供形成、储存和发展记忆的空间意象；第三，整个社会和文明层面的集体记忆：把对中间群体的推理转换到整个社会，社会以更广泛的空间结构，例如全部国家领土范围，为其成员提供储存回忆和形塑个体价值的空间。③

应该说，在哲学、心理学和社会学等的跨学科的学术背景下，哈布瓦赫提出的集体记忆的基本理论，对于20世纪中期记忆研究的认识

---

① ［美］刘易斯·科瑟：《导论：莫里斯·哈布瓦赫》，载［法］莫里斯·哈布瓦赫：《论集体记忆》，毕然、郭金华译，第44—45页。
② 刘亚秋：《记忆二重性和社会本体论——哈布瓦赫集体记忆的社会理论传统》，载《社会学研究》2017年第1期，第163—164页。
③ ［法］让-克里斯托弗·马塞尔、劳伦特·穆基埃利：《哈布瓦赫论"集体记忆"》，载［德］阿斯特莉特·埃尔、安斯加尔·纽宁主编：《文化记忆研究指南》，李恭忠、李霞译，第175—185页。

论转向是具有开拓性意义的。无论是诺拉的"记忆之场"概念,抑或是阿斯曼夫妇的"文化记忆"皆受其启发和影响。阿斯特莉特·埃尔对此有着精辟的总结:

> 哈布瓦赫不仅发明了基本的术语"集体记忆",他至少还在三个方面对文化记忆研究做出了贡献。首先,借助"记忆的社会框架"整个概念,他清晰地表达了如下观点:个人记忆根本上是由社会—文化语境或者框架所决定的,并常由其激发出来。这样,他就指向了文化图式理论和心理学的语境路径。其次,他对家庭记忆和其他私人记忆实践的研究,对口述史产生了重要影响。再次,他(在《福音书中圣地的传奇地形学》一书里)对宗教共同体的记忆的研究,强调了文化记忆的地形学方面,从而预示了"记忆之场"这一概念的出现;他考察了其记忆可以回溯数千年的共同体,从而为阿斯曼夫妇的"文化记忆"奠定了基础。①

从埃尔做出的上述总结的第一条中,我们不难发现社会学的研究方法,尤其是涂尔干的"集体欢腾"概念对哈布瓦赫的影响,使得后者首次将记忆纳入了事实上以文化为基础的社会性框架中进行研究;相应地,哈布瓦赫对于个体记忆、包括口述记忆的重视显然来自柏格森对"情节记忆"②的关注;最后一点应当是哈布瓦赫对于当代记忆研究理论最为重要的贡献与开拓:他认为,具体物质实在和象征性的符号共同作用于集体记忆的形成和表现,而"象征"正是"文化记忆"理

---

① [德]阿斯特莉特·埃尔:《文化记忆研究导论》,载[德]阿斯特莉特·埃尔、安斯加尔·纽宁主编:《文化记忆研究指南》,李恭忠、李霞译,第10页。
② 拉塞尔(Russell)将记忆分为语义记忆和情节记忆,前者指的是对于抽象信息和知识的记忆,这类记忆相对客观,一般不再涉及记忆的再建构问题。语义记忆也是哈布瓦赫之前法语文献中16世纪早期到18世纪晚期流行的记忆模式;而在柏格森、哈布瓦赫时期,集体记忆则以情节记忆为其主要特征,即比较关注个体性的记忆和记忆的主观方面。此时,记忆的建构和再建构成为记忆研究的主题。参见刘亚秋:《记忆二重性和社会本体论——哈布瓦赫集体记忆的社会理论传统》,载《社会学研究》2017年第1期,第163页。

论构成的重要核心:"集体记忆具有双重性质——既是一种物质现实,比如一尊雕像、一座纪念碑、空间中的一个地点,又是一种象征符号,或某种具有精神含义的东西、某种附着于并强加在这种物质现实之上的为群体共享的东西。"①

二、皮埃尔·诺拉与"记忆之场"

集体记忆理论将记忆研究从人的内在精神层面引入社会学领域,也就是个人和集体的交往当中,于是"历史"和"记忆"这对原本就盘根错节的概念之间的关系变得更加复杂微妙。法国著名年鉴史学家马克·布洛赫和吕西安·费弗尔②对于哈布瓦赫论证的"集体记忆"的概念的缜密性及其与历史的关系既有肯定也有质疑,因而集体记忆理论虽为历史学家们所参考借鉴,但始终未能被当作历史研究和考证的核心概念和方法。③ 史学家们再次聚焦"集体记忆"则要到近半个世纪以后的20世纪70年代,彼时法国所面临的社会历史背景,使传统史学遭遇前所未有的危机,促使人们开始寻找新的历史研究范式④。

---

① [法]莫里斯·哈布瓦赫:《论集体记忆》,毕然、郭金华译,第335页。

② 马克·布洛赫(Marc Bloch, 1886—1944)和吕西安·费弗尔(Lucien Febvre, 1878—1956),著名年鉴学派创始人。他们提倡一种新的史学实践,力图超越国家和君主的传统政治史,而致力于研究某一时期的社会、经济结构,以及包括了以往人们用来理解世界并赋予其意义的信仰体系和集体情感的"思想工具"(outillage mental),也被称为心态史研究(histoire des mentalités)。集体记忆的历史,也就是各个社会如何回忆、表征自己的过去,如何编造有关过去的谎言,被视为这种新史学实践的重要组成部分。从哈布瓦赫到布洛赫、弗费尔,再到诺拉,法国的史学思想中始终保留了对记忆与心态之间相互作用和关联的研究与关注。参见[美]阿龙·康菲诺:《记忆与心态史》,载[德]阿斯特莉特·埃尔、安斯加尔·纽宁主编:《文化记忆研究指南》,李恭忠、李霞译,第98—99页。

③ 刘颖洁:《从哈布瓦赫到诺拉:历史书写中的集体记忆》,载《史学月刊》2021年第3期,第109页。

④ 在20世纪70年代的法国出现记忆研究热潮主要有三个方面的原因。一是受到哈布瓦赫的集体记忆研究理论的推动;二是法国当时的社会历史背景:经济增速变慢,戴高乐主义、共产主义和革命观念的消退带来的意识形态问题,以及紧张的国际关系带来的外部压力;三是法国传统史学在后现代主义思潮的推动下,开始从自身内部出现了新的转向,不仅提出"新史学"的概念,更出现了向集体记忆的转向,由此边缘人群的个体记忆、口述记忆开始进入以实证、科学和客观为标签的史学研究领域。参见沈坚:《记忆与历史的博弈:法国记忆史的建构》,载《中国社会科学》2010年第3期,第206—209页。

在内外力量的共同作用下,"记忆"与"历史"的关系也变得史无前例的紧张,有学者将其形象比喻为"记忆的觉醒":

> 从20世纪70年代末开始,"记忆"以历史叛逆者的面貌出现了,这种记忆的觉醒意味着"历史—记忆"这对"连体婴儿"的解体。"记忆"不再愿意寄人篱下,成为历史的附属品,它要与历史分离。由此,记忆成了被历史忽视的群体、事件、地点的代言人。[①]

时任法国高等社会科学院当代史研究所负责人的皮埃尔·诺拉迅速对此做出了回应,他表示,作为一名历史学家应当致力于"将记忆从昏睡中驱赶出来,将维护和保持社会永恒所需要的想象力激发出来"[②]。诺拉团队很快启动了今天在世界范围内引起巨大反响的记忆研究项目——"记忆之场",并分别在1982、1984和1992年,出版了该系列的第一部《共和国》、第二部《民族》和第三部《复数的法兰西》,共计3部7卷的鸿篇巨制。

那么,到底何为"记忆之场"呢?1978年诺拉本人在《新史学》一书中为"集体记忆"撰写词条时,已经形成了对"记忆之场"的初步思考。在他看来,对于集体记忆的追溯,应建立在对这些具有特殊意义的"场所"的界定和研究之上:

> 这些场所是社会(不论是何种社会)、民族、家庭、种族、政党自愿寄放它们记忆内容的地方,是作为它们人格必要组成部分而可以找寻到它们记忆的地方,这些场所可以具有地名意义,如档案馆、图书馆和博物馆;也可以具有纪念性建筑的属性,如墓地或建筑物;也可以带有象征意义,如纪念性活动、朝圣活动、周年庆

---

① 沈坚:《记忆与历史的博弈:法国记忆史的建构》,载《中国社会科学》2010年第3期,第208页。
② 同上文,第215页。

典或各种标志物；也具有功能属性，如教材、自传作品、协会等。这些场所都有它们的历史。①

在这里，诺拉强调这些"场所"对于保存民族、家族、社会乃至一个政党的记忆的重要性，但由于主题和对象都太过宽泛，比起思考这些场所对于保存记忆的特殊效力，人们的注意力更容易被这些处所本身所吸引。诺拉于是在1982年出版的《记忆之场》的第一部的序言《记忆与历史之间：场所问题》中，首先对"历史"和"记忆"的对立，或者说二者断裂的关系做出了明确的论断："十分古老的一致性联系中断了，我们认为显而易见的观念终结了，这个观念就是历史等同于记忆。"②接着，他指出"记忆之场"既不属于"历史"也不属于"记忆"，而是处在受到二者共同影响的中间地带。受到历史和记忆的共同作用的"记忆之场"具有三个层次上的意义：

> 从"场所"一词的三种意义上来说，记忆之场是实在的、象征性的和功能性的场所，不过这三层含义同时存在，只是程度不同而已。即便像档案馆这样看起来纯粹实在性的场域，也只是因为象征性的光环赋予其上而成为记忆的场所的。一个纯粹功能性的场域，如一本教科书、一份遗嘱、一个老兵协会，也只是因为它们成为某种仪式中的对象才进入记忆之场。一分钟的沉默堪称象征性意味的极端例证，但它同时又是时间之流中的一次实在的断裂，其用途在于定期集中地唤起回忆。这三个方面总是共存的。还有像代（génération）的观念这样抽象的记忆之场吗？它的实在性在于其人口学的内涵，其功能性在于这样一个假设，即它

---

① 转引自沈坚：《记忆与历史的博弈：法国记忆史的建构》，载《中国社会科学》2010年第3期，第217页。

② ［法］皮埃尔·诺拉：《记忆与历史之间：场所问题》，载［法］皮埃尔·诺拉主编：《记忆之场：法国国民意识的文化社会史》，黄艳红等译，南京：南京大学出版社，2015年，第5页。

同时担当了记忆的塑造和传承的职责;它的象征性在于它的定义,因为它通过某个事件或某个仅有少数人体验过的经验而描绘了大多数人的特征。①

在诺拉看来,如果要成为一个"记忆的场所",必须要同时满足"实在性""象征性"和"功能性"这三个要求,然而这个范畴依然是宽泛的。他进一步辩证地对这个处在历史和记忆之间的"处所"做出了描述:首先必须要有记忆的意图,也就是说,在这些"场所"以象征的形式储存、凝结着过去的记忆,并具有可以被激活的潜力;其次,还要有历史、事件和变迁对其的影响,即一个"记忆的场所"的产生,恰恰是由于最初赋予这些具体"处所"的意义被某些历史事件打断或是破坏,但又因为社会发展、世代交替而被赋予了新的隐含的意义,因此一个"记忆之场"的意义绝不是固定不变的,而是会随着时间流逝、历史变迁而不断变化,甚至还会产生变形。

1984年在第二部《民族》出版时,诺拉进一步将其"记忆之场"划分为三个方面:首先是非物质之物,包括"遗产""史学编撰""风景";然后是物质之物,包括"领土""国家""遗产";最后是理想之物,包括"荣耀"和"词语"。② 这次的分类显然让"记忆之场"的所指几乎囊括了一切能够体现法兰西民族性的、实体的或物质性的、象征的或纪念性的场所。在1992年最后一部出版时,见证了"记忆之场"一词如何在这六年间重塑了一部伟大法兰西历史的诺拉,在《如何书写法兰西历史》一文中对"记忆之场"这个概念做出了反思,"记忆之场因为试图包罗万象,结果变得一无所指"③。的确,模糊和不确定性是"记忆之场"这一概念当前所面临的最大困境,或曰机会和挑战。应该说,

---

① [法]皮埃尔·诺拉:《记忆与历史之间:场所问题》,载[法]皮埃尔·诺拉主编:《记忆之场:法国国民意识的文化社会史》,黄艳红等译,第20—21页。
② [法]皮埃尔·诺拉:《如何书写法兰西历史》,载[法]皮埃尔·诺拉主编:《记忆之场:法国国民意识的文化社会史》,黄艳红等译,第68页。
③ 同上书,第74页。

这一结果是诺拉始料未及的,但幸好他对此亦有着清醒觉知,诺拉表示,正因为如此,对于"记忆之场"的研究更应该继续下去,时间和实践将成为检验其倾力打造的记忆理论是否成功的最终验金石:

> "记忆之场"这一概念完全产生自失落感,因而被打上了怀念逝去之物的印记,它自动地被用来指称记忆的存储工具、回忆中的避难地和特殊群体的身份象征,因此我们必须坚持使用到底,才能验证它是否仍保持着有效的启发性,是否仍能有效地发挥作用,是否在深陷困境时仍拥有脱身的活力——在这样的困境中,它必须随机应变,恢复活力,唤醒那些逐渐平庸的场所。①

显然,"平庸的场所"就是那些被纳入宽泛的"记忆之场"的概念之后,才发现事实上并不具备预期的象征意义和纪念属性的场所。那么我们又应当如何看待诺拉的理论和研究呢?沈坚对此有着中肯的评价:

> 作者本想在神圣化的历史和强迫性的记忆之间走出一条新路,即将记忆当成历史研究的对象,以解构神圣化的历史。但最终的结局仍然是回到了原点,历史以新的形式继续为民族神话服务。……然而,尽管如此,我们仍然不能否认它所展现的新的研究方法和新的学术视野,不能否认它对法国20世纪90年代史学进步的推动作用,不能否认它所取得的巨大成就。②

事实亦的确如此,且不论"记忆之场"作为词条,于1993年被《罗贝尔法语大词典》收录其中,今天围绕着"记忆之场"而产生的各种研究,在包括德国、俄罗斯、西班牙、荷兰、以色列等世界上多个国家如火

---

① [法]皮埃尔·诺拉:《如何书写法兰西历史》,载[法]皮埃尔·诺拉主编:《记忆之场:法国国民意识的文化社会史》,黄艳红等译,第72页。
② 沈坚:《记忆与历史的博弈:法国记忆史的建构》,载《中国社会科学》2010年第3期,第219页。

如荼地开展着,以其为关键词的著作和学术论文亦潮水般涌现,尽管其中不乏对它的简单化和误读,但确实证明了这一概念和理论的巨大影响力和活力。几乎没有人能否认,诺拉的"记忆之场"是记忆研究史上必须被清晰标示出的里程碑式的存在与划时代的突破。

第三节 文化记忆与记忆的文学再现

随着集体记忆和"记忆之场"对当代记忆研究的开启与推动,这场"记忆"的热浪早已从法国辐射到世界上许多国家,比如另一个记忆研究的重镇——海德堡大学①。在这里从事埃及考古学研究的扬·阿斯曼教授注意到,埃及的社会群体主要通过文字、图像、建筑和宗教仪式等文化表征方式,来建构自身与过去的一种深层次的联系,例如从古埃及人的丧葬仪式中,"阿斯曼看到了文化记忆的'起源',即以象征性的手段来表现已逝者的存在"②。在这些古老的仪式中,记忆和文化被前所未有地紧密捆绑在一起。阿斯曼教授于是以自己所从事的埃及学研究为核心平台,围绕着文化和记忆的主题持续开展跨学科的系列讲座、学术会议和各种论坛。

1988年,阿斯曼教授和另一位考古学家托尼奥·赫尔舍(Tonio Hölscher)主编的论文集《文化与记忆》正式出版,被视为"'文化记忆'概念付诸多方面、跨学科实践的关键一步"③。同年,他与从事英国文学研究的妻子阿莱达·阿斯曼共同发表《文字、传统和文化》一文,阐

---

① 记忆研究在德国学术界历来占据着重要位置。艺术史学家阿比·瓦尔堡(Aby Warburg,1866—1926)在20世纪20年代提出"社会记忆"的概念,尤其强调文字和图像是记录和保存人类文化的重要符号。参见冯亚琳等:《德语文学中的文化记忆与民族价值观》,北京:中国社会科学出版社,2013年,第18—20页。
② [德]迪特里希·哈特:《文化记忆的发明》,载[德]阿斯特莉特·埃尔、安斯加尔·纽宁主编:《文化记忆研究指南》,李恭忠、李霞译,第116页。
③ 同上书,第111页。

述了"文化记忆"这个概念的一些基本主旨,包括:从持续时间的角度区分了记忆的两种传递方式:口述记忆和文字记忆;肯定了"象征"对于不同文化建构和表达其意义世界的重要性;提出集体记忆与社会中的个体实现自我价值和确立身份认同之间的重要关系;等等。① 从中已经不难看出,今天已经非常成熟的"交往记忆"和"文化记忆""文化、记忆与身份认同"等概念和关系的雏形。在1990年到1992年间,这个研究团队又连续推出一系列重要学术著作,其中就有扬·阿斯曼于1992年出版的著名的《文化记忆:人类早期文明的文字、回忆和政治认同》,一直以来被看作文化记忆研究领域纲领性的论著。在过去的二十多年里,文化记忆理论在以阿斯曼夫妇为代表的不同国家、不同学科的学者们的反复论证、调整和实践中,逐渐走向系统和成熟。

由于"文化记忆"理论开放的学科边界和还在不断完善的多维内涵,仅通过一个章节对其展开全面的讨论显然是不可能的任务,但是我们仍然可以依据本研究围绕的核心——文本对历史,尤其是文学文本对创伤记忆的有效表征,来厘清一些关键的概念和关系。"文化记忆"理论强调,记忆的传承和文化的交流通过各种记忆媒介得以达成,因而相比集体记忆和"记忆之场",被看作记忆/文化媒介的"文本"在这里被赋予了重要的意义和丰富的内涵。交往记忆与文化记忆,记忆的媒介,以及文学文本与记忆之间的互通与关联将成为这里的重点阐释对象。

一、文化记忆

和诺拉的"记忆之场"一样,阿斯曼夫妇提出的"文化记忆"理论

---

① 参见[德]迪特里希·哈特:《文化记忆的发明》,载[德]阿斯特莉特·埃尔、安斯加尔·纽宁主编:《文化记忆研究指南》,李恭忠、李霞译,第113页。

同样深受哈布瓦赫的影响和启发,①二者既有联系也有区别。1994年,在二人合著的《昨日重现——媒介与社会记忆》一文中,他们阐述了"文化记忆"对"集体记忆"的继承与发展:

> 记忆不仅产生于人自身,也产生于人与人之间。它不仅是一种神经或心理学现象,更重要的还是一种社会现象。它在交际和记忆媒介中得以发展,记忆媒介确保这些交际的再次识别性和连续性。决定回忆内容和方式的因素,除了记录和保存的技术手段外,还有重要的社会框架。基于社会学家莫里斯·哈布瓦赫的记忆理论,这篇文章提出了文化记忆理论。文化记忆理论主要从文化角度对记忆的形成进行研究,并对组织"文化和记忆之间的关系"的媒介和机构进行探究。在过去,文字、印刷术等媒介,经典化的机构以及文本阐释从根本上提高了形成集体记忆或社会记忆的可能性。与之相应的是电子媒介的产生。从这个意义上说,文化可以理解为交际、记忆和媒介三者间的具有历史性变化的关联。②

可以看出,阿斯曼夫妇首先将现有关于记忆的研究分成了两个层面:专注于记忆内在层面的神经科学和心理学对个体记忆的研究;以及从记忆外部层面,对在社会交往中产生的交际记忆的研究。然后以此为基础,提出了记忆研究的第三个层面——从文化层面入手的文化记忆理论。并将"文化"定义为"交际、记忆和媒介三者间的具有历史性变化的关联"。或许是考虑到这样的表述依然有些抽象,两位学者

---

① 除了哈布瓦赫从社会学角度提出的"集体记忆"理论之外,艺术史学家阿比·瓦尔堡在几乎同一时期提出的"社会记忆"的概念同样对"文化记忆"理论具有重要意义。作为一名艺术家,瓦尔堡尤其关注图像如何通过象征的方式,承载和传递记忆。
② [德]阿莱达·阿斯曼、扬·阿斯曼:《昨日重现——媒介与社会记忆》,陈玲玲译,载[德]阿斯特莉特·埃尔、冯亚琳主编:《文化记忆理论读本》,第20页。

又进一步解释了文化记忆中的"文化"所肩负的两项主要任务:

> 一项是协调性,即通过创造同时性使交际成为可能。协调性要求建立一个象征性的符号体系并在技术和概念的层面上备置一个共同的生活视野,文化的参与者能在这个视野里相遇并进行交流。①

也就是说,文化通过一个可以识别的象征性的符号系统,为置身其中的文化参与者制造一种认同感和归属感,促使其产生正在共同经历同一个历史时期的共时感。除此以外,文化还需要在历时维度上保持自身的延续和传承,因为:

> 文化的功效并不仅仅在于使人们能够利用符号,在某种程度上相互信任地交流,在较大的联盟中共处并共同行动。文化也为如下这种情况提供了条件:不是每一个个体和每一代人均需要从头再来。②

不难发现,在上述"文化"的这两项任务中,无论个体记忆还是集体记忆,都必须深层次参与其中,"记忆"甚至成为"文化"的代名词。这样的表述让我们很容易联想到以尤里·洛特曼(Yuri Lotman)为代表的塔尔图—莫斯科符号学派。在该学派的学者们看来,"文化与生物学上的个体一样也具有记忆机制。不同的是,文化的'记忆程序'不像动物性记忆根植于基因遗传,而是依靠一套复杂的、等级化的符号系统来实现"③。正是依靠这样方式,人类的文明才能世代相传,既继承过去,又能够不断向前,而不必总是从零开始。这也是"文化记忆"

---

① [德]阿莱达·阿斯曼,扬·阿斯曼:《昨日重现——媒介与社会记忆》,陈玲玲译,载[德]阿斯特莉特·埃尔、冯亚琳主编:《文化记忆理论读本》,第20—21页。
② 同上书,第21页。
③ 康澄:《文化记忆的符号学阐释》,载《国外文学》2018年第4期,第12页。

和哈布瓦赫的"集体记忆"的另一显著不同：在后者的构成中，"记忆"显然是核心概念，"集体"对其起修饰限定之用；而文化记忆中的"文化"和"记忆"却是被紧密联系在一起的，它们相互融合、难分彼此。换言之，"文化记忆"并非字面上的"文化的记忆"，而是文化自身所拥有的一套复杂的、动态的记忆机制，其运行的过程是文化记忆理论所关注的核心问题。

这时，我们可以再次回到阿斯曼夫妇在《昨日重现》中对文化记忆视阈下的"文化"所给出的定义："交际、记忆和媒介之间的历史性变化"，实际上就是指历史/文化如何在日常交往和历时维度上被传承和接受的——即"交际、记忆"，以及它们是以怎样的方式被传递的——即"媒介"。

"交际、记忆"指的是文化记忆理论中最为人们所熟知的一对概念"交往记忆"和"文化记忆"。扬·阿斯曼认为："文化记忆是一种集体记忆形态，它为许多人所共享，向这些人传递着一种集体的（即文化的）认同"，而且与集体记忆不同的是，文化记忆的术语下包括了"传统、传承和传播等"，是未被哈布瓦赫纳入其研究视野的文化领域的重要概念。[①] 因而有必要进一步将这两个概念区别开来。为此，阿斯曼夫妇在文化记忆理论中引入"交往记忆"，用以指称哈布瓦赫所说的集体记忆：

> 交往记忆不是体制性的；它不受任何学习、传承和诠释体制支持；它不是由专家培养出来的，也不是在特定场合才被召唤出来或者被庆祝；它没有通过任何一种物质象征形态得到正式化、稳定化；它存在于日常互动和交往之中，并且正因为此，它的时间

[①] ［德］扬·阿斯曼：《交往记忆与文化记忆》，载［德］阿斯特莉特·埃尔、安斯加尔·纽宁主编：《文化记忆研究指南》，李恭忠、李霞译，第139页。

跨度非常有限,通常不会超过八十年,也就是三代人能够在一起互动的时间范围。此外,还有一些(记忆)框架、一些"交往风格"、交往和主体化的传统,以及最重要的,连接着不同家庭、群体和世代的情感纽带。①

鉴于此,在文化记忆理论框架下再次使用"集体记忆"这一表述时,它的内涵已经不同于哈氏提出的概念。在这里,"集体记忆"被"打碎",然后分别"融入'交往记忆'和'文化记忆'"②中,也就是说,成为一种被重新定义和细化了的记忆模式。它对哈布瓦赫的理论不仅是一种继承——记忆的产生离不开它的社会框架,更是对其理论外延的拓展和延伸——文化记忆也是集体记忆的一种体现形式。

相应地,阿斯曼夫妇又从二者的内容、形式、传播媒介、时间结构和参与结构这五个方面,对交往记忆和文化记忆进行了区分。有别于前者,文化记忆的内容是"神话中的历史,绝对的过去事件";其记忆的形式表现为"非常正式,仪式沟通";因此,文化记忆"以文本、图像、舞蹈、仪式和各种表演作为居间中介",其传播媒介还包括"正式化的多种语言",而且它所涉及的时间结构也更加久远,能追溯到"绝对的过去,神话中的时间",文化记忆的参与结构更是以"专门化的记忆化的载体,等级化的结构"③为主。

经过这五个维度的划分,交往记忆和文化记忆的概念得到了区分和界定,那么对这两个术语做出区别的作用和意义何在呢?实际上,在对文本和记忆,以及文学文本中的记忆进行阐释实践时,这种划分的意义是显著的。

---

① [德]扬·阿斯曼:《交往记忆与文化记忆》,载[德]阿斯特莉特·埃尔、安斯加尔·纽宁主编:《文化记忆研究指南》,李恭忠、李霞译,第140页。
② 同上书,第139页。
③ 同上书,第147页。

首先,它们在时间和空间上标识出了一个群体的记忆框架的两端:遥远的起源时期的文化记忆,和刚刚过去的还在集体记忆中留有深刻印象的回忆。例如在当代西班牙内战题材小说中经常出现的代际记忆就属于后者的范畴:

> 这是人们与同时代的人共同拥有的回忆,其典型范例是代际记忆。这种记忆在历史演进中产生于集体之中;它随着时间而产生并消失,更确切地讲:是随着它的承载者而产生并消失的。当那些将它实体化的承载者死亡之后,它便让位给一种新的记忆。这种单纯依靠个体的保障和交往体验建立起来的回忆空间,按照《圣经》的观点,可以在比如承担某种罪责的三到四代人中延续。……近十年来,曾亲历过希特勒对犹太人的迫害和屠杀、拥有创伤经历的那代人,正在陷入这种境况。那些回忆在今天还是活生生的,到了明天就只能借助于媒介进行传播。这种过渡现在就推动着很多当事人将自己的回忆工作以书面形式记录下来,同时,档案管理者也展开了更为密集的资料搜集工作。①

我们看到,文化记忆理论不仅清晰建构出代际记忆的时间和空间概念,更以大屠杀记忆的现状为例,将代际记忆与犹太人的民族历史和创伤记忆联系在一起。由于灾难的亲历者,也就是记忆的直接承载者不断减少,因此特别强调代际记忆向文化记忆过渡的紧迫性,从而自然引发关于有效的记忆媒介的思考。这实际上是从人类学、社会学和心理学等角度预示了文本在文化记忆机制中的重要作用。

其次,通过标识出交往记忆和文化记忆之间的"漂浮的裂缝"(the

---

① [德]扬·阿斯曼:《文化记忆:早期高级文化中的文字、回忆和政治身份》,金寿福、黄晓晨译,第44页。

floating gap）①，文化记忆理论一方面动态体现出通过媒介实现前者向后者过渡的可能性，另一方面则暗示了二者之间存在的辩证关系。这一点同样体现在当下西班牙社会的记忆文化中：对于刚刚过去的20世纪的重大历史事件，人们反倒缺乏清晰的认知，故而也造成这部分记忆远远未达到文化记忆所要求的质的含量，幸而有照片、自传、回忆录、日记、叙事文学或者纪录片等，作为"第一媒介"将其暂时保存了起来：

> 从交际记忆到文化记忆的过渡是通过媒介来实现的。媒介可以使后代成为早已过去并已被遗忘细节的事件的见证人。它大大拓宽了同代人的视野。媒介通过将记忆物质化到数据载体上这一方式为鲜活的回忆在文化记忆里保留了一席之地。照片、报告文学、回忆录、电影被保存在客观化的过去的庞大数据库里。而进入现实回忆的道路之门并未因此自动打开，因为还需要所谓的第二媒介，即那些可以再度激活所存储的记忆的媒介。我们将文献资料成为第一媒介，而将纪念物成为第二媒介。文献资料立足于信息的编撰与储存，而纪念物则立足于由社会决定和实践的有价值的回忆的编撰和储存。②

实际上，在划分交往记忆和文化记忆有所区别的五个维度时，我们已经意识到，两种不同形态的记忆所拥有的媒介同样存在差别。进一步在媒介问题上进行考察和研究，"第一"和"第二"媒介的内涵和外延，尤其是二者之间的区别与联系便会凸显出来，从而体现出文化记忆视阈下

---

① "漂浮的裂缝"是民族学家让·范西纳（Jan Vansina）于1985年在其著作《作为历史的口述传统》中描述的一种回忆现象："历史意识只在两个层面上发挥作用：起源时期和晚近。这两个层面间的界限随着代际排列的变化而不断发生变化，因此我将产生于两层面间的空白部分称为'流动的缺口'"。参见［德］扬·阿斯曼：《文化记忆：早期高级文化中的文字、回忆和政治身份》，金寿福、黄晓晨译，第42页。
② ［德］阿莱达·阿斯曼、扬·阿斯曼：《昨日重现——媒介与社会记忆》，陈玲玲译，载［德］阿斯特莉特·埃尔、冯亚琳主编：《文化记忆理论读本》，第26页。

的历史观:只有那些能够被媒介所激活,并进入当下语境中的历史/回忆才具有意义。也就是说,是否能够在现实实践中产生新的价值和意义,才是判断这段回忆或历史是否有效的关键性因素。因为,历史是过去与现在的连贯性,历史的意义不在于过去,而恰恰在于当下:

> 历史发展不单单是一种进步或衰退,不是单向度地、直接趋向某种不可避免的宿命,它是一种可用"文化记忆"来描述的连贯性。这种连贯性力图把过去的意义带入并保存在书写的文字和被刻画的图像中,激活并重组,将其并入现在的语义范式中。①

最后,也是最重要的,这种划分,明确了"文化记忆"的研究模式是对集体记忆的一种批判式继承。和诺拉亦有所不同,阿斯曼夫妇并不限于某一个具体的国家、民族或语言,而是从一开始就在跨学科的前提下,将记忆放置在一个向多个学科开放着边界的、多层面的、立体的、动态的文化体系中进行研究。交往记忆和文化记忆的区分,实际上将记忆、文化和个人认同这三个重要维度联系在了一起:

> 阿斯曼主张,每一种文化都基于一套共享的规则和故事(记忆),连接着每个文化主体与对共同居住的意义世界的体验。正是由于这种体验,个体能够通过他们所属社会世界的认同符号——它体现为物化形态的共享的文化传统——的导引,来塑造自己的个人认同。"连接性"一词汇集了两类记忆,它们对该理论而言具有决定意义。一是"交往记忆",它在自发的层面运行,连接着现在和最近的过去;二是"文化记忆",它就像一个填满了"记忆图案"的大型仓库,提供了各种可能性来连接现在和古老的过去。②

---

① 转引自赵静蓉:《文化记忆与身份认同》,北京:生活·读书·新知三联书店,2015年,第15页。
② [德]迪特里希·哈特:《文化记忆的发明》,载[德]阿斯特莉特·埃尔、安斯加尔·纽宁主编:《文化记忆研究指南》,李恭忠、李霞译,第108页。

至此，我们可以看出，"文化记忆"这一概念如同其意义丰富的内涵，是开放的，也是在不断发展丰富中的。它既是一种记忆的框架也是一种记忆的研究模式，它是记忆本身也是记忆的研究方式，它既指向已经逝去的过去的历史，它也包括一个集体中的参与者们关于过去的理解和历史意识。总之，文化记忆"是在一个社会中的特定场所或场合被创造出来的过去，它不是要给出关于过去事件的精确或真实的证明，而是要在当下现实中一个被给定的文化语境下，对过去发表有意义的声明"[①]。

二、记忆的文学再现

从当下回到过去离不开有效的记忆的媒介，而在文化记忆的语境下讨论记忆的文学再现，实际上就是讨论作为记忆媒介的文学文本是如何通过对语言符号的运用，来表现人们关于过去的一种历史意识形态的。对此扬·阿斯曼指出：

> 文化记忆以过去的一些固定的点为基础。即便在文化记忆当中，过去也不是被储存起来，而是被投射到一些象征符号身上。比如，它们在口头神话或者文字当中被表述，在宴会上被表演，它们总是在阐明着变迁中的当下。在文化记忆的语境中，神话和历史的区别消失了。对于文化记忆而言，重要的并不是过去本身，不是考古学家和历史学家们调查、重构出来的那种过去，而仅仅是被记住的那种过去。在文化记忆当中，重要的正是时间世界。文化记忆追溯过去，但仅仅是那种可以被称为"我们的"过去。正因为如此，我们将这种形态的历史意识视为"记忆"，而不是关于过去的知识。[②]

[①] 赵静蓉：《文化记忆与身份认同》，第13页。
[②] [德]扬·阿斯曼：《交往记忆与文化记忆》，载[德]阿斯特莉特·埃尔、安斯加尔·纽宁主编：《文化记忆研究指南》，李恭忠、李霞译，第142页。

从这一阐述出发,不难总结出,在文化记忆研究框架中,人们用以反复表征过去的"神话和历史"的区别消失了,也就是说,口述历史和文字,这两种对于记忆/历史的叙述方式不再具有差别。而这些过去之所以被反复叙述,得以保存,正是由于它对于当下、对于今天的人们还在发挥作用,还在不断产生影响和生产意义。换言之,我们记住了哪些过去,我们又是以怎样的方式去理解和看待这样的过去的等等,这些问题才是文化记忆研究中尤为关键的部分,同时也是当下历史研究视野中的重要课题之一——历史的记忆化。对于此,赵静蓉有着准确的阐释:"研究历史的记忆化,不是要研究历史本身的发展进程,而是要关注在历史发展的过程中,作为记忆主体的个体或群体如何叙述这一过程或者如何表达对这一过程的看法",因此也可将其称为"历史的文本化"。[1]

一直以来,"文本"都被看作文化记忆理论建构中的核心概念。理由正如上文所述,在文化记忆机制的动态运行中,文化和记忆不仅有着本体论层面上的内在关联,且二者都能够跨越时间的鸿沟,保证人类文明的固定和传承:

> 人类通过文化创造了一个关于过去、现在和未来的时间性框架,它超越了个体生命的限度。文化在生者、死者和尚未出生者之间缔结了一道契约。人们通过对储存在或近或远的过去中的东西的召回、重申、阅读、笺注、批评和讨论,来参与各种各样的意义生产行为。无需每代人都从头开始,因为他们站在巨人的肩膀上,可以重新使用、重新诠释后者的知识。正如互联网创造了一个跨越广大空间的距离的框架一样,文化记忆也创造了一个跨越时间深渊的沟通框架。[2]

---

[1] 赵静蓉:《文化记忆与身份认同》,第60页。
[2] [德]阿莱达·阿斯曼:《经典与档案》,载[德]阿斯特莉特·埃尔、安斯加尔·纽宁主编:《文化记忆研究指南》,李恭忠、李霞译,第123页。

那么,在这个跨越了时间限制的、可以在代际之间保证沟通的文化/记忆的框架中,那些有待"召回"和"讨论"的知识是被如何储存和保管呢?又如何保证其意义不在时间的流动中丢失,保证其传承总是有效的呢?这必然离不开拥有稳定形式和强大储存功能的文字。文字的发明为记忆/历史带来了一场变革,信息的编码和储存"超越了鲜活的载体,并不再依靠集体演示的更新",但同时也带来了新的问题,文字庞大的储存功能带来"趋向于无限制的信息堆积"。① 阿斯曼夫妇在研究中同样关注到这一点,他们从记忆的功能出发,将其分为"未被居住的"存储记忆和"被居住"的功能记忆,前者指那些"潜在的、不稳定的回忆",后者则是经由记忆主体"选择、联结",并进行了"意义建构"的记忆。当然,这两种记忆的区分也并非绝对,"那些无组织的、无关联的因素进入功能记忆后,就成了整齐的、被建构的、有关联的因素。从这种构建行为中衍生出意义,即存储记忆所缺少的质量"。这里的质量或者说意义,指的就是记忆主体是否能够理解和认同这些被提取出来的记忆,从而成为这段记忆的新的"载体或内含主体"②,并进而产生身份认同。

存储记忆和功能记忆的划分充分说明:还没有被遗忘未必代表着不会被忘记,暂时被储存的未必代表着就有意义。只有那些进入公共语境,被反复讲述和不断重复的回忆才能够被记住,才有可能获得认同并产生新的意义,因为:

> 语言回忆的框架不是身体,而是社会交往。莫里斯·哈布瓦赫曾指出,回忆是在与他人及他们的回忆的语言交流中构建的。我们回忆许多我们能找到机会去讲述的东西。讲述是一种"详尽的编码",一种使经历变成故事的翻译。……记忆通过详尽和重

---

① [德]阿莱达·阿斯曼、扬·阿斯曼:《昨日重现——媒介与社会记忆》,陈玲玲译,载[德]阿斯特莉特·埃尔、冯亚琳主编:《文化记忆理论读本》,第26页。
② 同上书,第27页。

复巩固自己,这也说明:没有重复的就消失了。①

在这里,叙述的主体就是记忆的承载者和实施者,叙述的客体就是记忆的内容和事件,显然,历史与记忆这对二元变量之间的距离,由于叙述行为的存在而不断缩小,直至几乎为零。只有"被叙述"才能称作"被记住",只有"被记住"才有可能成为"被居住的"功能记忆,而只有"被居住",也就是说真正理解和认同,才能让新的记忆主体获得归属感从而建构新的身份认同。而当我们强调"叙述"行为对于记忆/历史的重要性时,几乎是不可避免地会立刻联想到拥有强大叙述功能的文本。自从有了文字,文本诞生,其功能之一就是通过叙述将"语言回忆"带入"社会交往"之中,让人们通过语言符号去触碰某些历史事实的客观实在。可以说,在"叙述"这一行为上,历史、记忆和文学得到了交汇。

其中,文学的叙述行为尤为独特,其原因在于作家们被允许在这一过程中,合法地行使虚构特权完成叙事运动。虚构意味着作者可以设计作品的叙述结构,从人物选择、到情节设定、再到结局走向,使它看起来与真实的历史毫无区别,甚至更甚于后者。显然荡气回肠、引人入胜的故事更易于激发读者的共情和接受,并在较长的时间里被记住,这样的文学文本被一些学者描述为"有粘性"的故事,因为它们以"一种结构化的方法勾勒过去,其中加入了读者或观众的同情,从而有助于让特定事件具有可记忆性"②。文学文本独有的这种虚构优势,或曰虚构自由,尤其体现在对创伤事件的叙述中,那些难以通过正常途径得以表达的经验,往往可以借助文学的艺术建构得到再现和传递。正因如此,布亨瓦德集中营的幸存者,流亡作家豪尔赫·森普伦(Jorge

---

① [德]阿莱达·阿斯曼:《回忆的真实性》,王杨译,载[德]阿斯特莉特·埃尔、冯亚琳主编:《文化记忆理论读本》,第149页。
② [荷]安·芮格妮:《记忆的机制:介于纪念性和变体之间的文本》,载[德]阿斯特莉特·埃尔、安斯加尔·纽宁主编:《文化记忆研究指南》,李恭忠、李霞译,第430页。

Semprún)在其带有自传性质的作品《写作或生活》(*La escritura o la vida*)中写道：

> 我能想到,将会有大量的证据……再晚一些的时候,历史学家们也会收集、重组、分析这些……一切都将被讲述,一切都是真的……除了那最本质的真实,那是任何历史都无法再现的事实。
>
> 因为这是另一种理解,是亲身经历过的最本质的真实,是无法传递的……或者更确切地说,只能通过文学书写来传递。①

因此,作为一种特殊的文化记忆媒介的文学文本,尤其是那些已成经典的文学作品,其重要性被阿莱达·阿斯曼多次强调。而且,为了将其与通俗大众文学有所区别,阿斯曼将其称为"文化文本",她以《圣经》、莎士比亚的经典作品等为例,指出:"文化文本拥有一种能力,使作品所负载的能量不会消失殆尽,而是随着不断阅读而传播并储存在记忆之中,跨越历史的鸿沟结合在一起。"②对此,冯亚琳指出,由于阿斯曼将通俗文学放在了"文化文本"的框架之外,因而"是具有一定局限性的"③,今天更多的研究表明:"对于文化记忆而言,文学文本,无论是经典文学还是通俗文学,均具有其他文本无法替代的意义,它们不仅有可能是民族文化记忆的对象,还能够通过自身的媒介功能,对于集体同一性发挥构建作用。"④也就是说,具有"可记忆性"的文学文本既是记忆的对象也是记忆的媒介。

而文学文本在文化记忆的运行机制中发挥着双重作用并非偶然。除了上述从文学艺术自身内部提出的文学性,或者说文本的虚构自

---

① Jorge Semprún: *La escritura o la vida*. Barcelona: Tusquets Editores, 1995, p.141.
② [德]阿莱达·阿斯曼:《什么是文化文本?》,张硕译,载[德]阿斯特莉特·埃尔、冯亚琳主编:《文化记忆理论读本》,第137页。
③ 冯亚琳等:《德语文学中的文化记忆与民族价值观》,第63页。
④ 同上书,第66页。

由、文本的"粘性"等,蕾娜特·拉赫曼(Renate Lachmann)还从文本生产的外部关联入手,将其归功于文本强大的互文性,以此来阐释文学和记忆之间的紧密关联:

> 从记忆角度来看,文学是最优秀的记忆术。文学是文化的记忆,它不止是一种记录的工具,更是纪念行动的载体,包含了某种文化所储存的知识,实际上也包含了某种文化所创造出来并构成了该文化的全部文本。写作既是一种记忆行为,也是一种新的阐释,新文本由此浸入记忆空间。不管是汇聚还是疏离,吸收还是排斥,新文本都反映了某种文化中的存世文本,置身于一种互惠互利的关系中,这种参与坚持了该文化中所暗含的记忆概念。文本作者以各种方式借鉴了其他文本,既有古代的,也有当代的;既可能是自身文化的,也可能是其他文化的。他们提及、征引、转述乃至整合了这些文本。文学研究者使用"互文性"这一术语来把握(文学和非文学)文本之间在形式和语义上的这种接触和交叉关系。互文性揭示了某种文化——此处指某种书面文化——如何持续重写和转录自身,如何不断地通过其标志符号来重新界定自身。作为梗概性的记忆空间,每一份具体的文本都蕴含着宏观记忆空间,或者再现了某种文化,或者呈现了那种文化。[①]

可见,在拉赫曼看来,文学文本自身就是一个精密的记忆生产系统,由于文本的"互文性",文学作品的叙述行为包含着双重的记忆性能:一方面,文本作者借鉴了其他记忆、其他文化,并将其在自己的叙述行为中进行整合,将写作行为本身变成一种记忆行为;另一方面,新的文本以新的意义凝结体的方式重新进入文化记忆的空间,加入文化

[①] [德]蕾娜特·拉赫曼:《文学的记忆性与互文性》,载[德]阿斯特莉特·埃尔、安斯加尔·纽宁主编:《文化记忆研究指南》,李恭忠、李霞译,第373页。

的循环传播链之中。

对于文学文本的记忆功能,阿斯特莉特·埃尔在《文学作为集体记忆的媒介》一文中也对其进行了完整的论证。她首先引用西皮尔·克莱默尔(Sybille Kramer)的论述对文化记忆的媒介的边界做出了限定:"媒介不是简单地传递信息,而是有一种影响力,对我们的思想、感知、记忆和交流的形式产生影响。"①接着,埃尔指出文学之所以能够成为集体记忆的媒介是由于:其一,"文学的'创造世界'的过程和阐释的过程与集体记忆的过程是完全相似的,所以文学作品非常适合作为记忆媒介";其二,文学与其他符号体系有着显著不同,因为文学具有强大的创造力,它不仅能够承载记忆,更能够制造记忆。这一点与拉赫曼提到的文学的"互文性"颇具异曲同工之妙。由此,埃尔进一步提出了作为记忆的媒介的文学所具有的三大功能:"文学是一种存储媒介,一种传播媒介,并且在记忆文化中作为暗示媒介。"②其中前两种功能较为容易理解,即文学可以通过艺术创作、被阅读、被再版、被反复阐释等,在跨度较大的时间范畴内承担集体记忆的存储器功能;同时,文学还能够通过对记忆的不断循环利用,成为记忆的传播器;最后的"暗示媒介"是来自记忆心理学的概念,指的是回忆的开启和回忆过程,未必每一次都是刻意为之的行为。也就是说,尽管"媒介是包含了信息发送者、渠道、接收者以及编码的过程的交际媒介。但是记忆媒介却并不一定需要一个信息发出者或者一个密码"③才能引出回忆,我们需要的往往只是某一句话,或是作者描述的某个情景对我们的暗示。总之,正如阿莱曼表述的那样:"文学,尤其是叙事文学,是再现个

---

① [德]阿斯特莉特·埃尔:《文学作为集体记忆的媒介》,吕欣译,载[德]阿斯特莉特·埃尔、冯亚琳主编:《文化记忆理论读本》,第230页。
② 同上书,第235页。
③ 同上书,第233页。

人记忆和集体记忆的理想工具"①,是文化记忆强大而有效的媒介。

本章小结:文学对历史/记忆的关照功能

"历史"与"记忆"之间多元开放的关系,是我们在对历史的记忆书写展开研究时的必经之路。因此,作为本书所讨论的核心问题——当代西班牙内战小说如何通过记忆书写,达到对民族历史的有效建构和反思的理论框架,本章以"历史"与"记忆"之间不断发展变化的关系作为切入点:一方面,对自 20 世纪 20 年代以来,西方理论界集体记忆领域的代表性思想和理论进行了梳理;另一方面,则通过这一梳理明确了记忆在史学研究中的重要作用和意义,得出了历史的记忆书写,即历史的文本化,不仅是可能的而且是十分必要的这一整体结论。

总的来看,在对"历史"和"记忆"关系的研究中,存在着两种努力方向:一种倾向于将二者划清界限,另一种则主张将重点放在它们的融会沟通上。而产生这一现象的根本原因,是由于 20 世纪上半叶,在传统史学向新史学的转变过程中,历史学家对"历史"的概念界定以及历史研究范式的演变。正是在这样的学术背景之下,今天记忆研究的开拓者和奠基者——哈布瓦赫,提出了"集体记忆"这一概念,并始终坚持"集体记忆"与"历史"之间的差异性。他的研究不仅推动"记忆"进入新史学的研究视域,更启发了之后的学者从更加多元视角去探寻记忆和历史之间的关系问题。

其中,皮埃尔·诺拉有关"记忆之场"的论述,就可以看作是对哈氏关于历史与记忆之关系论断的深入回应。诺拉依然强调"历史"与"记忆"的对立关系,并将"记忆之场"定义为受到历史和记忆共同作

---

① Manuel Maldonado Alemán: *Literatura e identidad cultural: Representaciones del pasado en la narrativa alemana a partir de 1945*. Bern: Editorial científica internacional, 2009, p.48.

用的中间地带，且必须满足"实在性""象征性"和"功能性"这三个要求。"记忆之场"的根本目的是解构大写的历史的权威，让记忆成为历史研究的对象，因而不仅为史学提供了新的方法和视野，更是记忆研究史上的重要突破。

此外，哈布瓦赫在对集体记忆进行研究的过程中提出"记忆的社会框架"的概念，认为个体记忆从根本上而言，必然受到社会文化语境或者框架的影响，甚至是激发。因而，也为阿斯曼夫妇的"文化记忆"理论奠定了基础。在文化记忆理论的研究框架下，"文化"和"记忆"不再是修饰关系的两个词语，而是联系紧密不可分割的整体。文化记忆理论所区分出的存储记忆和功能记忆的区别，更让我们看到一个社会群体从它当下的需求出发，进行记忆的筛选不仅是可能的，而且是必然的。在这个记忆选择和建构的过程中，作为一种特殊的文化记忆媒介的文学文本，发挥着重要且独特的作用，它不仅能够存储和传递集体记忆，更能够对人们的思想和理解问题的方式产生影响。

总之，当记忆在人们的历史意识中发挥着愈来愈重要的作用时，对历史的研究早已离不开对历史的记忆化，或曰文本化研究。也就是说，文学对于记忆和历史发挥着强大的关照功能，我们可以经由作家的书写，即文学文本，去反观人们选择记住哪些过去，以及以何种方式讲述、理解或看待这一过去的，并由此探究导致形成了这样的讲述方式的深层原因。

而在进行具体文本分析之前，还需要了解有关西班牙内战的历史和记忆之间的复杂关系。是怎样的历史现实导致了记忆的大规模缺失，或曰集体层面的"沉默契约"？又为何记忆的"爆炸"和记忆的危机同时存在？为何对这段历史的记忆书写是十分必要且具有重要价值的？关于这些问题，都将在下一章加以讨论。

第二章
西班牙内战的记忆书写

通过上一章的讨论,我们明确了历史与记忆之间共存互生的关系,更在"集体记忆""记忆之场",尤其是"文化记忆"理论的研究框架下,确认了历史的文本化,或者说"文学文本"之于"记忆"或"历史"的重要意义和作用。那么,在真实的历史进程和具体的历史语境中,历史和记忆之间的关系又会经历怎样的曲折?是否会遇到挑战,甚至是陷入困境呢?

因而在这一章,我们将把"历史的记忆化",即"历史的文本化"过程,置于由西班牙内战这一具体历史事件引发的,"记忆"与"历史"的问题之争中。这一方面是我们的研究对象——"当代西班牙内战题材小说"产生的社会、历史及文化背景,而另一方面,也清晰昭示了这类叙事文学的意义所在。

由此,我们将对这样一系列彼此影响的问题展开讨论:首先,为什么这场战争会成为在全世界范围内,仅次于"二战"的,被各种文本反复追忆、建构和阐释的历史事件,而另一方面它又造成了近半个世纪的记忆的缺失,并至今还在对西班牙人民产生着影响?其次,为什么"塞尔卡斯效应"代表着一种记忆文化?为何记忆的"爆炸"和危机会同时存在?最后,作为对这场"记忆"与"历史"之争的整体回应的西班牙内战小说又经历了怎样的发展与演变?它们在主题思想、艺术特色和书写模式上呈现出哪些共同特征?

第一节　西班牙内战的历史与记忆

尽管现代记忆研究的重镇都位于欧洲,然而对于和德法毗邻的西班牙来说,这场记忆的热潮也和20世纪其他西方社会思潮在这个国家的际遇相似,姗姗来迟。1975年12月佛朗哥去世,这个在二战后唯一一个建立了法西斯专政的欧洲国家终于结束了近四十年的独裁统治。从表面看,国王胡安·卡洛斯(Juan Carlos)的开明政治,首相阿道弗·苏亚雷斯(Adolfo Suárez)在政府改革上表现出的决心和斡旋能力,1978年新的《宪法》草案的通过,1979年通过议会选举苏亚雷斯成功组阁其第三届政府……一切都彰显出这个国家在民主转型道路上坚定而卓有成效的步伐。短短五六年的时间里,从独裁政府到建立民主制度,西班牙温和、不流血的政治变革之路一度被许多国家奉为模板,也被亨廷顿作为典型纳入"第三波民主化浪潮"的民族之一。①

然而,战争的阴霾真的能够随着独裁者的撒手人寰而消失殆尽吗?一切都如表面看起来这般顺利吗?恐怕许多人将给出否定的答案。1981年2月23日的军事政变就是各方力量暗流涌动、碰撞,最终导致矛盾集中爆发的后果。尽管这场政变被很快平息,但显然佛朗哥政府遗留下来的特权集团从一开始,就对于民主过渡持反对态度和敌意的警惕。② 因而所谓和平、不流血的民主道路,必定意味着对某些利益集团的让步和妥协,也必然使那些无解的、根深蒂固的矛盾变得更加隐蔽。西班牙作家胡安·贝内特有一段被学界频繁引用的,关于内

---

① [美]塞缪尔·P.亨廷顿:《第三波:20世纪后期的民主化浪潮》,欧阳景根译,北京:中国人民大学出版社,2013年,第17页。

② 参见 Jesús de Andrés: "El golpe de estado de La Transición. Las causas, actores, desarrollo y consecuencias del 23-F", en *Actas del III Simposio de Historia Actual*, ed. por Carlos Navajas Zubeldia, 2002, pp.463-482.

战及其后果的精辟论断：

> 1936—1939年的西班牙内战，毫无疑问是西班牙当代历史上最重要的事件，很可能也是这个国家历史上最具决定性意义的事件。没有什么像这场战争这样决定了20世纪西班牙人民的生活，并且这片土地上的人们还不知何时才能卸下沉重的负担，走出这场悲惨战事的阴影。人们需要一个真正的原谅，可以部分地或是公正地，清理那些至今尚未愈合的伤口，可以让这个民族，因为曾经被分为两个阵营而存在的，深层次的、隐蔽的分裂，能够愈合。①

从这里不难看出，作为整个民族，乃至人类现代历史上的一段苦难经历的西班牙内战，不仅被深刻写入集体记忆之中，更对当下西班牙社会的思想意识形态和价值观念产生着深远影响。然而，这段苦难历史还尚未得到记忆的充分反思，更未能实现其相应道德责任的实践和承担，故此在集体的成员之间也还未达成真正的和解。

事实也的确如此。1999年7月25日，西班牙《国家报》(*El País*)还在就"我们的过去——忘却还是承担？"(¿Olvidar o asumir nuestro pasado inmediato?)为命题，在全国范围内公开发起一场辩论，旨在回应各界不断兴起的，对刚刚过去就被迅速掩埋的民族创伤记忆的追溯热潮；2000年3月，一位来自莱昂的老人在接受周刊记者埃米利奥·席尔瓦(Emilio Silva)的采访时说道："这个国家，埋在坟墓外面的人比埋在里面的多"②；出生于1956年的西班牙作家穆尼奥斯·莫利纳的声音，则代表了许多在独裁统治下度过了童年和青春期的西班牙知识

---

① Juan Benet: *¿Qué fue la Guerra Civil?* Barcelona: La Gaya Ciencia, 1976, p.19.
② Emilio Silva, Santiago Macías: *Las fosas de Franco: Los republicanos que el dictador dejó en las cunetas*. Madrid: Ediciones Temas de Hoy, 2003, p.84.

分子："对我们来说，'传统'一词只意味着蒙昧和无知，如同'国家'或是'爱国主义'这样的词，对我们来说就代表独裁"①；等等。和平注定是来之不易的，而西班牙人付出的代价就是将一切都"扔进遗忘"（echar al olvido）②。乔治·桑塔亚纳（George Santayana）说：忘记过去的人，注定会重蹈覆辙。而在西班牙，这一切恰恰相反，为了不重蹈覆辙，最好忘记过去！那么，究竟是怎样的过去让西班牙人如此进退两难？

一、内战之殇

造成这一"记住"还是"忘记"的两难局面的起因，或许可以追溯到19世纪太平洋上的一场战事。1898年的美西战争中，西班牙丧失了它庞大的海外帝国的最后残存地：古巴、波多黎各和菲律宾。战争的失败固然带来巨大的经济损失，但对骄傲的西班牙人在心理上的打击或许更大。看到自己的祖国不可避免地沦为二流国家，所有人都闹哄哄地要求对这个颓废的王朝进行重建。阿方索十三世被迫退位，君主制瓦解，第二共和国匆忙之中接掌政权，人民阵线成立，左翼右翼党派纷争，工人罢工、军队武力镇压，大规模武装叛乱……

终于，1936年7月18日，战争自西班牙的加那利群岛和摩洛哥爆发，并迅速扩大到伊比利亚本土。经过近三年痛苦卓绝、残酷绝望的拉锯、挣扎、杀戮，战争在1939年4月1日，以马德里的沦陷和佛朗哥军队的全面胜利作为结束。然而，在遭受了漫长的文明丧失、野蛮横行的战争劫难后，人们所企盼的和平并未到来。接踵而至的是令人震惊的、荒

---

① Antonio Muñoz Molina: "La invención de un pasado", en *Pura alegría*. Madrid: Alfaguara, 1998, p.202.
② Santos Juliá: "Echar al olvido: memoria y amnistía en la transición", en *Claves de razón práctica*, n°.129, 2003, p.14.

诞而残酷的军事独裁。为了在短时间内,让自己建立的法西斯政权合法化,佛朗哥政府在战后发动了大清洗和恐怖屠杀。可以说,从19世纪末期至20世纪七八十年代,西班牙人的命运已经完全不由自己掌控。

在这里,我们无意去探究引起这场战争的根深蒂固的阶级矛盾、贫富差距;也不去细数那些盘根错节的政治斗争、权力更替,我们知道这必定是一段既充满崎岖斗争、鲜血理想,但同时也充满了偶然性的革命之路。我们将把目光停留在那些被人们,尤其是在各种文本中,被反复诉说和阐释的历史时刻,关注那些对数代西班牙人的心理、精神和身份认同产生了巨大影响的、缠绕着深刻情感因素的事件。即始终在文化记忆理论的研究框架下,聚焦于那些"在过去的大多数(但不是全部)时间内,每个群体都把自己的整体性意识和特殊性意识"建立其上的"集体知识"之上。①

尽管幸运地没有被卷入"一战",然而20世纪初的西班牙和欧洲其他国家相比,还是逐渐沦为了一个落后的民族,其中一个重要的衡量因素就是它的经济形态,"1930年,46%的劳动人口仍然直接从事农业,而且至少另外10%实际上从事乡村工业",②仅有的一些现代工业只存在于北部的加泰罗尼亚地区,例如钢铁、造船工业等;此外还有一些阿斯图里亚斯地区的矿业经济。而在西班牙的南部,例如安达卢西亚、塞维利亚、拉曼查地区等则以农业和种植业为主,那些并不居住于此的庄园主拥有着大片的私人领地和庄园。一方面小农和佃户面临着土地贫瘠、入不敷出的重压,另一方面贵族等特权阶级则靠着高昂的租金坐享其成。总之,在第二共和国还未建立之时,这就已经是一

---

① [德]扬·阿斯曼:《集体记忆与文化身份》,陶东风译,载陶东风、周宪主编:《文化研究》(第11辑),北京:社会科学文献出版社,2011年,第4页。
② [英]马丁·布林克霍恩:《西班牙的民主和内战(1931—1939)》,赵立行译,上海:上海译文出版社,2003年,第2页。

个矛盾重重的、落后的、以乡村经济为主的,"令人感到吃惊的不公正社会"。①

土地问题,反映出的是主张改革的共和派、社会党人等和保守的右翼之间的力量抗衡,其造成的结果是教会、军队、贵族阶层与底层劳动者——农民之间不断扩大的巨大贫富差距和日益激化的阶级矛盾。在西班牙第二共和国执政期间,土地改革是共和派政府自上台就希望能够推进的项目之一。从1931年4月开始即纳入议程,经过无数次曲折的议会,第二年方才推出《土地改革法案》,并设立了专门机构对土地资产进行重新分配,结果遭到右派势力的拼死抵抗和百般阻挠,加之缺少足够的财力、信息沟通不畅和相应的技术支持,直到1933年的秋天,土地改革仍然没有实质性的进展,但是仇恨的种子却已经被深埋在两个阶级之间:厌倦了等待的农民阶级直接采用武装暴力占领那些大地主的农场和庄园,结果被军方和地方寡头势力残酷镇压。作家们在对1936年至1939年的西班牙历史进行再现时,土地问题常被代入人物活动的社会背景之中,呈现出一幅幅贫穷、落后、暴力频发的西班牙乡村景观。②

从这里,实际上可以引出许多文本在重构内战的历史记忆时,常常涉及的一个根本问题:到底为何而战?很多参战的人们,尤其是那些来自偏僻农村的底层人民,果腹尚成问题,更勿要提接受教育了。20世纪初,在以农业为主要经济形态的西班牙,文盲比比皆是,对于政治他们根本毫无概念,只是为了生存而被莫名其妙地卷入了这场战争。例如《波兰骑士》里的祖父马努埃尔,他会替农场主夫人去向要火

---

① [英]马丁·布林克霍恩:《西班牙的民主和内战(1931—1939)》,赵立行译,第2页。
② 例如胡利奥·利亚马萨雷斯的《月色狼影》,穆尼奥斯·莫利纳的《波兰骑士》,豪尔赫·森普伦的《二十年零一天》(Veinte años y un día)、阿尔贝托·门德斯的《盲目的向日葵》等等,都对西班牙不同地区的、极度贫困的乡村生活有所描写,同时也反映出农民和当地大庄园主之间的矛盾。伴随着战争的爆发,这些偏远地区的局势可谓雪上加霜,愈加复杂混乱。

烧庄园的民兵们求情,也会为了不饿肚子而加入共和国的冲锋护卫队;再如《盲目的向日葵》里的十六岁的男孩埃乌亥尼奥,他决定加入共和国的一方作战,只是因为长期欺凌自己和母亲的舅舅在内战爆发时加入了国民军;和埃乌亥尼奥做了相反选择的是《木匠的笔》(*El lápiz del carpintero*)中的埃尔瓦(Herbal),因为相貌丑陋,埃尔瓦自小在村子里备受嘲笑,为了报复众人而加入了国民军,成了一名监狱看守;又例如《我所诉说的名字》中的吉卜赛人安绍拉,他从加入战争到不幸丧命,始终想的都是如何逃离战场,回到妻子阿玛利亚的身边;等等。当这样的几乎集体性的意识,在文本符号的系统下,被反复不断地呈现和阐释时,我们认识到这场战争的意义,早已无法由大写的历史给予同一化的解释,而是注定由一个个小写的故事,和个体的回忆汇聚起来的,充满争议和各种复杂情感的意义之场。

而且,这个意义之场的范畴早已跨越国界,成为全人类反思战争、叩问人性时的创伤记忆之地。正如海伦·格雷厄姆注意到的那样:

> 在20世纪欧洲历史上发生的惨痛灾难中,西班牙内战继续在今天发挥着特殊的魅力。当然,这种吸引力不能用战争的地理位置,或是参与冲突的人数规模,抑或是被投入使用的恐怖的战争武器来解释。因为就物质破坏力和人类悲剧而言,西班牙的这场内战和其他战争相比相形见绌。即使我们把1940年代,西班牙战后大规模的屠杀和监禁造成的持续的恐怖计算在内,也无法改变这一事实。但我们与西班牙内战长期以来缔结的亲密关联也是不可否认的。这种关联已经促生出超过15 000本相关书籍的出版——堪称一部文字的墓志铭,仅在这一点上它的重要性已经和二战不相上下。[①]

---

① Helen Graham: *The Spanish Civil War*. New York: Oxford University Press, 2005, p.10.

而且根据最新的数据统计,关于西班牙内战的各种文本即将超过第二次世界大战,①而这绝非偶然,或者应当说,这是一系列偶然促生的必然结果。

首先,这场从地理位置上看,似乎与"世界大战"并无关联的军事冲突,实际上是当时的国际政治形态和多方外部势力操控下的一场国际较量:

> 在相对闭塞的西班牙,新旧体制间的冲突竟然爆发成全面内战,乍一看似乎有些自相矛盾。然而最重要的是,我们不要忘记,从军事政变上升为内战,再升级到将大多数平民卷入其中的全面的、现代化战争,其决定性因素均来自西班牙战场之外。②

从这个意义上出发,内战之殇从一开始就注定是人类之殇。1936年7月18日,右翼保守党派在摩洛哥群岛发动叛乱,法国保守派为避免卷入西班牙的军事冲突,在1936年7月25日即宣布法国"不会以任何形式介入"西班牙冲突;与此同时,德国和意大利的独裁者对佛朗哥的援助请求做出了积极回应,正是由于德国派出的运输机和战斗机,佛朗哥才有可能从摩洛哥向马德里成功进发。9月中旬在英法两国的推动下,由欧洲各国代表组成的"不干涉委员会"在伦敦成立,希望可以通过不干涉的协定将战事封锁在西班牙本土之内,这也意味着左翼共和政府获胜的希望极大。但是欧洲的三大力量:德国、意大利和苏联都从自身的利益出发打破了这份协定:"希特勒和墨索里尼均希望

---

① Maryse Bertrand de Muñoz:"Metaficción, autobiografía y Guerra Civil", en *Nuevos caminos del hispanismo…: actas del XVI Congreso de la Asociación Internacional de Hispanistas*, París, del 9 al 13 de julio de 2007,参见 https://cvc.cervantes.es/literatura/aih/pdf/16/aih_16_2_292.pdf,2020年12月20日查看。

② Helen Graham:*The Spanish Civil War*, p.16.

佛朗哥获胜,且墨索里尼很快就将此作为重中之重,投入的资源不仅远多于希特勒,也大大超过斯大林给共和派的支持。"[1]而苏联政府也对共和国一方提供了武器和军事指导人员,其中最为人们熟知的就是由第三国际组织成立的国际志愿者——"国际纵队",这些志愿者来自世界各地,总计4万余名,他们以反法西斯主义为理想,英勇战斗,很多人将生命永远留在了西班牙这片土地上。面对着这段像故事一样充满了诸多偶然因素的历史,人们不禁要问,如果没有国外势力的种种干预,第二共和国政府是否还会被迫流亡直至彻底崩塌?西班牙的命运是否会被改写?尽管历史的结果已经写定,但那些输掉了战争的西班牙人从未停止这样的感慨和设想:

> 毕竟,英国和法国让我们这一派在内战中输了,不是吗?我这么说,意思不是希望这两个国家直接干预我们的内政——不,绝不是这样!我的意思是,他们英国制止任何人的干预。他们应该确保德国和意大利离开西班牙,让西班牙人自己解决内战,这样我们就可以赢得战争。因为所有重要的中心城市、大型工业城市,以及广大的工人阶级都站在我们这边。马德里、巴塞罗那、毕尔巴鄂——这只是其中三个,更不用说其他地方。不出三十六小时结果就会明了。我们也许需要时间,可能一个多月,就能在敌方孤立的中心地带清除叛军势力。这原本可以实现,然而希特勒和墨索里尼很快干预进来,向敌方支援了飞机、武器和士兵。内战期间,意大利派遣了六万人的军团到这里——他们应该是志愿军,在诸如黑箭师、第23步兵师,以及利托里奥师中战斗。不论是当时还是现在,我十分确信是因为希特勒和墨索里尼,国民军才赢得了内战。没有他们的参与,结

---

[1] [美]斯坦利·佩恩:《西班牙内战》,胡萌琦译,北京:中信出版社,2016年,第161页。

果会完全相反。①

这段话根据英国著名口述史研究者罗纳德·弗雷泽(Ronald Fraser)对曼努埃尔·科特斯(Manuel Cortes),一名在柜子里藏了三十年(1939—1969)的共和党人的采访整理而成。对于口述史的价值史学界已经给予了反复论证和肯定,但无论曼努埃尔提供的回忆里掺杂了多少主观情感,这场战争的结果是一起由于外力干涉而造成的偶然事件,这一性质确是不容否定的。也正是由于这样的偶然性,让人们对于这段历史的认知至今难以达成一致,正如当时的战地记者,时任英国《工人日报》编辑的克劳德·柯克本(Claud Cockburn)在自传中写道:"没有人会认同任何人对西班牙做出的全部概括。即使是我自己在当时做出的所有概括,我也对其中的半数结论持否定态度。"②鉴于这样的偶然性和复杂性,西班牙内战还在源源不断地促生出各种与其自身相关的书写和阐释。

其次,不可避免地,围绕着内战之殇凝结着痛苦的记忆,这些情感和意义通过特殊的文化记忆媒介得以承载和具象化传递,并跨越时空对当下西班牙人的记忆文化产生导向。苏珊·桑塔格在《关于他人的痛苦》一书中这样评价这次战争:"西班牙内战(一九三六年至一九三九年)是第一场现代意义上可被目击的(采访)的战争:由一群群专业摄影师在交战的前线和被轰炸的城镇目击和采访,他们的作品立即见诸西班牙国内外报纸和杂志。"③并且,她特意提到了那张由战地摄影师罗伯特·卡帕(Robert Capa)偶然抓拍的,堪称西班牙内战期间最为

---

① [英]罗纳德·弗雷泽:《藏着:一个西班牙人的33年内战人生》,熊依旆译,上海:格致出版社,2020年,第32页。
② [美]阿曼达·维尔:《西班牙内战:真相、疯狂与死亡》,诸葛雯译,北京:中国友谊出版公司,2018年,第XI页。
③ [美]苏珊·桑塔格:《关于他人的痛苦》,黄灿然译,上海:上海译文出版社,2018年,第17页。

《倒下的士兵》,罗伯特·卡帕,摄于 1936 年 9 月 5 日

著名的一张照片:"一个卷起袖子的白衬衫的男子,在一座小山丘上后仰翻倒,他的右臂甩向背后,步枪从手里脱落;他已死去,就快栽倒在自己的影子里。"①

这是一名被敌人子弹击中的共和派士兵,影像产生的视觉震撼,让亲历过战争的人将过去的记忆和当下的感受相连接,让未曾经历的人们获得对他人记忆的证实,和对照片内容的叙述的渴望。通过观看这一行为,照片和照片的观者共同成为这段痛苦记忆的承载者、阐释者和传递者。

除了大量压缩在影像里的内战记忆,毕加索在德国空军的一次轰炸后创作的壁画《格尔尼卡》(Guernica, 1937)、海明威的小说《丧钟为谁而鸣》(For Whom The Bell Tolls, 1940)、乔治·奥威尔(George

---

① [美]苏珊·桑塔格:《关于他人的痛苦》,黄灿然译,第 19 页。

Orwell，1903—1950）的战争回忆录《向加泰罗尼亚致敬》(*Homage to Catalonia*, 1938)、巴勃罗·聂鲁达(Pablo Neruda, 1904—1973)的反战诗集《我心中的西班牙：献给战争中人民的光荣赞歌》(*España en el corazón: himno a las glorias del pueblo en la Guerra*, 1937)、塞萨尔·巴略霍（César Vallejo, 1892—1938）的《西班牙，请拿开这杯苦酒》(*España, aparta de mí este cáliz*, 1937)、先锋派诗人安东尼奥·马查多（Antonio Machado, 1875—1939）的诗歌、米格尔·德·乌纳穆诺（Miguel de Unamuno, 1864—1936) 1936年10月12日在萨拉曼卡大学的正义陈词"反叛者会赢得胜利(vencer)，却无法赢得人心(convencer)"，包括内战爆发伊始即被国民军秘密杀害的年轻诗人加西亚·洛尔卡（Garcia Lorca, 1898—1936）本人，等等，在今天都已经成为来自西班牙内战中文化战场上的具有象征意义的符号。符号所携带的丰富的意涵，将一场武装斗争普世化为一种广泛的、对人性中的恶的揭露和批判。更让这种以追求自由、正义为理想，无惧牺牲的勇气和斗争精神获得了稳定的"形构"①，被写进西班牙文化记忆的语境之中，从而让后代可以不断将个人体验置入其中，衍生出新的意涵和理解。

实际上，内战之殇也是一场文化之殇。战争爆发伊始，那些在20世纪初推动着西班牙现代主义运动的知识分子们，几乎都站在了共和国一边。② 他们中的大部分都是来自社会普通阶层的思想家、作家、诗人、画家、艺术家、发明家等，虽然这些知识分子在意识形态上存在着差异，有人赞成学习法国，有人主张布尔什维克，但无论怎样，他们与

---

① Jan Assmann: "Collective Memory and Cultural Identity", in *New German Critique*, n°. 65, *Cultural History / Cultural Studies* (Spring — Summer), 1995, p.130.
② 当时大部分持自由民主思想的知识分子都站在第二共和国一边，但也有不少支持佛朗哥的军队，例如著名诗人迪奥尼西奥·里德鲁约（Dionisio Ridruejo, 1912—1975），作家莱恩·恩特拉戈（Laín Entralgo, 1908—2001）、桑切斯·马萨斯（Sánchez Mazas, 1894—1966）、安东尼奥·托瓦尔（Antonio Tovar, 1911—1985）等；或选择保持中立沉默的，例如著名的思想家、作家奥尔特加·加塞特（Ortega y Gasset, 1883—1955）、马拉尼奥医生（el doctor Marañón, 1887—1960）等等。

当时传统保守的右派有着迥然对立的价值观和理想,他们希望寻找到的是一种新的存在方式,以推动西班牙朝向现代的进步和变革,而不是退回到君主制或基督教掌控一切特权的时代,更不希望那些充满了殖民和侵略色彩的"帝国、西班牙性、收复"(Imperio, Hispanidad, Reconquista)①的思想再次传播在西班牙的大地上。

从根本上而言,战争的爆发是左右两派不可调和的思想文化矛盾激化的后果,导致的结局是大批进步的、有理想的文人志士或流亡海外,或惨遭迫害,对战后西班牙的文化和教育造成了极大损失。然而,他们在斗争中形成的思想价值和精神意涵,在特定的群体中得到了保留和延续:

> 如果说五十年前,在法国,由于德雷福斯事件(el affaire Dreyfuss)②而诞生了一名敢于反对强权,代表人民向法庭寻求正义的"知识分子",那么在西班牙内战期间,也有这样一个"反法西斯知识分子",他毫不犹豫地以语言作为武器,维护这个被压迫民族的权利,这个被迫成为这场自由之战的主角和大众文化的先锋的民族。这个反法西斯知识分子,诞生于来自欧洲和美洲的积极分子,以及那些被极权政治迫害的人们在马德里、巴塞罗那和巴伦西亚组织的无数次大会之上。这个诞生于西班牙战场上的知识分子将随着时间,成为欧洲反抗纳粹占领的战斗中人们思想意识的引导者。③

---

① Juan Benet: ¿Qué fue la Guerra Civil? Barcelona: La Gaya Ciencia, 1976, p.168.
② 德雷福斯事件,或称德雷福斯丑闻,指的是1894年的法国,犹太裔法国陆军上尉德雷福斯(Alfred Dreyfus)被指控出卖法国陆军情报给德国,军事法庭裁定德雷福斯叛国罪名成立,判处其终身苦役并流放外岛。事后虽经证实纯属诬告,军事法庭却因德雷福斯的犹太人身份而拒绝改判,引起左拉等知识分子和群众的奋起抗议,并演变为一场具有深远历史意义的运动。胡安·贝内特以该事件为例说明知识分子的斗争精神和语言的力量。
③ Juan Benet: ¿Qué fue la Guerra Civil? Barcelona: La Gaya Ciencia, 1976, p.169.

这种以自由、民主为理想,即使被误解、被放逐、被杀害,也要不屈抵抗的精神凝结成了一个具身化的知识分子形象,一种文化遗产,在文化记忆的系统中被今天的人们反复确认和表征。也正是由于这样一个由知识分子团体组成的,为了梦想不懈斗争、奋力突围的"精神骑士"的存在,这场记忆追溯的热潮虽然晚到却犹可期待。他们代表着现实主义的力量和朴素的人道主义情怀,这一次,他们要奋力突围和打破的,是整个西班牙社会由上至下业已长期达成的"沉默契约"。

二、"沉默契约"

"沉默契约"或曰记忆的缺失,是指在人们在战后的恐惧中被迫沉默,这也是亲历了战争的人们为了生存而必须做出的选择。佛朗哥政府自 1939 年 4 月即开始在全国实行极其严苛的"镇压性司法体系",坚决严惩那些"为不可以理喻的宗派主义所蒙蔽,因蓄意或过失而给这场祖国救赎运动造成损害"[1]的人。仅在内战后第一年,通过简易的军事法庭和程序,就有"数十万人被军事法庭起诉",其中"共约 5.1 万起"[2]被判处死刑,整个过程极其简单,甚至无须案情陈述,更没有律师的辩护。于是在佛朗哥政权营造的这种白色恐怖和大肆的反动宣传之下,民众之间开始相互举报,有的是为了洗清自身的嫌疑,有的则是为了打击报复或谋求私利。而且这样的恐怖高压政策在战后持续了相当长的时间。1963 年,当欧洲的游客们已经重返西班牙的沙滩,当佛朗哥政府以胜利者的姿态骄傲庆祝其"25 周年和平"的同时,还不断有人因战争罪(war crimes)而被处决。[3] 高压恐怖之下,人人自危,

---

[1] [英]保罗·普雷斯顿:《内战之殇》,李晓泉译,北京:民主与建设出版社,2021 年,第 500 页。
[2] [美]斯坦利·佩恩:《西班牙内战》,胡萌琦译,第 296 页。
[3] Helen Graham: *The Spanish Civil War*, p.138.

沉默是对自己和亲人最好的保护。这一点无论是口述传记《藏着》中那个在柜子里生活了三十年，只能从缝隙里看着女儿出嫁的共和国战士，以及他长年累月守口如瓶的家人；抑或是小说《沉睡的声音》里那位在 2000 年接受作者恰孔的采访时，还坚持要求"在开始低声说话之前一定要关上窗户"①的老妇人，都是这段以"恐惧"和"沉默"作为关键词的历史岁月的直接受害者和见证人。

  契约缔结的原因还在于战后的一代对内战记忆的集体无意识。在长达半个多世纪的独裁统治下，人们逐渐从被迫沉默转为习惯沉默。集体记忆的社会性使佛朗哥政府对人们的政治操控成为可能。1939 年西班牙内战结束，独裁政府面临的首要任务就是政权合法化，对西班牙人民的记忆控制也正始于此。从 1939 年到 1975 年间，"内战"是不存在的，取而代之的是"民族解放运动"，是挽救西班牙人民不陷入布尔什维克的"魔掌"的"圣战"；7 月 18 日不再是 1936 年佛朗哥发动政变的日子，而是每一年都要举国纪念的伟大的"起义日"；西班牙第二共和国成了非法组织，是"反西班牙"的异类；佛朗哥的头像被印上邮票，和历代西班牙国王一起刻在城市广场的纪念碑上；在小学生的教科书里，佛朗哥更是解救西班牙人民于水深火热中的英雄。当亲历过内战的人们不得不沉默时，年轻的一代对于过去的真相更加无从得知，他们也在以自己的方式恪守着一张隐性的"沉默契约"，即对于自己的沉默毫无觉知：

> 战败者一方的父母已被完全地清洗过，不可能传递任何记忆。不仅因为他们生活在审查之下，被迫沉默，没有公开表达自己的可能，还因为他们所讲述的都是在极小范围内传播的，碎片化的记忆，谈论的内容也大多是内部斗争，例如同一战线的人们

---

① ［西］杜尔塞·恰孔：《沉睡的声音》，徐蕾译，北京：人民文学出版社，2007 年，第 337 页。

如何相互背叛:如果一个五六十年代的年轻人足够机灵,碰巧从一个无政府主义者那里听来些什么,那么后者会告诉他一切的错,失败的错、流亡的错,都是共产党造成的;如果遇到一位社会党人,那么罪魁祸首又成了另一些社会党人。

……

因此,这些年轻人宁愿不相信记忆,甚至他们选择将战争遗忘,只把它当作历史,一段已经闭幕的过去,一些影响了他父母,但当前为了通往民主和自由必须清扫的障碍。我们不想分担过去的仇恨,1957年,巴塞罗那的大学生们在他们共同签署的一份宣言里这样说道,战争只是历史,只是知识对象,不是记忆,我们不想接受战争的遗产。①

双重"沉默契约"的协作生效,便有了美国学者大卫·金·赫茨伯格(David K. Herzberger)在《讲述过去——战后西班牙的历史与记忆小说》的开篇所描述的,其本人于1975年夏天在马德里街头目睹的惊人一幕:

那是1975年的夏天,我正在马德里进行相关研究。我见到时任美国总统的杰拉尔德·福特和佛朗西斯科·佛朗哥同乘着一辆轿车在城市的主干道上巡游。街道两旁人头攒动,绵延数里,人群中洋溢着一种节日的气氛。就在两位元首乘坐的敞篷车越来越接近我所站立的位置时,人群也愈加骚动不安。于是那个我以为不会在当代生活中见到的、令我无比震惊的一幕发生了:近10万西班牙人尽力举起右臂,以法西斯的敬礼方式向佛朗哥致敬,同时高唱长枪党党歌《面向太阳》(Cara al sol),简直就是来

---

① Santos Juliá:"Bajo el imperio de la memoria", en *Revista de occidente*, n°.302-303, 2006, pp.13-14.

自另一个历史时空的回声。这的确出乎我的预料。我没有想到的是佛朗哥和他的政权早已潜移默化地进入了西班牙文化的核心,并在相对较短的时间内成功定义了战后西班牙人民的生活本质。①

这一场景如不是赫茨伯格亲眼所见并记录下来,恐怕我们会和作者一样觉得难以想象。但如果将这一幕与紧随其后的西班牙民主过渡联系在一起,或许有些问题也就找到了解释。那就是,如果说迫于独裁统治期间的政治压迫和记忆操控,人们不得不沉默,又或者对自己的沉默毫无意识,那么为何佛朗哥死后,社会已经开始朝向民主转型,契约还依旧发挥着效力呢?这一方面是由于"沉默契约"早已渗透到战后文化当中,变成一种习惯性的存在;另一方面,西班牙的民主过渡是国王卡洛斯、首相苏亚雷斯等在不同立场的政党之间多方斡旋,无数次艰难谈判才得以启动的改革计划,"沉默契约"是防止左右翼政党再起冲突,西班牙再次陷入内战悲剧之中的"妥协契约""和平契约":

> 民主过渡需要人们向前看,哪怕只是瞬间的回头都被认为是危险的,就好像那个叫作"过去"的猛兽会吞噬掉现在的希望。所谓沉默契约,或者民主过渡时期的集体记忆缺失,正是为了团结一切可以团结的力量,遗忘一切可能会破坏这种团结的因素。②

对于此,胡安·贝内特也有着类似的结论:"如果人们在 1976 年就要求清算过去的污点和账单,要求一个官方的道歉,要求对无法估量的历史不公正给予赔偿,那么结果只可能是另一场新的令人震惊的

---

① David K. Herzberger: *Narrating the past: History and the Novel of Memory in Postwar Spain*. 1995, Durham: Duke University Press edition, p.ix.

② Textxu Aguado: *Tiempos de ausencias y vacíos: Escritura de memoria e identidad*, pp.27–28.

分裂。"①事实上,随着1977年《大赦法》的颁布,关于内战和佛朗哥独裁统治的记忆就成了禁忌。人们普遍认为,在民主转型期间,对过去绝口不提是不同政党之间和平共处、共谋民主道路的最佳方法。《大赦法》释放了那些因为反对佛朗哥政府而被逮捕的人们,但同样它也使那些曾经为法西斯政府服务的人免于法律的制裁。"大赦"变成了大规模失忆。民主过渡时期结束后,在1982年到1996年左翼的工人社会党(PSOE)②执政期间,西班牙则进入了"现代化"和"欧洲化"时期,在这个时候去和过去清算无论怎么看都与社会发展的潮流格格不入。于是在社会党的带领下,西班牙又大跨步地开展了一场"向前看"的运动。所谓"沉默契约"实际上是变相地与过去完成一次割裂,是西班牙官方对于历史记忆始终无法从根本上有效应对的原因所在。

然而,被匆忙掩盖的伤疤并不会自愈,被长久压抑的声音也终将爆发。当后现代的思潮一次次冲击着早已习惯了沉默的西班牙人时;当有关犹太人大屠杀的记忆成为全球关注的焦点时;当现在与刚刚过去的历史之间的缝隙始终无法弥合时,西班牙,这个同样在近代史上经历了重大战争创伤的民族也终于开始局部地思考:他们的民主到底建立在怎样的基础之上?是第二共和国的延续还是被视为成功范例的民主过渡的果实?如何看待自己的过去,正如本章开头提出的那个命题:"是忘却还是承担?"这关乎着每一个西班牙人对自己的民族身份,乃至文化身份的确立和定义。我们将看到,在这个过程中,文学文本对记忆的保存、阐释和反思,以及民族身份的认同和建构发挥着不可替代的重要作用。

---

① Juan Benet: ¿Qué fue la guerra civil? p.22.
② PSOE,全称为西班牙工人社会党(Partido Socialista Obrero Español),成立于1879年。

第二节 记忆"爆炸"与记忆危机

自佛朗哥政权建立以来的半个多世纪里,被以各种形式压抑、扭曲、并不断掩埋的伤痛记忆,并没有为不可表达的历史真相所吞没,反而积累了强大的生命力,并终于在21世纪之初破土而出。在西班牙,对抗集体失忆,打破"沉默契约"的力量首先来自民间,来自一种既焦虑无助又无比迫切的情感诉求。普通人或许对政治利益和党派权谋并无太大兴趣,但却无法忍受在已经恢复了三十多年民主制度的西班牙,自己的亲人仍然被抛尸在万人坑内,无法认领,甚至无法祭奠。到21世纪初,约有3万受害者依旧被"遗忘"在万人坑中[①]。这些万人坑大部分是在内战期间集体挖掘的,一小部分是佛朗哥建立独裁统治后秘密修建的,用于处理被国民军暗杀的受害者。泥土下的铮铮白骨如幽灵般提醒着人们战争的无情和战后的恐怖压迫。

民间组织"历史记忆恢复协会"(Asociación para la Recuperación de la Memoria Histórica)的诞生,正是源于其创始人埃米利奥·席尔瓦(Emilio Silva)多年来对祖父锲而不舍的寻找。埃米利奥的祖父,埃米利奥·席尔瓦·法瓦(Emilio Silva Faba)与另外12个同伴一起,于1936年10月16日被国民军杀害并掩埋,而多年来政府给苦苦寻找他的家人的答复只有一个:席尔瓦·法瓦失踪了。2000年10月21日至28日,由"协会"组织的第一次挖掘工作在埃米利奥的故乡莱昂小镇——普里亚兰萨(Priaranza)开展,包括埃米利奥祖父在内的共13人的遗体因此重见天日。2003年5月,埃米利奥的祖父成为西班牙内战当中第一个通过DNA测试确定了身份的受害者。同年10月18日,祖

---

① Helen Graham, *The Spanish Civil War*, p.141.

父终于在家人的注视下被安葬在墓园之中。这就是著名的"普里亚兰萨-13"(Priaranza-13)事件。

在当时,"将死者带回家是一件具有强烈象征意义的事件,因为对于亲历了战争的老人们来说,1936年7月爆发的内战的直接后果就是摧毁了原本应该是一个安全处所的家"①。随着这起事件的传播,"历史记忆恢复协会"在成立的第二年即收到数百封来信,请求他们帮助自己找到"失踪"的亲人。协会组织者们立刻意识到,必须求助于有效的媒体来加大西班牙社会对于这些无名坟墓甚至万人坑的重视。2002年的夏天,"协会"与来自欧洲各国的志愿者们一起开展团队挖掘工作,而当年的《国家报》对该事件的报道,则成为这份在西班牙影响力最大的报纸自发行以来,在线阅读量最高的一条新闻。②

实际上,从20世纪90年代末期开始,有关内战的记忆就已经开始频频成为媒体的焦点,读者的恳切期待和持续高涨的热情,反映出的是民众深层次的情感和心理需求,也很快得到了媒体乃至整个文化领域的回应。以《国家报》为例,与内战记忆有关的文章和专题从这时起开始呈现出井喷式增长③,其热度一直持续到今天。而我们一直关注的文学领域,尤其是叙事文学也同样开始对过去进行"挖掘",并采用了一种新的视角来重新凝视这段幽暗漫长的历史。之所以称之为

---

① Helen Graham, *The Spanish Civil War*, p.142.
② 新闻原标题为:"失踪的西班牙人(Los desaparecidos españoles)",发表于2002年8月6日的西班牙《国家报》,参见 https://elpais.com/diario/2002/08/06/espana/1028584830_850215.html,2020年1月21日查看。
③ 只要在《国家报》的官网上略加搜索,这些在当时备受关注的新闻标题就会出现。例如:"幸福的失忆(Amnesia Feliz, 2002/05/05)";"不可能的昨天(El pasado imposible, 2002/04/22)";"耻辱和记忆(El estigma y la memoria, 2001/12/23)";"过去该去向何处?(Hacia dónde va el pasado, 2001/11/30)";"受伤的记忆(La memoria herida, 2002/08/24)";"失去历史记忆的代价(Los costes de la desmemoria histórica, 2001/06/11)";"民主过渡,记忆与正义(Transición, memoria y justicia, 2001/05/01)";"重塑记忆(Reinventar la historia, 2001/04/29)";"丢失的记忆(Memoria perdida, 2001/04/24)";等等。

"新的视角",原因之一在于,其中广受关注的作品都是由出生在佛朗哥统治后期的、未曾亲历过战争的这一代作家站在当下,对过去的追溯和回望。他们通过回忆和想象去尝试触摸他们并未亲历的历史"真实",因而体现出与父辈们不同的情感和价值观念。

他们的文学创作在专业学者和大众读者中获得双赢——不仅包揽了国内外各大文学奖项,更是常年高居畅销书排行榜榜首,很多还被改编、搬上银幕,总之,余热不断。这些小说集中出现在千禧年交替之际,它们的成功推动了大量同类题材的叙事作品、电影、报告文学、新闻采访等在短时间内井喷式出现,一时间形成了围绕着西班牙内战历史的、引人注目的记忆的文学"爆炸"[1]。在追寻促使这一"爆炸"形成的深层动机时,让我们不妨暂且借用西班牙文学批评家波苏埃洛·伊万科斯的总结,将这一现象称为"塞尔卡斯效应"(efecto Cercas)[2]。一个并无任何政治立场的年轻作家的一次叙事,却将他推到了"西班牙内战历史追溯和记忆热潮的最前端"[3],这或许已经能够说明:这不仅仅是一次成功的文学虚构,更昭示了一种新的历史意识和记忆文化的形成,当然,可能也会同时蕴含着某种危机。

一、"塞尔卡斯效应"与记忆"爆炸"

2001年,时年39岁的西班牙作家哈维尔·塞尔卡斯出版了自己的第四部作品《萨拉米斯士兵》(*Soldados de Salamina*)。十年后,最新版的《西班牙文学史》在第七卷中提到这部作品时,依然将其比喻为

---

[1] Isabel Cuñado: "Despertar tras la amnesia: guerra civil y postmemoria en la novela española del siglo XXI", en *Dissidences: Hispanic Journal of Theory and Criticism*; vol.2, 2012, online: https://digitalcommons.bowdoin.edu/dissidences/vol2/iss3/8/,2019年8月2日查看。

[2] José María Pozuelo Yvancos: *Novela española del siglo XXI*. Murcia: Universidad de Murcia, 2014, p.293.

[3] Jordi Gracia y Domingo Ródenas de Moya: *Historia de la literatura española: Derrota y restitución de la modernidad 1939-2010*. Barcelona: Crítica, 2011, p.913.

"风暴"(la tormenta)①,2021年,学者们依然在研究中将其称作"爆炸"的"震中"(el epicentro)②,足以让人们想象它对于这场记忆的"爆炸"的重要意味。

小说《萨拉米斯士兵》采用第一人称叙事,由《丛林里的朋友》《萨拉米斯士兵》和《斯托克顿之约》三个部分构成。叙事者"我"是一名记者,并且和作者同名,也叫作"塞尔卡斯",整部小说就围绕着记者"塞尔卡斯"对米拉耶斯(Miralles),一位在1939年内战结束前夕,于行刑时放走了知名长枪党创始人桑切斯·马萨斯(Sánchez Mazas)的共和国士兵的寻找层层展开。

由于西班牙各界自20世纪末就开始逐渐形成的"内战记忆热",毫无意外,《萨拉米斯士兵》一经出版便好评如潮,在国内外均斩获多个奖项。其中颇具分量的有:2001年西班牙出版界最高荣誉"萨兰波奖"(El Premio Salambó);2002年的巴塞罗那城市奖(Premi Ciutat de Barcelona);2004年英国独立报外国小说奖(The Independent Foreign Fiction Prize);等等。不仅如此,小说还获得许多重量级同行的嘉许,例如诺奖得主巴尔加斯·略萨(Vargas Llosa, 1936—),称赞它为"一部优秀的小说,是这么久以来我读过的最好的一本"③。2003年,由导演大卫·特鲁埃瓦(David Trueba, 1969—)执导的同名电影在西班牙上映,并在次年获戈雅电影节(Premios Goya)八项提名;截至2020年,小说已经再版40余次,并一直维持着可观的销量;2021年,时隔二十年之后,《萨拉米斯士兵》更由人民文学出版社引进中国,一定程度

---

① Jordi Garcia y Domingo Ródenas de Moya, *Historia de la literatura española: Derrota y restitución de la modernidad 1939-2010*, p.217.

② Patricia Cifre-Wibrow:*Giro cultural de la memoria: La Guerra Civil a través de sus patrones narrativos*. Bern: Peter Lang, 2021, p.217.

③ Mario Vargas Llosa:"El sueño de los héroes", en *El País*, 2 de septiembre, 2001.参见https://elpais.com/diario/2001/09/03/opinion/999468046_850215.html,2007年12月1日查看。

上也印证了这部小说的重要地位。在学界,有关这部小说的论文和研究更是不计其数。因而有学者称,自它开始,历史小说便另辟蹊径,拥有了一个关于内战记忆的"子类型"(un subgénero de la novela histórica)①。

于是,当人们提到与这场战争有关的叙事文学时,《萨拉米斯士兵》也就成了无法绕过的里程碑式的作品,自然也让原本默默无闻的哈维尔·塞尔卡斯一举跻身西班牙当代最为知名的作家行列。然而,我们想要讨论的"塞尔卡斯效应"并不仅限于此。

英国历史学家海伦·格雷厄姆在2005年由牛津大学出版社出版的《西班牙内战》中,将《萨拉米斯士兵》与当今西班牙最有名也最具争议的历史学家皮奥·莫阿(Pío Moa, 1948—)②的畅销著作《内战的神话》(Los mitos de la Guerra civil)进行了比较,格雷厄姆写道:

> 莫阿在西班牙的媒体中拥有强大的支持,但他顽固的佛朗哥主义已经不再拥有一个专制国家所赋予的权力。西班牙的公民社会正变得越来越强大和多元,因此才会有那些围绕着共和国记忆和万人坑而开展的社会运动。塞尔卡斯的《萨拉米斯士兵》的销量远远领先于莫阿,这部内战小说,冷静而巧妙地揭露了在莫阿所谓的发动政变的"可敬的士兵"背后所代表的,实际上枯燥乏味的价值观。③

可以看出,同样是历史学家,格雷厄姆认为《萨拉米斯士兵》对西

---

① José V. Saval: "Simetría y paralelismo en la construcción de *Soldados de Salamina* de Javier Cercas", en *Letras Hispanas: Revista de Literatura y Cultura*, n°.1, 2007, p.62.

② 皮奥·莫阿(Pío Moa),西班牙著名历史学家、作家,记者,他的主要著作有《内战起源》(*Los orígenes de la guerra civil*, 1999)、《内战的神话》(2003)、《共和国的崩溃和内战》(*El derrumbe de la República y la guerra civil*, 2013)等。莫阿坚定地维护佛朗哥主义,提出真正造成内战爆发的并非佛朗哥发起的军事政变,而是由当时激进的左派政党们造成的。

③ Helen Graham, *The Spanish Civil War*, p.146.

班牙内战的描写,反映甚至是纠正了莫阿对于佛朗哥军队的一些不实结论。必须要指出的是,作者并非由于不严谨,才将一部虚构作品和一部历史著作放置在一起比较,格雷厄姆在这里强调的,恰是我们所要表达的"塞尔卡斯效应"的另一层内涵——这不只是一次成功的叙事,更代表了一种正在发展形成中的社会文化现象,即始于20世纪末的,以如何评价内战和佛朗哥政府为问题核心的,不断汇聚、并逐渐走向多元的历史观和价值观。

因此,"塞尔卡斯效应"的含义应当是双重的。如果我们将其中的"塞尔卡斯"看作作者本人,那么这个"效应"一方面指的是,作家写作事业的成功在文学领域推动了这股"挖掘"内战素材热潮的形成,因此相关记忆得以通过"专业化的传递者"[1]组织成型,通过更为稳定的文本进入文化记忆的范畴之中。不仅很多之前就已经出版,但未能受到足够关注的作品因为"塞尔卡斯效应",重新进入读者和出版社的视线;而且,这一"效应"吸引和鼓励了更多作家专注于相关题材的创作,内战小说在数量上首先有了显著增长。其中不乏和《萨拉米斯士兵》一样,"具有不错的文学质量且在商业营销方面也相当成功"的范例。[2] 相应地,有关这段历史的记忆也变得更加个性化和多样化。

但另一方面,该"效应"还应包括《萨拉米斯士兵》在西班牙社会所引起的广泛争议。而争议的起因恰恰在于读者们都相信了这个故事是真的。尽管作者塞尔卡斯多次表示,他所讲述的只是小说而并非真实的历史[3];尽管为了避免误会加深,特鲁埃瓦在拍摄电影时将主人公塞尔卡斯的性别换成了女性;尽管在2003年导演和小说作者塞尔

---

[1] [德]扬·阿斯曼:《集体记忆与文化身份》,陶东风译,载陶东风、周宪主编:《文化研究》(第11辑),第4页。

[2] José María Pozuelo Yvancos, *Novela española del siglo XXI*, p.293.

[3] Javier Cercas: "Narrativa y memoria. Responden Carme Riera, Javier Cercas y Alfons Cervera." , Entrevista de Txetxu Aguado, en *Quimera: Revista de Literatura*, 2007, pp.44-45.

卡斯甚至共同出版了一本对话录,题为《萨拉米斯的对话》(*Diálogos de Salamina*)①,在其中的"两个塞尔卡斯""丛林里的朋友"等章节,专门就这部小说的叙事手法以及为何这样处理,向读者进行了反复解释……然而,在小说出版以后的很多年,人们还在继续自发地寻找小说中的英雄人物——那位放走了桑切斯·马萨斯的共和国士兵米拉耶斯。② 实际上,这是一个非常值得我们思考的文化现象,为什么一部虚构的小说会让人们心甘情愿地相信它是真的? 甚至对作者的多番声明都不予理会? 又为什么在这部小说之前已经出版的诸如《月色狼影》(1987),《改朝换代》(*Cambio de Bandera*,1999)等诸多与内战相关的,同样非常优秀的叙事作品并未引起这样轰动的效果?

原因是多重的。首先被学界讨论最多的是《萨拉米斯士兵》独特的叙事手法,例如,如何通过第一人称叙事,混淆了自传和小说、真实与虚构的边界③;如何采用了平行、对称的小说结构以达成对内战历史的追溯④;等等。作为一部成功重构了历史记忆的文学作品,这的确是值得剖析和解读的重要方面,因此我们也将在下篇,从另一个新的角度对这部小说展开讨论。而在这里我们将把重心放在另一种可能上,那就是如果"塞尔卡斯效应"中的"塞尔卡斯"是小说中的人物,那又该如何理解和看待这个"效应"以及它所引发的记忆的"爆炸"?

简要梳理作为小说人物的塞尔卡斯时,不难发现他具有以下几个

---

① 参见 Javer Cercas, David Trueba: "Diálogos de Salamina. Un paseo por el cine y la literatura", ed. por Luis Alegre, Barcelona: Tusquets, 2003。

② 2013年4月9日,西班牙《信息报》(*Información*)刊登新闻,题为"来自《萨拉米斯士兵》的神秘人物米拉耶斯的身份终浮出水面(Sale a la luz la identidad del mítico Miralles de *Soldados de Salamina*)",参见 https://www.informacion.es/cultura/2013/04/09/sale-luz-identidad-mitico-miralles-6660339.html,2018年3月2日查看。

③ Manuel Alberca: *El pacto ambiguo: De la novela autobiográfica a la autoficción*. Madrid: Biblioteca Nueva, 2007, p.64.

④ 参见 José V. Saval: "Simetría y paralelismo en la construcción de *Soldados de Salamina* de Javier Cercas", en *Letras Hispanas: Revista de Literatura y Cultura*, n°.1, 2007, pp.62-70。

突出的特点：出生于1962年,对于内战一无所知;职业是一名记者,因此不仅有机会得到关于马萨斯事件的一些线索,并且具备一定的业务能力,让他可以沿着这些蛛丝马迹展开一系列的"寻找"。而实际上,"寻找"也是始终围绕着记者塞尔卡斯这个小说人物的核心关键词。并且他所肩负的"寻找"是三重的:寻找桑切斯·马萨斯幸存事件的见证人;寻找放走了马萨斯的共和国士兵米拉耶斯;以及寻找自我的身份认同。之所以存在最后这重寻找,是由于塞尔卡斯从小说开头的一个颓废失意的记者,逐渐成为故事结尾时那个"感到愉快和巨大的幸福"[1]的人,显然他找到了自己存在的价值,换言之,他为前两重出自偶然的"寻找"寻找到了意义——在"自我"和"自我"发起的寻找之间建立了一种稳固的联系:他不仅能够"挖掘"记忆,保存记忆,他还可以生产记忆,传递记忆。作为记者,以及小说中那本《丛林里的朋友》的作者的塞尔卡斯,可以让这些几乎被遗忘的、隐秘的记忆"为许多人所共享,向这些人传递着一种集体的(即文化的)的认同"[2]。

因此,当我们这样定义"塞尔卡斯效应"时,会发现决定了这部小说畅销二十余年的其他一些因素:首先,塞尔卡斯穿过历史的间隔,对老兵米拉耶斯的凝视——执着地想要找到他,和1939年的那个雨天,米拉耶斯决定放走马萨斯时的凝视,在时空中发生了交叠和重合:未曾经历内战的第二代人,认同了这位共和国士兵出于人性本能而做出的抉择,并且这种认同也得到了读者的认可和社会的接受。其次,记者从当下发起的对过去的寻找,实际上也是一种对历史谜题的"挖掘",与当时西班牙社会对"历史记忆恢复协会(la ARMH)"的挖掘工作,和对于"被埋葬"的受害者的关注形成了呼应。而最终这场找寻的

---

[1] Javier Cercas: *Soldados de Salamina*. Barcelona: Tusquets Editores, 2011, p.203.
[2] [德]扬·阿斯曼:《交往记忆与文化记忆》,载[德]阿斯特莉特·埃尔、安斯加尔·纽宁主编:《文化记忆研究指南》,李恭忠、李霞译,南京:南京大学出版社,2021年,第139页。

完美收官,也满足了相当数量读者的心理期待。

最后,小说的三段式结构和层层递进的寻找,实际上通过文本建构模拟了文化记忆的运行轨迹——如何从"未被居住的"的存储记忆成为"被居住的"的功能记忆,尤其是体现了交往记忆(事件亲历者的口述回忆)向文化记忆(在内战记忆和自我认同之间建立了关联)的生成过程;而在这样的过程中,小说主人公塞尔卡斯对于刚刚过去的内战的认知过程——从感觉像遥远的萨拉米斯海战一样事不关己,到接受和认同这段民族伤痛记忆,符合了当时大多数西班牙民众的精神诉求和文化心态。

内外原因相互结合之下,我们看到这部小说的成功在偶然中存在着必然。如果说"塞尔卡斯效应"让这场记忆"爆炸"突然变得清晰,甚至可以量化,那么为这场"爆炸"一点点汇聚了能量的,是人们对于刚刚过去就被迅速掩埋的过往的不解和不舍:人们渴望真正打破"沉默契约",渴望了解内战的真相,渴望理解与和解,渴望让"两个西班牙"的伤痛得到平复和治愈,渴望重新建立起集体归属感与民族的团结,而这一切都必须通过记忆去和过往建立情感的纽带,因为"记忆是归属的实现,甚至是社会义务的实现。为了归属,就必须记忆"[①]。而这一切,通过一个代表着希望和未来,对过去一无所知的年轻人的不带任何政治立场只有情感需求的"寻找"去缔结,去填满历史裂缝中的空白或黑洞,无疑是最容易被接受、最能产生共情的一种选择。

这也再次证明,西班牙人民从未真正遗忘战争的伤痛,实际上,他们也无法忘记。在1975年以前每年都必须庆祝的7月18日——"伟大的起义日"和4月1日——"伟大的胜利日"就是在用一种编造的历史叙事代替人们真实的记忆,通过不断重复的仪式化的纪念去改写内

[①] [德]扬·阿斯曼:《交往记忆与文化记忆》,载[德]阿斯特莉特·埃尔、安斯加尔·纽宁主编:《文化记忆研究指南》,李恭忠、李霞译,第143页。

战历史/记忆的诸多手段中的一种。更毋庸提至今还高耸在马德里市郊,由佛朗哥下令为纪念"圣战"的牺牲者而耗时十九年修建而成的巨大的烈士谷。因而人们只是沉默但并不可能真正忘记,这些被压抑和扭曲,以及频繁地被以各种形式提醒的记忆片段,在这个国家的历史进程中保持着一种缺席的在场。随着时间的流逝,记忆的碎片被吸纳进了更大的,需要用想象来填满和表征的情感领域。

渴望通过情感的宣泄实现对那些至暗时刻的某种哀悼,渴望至少在心理和精神上得到一些安慰、和解与共识,这些都是人类出于本能的选择和表达。然而越是如此,我们对于"塞尔卡斯效应"以及它所代表的这场记忆"爆炸"越应当辩证地看待。当人们把对历史的认知不加分辨地建立在文学文本上时;当一个原本恪守着"沉默契约",面临着"记忆赤字"[①]的群体,在一个相对短的时间内,突然进入一个时时处处充斥着各种与内战相关的新闻报道、小说、电影、纪录片等媒介的记忆"爆炸"的社会时,这实际上也体现出这个民族所面临的深层次的记忆危机。

二、记忆危机

当有关记忆的研究在全球范围内形成热潮时,西班牙社会所体现出的"记忆危机"是有其特殊历史文化背景的。首先有必要对"记忆危机"中"记忆"一词的范畴有所定义。由于我们对记忆的讨论,围绕着有关西班牙内战和战后独裁统治这一特定历史时期,因而这里的"记忆危机"指的是人们在面对这一段历史时,缺少一种有关"记忆的历史意识",具体来说就是尚未能通过有效的记忆文化在时间、记忆和身份之间建立意义关联。即何塞·科尔梅罗(José F. Colmeiro, 1958—)教

---

① Txetxu Aguado: *Tiempos de ausencias y vacíos: Escrituras de memoria e identidad*, p.35.

授明确指出的:"当下西班牙社会所缺少的不是集体记忆,而是历史记忆。或者更确切地说,缺少关于记忆的历史意识。"①接着他以西班牙的政治文化环境为具体语境,对"历史记忆"进行了说明:"历史记忆应当是集体记忆的一部分,其特点是对集体共同经历的,并且还依然鲜活存在于集体记忆中的历史事件形成批判性的概念和理解。"②

正是由于历史记忆的缺失,不可避免地导致了当前的记忆危机。对于这一现象科尔梅罗同样进行了研究和总结,在他看来,西班牙的记忆文化自内战结束到21世纪初,主要经历了以下三个阶段:③

第一阶段是1939年至1975年,这一漫长的佛朗哥政权统治时期。政府通过法律手段强制执行集体沉默和被迫遗忘的阶段。所有与战败者的斗争和抵抗相关的记忆表现形式都受到严格的审查。

第二阶段是佛朗哥去世后的民主过渡时期。在这一阶段,亲历过战争的见证者们的记忆尚且存留,但同时也在发生着大规模的记忆的缺失,试图恢复历史记忆的尝试和对政治改革的失望共存。

最后一个阶段是西班牙社会当下正在经历的记忆危机阶段。具体表现为与内战记忆相关的各种媒介在数量上的膨胀(inflación cuantitativa)和在质量上的下降(devaluación cualitativa)。令人失望的、不彻底的民主过渡造成的记忆空白和记忆禁忌,逐渐被不同形式的记忆所重新填满。如果说佛朗哥时代对于内战记忆是一种绝对主义下的清洗,那么当下西班牙社会所面临的实际上是另一种新的体制化的记忆。尽管各种记忆表现形式裹挟着丰富的情感因素,但当中的大部分都只停留于表面的对过往岁月的怀旧,并未触及当下社会所面临问

---

① José F. Colmeiro: *Memoria histórica e identidad cultural: De la postguerra a la postmodernidad*. Barcelona: Anthropos, 2005, p.17.
② Ibid., p.18.
③ Ibid., pp.18-19.

题的实质。

也就是说,当我们急于用新的记忆去填满缺失的一切时,实际上只会标示出更多的空白。所谓"记忆危机"事实上就是面对民族至暗时刻的一种矛盾和两难:一方面随着战争亲历者的减少,人们从情感上渴望真相,不断"挖掘"、追溯、再现这些历史记忆;另一方面则是当真正面对这些记忆时的排斥心理和拒绝反省。时至今日,西班牙还未有过例如南非的"真相与和解委员会"(Truth and Reconciliation Commission)这样的官方机构来对历史给出客观评价,也没有类似阿根廷的《永远不再》(*Nunca Más*)这样的政府报告去揭露暴力,去给予牺牲的人们以缅怀和纪念,更勿用提建立有关内战的官方纪念馆等。那么问题实质究竟何在?

2004年4月12日,曼努埃尔·雷耶斯·马戴斯(Manuel Reyes Mates, 1942—)在西班牙《国家报》上发表了一篇题为《记忆之地》("Lugares de la memoria")的文章①。作者在这篇文章里写道:在马德里"3·11"地铁爆炸案发生之后,人们自发在阿托查火车站(Estación de Madrid Atocha)设立对恐袭受害者的"怀念角",大家留下蜡烛、鲜花、卡片,上面几乎重复着同一句话:我们不会忘记你们。然而,爆炸发生后一个月,雷耶斯·马戴斯注意到火车站的警察们开始小心谨慎地撤除那些祭品,政府官员们告诉公众是时候回归"正常"了。这一现象刺痛了雷耶斯·马戴斯,他认为这种希望人们快速遗忘恐怖袭击的悲剧,尽快回归正常生活的强烈愿望,反映出的是一个一直存在,但始终未能解决的社会政治问题,那就是西班牙这个民族在面对1936—1939年的内战,以及之后长达三十七年的法西斯独裁统治的记忆时的无能为力。雷耶斯·马戴斯认为西班牙需要建立恰当的"记忆文化"

---

① Reyes Mate: "Lugares de la memoria", en *El País*, 12 de abril, 2004.参见 https://elpais.com/diario/2004/04/12/opinion/1081720809_850215.html,2020年7月8日查看。

（cultura de la memoria），来正确面对这个民族的伤痛记忆、流亡、军事独裁以及压迫。在这篇文章里，雷耶斯·马戴斯进一步总结了这一"记忆文化"尚未能形成的三大原因：一是由于长久以来的恐惧，人们忌惮受害者的过去会对当下产生负面影响；二是西班牙社会在这些历史遗留问题上根深蒂固的分歧；三是战争亲历者们自身的沉默。

尽管意识到记忆危机的存在以及造成该结果的部分原因，但想要解决却是超乎寻常的艰难。2007年10月31日，经当时的执政党工人社会党的大力推动，西班牙《历史记忆法案》（Ley de Memoria Histórica）终得落地生效。法案对内战和战后佛朗哥政府执政期间所有的受害者予以承认，强制拆除公众场所的佛朗哥的雕塑及与其政权有关的牌匾、街道名牌等，允许因内战而流亡海外的人们及其后代回国并承认其公民身份等。[1] 虽然做出若干条规定，但法案始终未提及政府层面将如何处理"万人坑"的调查和挖掘工作。该记忆法案自颁布之日起就在各界不断引起争议。"历史记忆恢复协会"创始人席尔瓦就认为这项法案从前言开始就存在问题，"它将内战记忆划入了私人领域。这显然没有承认'历史记忆'是一种集体记忆，而是将它降级为个人记忆。更勿用提公民原本就有在公众场合表达个人记忆的权利"[2]。人民党（Partido Popular）候选人马里亚诺·拉霍伊（Mariano Rajoy, 1955—）也对此持反对态度，认为它毫无意义，并明确表示人民党将不会支出哪怕1欧元，用以支持该法案对历史记忆的任何形式的追溯。[3] 2019年西班牙大选之时，《历史记忆法案》是该继续执行，还是被新的法案取代，还是将其直接废止，再次成为左右翼党派在大选

---

[1] 参见 https://www.boe.es/eli/es/l/2007/12/26/52/con，2020年7月8日查看。

[2] Jo Labanyi："The Politics of Memory in Contemporary Spain"，in *Journal of Spanish Cultural Studies*，nº.9, 2008, pp.119-120.

[3] Natalia Junquera："La promesa que Rajoy sí cumplió" en *El País*. 5 de octubre, 2013. 参见 https://elpais.com/politica/2013/10/05/actualidad/1380997260_542677.html，2020年7月8日查看。

前的辩论焦点。

那么该如何理解和面对这样的记忆危机呢?雷耶斯·马戴斯在文章中强调,如果暂且屏蔽追溯历史记忆所包含的政治需求和利益,对于普通民众来说,记住过去代表着一种人文关怀,一种道德立场:

> 如果我们想了解我们国家和我们自己的现实,我们就必须倾听那些被掩盖的故事,这些故事中充满了失踪、被无视的或被命运抛弃的小人物们,但我们的舒适安逸建立在他们的牺牲之上。在这些记忆之地有太多悬而未决的账单在等待着我们。
>
> ……
>
> 我们不仅要为自己的所作所为负责,还应为他人对别人造成的伤害负责。责任范畴的扩大可以用记忆的道德本质来解释。回忆痛苦的过去,就是承认受害者遭受的不公的真实性,因此回忆者所采取的态度应当是倾听和给予对方关注。①

的确,记忆的可操控性使它常常成为不同政治派系的政权砝码,但记忆的权利和义务绝非权谋者们的专利。相反,一个特定集体或民族记忆的建构离不开个体记忆的到场。通过思考"我们应该记住什么"以及"我们选择记住谁"这样的问题,每一个个体都能够主动参与到这一记忆过程,以历史关照当下,反思我们的道德立场和认同问题。对于后者,何塞·科尔梅罗指出:

> 为了克服这一在西班牙社会几乎已是慢性疾病的记忆危机,就必须战胜过去。为此,有必要再次回顾集体记忆,解开历史留下的一个个问题症结,并向着一种批判意识敞开它们。总之,应当要传播并恢复历史记忆的活力,将它们从博物馆里,从档案文

---

① Reyes Mate: "Lugares de la memoria", en *El País*, 12 de abril, 2004.

件的封存中释放出来。如果一个民族没有留下任何跨越代际、意识形态和地理差异的、关于过去的统一的历史记忆,那么这个民族将无法构建起自我认同,也终将走向迷失。因此这项任务尤显紧迫和必要。①

人类的历史进程向来影响着文学的演变,在西班牙,以作家为代表的知识分子们或许是最先意识到这一责任和问题紧迫性的群体。从20世纪末到21世纪初,围绕着内战问题遗留的历史"症结",他们以各自不同的方式关照过去,不断反思、内省,或提出问题,或自我消解,但始终关注当下西班牙社会的纷争、焦虑与生存状态。他们形式多样的文学探索为西班牙批判现实主义小说、历史小说等开拓了新局面,更为民众建构了一个能够追溯记忆、修复创伤、缔结情感联系的文学叙事和审美空间。

第三节 内战记忆小说的概念界定与再现模式

事实上,无论是记忆的"爆炸"还是记忆危机,都让我们看到"记忆"和"历史"这对双重变量,在每一次拉扯中所释放出的巨大生产力,以及对社会文化和人的精神世界所产生的深远影响。因此,我们可以把"当代西班牙内战小说"从整体上看作一个文化群体在这种影响下所做出的诗的回应。那么,我们应当如何理解以及评价,他们通过与内战有关的叙事文学,在历史和记忆、现实和想象、理性与感性、秩序与反叛等一系列问题上展开的艺术实践与批判反思呢?

在即将进入具体文本的分析之前,亟须解决的首要问题是:哪些

---

① José F. Colmeiro: *Memoria histórica e identidad cultural: De la postguerra a la postmodernidad*, p.25.

文学文木可以被纳入这个研究范围？或者说，哪些是我们尝试对这类文学进行界定时的关键性因素？其次，它们经历了怎样的发展和演变？在艺术特点和再现模式上呈现出哪些共同特征？

我们知道，记忆研究的核心内容主要包括"记忆的主体""记忆的内容"以及"记忆的方式"这三个方面，分别对应着"谁""什么"和"如何"的问题，这也将是我们在对"当代西班牙内战小说"进行界定时始终关注的几个要素，但并不会对其均衡着力。也就是说，其中"记忆的内容"会被适当弱化。这首先是由于，当"西班牙内战"成为界定研究对象的关键词时，标尺会变得十分宽泛：无论是将战争作为故事背景，抑或是作为叙述核心，又或者讲述的重点是内战的后果，例如战后的独裁与压迫、不彻底的民主过渡等等，只要与之相关，都可以被纳入这一研究框架。其次，我们将始终在文化记忆的研究框架下对这类小说展开探究，因此关注的重点依然是"历史"与"记忆"的关系，即记忆如何再现和表征过去，而非历史本身。换言之，比起历史事实，我们更加关注历史表述。再次，记忆的选择性使得"记忆什么"常常为"谁记忆"所决定，而"如何记忆"则一方面展示了这一记忆内容何以成为可能的过程，体现出文学文本在文化记忆运行机制中的重要功能，另一方面还暗示了其潜在的记忆心态或记忆动机。最后，这类小说的发展和演变历程，实际上就体现在记忆主体的不同、记忆心理或动机的变化，以及记忆书写方式上的新尝试。总之，基于以上四个方面的考虑，我们将把"谁在记忆"即"记忆的主体"，以及"如何记忆"即"记忆的方式"作为界定研究对象时主要考量的两大因素。

因此，当我们从整体上对这类叙事作品的特点进行分析时，我们将首先考察其中"谁在记忆"的问题，其次，还将通过"记忆的方式"，对它们在对内战历史进行追溯和再现时整体呈现出的具有共性的艺术特点进行讨论。与此同时，我们还将借由以上方面探讨它们对于当下的价值和意义,也就是"为何?/为谁记忆?"的命题。

一、谁在记忆?

当我们提出这一问题并开始寻找答案时,进入视线的是出生于20世纪五六十年代的内战后的第三代。为什么会是这一代作家呢?我们已经知道,内战记忆在21世纪初重新成为西班牙社会关注的焦点,其原因之一在于人们受到大屠杀记忆的影响,意识到亲历过内战灾难的直接见证者们同样正在迅速减少,"大量的直接经验保存在这些见证者和事件主人公们的个体记忆里,但他们还依旧沉默着,因为害怕、羞耻或是无动于衷,没有人打算讲些什么,因为从未有人想去问、去倾听"[①]。这段描述实际上也符合很长一个历史时期内,在西班牙社会居于主导地位的历史意识和记忆心理。对于大部分亲历者,尤其是战败者来说,他们对于内战的情感是极其复杂的,除了难以用语言描述的恐惧之外,他们还有羞于表达的内疚和负罪感。这不仅仅是因为他们长期受到战胜者的压迫,是输了的那一方,更因为"他们关于内战的记忆是割裂的、破碎的,甚至是对立的。很多时候,他们的记忆被表达为一种集体负罪感——由于自身内部的分歧和争斗,才最终导致军事政变的发生,导致共和国的生命走到了尽头"[②]。

而内战的第二代,那些从小被灌输"佛朗哥的伟大神话"的、被称为"内战的孩子们"在成年以后,他们在对待这段刚刚过去的民族伤痛记忆时,心态又一次发生了变化。一方面他们极度渴望走出集体记忆的谎言,但另一方面又仿佛穿上了一件特殊的"道德盔甲"

[①] Celia Fernández Prieto: "Duelo, fantasma y consuelo en la narrativa de la guerra civil (y la inmediata posguerra)", en *La memoria novelada* (*vol. II*), ed. por Juan Carlos Cruz Suárez, Diana González Martín. Bern: Peter Lang, 2013, p.45.

[②] Santos Juliá: "Memoria, historia y política de un pasado de guerra y dictadura", en *Memoria de la guerra y del franquismo*, ed. por Santos Juliá. Madrid: Taurus, 2006, p.32.

（armadura moral）①，拒绝为父辈们的过错买单：

> 年轻人拒绝继续这一不幸的宿命，或是被要求必须要追溯这场战争。他们拒绝为战争的后果所束缚，尤其难以接受让他们抉择自己到底属于两个西班牙中的哪一个，……他们不问过去，只看将来。……他们拒绝接受战胜者编撰的伟大故事，但是也拒不讲述战败者的故事。②

这样的局面一直没有显著变化，直到"出生于1955年前后的这一代人开始涉足西班牙的知识、政治和文化生活"，这代人的共同特点是"没有亲历过内战及战争刚刚结束时那段最为黑暗的时刻，成长过程中逐渐形成了与佛朗哥主义相悖的意识形态，同时本人既没有要清算的账单也没有要弥补的过错，于是他们开启了这场对被剥夺的家族记忆和文化记忆的寻找"。③ 换言之，这一代知识分子们的寻找动机已经发生了变化。这一点也得到了引起"塞尔卡斯效应"的作者塞尔卡斯本人的认同。2003年，他在接受德国《时代周报》（*Die Zeit*）的采访时，对西班牙爆炸式兴起的有关内战记忆的浪潮表达了自己的观点：

> 关于内战的兴趣并非新生事物。从70年代开始，相关学术研究就开始日渐增加。彻底改变的是我们看待这段刚刚过去的历史的方式。……很多18岁左右的年轻人写信给我，想要知道为什么有人成了法西斯，内战和战后期间到底发生了什么。这与修正主义无关，与对错无关。这一代人想要的只是真相。④

---

① Santos Juliá："Memoria, historia y política de un pasado de guerra y dictadura", en *Memoria de la guerra y del franquismo*, ed. por Santos Juliá., p.33.

② Dionisio Ridruejo：*Escrito en España* (1962). Madrid, 1976, p.287.

③ Celia Fernández Prieto："Duelo, fantasma y consuelo en la narrativa de la guerra civil (y la inmediata posguerra)", pp.45-46.

④ Patricia Cifre-Wibrow：*Giro cultural de la memoria: La Guerra Civil a través de sus patrones narrativos*, p.217.

因为唯有知道过去发生了什么,才有可能建立起与过去的有效联结,通过"过去、现在、未来三个时间维度共同作用"①,完成一个个体历史的建设,即身份认同。

正因为如此,何塞·卡洛斯·迈纳(José Carlos Mainer,1944—)在提及穆尼奥斯·莫利纳出版于1986年的小说《贝阿图斯·伊尔》(*Beatus Ille*)②时这样形容:"这是一个文化孤儿的见证,一次对佛朗哥主义中断的精神归宿的根源的找寻。"③实际上,迈纳的比喻对于以罗莎·蒙特罗(Rosa Montero,1951—)、杜尔塞·恰孔(Dulce Chacón,1954—2003)、穆尼奥斯·莫利纳,安德烈斯·特拉皮耶洛(Andrés Trapiello,1953—)、马丁内斯·德·比松(Martínez de Pisón,1960—)、哈维尔·塞尔卡斯等出生于20世纪五六十年代的作家们围绕内战记忆的创作行为来说,都具有一定的适用性和代表性。关于童年、家庭、战后生活的相似记忆,包括相似的感受和部分认知的缺失,使他们在这样一个群体中形成了文化认同。1961年出生于马德里的作家加西亚·加利亚诺(García Galiano)的童年记忆充满了战后的恐惧和压抑:

> ……对于今天四十多岁的我们来说,内战更像是一种痛苦的沉默,一个童年里被隔离的地方,一段没有经历过的,却被60年代生活在我们身边的长辈们投射了恐惧和无声的仇恨的日子,身着丧服的妇女们,刚刚返回西班牙的、脸色苍白的流亡者们,不知原因的失踪者们,大人们面对着某个电视画面而露出的惊恐表情,这是一种流亡,无论是在精神上的还是地理空间上的。总之,

---

① 赵静蓉:《文化记忆与身份认同》,北京:生活·读书·新知三联书店,2015年,第20页。
② "Beatus Ille"来自拉丁语,意为"……多么幸福"。"Beatus Ille"是欧洲文艺复兴时期文学中的常见主题,颂扬远离都市、宫廷与野心的简单自由的乡村生活。最早出现在古罗马诗人贺拉斯(Horacio)的诗歌中。
③ José Carlos Mainer, Santos Juliá: *El aprendizaje de la libertad 1973-1986: la cultura de la transición*. Madrid: Alianza Editorial, 2000, p.124.

家族的过往对我们来说是断裂模糊的，只记得带着害怕神情的窃窃私语，对于一起家族长久承受的悲剧，却也只能一知半解，……战争是一段被消声了的童年记忆，本应是孩子关于幸福的记忆，但随时可能会被终日穿着丧服的女人们，被莫名的失踪，被面对着某一个"亲戚"的造访或是回归时的冰冷的沉默而破坏，……①

而1960年出生在萨莫拉的加西亚·哈布里那（García Jambrina）的描述，则反映出这一代人在全球化进程的背景下，由于自己的祖国在二战后所经历的与西方世界截然不同的发展历程，而遭受的身份危机和精神危机：

我们出生在所谓的发展年代，学习和教育阶段正处在佛朗哥政权即将结束和民主多少要开始之间的那段时间。所以我们是过渡年间的一代。我们无法参加反佛朗哥主义的最后战斗，因为我们太过年轻；在某种程度上，我们也没有遭受它最后的垂死打击，因为我们也没那么年老。对我们这一代人来说，内战和二战都已经相当遥远，但过渡和盼望已久的民主很快变成令人沮丧的经历。柏林墙的倒塌、单一思想和全球化的到来，就是之后被称为失落年代的全部学习内容。②

不难发现，家族记忆的断裂感和对企盼已久的民主的失望感，促生出自我怀疑、失落，甚至是身份危机，这一系列问题在战后的第三代身上反复上演。此时，他们对于过去的追问更多是出于对归属

---

① Ángel García Galiano：" Desarraigo, adolescencia y extravagancia esbozo de poética en la narrativa de mi generación", en *En cuarentena: nuevos narradores y críticos a principios del siglo XXI*, ed. por Antonio Orejudo Utrilla. Murcia：Universidad de Murcia, 2004, p.58.

② Luis García Jambrina："La recuperación de la memoria histórica en tres novelas españolas del año 2001", en *En cuarentena: Nuevos narradores y críticos a principios del siglo XXI*, ed. por Antonio Orejudo Utrilla. Murcia：Universidad de Murcia, 2004, p.81.

的迷茫,对自身的身份焦虑,毕竟"身份认同归根结底涉及记忆和回忆"①。而与此同时,民主制度也早已稳固,尽管人们对这一制度的建立根基和遗留问题多有质疑,也无法否认现在的西班牙已经不必再面对重蹈独裁覆辙的政治危机了,因而他们在对过去进行探究与追溯时,不必因为揭开了某个不该揭开的伤疤而背负任何形式的"道德盔甲",在叙述策略和艺术表现形式上也更加自由多样。于是,这些被称为内战后的"孙辈"②,即战后"第三代"的作家们,以玛丽安·赫希(Marianne Hirsch)提出的"后记忆"(post-memory)的形式,通过"想象和创造",而非直接个人记忆的方式,表征和思考"后代与先辈们的个人创伤、集体创伤和文化创伤的关系"。③

于是,当"谁在记忆"发生了变化,"记忆的内容"和"如何记忆"也相应随之改变。这一点在后者,即如何追溯和再现内战历史的方式上表现得尤为突出。

二、如何记忆?

通过第一章对"文化记忆和记忆的文学再现"的讨论,我们已经明确了文学文本不仅能够承载记忆,更能够通过一定的艺术构造方式呈现记忆生成和传递的过程,是文化记忆强大的"存储、传播和暗示"的媒介。当具体到当代西班牙内战小说这一文本系统时,是什么让这些虚构变成了强有力的文化记忆的"媒介"呢?换

---

① [德]扬·阿斯曼:《文化记忆:早期高级文化中的文字、回忆和政治身份》,金寿福、黄晓晨译,北京:北京大学出版社,2015年,第89页。
② Hans Lauge Hansen, Juan Carlos Cruz Suárez, "Literatura y memoria cultural en España (2000-2010)", en *La memoria novelada (vol.I)*, ed. por Hans Lauge Hansen, Juan Carlos Cruz Suárez, Bern: Peter Lang, 2012. p.31.
③ Marianne Hirsch: *Family Frames: Photography, Narrative, and Post-memory*. Cambridge: Harvard University Press, 1997, p.22.

言之,再现过去是小说自诞生以来最基本的功能之一,为什么这个作家群体的内战书写被认为有别于传统历史小说,激发甚至塑造了人们关于内战历史的某种集体想象,并至今为越来越多人所共享?

除了之前已提及的记忆主体的不同,更为关键的还在于他们在历史书写方式上表现出的新特征。对于此,学界既有共识也有不同的侧重。其达成共识的部分有:整体而言,他们的作品一方面继承了20世纪80年代以来"西班牙新小说"(la nueva narrativa española)①的某些特点,例如对"对叙事的回归"②和对"想象的热衷"③,另一方面则在不同程度上运用具有后现代标志的创作手法,例如不同文学体裁之间的跨界、杂糅,多重叙事视角的变换,反讽,戏仿,元叙述,等等。④ 同时,由于内战及其后果造成的历史话语的破碎和消散,他们带着质疑的眼光回望历史,充满焦虑地关切当下,形成了新的一代人的后现代式矛盾。正如戈麦斯·洛佩斯·奎诺内斯(Gómez López-Quiñones)在研究中指出的:

> 这些小说的确体现出许多后现代特点,例如总试图质疑我们是如何认识和理解过去的,但另一方面,又认为过去从根本上决

---

① Darío Villanueva, "La nueva narrativa española", en *Los nuevos nombres: 1975-1990*, ed. por Darío Villanueva, *Historia y crítica de la literatura española*, vol.9, coord. por Francisco Rico, 1992, Barcelona: Editorial Crítica, p.285.

② *Ibid.*

③ Joan Oleza Simó, "Una nueva alianza entre historia y novela. Historia y ficción en el pensamiento literario de fin de siglo", en *La novela histórica a finales del siglo XX*, eds. por José Romera, Fernando Gutiérrez, María García-Page, Madrid: Visor Libros, 1996, p.87.

④ 参见 José María Pozuelo Yvancos: *Novela española del siglo XXI*, pp.294-295; Geneviéve Champeau: "Carta de navegar por nuevos derroteros", en *Nuevos derroteros de la narrativa española actual*. Zaragoza: Universidad de Zaragoza, 2011, p.9; Antonio Gómez López-Quiñones: *La guerra persistente. Memoria, violencia, utopía: representaciones contemporáneas de la Guerra Civil española*. Madrid: Iberoamericana, 2006, p.23。

定了个体的活动轨迹,甚至人物展开的所有阐释、调查,和对过去某个被遗忘时光的认知,都成了当下最好的精神食粮。换言之,这些作品中的主人公,最终都接受"要向前看"就必须"反思过去"。在这些角色构建和被激活的记忆剧场中,生发出梦想、希望、认同,以及美德,它们让当下变得完整,或者说赋予当下以原本缺少的意义。①

有学者将其看作历史小说的一种新形式,例如蒙特利尔大学的德·穆尼奥斯教授(Maryse Bertrand de Muñoz)就将这类以对抗"记忆缺失(desmemoria)"为目的的内战小说称作"历史记忆小说"②;奥胡斯大学的汉森教授(Hans Lauge Hansen)、斯德哥尔摩大学的苏亚雷斯(Juan Carlos Cruz Suárez)、蒙彼利埃第三大学的让-弗朗索瓦·卡塞伦(Jean-François Carcelén)等学者则关注到这类小说中被广泛使用的真实历史人物、事件,包括相关日记、书信、档案、访问、新闻报道等记忆媒介,主张将其称为纪实小说(novela documental)或见证小说(novela testimonial)。③

为将其与传统历史小说或纪实文学区别开来,突出其记忆书写、想象的特点,西班牙著名文学批评家桑托斯·阿隆索(Santos Alonso, 1942—2006),在专著《世纪末的西班牙小说1975—2001》中,首次提出

---

① Antonio Gómez López-Quiñones: *La guerra persistente. Memoria, violencia, utopía: representaciones contemporáneas de la Guerra Civil española*. Madrid: Vervuert, 2006, p.26.

② Maryse Bertrand de Muñoz, "La Guerra Civil de 1936-1939 en la novela española del último decenio del siglo XX", en *Actas del XIII Congreso de la Asociación Internacional de Hispanistas*, Madrid, del 6 al 11 de julio de 1998.参见 https://cvc.cervantes.es/literatura/aih/pdf/13/aih_13_2_061.pdf

③ 参见 Jean-François Carcelén: "Ficción documentada y ficción documental en la narrativa española actual", en *Nuevos derroteros de la narrativa española actual*, eds. por Geneviève Champeau, Jean-Fraçois Carcelén, Georges Tyras, Fernando Valls, Zaragoza: Prensas Universitarias de Zaragoza, 2011, pp.51-68; Hans Lauge Hansen, Juan Carlos Cruz Suárez: "Literatura y memoria cultural en España (2000-2010)" en *La memoria novelada (vol.1)*, eds. por Hans Lauge Hansen, Juan Carlos Cruz Suárez, Bern: Peter Lang, 2012, pp.21-42。

"记忆唤起的小说"(novela evocadora de la memoria),将那些由记忆形成情节主要推动力的叙事作品纳入其中。然而,如同字面所示,这个称呼是相对宽泛的,既包括了通过回忆再现西班牙内战和战后独裁阶段的小说,也包括了那些由于个体对于任何特定事件的回忆而形成叙事的作品。①

为了体现出它们对叙事传统的继承,同时又能指涉其强大的,从当下社会文化语境中塑造一个集体关于过去的历史想象的功能,安娜·卢恩戈博士在其2004年出版的专著《记忆的十字路口:当代小说中西班牙内战的集体记忆》中提出,将它们称为"历史交汇小说"(novela de la confrontación histórica)②,以形象表现经由记忆,过去和现在于文本时空中的穿梭、相遇、交汇。据此,作者确立了在选择具体研究文本时的五项依据③,其中之一为:"(这些小说)展现了被我称之为历史交汇小说所可能拥有的,不同的书写范式,包括不同的主题形式,例如:成长小说(die Bildungsromane)、记忆小说、侦探小说、新闻调查等"。④

不难看出,历史与记忆的关系,尤其是历史的记忆化、文本化过程始终是这些小说最为人们所关注的特点。因而,更多的学者倾向于突出"记忆"在这类小说中的意义和作用,将它们称为"记忆小说"

---

① Santos Alonso: *La novela española en el fin del siglo 1975-2001*. Madrid: Mare Nostrum, 2003, pp.230-242.

② Ana Luengo: *La encrucijada de la memoria. La memoria de la Guerra Civil española en la novela contemporánea.* Berlín: Tranvía, 2004, p.49.

③ 卢恩戈的选择标准为:1. 作家的年龄:都出生在内战后的20世纪五六十年代,都没有关于战争的直接记忆;2. 小说中的故事发生在不同的地理位置;3. 采用了不同的叙述模式;4. 呈现出作者不同的意识形态;5. 都是畅销小说。根据这五条标准,作者最终选定研究的六部小说为:《波兰骑士》《改朝换代》《食人肉者的女儿》《泥泞的天空》《马德里的沦陷》和《萨拉米斯士兵》。

④ Ana Luengo: *La encrucijada de la memoria. La memoria de la Guerra Civil española en la novela contemporánea.* p.103.

(novela de la memoria)①。柏吉特·纽曼(Birgit Neumann)对其内涵和外延的界定可谓十分准确：

> "记忆小说"(fictions of memory)这个术语有意暗指小说的双重意义：首先，它指那些描绘记忆如何运行的文学性、非指涉性(non-referential)的叙事。其次，在更广泛的意义上，"记忆小说"这个术语指的是这样一些故事：某个人或者某种文化讲述有关自己过去的故事，以回答"我是谁"或集体性的"我们是谁"这个问题。这些故事也可以被称为"记忆小说"，因为它们往往构成了对于过去的一种想象性(重新)建构，回应的是当前的需要。这种概念性、思想性的记忆小说由倾向、偏见和价值观念组成，它们为理解过去和现在提供了一致的代码，在文学剧情和神话中得到了最简洁的表达。②

从这一定义不难看出"记忆小说"的两个特征：首先，这是一种允许多元化阐释的符号表达系统；其次，它能够体现出过去对于当下个体或集体的身份建构的重要性，这一过程必须而且只能通过记忆的再现和反思来完成。正如加西亚·哈布里那指出的，"用以应对片面的、不完整的、丢失的、被追问的、扭曲的、被劫持或被篡夺的记忆，这就是记忆小说"③。桑切斯·萨帕特罗(Sánchez Zapatero，1978—)同样支

---

① 参见"La cultura de la memoria" publicada en *Pliegos de Yuste* en 2010 de Javier Sánchez Zapatero；"Entre la autoficción y la biografía novelada. Narrativa española de la memoria" de Mariela Sánchez, publicada en *Actas del II Coloquio Internacional: Escrituras del yo*，en el año 2010；"El jinete polaco de Antonio Muñoz Molina como novela de memoria" de Patricia Riosalido publicada en *Cuadernos de Filología Hispánica* en 2013; o artículo de Georges Tyras："Relatos de investigación y novela de memoria: Soldados de Salamina, de Javier Cercas, y Mala gente que camina, de Benjamín Prado"，publicado en 2011 en *Nuevos derroteros de la narrativa española actual*，etc。在上述这些研究中，学者们一致认为可以将这些建构在西班牙内战及战后集体记忆之上的小说称为"记忆小说"。
② ［德］柏吉特·纽曼：《记忆的文学再现》，载［德］阿斯特莉特·埃尔、安斯加尔·纽宁主编：《文化记忆研究指南》，李恭忠、李霞译，南京：南京大学出版社，2021年，第414页。
③ Luis García Jambrina："La recuperación de la memoria histórica en tres novelas españolas del año 2001"，p.80.

持这一观点,而且在西班牙的历史和文化语境下,他更加强调这类叙事作品所承载的道德含义和教育意义:

>"记忆文学"是这样一种文学,它能够制造记忆,并且能够让读者触碰到这样一种事实,由死亡、暴力、耻辱、饥饿和不屈主宰的,如果没有证据就永远不会被人们知道的事实。……它容纳了所有边缘人群和失败者,容纳了所有那些被别有用心的人试图从历史中驱逐出去的人。这就是为什么这类文学作品在今天显得如此必要,因为只有经由它们的声音才有可能真正了解我们的过去、我们的记忆和我们现在所身处其中的社会。[①]

那么,具体而言,这些被称为"记忆小说"的文学文本通过哪些特殊再现模式制造了真实的记忆效果,不仅让大众接受、认同和传递这一记忆,并最终使文本自身——如前文提到的《萨拉米斯士兵》,也成为文化记忆的对象的呢?目前,学界较有代表性的看法有如下几种:

第一种观点认为,作家们会通过刻意选择的叙述视角,制造不同的记忆模仿过程,激发读者的共情、反思或批判。因为对于记忆的生成和传播来说,小说的形式往往比内容更加重要。

例如,艾琳娜·利卡宁(Elina Liikanen)以1997年至2008年间出版的11部西班牙内战小说为样本,总结出三种记忆再现模式:**体验式**(el modo vivencial)、**重构式**(el modo reconstructivo)和**反对式**(el modo contestatario)。其中,**体验式**以第三人称叙事为主,读者跟随一个无所不知的叙事者,仿佛亲自参与了人物的所有经历,人物的心理活动亦能够被一览无余。于是读者在不知不觉中成为这段历史的见证人,更是这些个体记忆的新的承载者。在这一模式下,利卡宁选择了洛伦

[①] Javier Sánchez Zapatero: "La cultura de la memoria", en *Pliegos de Yuste*. nº.11-12, 2010, p.29.

佐·席尔瓦(Lorenzo Silva)的《洁白的信笺》(*Carta blanca*, 2004)、艾玛·里维奥拉(Emma Riverola)的《无人之地的来信》(*Cartas desde la ausencia*, 2008)等书信体小说;第二种**重构式**,多采用第一人称叙事,主人公"我"从当下出发,通过对内战或战后独裁统治期间的某个谜案展开调查,从而以审视、反思的态度重构这一历史事件。作者将《萨拉米斯士兵》《冰冷的心》《邪恶的人四处行走》以及《海外的红军》(*Rojos de ultramar*, 2004)纳入这一模式;最后,利卡宁提出,**反对式**记忆小说是这三种当中最为复杂的,多见于以多视角叙事展开的自我反思(autorreflexivo)型小说,也是目前在数量上最少的一种叙述模式。毫无意外,她将伊萨克·罗萨(Isaac Rosa, 1974—)的《昨日无用》和《又一本该死的内战小说!》放在了这一模式下。[1]

第二种观点主要认为,小说可以通过特定的叙述方式呈现文化记忆在时空中的迁移和传递。在这一观点下,具有代表性的是汉斯·劳格·汉森(Hans Lauge Hansen)针对当代西班牙内战记忆小说提出的"现在过去时空体"(cronotopo del pasado presente)概念。

作为对利卡宁提出的三种叙述方式的回应,汉森以过去、当下和未来的意义联结在文化记忆的生成和传播中的重要作用为维度,提出**模仿**(mimetic)、**重构**(reconstructive)和**挑战/反思**(challenging)[2]三种模式。又以后两种模式为基础,援引巴赫金的时空体概念,提出"现在过去时空体"的组合。接着,他又以"部分过去时空体"(El cronotopo parcial del pasado)和"部分现在时空体"(El cronotopo parcial del presente)作为分割线,将那些通过稳定的且具有特殊象征意义的"记

---

[1] 参见 Elina Liikanen: "Pasados imaginadospolíticas de la forma literaria en la novela española sobre la guerra civil y el franquismo", en *La memoria novelada I*, pp.43-54。

[2] 参见 Hans Lauge Hansen: "Auto-reflection on the processes of cultural re-memoration in the contemporary Spanish memory novel", in *War: Global assessment, public attitudes and psychosocial effects*, ed. by Nathan R. White, New York: Nova Science Publishers, 2013, pp.87-122。

忆场所"——军营、战壕、监狱、集中营等,来进行内战历史记忆再现的小说归入前者,例如:恰孔的《沉睡的声音》、门德斯的《盲目的向日葵》、佩德罗·科拉尔(Pedro Corral, 1963—)的《沙之城》(*La ciudad de arena*, 2009)等等;而在后者——"部分现在时空体"叙述模式下,小说人物由于正在遭受困惑、无奈、方向迷失等后现代命题下的精神焦虑,对现实的失望让他们不得已回望和凝视过去,试图从对过往的追溯中寻找生命存在的某种意义,作者将《萨拉米斯士兵》《昨日无用》《海外的红军》等小说纳入这一范畴。总之,在汉斯看来,时空组合体决定了小说的叙述内容和叙述方式,从而使内战历史成为与当下意义密切相关的整体。[1]

第三种关于记忆小说叙述方式的划分更加开放,既包括了这类小说中最常见的倒叙(和汉森提出的"过去现在时空体"十分相似)、多视角叙事等,还提到了西班牙内战小说中常见的跨文体(intergenerity)游戏。

这也是西班牙文学评论家波苏埃洛·伊万科斯教授的主要观点。在其2014年出版的专著《21世纪西班牙小说》中,作者独辟一章对记忆小说的再现方式进行了探讨,并总结出四种模式:其一,作者认为从数量上而言,最常出现的叙述结构是"通过探寻今天西班牙社会某些内战遗留问题的原因,将过去自然投射到当下";接着,伊万科斯又以具体小说为出发点,补充了另外三种叙述模式,分别为:以穆尼奥斯·莫利纳的《时间之夜》(*La noche de los tiempos*)为代表的多线索/多视角叙事;以弗朗西斯科·加尔万(Francisco Galván, 1958—)的《当天塌下来时》(*Cuando el cielo se caiga*)为例的,利用侦探小说的程式和节

---

[1] 参见 Hans Lauge Hansen: "El cronotopo del pasado presente. La relación entre ficcionalización literaria y lugares de memoria en la novela española actual", en *La memoria novelada II*, eds. por Juan Carlos Suárez, Diana González Martín, Bern: Peter Lang, 2013, pp.23-41。

奏,再现战争暴戾和人性黑暗的叙述模式;以及以伊萨克·罗萨(Isaac Rosa, 1974—)的《昨日无用》和《又一本该死的内战小说!》为个案的历史编撰元小说,其中几乎被使用到极致的自我戏仿和反讽,成为这位作家极具个人辨识度的叙述方式。[①]

哪怕仅仅只是浏览这些不同模式下的小说标题,我们也会发现,有关西班牙内战的文学文本在具体的回忆内容上呈现出很大的异质性,但在叙述模式上确有一定共性可寻,例如上述三种观点之间也多有重合之处。这说明,一定存在一些有利于记忆生产和传播的特定的叙事运动,让那些被禁止的、被边缘化的、几乎快要被遗忘埋葬的个体记忆和伤痛记忆,被重新带入集体记忆,在共时和历时的维度上成为可以被共享和继续传递的文化。因为只有在这个意义上,他们的书写才能共同促成关于内战的文化记忆的形成。也正因如此,"如何记忆",即如何讲述一个内战故事,对于这段记忆能否得到读者的共情、接受和传播,并最终成为文化记忆的媒介和对象来说尤为重要。

因此,我们将继续围绕历史的记忆化书写,即历史的文本化过程,在本书的下篇对具体文本展开分析。通过考查这一群体选择记住哪些过去,尤其通过怎样的艺术构造和文学加工再现这个过去,来为这样一个问题寻找答案:为什么是这些文本而不是其他的,塑造了我们关于西班牙内战历史的集体想象,最终成了存储、传播和激发这段记忆的强有力的媒介?

经过对学界现有的几种划分思路的考量,我们决定既要有所借鉴亦要有所突破和创新。由于目前对叙述模式的划分大都是从文本最终呈现的书写效果出发,例如通过对某些记忆的追溯,达到了对历史

[①] 参见 José María Pozuelo Yvancos, *Novela española del siglo XXI*, Murcia: Universidad de Murcia, 2014, pp.297-310。

的重构和反思等。因而我们决定依照文化记忆机制的特征①和运行规律将研究的方向转向其生成的过程,包括记忆发生的动机(记忆选择的道德立场)、记忆发生的过程(时空要素、媒介和人),以及记忆对自身的反思(以记忆解构记忆),围绕文化记忆的几个核心要素,从记忆书写的伦理意义、记忆与空间、记忆的媒介、身份认同以及解构和反思这样几个维度,对内战小说特有的历史再现和意义生成功能进行更为个性化的讨论。具体如下:

第一,记忆书写的伦理意义。记忆是一个有意识的筛选机制。记忆的唤起、传播和接受都不单单是自身的事情。一个集体中的成员选择记住怎样的过去,尤其是如何理解和阐释这个过去,将会直接影响到其他成员以及后代获得怎样的整体意识和历史意识。因而历史的记忆书写一定蕴含着某种价值观和道德立场。正如之前论述过的,西班牙内战的意义早已超越了民族的局限,因而在唤起和传播这段伤痛记忆时,应当使其不受政治立场、意识形态,或者地域、国家因素的制约,将个体的身体和精神创伤纳入世界性的语境,让一个民族的苦难上升为人类整体的灾难。这样的记忆书写以人性中的"善"的本能为基础,谴责普遍意义上的战争的"恶",体现人类在面对战争这一毁灭性灾难时的责任感和历史使命感。这类文本不仅具有文学价值,更充分体现了作为记忆媒介的内战小说的伦理道德意涵。因此我们将把文学话语在促成这样一种新的记忆文化的形成过程中所包含的道德导向和伦理向度放在首位,这也是所有讨论的立足点和出发点。

第二,记忆书写与空间。记忆与空间的关联可谓源远流长。无论是西蒙尼德斯的"位置记忆法"、西塞罗的"记忆宫殿"、诺拉的"记忆之场",又或是西班牙乃至西方社会论及这场战争时,常用的"挖掘"真

---

① 关于文化记忆的六大特征请参看本书的绪论部分。

相这一表述,无不证明"记忆"与"空间"之间密不可分的关系。在文化记忆的理论框架下,记忆与空间之间的牵连更加盘根错节。例如,阿莱达·阿斯曼在《回忆空间——文化记忆的形式和变迁》一书中就对各种建立在空间概念上的记忆隐喻"箱子""存储器""代际之地""档案"等,进行了详尽论述。[①] 也正是出于这样的原因,波苏埃洛、汉森等学者在对内战记忆小说的叙述模式进行分类时,均对空间作以重点涉及。鉴于空间表征对于记忆再现的重要性,以及它在当代西班牙内战小说中的典型性和代表性,我们将在下篇对其进行讨论。

第三,记忆与媒介。记忆离不开媒介,媒介不仅可以存储记忆,更能够使记忆成为可能。因而媒介对于记忆的重要性历来受到文化记忆研究者们的关注,阿斯特莉特·埃尔就表示:记忆研究史同时也是媒介研究史。[②] 记忆的媒介不仅纷繁多样,而且随着时代发展和技术进步,还在不断地更新、变化。我们选取"风景"和"声音",从视觉和听觉的角度,一方面尝试再次阐释媒介对于记忆生产和传播的重要意义,另一方面,也希望借由这种特殊的、兼具一定文化特征和表现力的媒介,探讨作者的记忆心态和审美表征。

第四,记忆书写的"跨界"。正如之前提到,自20世纪90年代末期开始兴起的内战记忆小说,体裁上的杂糅和跨界相当普遍。其中最具代表性的就是借助侦探小说的程式展开记忆书写的模式。这既是西班牙内战记忆小说较其他战争小说的独特之处,也是这个民族的记忆心态的一种体现——历史的真相是无法直接获知的、需要破解的"谜题"。对此安娜·卢恩科、桑切斯·萨帕特罗、波苏埃洛·伊万科

[①] [德]阿莱达·阿斯曼:《回忆空间——文化记忆的形式和变迁》,潘璐译,北京:北京大学出版社,2016年。

[②] 冯亚琳等:《德语文学中的文化记忆与民族价值观》,北京:中国社会科学出版社,2013年,第68页。

斯等人均有所关注。而对于文化记忆的生成来说,这种侦探般细致严谨、环环相扣的调查取证过程,增强了故事的"真实性"和可信度,极其有利于文本,也就是新的记忆被接受和传播。不仅如此,故事的主人公往往就是担任着"侦探"职责的叙事者,他的探寻也意味着对自我归属和集体身份的重新确认。

第五,记忆的解构。这一类型的文本是所有内战记忆小说中最为特殊和复杂的。就像记忆本身包含着记住和遗忘两个相互协作的过程,记忆在建构的同时也孕育着解构。因此,如果不对其进行讨论,研究也将是不完整的。利卡宁将这类记忆小说称作"反对式"小说,波苏埃洛等学者将其称作"历史编撰元小说"或"元记忆"小说。在这类叙事中,记忆的再现过程、小说的艺术构造过程,全部被刻意地人为暴露,一个不断地自我反思、自我讽刺和批判这一历史书写过程的叙事声音始终存在。这就是最后一章我们将讨论的伊萨克·罗萨和他的两部代表作品《又一本该死的内战小说!》和《昨日无用》。

总之,我们将从记忆书写的伦理意义、记忆与空间、记忆与媒介、记忆的"跨界"书写,以及记忆的解构,五个方面,继续围绕记忆书写对于历史重构的重要意义,完成第二个部分的案例分析。必须说明的是,这样的区分并非绝对,而是为了在通过具体个案,完整我们的整体论述——这些围绕内战的书写**为何**以及**如何**成为历史/记忆的媒介和对象时,所提供的一种批评导向。事实上,在文化记忆的运行机制下,记忆主体的选择、记忆空间、媒介、记忆的策略、身份认同、自省反思往往会彼此牵连、同时发生。而这也是记忆的魅力所在。正如我们接触过的所有优秀的文学文本,丰富的阐释可能性是它们共有的特点之一。这些为我们提供了更多的理解和反思过去的视角的内战记忆小说,同样充满了可塑性,因而它们一定不是某一种记忆书写的简单反映,而是一个带有文化导向的、开放的、动态的意义生成系统。

本章小结：内战记忆小说的产生背景与概念界定

当具体到我们的研究对象"当代西班牙内战小说"，在追溯、建构、反思和传递这段民族伤痛历史的过程中所发挥的作用和产生的价值时，我们有必要首先了解围绕着这一历史事件——西班牙内战，而引发的"历史"与"记忆"之争，也就是这类叙事文学产生的社会及历史背景。

因此，本章的上篇在对战争的背景和缘由进行梳理时，重点并不是战争史，而是突出这场"内战之殇"实际上早已跨越民族，是一场普遍意义上的全人类的伤痛，更是一场文化之殇；它的复杂性和偶然性使这场战争成为可以通过叙事话语被无限阐释的能指。也正是由于这些原因，这场战事一方面造成西班牙人民在近半个世纪的时间里，恪守"沉默契约"，从忍受到逐渐习惯集体记忆被操控和改写；而另一方面，它又是凝结着痛苦的情感和记忆的，具有强大的记忆生产力的、极具象征意味的"记忆之地"。

长久的记忆压抑必然带来记忆的爆发。在西班牙，由于官方记忆在面对这一历史事件时始终模糊回避的态度，对内战及战后压迫的历史真相进行"挖掘"的记忆热潮，自20世纪末开始逐渐形成，并最终在以"文学文本"为核心的文化记忆层面达到记忆的"爆炸"。2001年，小说《萨拉米斯士兵》的大获成功和由此而引发的"塞尔卡斯效应"，常被看作这场记忆"爆炸"的导火索：这不仅仅是一次成功的叙事，更代表着一种新的历史意识和记忆心理的形成。然而，当人们迫切地想要在短时间内，用一种想象性的建构，也就是记忆书写去填满历史的裂缝和空白时，实际上也同时预示着一种"记忆危机"的存在。因此，在本章的下篇，对以上两个方面，即"塞尔卡斯效应"所代表的记忆"爆炸"和潜在的"记忆危机"进行了辩证的分析和讨论。也就是说，我们既要看到记忆书写已经成为了解过去的一种有效的认知途径,但同时也要对记忆生产的可靠性保持警觉。

但无论怎样,我们都已经在这样的记忆"爆炸"和"危机"中,看到"记忆"和"历史"这对双重变量,在每一次拉扯中所释放出的巨大生产力,以及对社会文化和人的精神世界所产生的深远影响。由此,本章的最后一个部分,把"当代西班牙内战小说"从整体上看作一个文化群体在这种影响下所做出的回应,从记忆研究的核心问题——"谁在记忆""记忆什么"和"如何记忆"切入,通过这三要素之间的相互影响和演变脉络,对"记忆小说"的生成语境和概念进行了界定,并通过总结和概括学界对于其再现模式/叙述方式的几种划分,确定了下篇的讨论框架:从记忆书写的伦理意义、记忆与空间、记忆与媒介、记忆的"跨界"书写,以及记忆的解构五个方面,继续围绕记忆与历史的关系,展开对具体内战记忆小说的分析实践。

下篇
见　证

第三章
记忆书写的伦理意义

第一节 概 述

依据我们在上篇第二章确定的分析框架,即按照文化记忆机制的特征和运行规律,将研究的方向从记忆的结果转向记忆生成的过程,从包括记忆的动机(记忆选择的道德立场)、记忆发生的过程和意义(时空要素、媒介和身份认同),以及记忆对自身的反思(以记忆解构记忆)为思路,展开对具体记忆实践的分析。因此本章将对记忆书写的伦理意义进行讨论。

尽管从表面来看,记忆书写的伦理意义似乎并不能算作某一种具体的叙述模式,而是一种立场和判断,但我们仍然认为对该命题的讨论是必不可少的。并且,本章还将成为之后的四种记忆书写模式:记忆书写与空间,记忆与媒介,记忆书写的"跨界"和记忆的解构的阐释基础。

首先,原因之一在于我们所讨论的主题的特殊性。由于我们始终围绕着这类记忆小说是如何书写西班牙内战及战后漫长独裁统治这一问题的,也就是说,当这一作家群体在对历史进行记忆书写时,面对的并不是一种普通意义上的生活记忆,而是带给了这个民族从身体到心理、延续数代人的伤痛记忆,即人们常说的创伤记忆。从心理学的角度看,创伤记忆指的是"对生活中具有严重伤害性事件的记忆"[1],

---

[1] 杨治良等编著:《记忆心理学》(第三版),上海:华东师范大学出版社,2012年,第412页。

其特征是个体差异性大、亲历性以及所包含的强烈情感。虽然作为内战后的第三代，这些作家并未曾亲身参与或经历战争，然而父辈们的情感和行为方式会直接投射在他们身上，加之他们成长中最迅速也最不平衡、最敏感也最叛逆的青少年阶段正好是佛朗哥统治的中后期，教育机构、新闻、广播以及出版业均被政府以极权主义的手段严格操控，使他们不得不生活和成长在历史与文化的断裂之中。因而他们的认知、情感和价值判断都受到一定程度的影响，并在成年后的创作中做出反应。对他们的记忆书写的伦理意义的讨论，实际上也是这一作家群体整体创作的意义所在：他们的历史表述是这一代"文化孤儿"的精神流浪的传记；他们的书写必然成为数代人跨越这一历史和文化裂谷的必经之路，更是人类永远的精神典藏。

其次，记忆的伦理意义是记忆和战争文学的一个必然交汇点。当战后的第三代对内战展开书写时，往往依靠父辈们的回忆和自己的想象，或自身留存不多的童年时期关于战争的模糊记忆。而这些记忆在被提取、筛选和整理的时候，以及当作家们做出要去书写内战历史的决定的时候，这一记忆书写活动的伦理意义就已然存在。尤其是面对这场民族内部同胞相残的战乱，作者写作的动机和立场常常会通过他做出的"记住谁"或"忘记谁"的选择得以表达，因为记忆是一个有意识的筛选机制，在做出"记住"或是"遗忘"的选择时，实际上是记忆主体的主观情感和认知价值的双重驱动。例如，对于战争中的罪恶还有必要去记忆、去书写吗？又或者并非个体自身亲历的事情，有必要去记住他人的经历甚至将其变为自身记忆的一部分吗？记忆主体的选择显然牵涉到个人的情感，更包含了他对于个体、群体和社会的价值判断。我们可以这样理解，对西班牙内战的书写离不开记忆，而记忆"从一开始可能就不仅仅是一个心理学的概念，它根本地属于伦理和道德领域"[①]。尤其是当后代们,一个新时代的文化群体在面对着自己民族刚刚经历就被埋葬的苦难时,是选择回避还是勇敢承认并担负起记忆的道德责任,关系着整个社会群体是否接受自己的过去,是否承认别人的创伤,是否能够建立有效的身份认同,以及是否有可能实现真正意义上的和解与救赎的关键所在。

本章选取《我现在诉说的名字》(*El nombre que ahora digo*, 1999)和《盲目的向日葵》(*Los girasoles ciegos*, 2004),分别来自1956年生于马拉加的安东尼奥·索列尔(Antonio Soler),和1941年生于马德里的阿尔贝托·门德斯(Alberto Méndez, 1941—2004)。两位作家都幸运地避开了硝烟弹雨的劫难,然而他们的童年和成长过程却与这场战事有着密切关联。索列尔的叔叔是一名坚定的社会党人,他和自己的兄弟,也就是索列尔的父亲共同参加了马德里保卫战。而他的母亲及其家人在马拉加被佛朗哥的军队占领时,不得不和许多同乡人一起踏上了被称为"屠杀之路"(La Desbandá)的亡命之旅。在马德里被围困期间,他们一度与远在马拉加的亲人们失去联系。战场上,索列尔的父亲通过妻子的来信,才知道自己已经身为人父,这个细节也在之后被作家写进了小说里。而对于阿尔贝托·门德斯而言,幼时学校严苛的体罚,穿着皮靴的警察,以及每天都要集体仰望佛朗哥的元首像高唱《面朝太阳》的经历令他始终难以释怀。这样的经历同样被作家写进了小说中:"在学校里,佛朗哥、何塞·安东尼奥·里维拉、长枪党、国民运动的出现像奇迹一样,它们从天而降……"成年后,记者的身份让他有机会再次关注到这一悲剧造成的巨大精神伤痛,父辈们到底经历了什么?自己在成长中又错过了什么?什么才是战争的真相?是否建立民主社会与记住过去就必然成为悖论?两位作者不约而同地选

[①] 赵静蓉:《文化记忆与身份认同》。北京:生活·读书·新知三联书店,2015年,第124页。

择在文字的世界里与过去再次相遇,用语言来释放恐惧、寻找精神的慰藉。

《我现在诉说的名字》的背景和主题是西班牙内战,但它的独特之处在于,作者将伦理意图和道德导向隐于文本建构和谋篇布局之中,体现出我们上述提到的,记忆与战争文学在伦理意义上的交汇。作者利用带有独特意涵的记忆符号——"文字""姓名"架构起记忆的伦理空间,通过蕴含着强烈情感的不断被重复的符号,在意义的交换和记忆的流动中完成对历史现场的追溯与重现;此外,作者借用了一个创伤记忆亲历者的视角,通过他的见证模仿了真实的记忆效果,掌控叙事节奏的同时强调见证的有效性,不动声色中完成对读者的伦理导向;最后是见证后的道德反思。战争的可怕之处不仅仅在于随时可能到来的死亡的威胁,更在于战争会摧毁正常的社会秩序,颠倒道德的准则,令暴力和贪欲成为正常,令人迷失。由此,《我现在诉说的名字》所关注的已经不仅仅是西班牙内战,而是对人性、对世界的一种人文关怀。你的名字由我记住,由我诉说,这是记忆的伦理,也是我们每一个人面对历史时的使命。

门德斯在《盲目的向日葵》中同样强调"记住"的道德意义。他关注着战争带给人类的巨大痛苦,用无数战争边缘人物的小写的记忆,书写了大写的历史。小说通过各种强大的记忆媒介:日记本、判决书、档案、字条等,将这些被误解、被遗忘的战争中的边缘人群——临时倒戈的国民军后勤军官、年轻的诗人、被捕的共和国士兵、藏在柜子里的隐形的父亲等等,重新带回当下的记忆系统。而且,和索列尔一样,门德斯同样也十分强调"名字"这一特殊符号对于记忆的强大作用:即将死去的年轻的父亲把襁褓中的婴儿的名字写满了日记本,只为人们不会忘记这个也即将离开人世的小生命。在《盲目的向日葵》的序里,门德斯引用了卡洛斯·皮耶拉的一段话:"解脱需要承受,而不是忽略或者遗忘。"皮耶拉认为,当今的西班牙社会并没有在公众层面上认可西班牙内战是一段不可挽回的历史悲剧,有关内战和战后独裁的记忆依然只停留在个别亲历者的个体记忆里,并随着他们的去世被彻底遗忘。门德斯将这段话放在作品的扉页,显然有着自己的伦理意图,即劝说读者们回首过去,勇敢承担,唯有这样,所有的牺牲才有意义。正如作者本人曾公开表示的那样:"这是一本以记忆写就的文学作品,希望可以通过它向我们父辈们的记忆致敬。"①

总之,两位作家站在世纪关口,审视个体与民族,叩问心灵,反思人性。他们通过自己的书写,将西班牙内战和佛朗哥独裁统治期间那些被人们遗忘、忽略甚至是刻意掩盖的小写的"历史"再次带入群体意识和公共话语。他们没有站在所谓"两个西班牙"的任何一方,而是置身于不同视角,揭示普遍意义上的战争对人类身心造成的不可估量的巨大伤害,以及人性在极端环境下所面临的善与恶的考验。对于今天的西班牙社会而言,承认受害者所遭受的创伤的存在,勇敢承担道德责任,才有可能实现真正的和解。他们执着地在语言的书写中寻求诗性的正义,体现了当代西班牙知识分子面对这场"该隐之罪"时的道德立场和伦理意图。对于文本中和文本外的所有人来说,这都是一场没有胜利者的战争。

第二节 《我现在诉说的名字》中的叙事艺术与伦理向度

有别于大多数西班牙内战题材小说,《我现在诉说的名字》无

---

① María de la Paz Cepedello Moreno: Los mecanismos de la interpretación: la eficacia de la ficción en la reconstrucción de la memoria a propósito de *Los girasoles ciegos*", en *Studia Romanica Posnaniensia*, nº.1, 2017, p.22.

意在历史与虚构间寻求平衡,也没有直接站在内战中战败者的一方为其发声,而是藉由文学的审美过程逐渐铺陈、潜移作品的伦理向度。作者安东尼奥·索列尔密切关注记忆的伦理和战争对人性的考验,将自己的伦理意图编织进独特的叙事艺术之中,对过往记忆的每一次有效追溯,既是作者艺术手法上的谋篇布局,也是引导和推动读者,不断接近并最终认同作品的道德教诲意义的秘密路径。

出版于 1999 年的《我现在诉说的名字》,以 1938 年前后处于内战尾声的马德里作为主要叙事空间,出版当年即获颁"春天"小说奖。2020 年 2 月,由于这部作品"鲜明的个人风格、诗一般极富张力的语言、紧张的叙事节奏"[①],小说由著名出版社加拉克西亚·古登博格(Galaxia Gutenberg)重新出版,再度引起读者和评论家们的关注。

与大多数内战题材的叙事文学所不同的是,作者安东尼奥·索列尔没有让作品直接站在受害者或战败者的一方为其发声,而是以诗化的语言,巧妙的安排,将自己的伦理意图编织进独特的叙事艺术之中。对过去历史意义的每一次有效追溯,既是作者艺术手法上的谋篇布局,也是引导和推动读者不断接近并最终认同作品的道德教诲意义的秘密路径。在意义空间的建构层面,小说引导读者不断感知、阐释"文字""姓名"等符号所携带的深层含义:符号意义被正确阐释和有效接收的过程,也是读者重返内战时期伦理现场的途径;在叙事视角层面,作者将自己的伦理意图隐于叙事镜头之后,透过主人公古斯塔沃·辛托拉(Gustavo Sintora)的双眼,见证了战争的残酷,更揭示了灾难面前复杂的人性;战争的可怕之处不仅仅在于会令人丧失生命,更在于战

[①] 参见 http://www.galaxiagutenberg.com/libros/el-nombre-que-ahora-digo/,2020 年 12 月 20 日查看。

争如同迷宫一般,会使人的"兽性因子"①摆脱理性意志的控制,陷入迷失和混乱。因此,见证灾难的过程也是人类自我反思的过程,走出迷宫的过程也是人类自我救赎和成长的过程。以叙事艺术体现伦理向度,以伦理向度引导叙述方式,在战争、爱情、成长等情节发展的背后,是作者对该隐之罪的救赎之思和自我和解。

一、符号再现:重返记忆的伦理现场

小说《我现在诉说的名字》以两股相互交织的回忆流为主要叙事推动力:年轻的共和军士兵古斯塔沃·辛托拉的战时手稿,以及叙事者"我"一边整理这些手稿一边对父亲——士官索列·维拉(Solé Vera)和他的战士们的回忆、想象和讲述。为了区分这两种叙事声音,同时不影响阅读的连贯性,作者用斜体字直接摘录了辛托拉的战时日记,用正常字体表现"我"对这些支离破碎的日记的整理、阐释和讲述。这个过程体现了记忆研究中最核心的问题,即流动的、并不稳定的记忆是如何得到言说和再现的?以及我们如何能够通过记忆回到古斯塔沃·辛托拉、索列·维拉等人物所处的"特定历史的伦理环境"②去理解他们?这实际上是两个呈递进关系的问题:前者指向记忆是如何被确立的,也就是记忆二次诞生的过程——"一个语言符号的建构和叙事过程"③;后者则指向该过程的本质,也就是符号所携带的意义是如何"被创立、被感知、被接收"④的。

在《我现在诉说的名字》中,记忆首先借助语言符号从思维来到现

---

① 聂珍钊:《文学伦理学批评导论》,北京:北京大学出版社,2014年,第38页。
② 同上书,第256页。
③ 赵静蓉:《文化记忆与符号叙事——从符号学的视角看记忆的真实性》,载《暨南学报》(哲学社会科学版)2013年第5期,第86页。
④ 赵毅衡:《符号学第一悖论:解释意义不在场才需要符号》,载《西华大学学报》(哲学社会科学版)2018年第2期,第2页。

实,文字不仅成为记忆的"支撑",更是其"永恒的保证"①。笔记的主人同样也是记忆主体之一的古斯塔沃·辛托拉,初遇战争变故时不过十六七岁,几乎还是个孩子。在和母亲、妹妹逃亡的路上遭遇空军轰炸,与家人失散。流亡路上,辛托拉被偶遇的苏联军队收留,当了几天小号手,就此开始了军人生涯。很快,他被派到马德里,加入了还是班长的索列·维拉带领的一支特殊的运输队伍:偶尔为前线作战的共和军运送衣物等战备物资,大多数时候拉着一支由杂耍艺人、斗牛士、魔术师、歌唱演员等组成的劳军小队为驻扎在马德里周边的军队和村民们演出,以宽慰人心,鼓舞士气。无论是战争本身,还是跟着身边这群与众不同的小分队的所见所闻对于古斯塔沃·辛托拉来说都是陌生、嘈杂和迷惑的。于是在战争的颠沛流离中,他决定用文字留下自己凌乱庞杂的记忆:

> 我于是开始写,先是写在一些纸头上,之后我再陆续把它们抄写在这些笔记本上。无数的拼写错误,但我还是写。等到战争结束,等到我有了生活的方向,这些日记可以让我了解这段日子到底是怎样的,而这时的我又是怎样的。②

语言符号对于固定和保存记忆的功用和价值被手稿的阅读者和整理者"我"再次确认:"记忆在辛托拉凌乱的字里行间来回穿梭……"(《名字》,第 31 页)以及"通过这些书写,我终于知道了这些人是谁,这些曾经在一场遥远的战争中战斗过的人们,虽然他们已经从这个世界消失,虽然他们只活在古斯塔沃·辛托拉的日记里"(《名字》,第 285 页)。可见,通过语言的符号化建构,记忆成为文本,同样也是记忆的载体。因此,辛托拉的手稿不仅保存了记忆,更是能够激

---

① 冯亚琳等:《德语文学中的文化记忆与民族价值观》,北京:中国社会科学出版社,2013 年,第 68 页。
② Antonio Soler: *El nombre que ahora digo*. Madrid: Espasa Calpe, S. A., 1999, p.82.下文中引用仅给出中文书名的简写《名字》和原文页码。斜体依据原文。

发记忆主体进行回忆和想象的催化剂。

记忆的传递需要符号,而符号需要被赋予意义。那么,"我"对辛托拉留下的文字的整理、再写和讲述,如何也能够得到读者的共情和认同?对已成过往的历史记忆的追溯,对内战时期的伦理现场的重建又怎样才能按照作者的预期得到实现呢?在《我现在诉说的名字》的回忆和叙事中,作者运用伦理意义更为鲜明的符号载体——"名字"将历史召唤入场。在"名字"被记忆主体不断言说的过程中激发读者对符号意义的探索和反思,由此,记忆在过去和现在之间往返穿梭,随着情节的铺陈转折不断生长,通过意义凝结起人物活动的伦理现场。

"名字",是从小说标题开始就反复出现、贯穿始终的意义载体。一方面,就像所有符号一样,"名字"是"携带着意义的潜在的感知"[①],当接收者仅仅把名字看作一连串字符的组合时,名字既无意义,也不构成符号。然而另一方面,当"名字"代表了某一生命个体,即"人名",它必然成为符号。因为对于作为个体的人而言,名字是将我们和他人区分开来的重要身份符号,因为有了名字"我才成为我……名字将一个人的过去、现在和将来联系在一起,让他的生命成为连续的行为动作,更在一系列事件的进程里标示出他的存在"[②]。而在《我现在诉说的名字》中,作为符号的"名字"不仅给予个体本身以存在和身份,其意义更在于"名字"之外的他者,即人物通过诉说对自己而言具有特殊意义的人的名字,让他/她的故事不被忘记,而他们的爱情、友谊和战斗的决心,正是我们要返回的伦理现场。

在硝烟弥漫战火纷飞的日子里不断重复某个人的名字,是一种

---

① 赵毅衡:《符号学第一悖论:解释意义不在场才需要符号》,载《西华大学学报》(哲学社会科学版)2018年第2期,第1页。
② Heidrun Friese: *Identities. Time, Difference and Boundaries*. New York/Oxford: Berghahn, 2002, p.19.

对爱情的仪式和信仰。就像辛托拉的战友——吉卜赛人安绍拉（Ansaura），在军营的每一个夜晚里，在埃布罗河（Ebro）炮火连天的战场上①，成千上万次重复着妻子的名字——阿玛利亚（Amalia），像思念更像爱人之间漫长的诀别："阿玛利亚……一百六十三万六千四百二十二次，阿玛利亚，阿玛利亚，一百六十三万六千四百二十四次……"（《名字》，第157页）对于安绍拉来说"阿玛利亚"所承载的意义已经不仅仅是物理意义上的妻子本人，而是人的生存本能要求他在极端环境下必须维持的生的信念和希望。"名字"还是古斯塔沃·辛托拉和有夫之妇瑟琳娜·韦尔加纳（Serena Vergana）之间违反常伦的爱情的出路："……我想和蒙托亚（Montoya）说说瑟琳娜，哪怕只是一次，我想要大声说出她的名字，让这几个字母在我的嘴里旋转、打转，然后再消失在空气中"（《名字》，第57页）；对于瑟琳娜，辛托拉的名字是"爱"和"本我"的代名词："很多年以后，我得知瑟琳娜曾在梦里说起我的名字，语气里交织着恐惧与爱意"（《名字》，第239页）；又或是神父安塞尔姆（Anselmo）和他年轻时在古巴战场上结识的爱人哈辛塔·玛利亚（Jacinta María）之间的生死离别："以为我被她的哥哥杀死了，绝望的哈辛塔·玛利亚纵身跳下铁轨。人们说玛利亚破碎、蜷缩的身体在诉说着一个名字：安塞尔姆。"（《名字》，第128页）"名字"可以被念出来，"名字"甚至可以用身体来表达，它的符号意义由于接收者的感知和反复解释变得强大而富有生命力，促使读者也成为意义的接收者，甚至是新的阐释者和传递者。

此外，"名字"上还凝结着他者对战友的尊重和缅怀，因此即使"名字"的符号载体已经支离破碎，符号的意义却永远存在：一名炮兵战士看到上尉维耶卡斯（Villegas）那样注视着自己身边的战友的尸体，炮兵

---

① 埃布罗河（Ebro）战役是西班牙内战中最大的一次战役，开始于1938年7月，西班牙政府军（共和军）在埃布罗河沿线展开反攻。11月，以政府军退回河对岸而告终。

一面往大炮重新安装弹药,一面补充道:"之前他的脑袋还在的时候他叫冯塞卡(Fonseca),他也发射了炮弹。现在他脑袋没了,耳朵当然也没了,也听不见了,不过没关系,……他还是冯塞卡,他能听懂我的话,我也能"(《名字》,第156页);在残酷的战场上,"名字"的符号意义早已超出了载体本身,"名字"是身份、是牺牲、是信仰、更是记忆的伦理场,因为说出或不断重复他人的名字是为了记住,是为了对抗忘却,这显然关乎记忆的伦理,就像在《圣经》中,"抹去姓名"就意味着"二次谋杀"①。因此,"……中尉波尔图·利马(Porto Lima)留在那个身受重伤的士兵身旁,直到他死去。士兵紧紧抓着中尉的手,喊着他的名字——波尔图·利马,而他也一直唤着他的名字——莱米亚斯·庞塞(Jeremías Ponce),虽然他们俩互相都没有听见"(《名字》,第163页)。

二、镜头叙事:见证者与见证的伦理

当人们沿着辛托拉的手稿,跟随着这些来自遥远战场的"名字"的呼唤声回到当时的伦理现场——内战结束前夕的马德里,一座"被吞没在轰炸后的浓烟里的城市,大街上往来的卡车上插着破烂不堪的旗帜,士兵们敌我不分,随时都是一场枪战"(《名字》,第251—252页);又或是踏上被称为"西班牙内战中最血腥、最漫长、最激烈,但同样也是最没有必要、最荒谬的"②的埃布罗河之战的战场时,会有怎样的感受和触动?是否会与辛托拉或"我"产生相似的共鸣和认同?然而,战争残酷而巨大的场面显然无法也不可能尽然展现在读者眼前,因此叙事视角的选择不仅是重要的,更是必需的,并且不可避免地受到叙事者或作者伦理意图的影响,因为"视角问题的基点是一个深刻的伦理

---

① [以]阿维夏伊·玛格利特:《记忆的伦理》,贺海仁译,北京:清华大学出版社,2015年,第19页。
② Javier Tusell: *Vivir en guerra. Historia ilustrada 1936-1939*. Madrid: Sílex, 2003, p.167.

复合体"①。在《我现在诉说的名字》中,作者有意识地模仿照片及电影画面的取景方法,利用镜头叙事,透过古斯塔沃·辛托拉戴着厚厚镜片的双眼,在记忆中有意或无意地固定下一个个历史的瞬间。

古斯塔沃·辛托拉既是拍摄行为的实施者:"……我记得他们所有的人,仿佛一张纹刻在我记忆视网膜上的一张照片……";同时也是画面的观察者和镜头前被拍摄对象:"这群战斗的人们……由于愤怒和鲜血而眼神疲惫……我的目光从他们的面庞和身上扫过……,这个士兵是谁,辛托拉?……这个戴着眼镜,看向前方,虽然身形单薄,却依然笔直站立的士兵……他是谁?"(《名字》,第147—148页)并且整个故事中,辛托拉还是唯一意识到镜头的存在并会直接看向它的人:"这个站在一群战士当中,在炮火的轰鸣中,对着摄影师微笑的年轻人,他是谁?"(《名字》,第148页)可见,古斯塔沃·辛托拉既是故事的主人公也是历史的见证者,而他被赋予这一多重身份并非偶然。

首先,在伦理身份层面,古斯塔沃·辛托拉是与读者距离最近的人物,更容易获得后者的共情和认同。这个不过十六七岁的,来自西班牙南部马拉加的普通少年,根本不知政治为何物却误打误撞加入索列·维拉带领的小分队,彼时的战争对于他,正如对于今天的读者,只意味着陌生、恐惧和不解。因此即使已经身处马德里的军营,很长一段时间里,他的身份依然只有"血缘所决定的血亲的身份"②。当他面对着身边的长官——刚刚得知自己当了父亲的索列·维拉,和兴奋异常的战友们,他反而感受到更加清晰的距离感——他不属于这里。于是,在古斯塔沃·辛托拉的潜意识里,他迅速回到了自己原本属于的

---

① [匈]乔治·卢卡契:《现代主义的思想体系》,杨乐云译,载[英]戴维·洛奇编:《二十世纪文学评论》(下),葛林等译,上海:上海译文出版社,1993年,第220页。
② 聂珍钊:《文学伦理学批评导论》,第263页。

地方：

> 大家振臂欢呼，我也照做了。但我只是遥远地看着他们，仿佛回到了母亲写桌上这封信的房间里，从那里，从那个五百公里以外的，有着我熟悉的气息和灯光的房间的窗户里，我远远地看着他们，相互拥抱，干杯……（《名字》，第68—69页）

其次，伦理身份的相似性使他的观察视角与读者的角度几近重合：没有固定顺序并充满了偶然性，从而在不经意间产生强烈的代入感，以此达到利用镜头叙事控制节奏、增强叙事渲染力的效果，不动声色中使见证者的视角选择获得读者的接受，见证者的身份得到了读者的认可。例如古斯塔沃·辛托拉第一次意识到战争的存在，是他跟随战友和杂耍艺人们结束劳军演出返回马德里的途中。寂静夜晚里的一声枪响、刹车、驾驶室的门被突然下车的人重重摔上……被吓了一跳的辛托拉的第一反应是赶忙朝着声音发出的地方看去："班长索列·维拉从卡车的另一侧跑了过去……中尉维耶卡斯（Villegas）已经在旷野中央，也朝着那群人跑去。……他俩越跑越远，身影越来越小……"不明状况的他又连忙看向身边的人，"蒙托亚和吉卜赛人安绍拉不知什么时候跳下了卡车，站在马路边，端起步枪瞄准那群人"，他又伸过头去想看看驾驶室的情况，一转头就看到"多布拉斯（Doblas）从窗口伸出的胳膊肘和步枪"。第一次看到身边的人如此紧张，预感到可能有事情要发生的辛托拉也急忙跳下车，端起自己的步枪，后背紧紧贴在卡车的后门上，从步枪的瞄准器里，他再次看向远处的田地，瞄准器在两群人之间不停变换："……一会儿对准刚刚枪决了犯人的那几个人，……一会儿又瞄准那个手里拿着镰刀，指着中尉维耶卡斯的男人……"（《名字》，第58—59页）随着瞄准镜头的不停变换，辛托拉的恐惧和高度紧张感被准确传递给读者，仿佛读者也已经将一只眼睛贴在了那支简陋的步枪的瞄准器上,也像他一样,强烈地想要知道远处的空地上到底发生了什么。

一方面,古斯塔沃·辛托拉反复使用"我看到……"不断强调自己见证者的身份,让读者相信:"我"看到的都是真的,因为"故事的真实性可以由观察者予以见证"①。另一方面,虽然辛托拉对周围环境无所适从,对观察视角的选择也看似是在无意识中进行的,但作为一个见证者,适当的距离,以及他眼中始终未变的"单纯"(《名字》,第 272 页),反而让他最大限度保证了见证内容的"真实性"和见证立场的"客观性",践行了一个见证者应当遵守的见证的伦理。

诚实而勇敢地面对,真实且客观地见证,对于走近和了解过去的历史,尤其像西班牙内战这样被称为这个国家"近代史上最为重要的,……仍然缺少真正的宽恕……"②的,影响深远又争议不断的历史事件而言,更具有特别的伦理意义。因为古斯塔沃·辛托拉的双眼不仅仅注视着战争造成的苦难,更"呈现了……被苦难和死亡扭曲的、绝境中的人性"③。1936 年内战爆发后,为第二共和国而战的政府军中的极端左翼分子,更加疯狂地焚烧教堂、修道院,无数神职人员、信徒被抓捕甚至被直接杀害。④ 逃亡路上的辛托拉曾将目光投向他们:"一具尸体赤裸裸地吊在村口的围墙上,一个铁钩子尸体的嘴里穿过去,固定着他,旁边的稻草人身上套着从神父身上扒

---

① 江守义:《伦理视野中的小说视角》,载《外国文学研究》2017 年第 2 期,第 23 页。
② Juan Benet: ¿Qué fue la Guerra Civil? Barcelona: La Gaya Ciencia, 1976, p.19.
③ 徐贲:《人以什么理由来记忆》,北京:中央编译出版社,2016 年,第 265 页。
④ 早在 1931 年西班牙第二共和国成立之时,左翼共和党人中的极端分子和无政府主义者,就开始以焚烧教堂和屠杀神职人员作为对传统社会和旧制度的打击。至 1936 年内战爆发之时,共有上百座教堂和修道院被烧毁,上千名神职人员被严刑拷打或杀害。参见 https://www.abc.es/historia/abci-oscuros-anos-30-gesto-represion-republicana-contra-iglesia-espana-201906250153_noticia.html, 2020 年 12 月 20 日查看。

下的黑袍。这个村子刚刚发生过军人骚乱"(《名字》,第 18 页);战争中也不乏出于个人私欲和贪念的强取豪夺,辛托拉同样用自己的眼睛对此做了如实记录:

> 侯爵告诉他,内战爆发之初,家里那些上吨重的雕像、名画就被全部搬走了,现在都已经属于人民了,也有可能是被某个村民的儿子留下来准备之后卖掉……年轻的士兵打量着空荡的四周,打算过段时间把这些都写下来……(《名字》,第 37 页)

真实而客观的记录,还在于承认观察视角的有限性和记忆的不可靠性,对于没有看到或不了解的事件不妄加推测,更不做评判。例如上文提到的古斯塔沃·辛托拉和战友返城途中偶遇的枪击事件,他如同现场目击者一般向读者做如实描述:"……他看到那群人押解着一个白发苍苍、身材矮小的男人,胳膊被反绑在身后。那些人推搡着男人往前,他于是跟跟跄跄走向不远处的一截矮墙……"(《名字》,第 58 页),他还讲述了自己从步枪的瞄准器里看到的行刑过程:"他看到那群人中间升起了一小团白烟。……那个双手反绑在身后的男人,缓缓地,双膝向前跪了下去,接着完全栽下去……接着,……才听到那四五声枪响……"(《名字》,第 59 页)但是,对于此人为何要被击毙,现场的那群人又是属于哪个阵营或组织,更重要的是为什么中尉维耶卡斯和班长索列·维拉与他们激烈争论,甚至差点爆发一场枪击?目击者辛托拉并不清楚,之后也始终未做任何交代。但是读者却能够通过他对其他在场者的描述,对当时情景的还原,推测出这应该又是一起党派之间的争端,或私人恩怨引起的悲剧。而事实也的确如此。1937 年,共和军和国民军之间的对峙持续胶着,两派内部不同政治倾向的阵营之间的明争暗斗亦愈演愈烈。在几乎满城皆兵的马德里就同时存在着共产主义者、社会主义者、托洛茨基主义者、无政府主义者等等,巨大的战事压力令政治矛盾不断激化,武力冲突、暗杀、滥用私刑、公报私仇等事件频繁发生。①

古斯塔沃·辛托拉是灾难的亲历者也是见证者,镜头叙事让我们通过他的眼睛来注视死亡,如果要让这样的见证注定"包含着一种道德义务"②,那么见证之后必然是反思与救赎。

三、迷宫隐喻:伦理反思与自我救赎

在见证者古斯塔沃·辛托拉的手稿里并存着两种风格的书写:一种清晰具体、客观冷静地叙述自己的见闻;另一种则是复杂丰富、模糊抽象的主观描写,主要用来反映他有些混乱,但真实直接的思绪和感受。通过前者我们看到战争所到之处的悲惨形状,即"邪恶的灾难"③,沿着后者我们则能够到达辛托拉记忆中的无意识,通过他复杂缠绕的内心看到人性如何在战争这样的极端环境下,不断被"兽性因子"反控,直至逐渐扭曲变形。

"战争到底是什么?"这是一个在被称为"屠杀之路"(La masacre de La Desbandá)的马拉加—阿尔梅利亚公路上,被突如其来的炮弹轰炸,陡然改变了命运的少年始终发出的疑问。战争是令他差点丧命的炮弹吗?还是那两个前一夜还在开心喝酒,第二天就因为"叛国罪"被枪决的两个苏联士兵瓦尼亚(Vania)和马斯洛博耶夫(Masloboyev)?(《名字》,第18页)还是在伯爵家里被关押着的头发几乎被剃光的年轻修女?(《名字》,第38页)是卡车上印着的UHP(无产阶级兄弟联

---

① María Corredera González: *La Guerra Civil Española en la Novela Actual*. Madrid: Vervuert, 2010, p.49.
② Elie Wiesel, Philippe-Michael de Saint-Cheron: *Evil and Exile*. Trans. Jon Rothschild, United States: University of Notre Dame Press, 1990, p.15.
③ 徐贲:《人以什么理由来记忆》,第265页。

盟)吗?(《名字》,第31页)是马德里街头随处可见的"一切都会过去的"(PASARÁN)的标语吗?……

古斯塔沃·辛托拉感到困惑。初到马德里时,他在笔记本上描绘了这样的景象:"战争是迷宫,迷宫里女人们身着黑衣,流浪狗四处乱窜,孩子们和死人玩耍……战争是死鱼的眼睛,是我脑海里炸裂的闪电"(《名字》,第15页);从埃布罗河的战场上兵败撤退时,他写道:"我感到自己的整个身体就是撤退中的大军,烟雾中的登陆艇、坦克、军队,轧过我的皮肤和血液,……尸体、伤员,都是我,我奔跑在另外五个男人身旁,五支迷失在战争迷宫里的军队"(《名字》,第184页);当马德里彻底沦陷,即将被佛朗哥的军队占领时,他这样描述:"马德里,一座被架空的城。每一天,都有一些房子、一些人,消失在这迷宫般的深渊里"(《名字》,第211页);跟随索列·维拉、多布拉斯驾车出城时,他感到"战争,马德里比以往任何时候都更像迷宫。在这夜晚的迷宫里,一辆卡车穿梭其中,一只车轮已经爆胎,车灯也只剩下一个"(《名字》,第252页)。"战争是迷宫"——这一隐喻在辛托拉的手稿里反复出现。那么,是什么驱动着他将自己对战争的理解与"迷宫"相连接呢?

最擅长使用迷宫意象的博尔赫斯在提到著名的米诺斯迷宫时写道:"造一幢房子,使人们迷失其中,这一想法也许比造出一个牛头人身的怪兽的想法更为奇怪,但两种想法并行不悖,迷宫的形象与米陶诺(Minotauro)的形象可谓相称。而同样相得益彰的是,一座难以置信的房子中央,住着一个可怕、畸形的居民。"[1]可见,对于博尔赫斯来说,米诺斯迷宫和可怕的怪兽是不可分割、共生共存的。那么古斯塔沃·辛托拉的感受是否也是如此呢?我们不妨再次回

---

[1] Jorge Luis Borges: *Obras Completes en Colaboración*. Barcelona: Emecé, 1995, p.664.

到他的战时手稿:"卡车缓缓地驶回马德里,……辛托拉突然意识到原来战争是存在的,它一直是活着的,蛰伏在自己的巢穴里呼吸着,随时准备着向我们扑来,吸干我们的鲜血"(《名字》,第58页),"战争紧紧跟在我的身后,我能听见它的呼吸。……战争在不断生长。战争到处下蛋"(《名字》,第61—62页);在尸横遍野的埃布罗河的战场上,在共和军匆忙撤退的队伍里,他的感受更加清晰:"战争紧紧追赶着我,将我驮在他粗鲁野蛮的脊背上,我已经走进它的迷宫里,准备在此度过余生。"(《名字》,第179页)显然,在古斯塔沃·辛托拉的潜意识里,战争既是迷宫也是潜伏在迷宫里的怪兽,战争肆无忌惮地吞噬着人们的生命,就像另一只牛头人身的米诺陶。

因而,战争的可怕之处还不仅仅在于让人陷入走投无路的、绝境般的恐惧和孤独,还在于它的"兽性"会召唤出带有"斯芬克斯因子"[1]的人类身上原本处于从属地位的兽性因子,使人性不断丧失、沦陷,甚至异化成非人的存在。所以,辛托拉会听到"……那些人又对着死囚的尸体连开数枪,不断兴奋地高呼"(《名字》,第61页),在之后的手稿里他这样描述道:"那声音,就像低空盘旋的飞禽,发现了可以美餐一顿的蠕虫时发出的鸣叫"(《名字》,第61页);在战争的迷宫里,兽性因子挣脱理性意识的束缚,动物的本能使暴力和贪欲变得合法。瑟琳娜的丈夫克罗恩斯(Corrons),利用战争之乱靠绑架人质、勒索赎金为自己谋求暴利。他奸诈狡猾又心狠手辣,总能从那些意想不到的藏身之处——"一口枯井""废弃的仓库里"(《名字》,第43页)找到那些出于各种原因还未来得及撤离马德里的人们。他伙同几个表兄,把这些人质连同侯爵马尔盖斯(Marqués)本人囚禁在侯爵府邸,再

---

[1] 聂珍钊:《文学伦理学批评导论》,第276页。

设法通知其家人用高额赎金来换取人质。然而实际上,他在交易时只要拿到赎金,便将手无寸铁的人质和前来营救他的家人一起杀害。或许正是由于这个原因,初见克罗恩斯时,辛托拉就已经对他有了不祥的预感:"厚厚的嘴唇,脸像极了乌龟,或者说,死神……"(《名字》,第32页)。

在战争的迷宫里,传统道德观念被摒弃,战争让人的理性不断丧失,让暴力、嗜血的原始兽性因子不断显现,辛托拉就曾在马德里的街头,目睹人们如何兴奋地围观一名年轻的长枪党成员,被人从三楼的阳台活生生地抛向大街,"人群中有掌声,笑声,威胁声,还有一些惋惜声。……等你掉下来,我要在你的脸上撒尿,法西斯!……一个妇女高呼着,眼睛因为兴奋而发着光……""那金发年轻人像没有骨头一般浑身瘫软着,……好像在哭泣"(《名字》,第121页)。古斯塔沃·辛托拉已经忘了那天的自己是如何拖着沉重的双腿回到驻地的,但他的日记里记下了他如阴天一般灰暗的心情:"一团乌云笼罩着我,我的心跳得飞快,一群无声的鸟儿巢居在我的胸膛里,啄食着我的内脏,而我竟丝毫不觉疼痛"(《名字》,第123页);尽管辛托拉对战争的反思是主观和抽象的,但并不妨碍读者们从他使用的颜色里、描述的意象里,读出他对战争的疑惑和恐惧,对受害者的同情,对那些因战争而迷失本性、有违伦理的人们的厌恶,而这一切无关政治立场,只是出于"本为善"的人性,即"人的道德属性"[①]的自然反应。

于是,对战争和战争中扭曲的人性的反思,也使古斯塔沃·辛托拉从一个苦难的见证者成为道德的见证者。对于后者而言,他的道德意识在于:"在邪恶看上去牢不可破、苦难看上去遥遥无期的环

[①] 聂珍钊:《文学伦理学批评导论》,第271页。

境下,仍然不相信邪恶和苦难就是人本应该是那样的活法。"①于是,古斯塔沃·辛托拉,以及很多像他一样的人,在人性因子和兽性因子的较量中,做出了伦理选择:拒绝在战争中继续迷失,成为丧失伦理意识的"怪兽",竭力寻找道德的出路,完成自我救赎。那么,在这个变形、扭曲、恐怖的战争迷宫里,是否也有阿里阿德涅为他们抛出生命之线呢?

让我们不妨再次回到小说的标题——"我现在诉说的名字"。实际上,作者在题目里已经为小说中的人物和读者们预埋下走出"迷宫"的线索。"我"诉说着"你"的名字指向记忆的主体间性的,体现了记忆的伦理:今天的"我"选择记住已经逝去或失去的"你"的名字,代表着今天的人们对过往伤痛记忆的接受,而只有接受和记住,才有可能迎来真正的宽恕,因为"宽恕是一种有意识的决定,为的是改变自己的态度,为的是克制愤怒和报复的心"②,是与遗忘截然对立的。在这个意义上,记忆的伦理不仅仅是与遗忘对抗,更意味着"宽恕"。只有"记住",同时"宽恕",才能防止历史的悲剧再次发生,阻止人们落入也正在凝视着你的米诺陶的掌中。因而,走出"迷宫"的阿里阿德涅之线正是"爱",是"记忆",是"宽恕"。神父安塞尔姆曾因痛失爱人而在古巴战场上大肆杀戮,"……,我杀了半个古巴。……我杀人,妇女、老人,还有一些孩子"(《名字》,第128页),但是当嗜血的疯狂过后,恢复理性意识的他对自己犯下的罪责痛苦不已,他用对过去罪行的接受和反思,用对哈辛塔·玛利亚的纪念和爱完成对自我的救赎:"我留在上帝身边因为我是一个有罪的人。……我们都曾经是丛林里的野兽。……我输了战争,也失去了哈辛塔·玛利亚,……我当了神父,然

---

① 徐贲:《人以什么理由来记忆》,第280页。
② [以]阿维夏伊·玛格利特:《记忆的伦理》,贺海仁译,第193页。

而我没有一天忘记过她,哈辛塔·玛利亚,我爱她更胜过爱上帝。"(《名字》,第128—129页)承认对哈辛塔的爱等于承认自己的罪责,记住她的名字等于记住自己黑暗的过去,但这正是记忆的伦理所在——只有记住才有可能宽恕。

对古斯塔沃·辛托拉来说,他和瑟琳娜之间的爱是始终牵引着他,不至于陷入罪恶深渊并最终走出迷宫的那根细线,"我们在马德里的大街小巷中穿梭,她在迷宫中引导着我……"(《名字》,第102页)也是这爱在惨烈异常的埃布罗河的战壕里给了他生的希望:"我只看到瑟琳娜的面庞,她的目光。于是,我知道我必须活着离开这里……"然而,指引着辛托拉走出战争迷宫的"爱"又不仅仅是他和瑟琳娜之间的情爱,在残酷的战场上他还收获了与战友之间的患难真情,蒙托亚更是为了救他而丧命于克罗恩斯的枪下。他在苦难之中见证,也终于在混乱迷茫中做出了自己的伦理选择,要记住而不是遗忘。因此,在小说的结尾,在笔记本的最后一页里,他写道:

> 吉卜赛人安绍拉,我的朋友恩里克·蒙托亚、多布拉斯、士官索列·维拉、上尉维耶卡斯,这些曾经战斗过的人们,在我的每一个不眠之夜,都会看到他们的身影重聚在我的梦境深处,唤醒那座沦陷在炮火和硝烟中的城市,现在的我明白了,我的生命曾在那里完整过。……如果我不曾写下这些文字,留下这些卑微的印迹,我和他们都将在这个瞬间从这个世界上消失的无影无踪,就像从来没有存在过,我现在所诉说的名字。瑟琳娜。(《名字》,第286页)

从这些他不断重复的名字里,从这一声对"瑟琳娜"的轻声呼唤里,古斯塔沃·辛托拉找到了自己存在的意义,同样也是记忆的使命:活下去,记忆下去,讲述下去。

"屠杀之路"①

第三节 《盲目的向日葵》中的记忆书写与伦理意义

《盲目的向日葵》彰显了作者对内战记忆的追溯和对人类世界中伦理道德问题的探究。门德斯有意消解人们对西班牙内战的既有认知,淡化政治因素,转而利用记忆书写重返人物所处的

---

① 图片来源于 2016 年 2 月 11 日在巴利亚多利德(Valladolid)卡尔德隆·德·拉·巴尔卡剧院举办的《第三届电影纪录片展览:"屠杀之路"的历史记忆》。1937 年 2 月 8 日,马拉加被佛朗哥军队占领,人们从马拉加-阿尔梅里亚公路(今天西班牙境内的 N-340 公路)向共和军领地阿尔梅里亚逃亡。中途遭遇佛朗哥舰队从海上发起的炮击,由于公路两侧毫无遮挡,造成约 3 000—4 000 平民死亡。小说主人公辛托拉与母亲、妹妹正是在这场炮火中走散的。当时正在西班牙参战的诺曼·白求恩(Norman Bethune, 1890—1939)大夫将其称为"惨绝人寰的 200 公里"。参见 Javier Rodrigo: *Hasta la raíz. Violencia durante la guerra civil y la dictadura franquista*. Madrid: Alianza Editorial, 2008, p.97.

伦理现场,聚焦其遭遇的伦理困境和身份危机,揭示战争对人类造成的巨大精神创伤;并通过不同叙事层面上的叙事者和被叙事者、作者和读者在面对记忆命题时做出的伦理选择,实现作者的伦理意图,即劝说读者承担过去,而不是忽略或遗忘。《盲目的向日葵》不仅通过记忆书写实现了对历史的多元化阐释,更为今天的读者从伦理道德角度反思历史和理解当下提供了新的典范。

2004年出版的《盲目的向日葵》是西班牙作家阿尔贝托·门德斯生前创作的唯一一部小说。出版当年获塞特尼尔故事奖(El Premio Setenil),2005年被追授国家文学奖(El Premio Nacional de Narrativa)和西班牙文学批评奖(Premio de la Crítica)。2002年,小说中的第二个故事"遗忘中找到的手稿"入围马克斯·奥布国际短篇小说奖(Premio Internacional de Cuentos Max Aub);第四个故事"盲目的向日葵"于2008年被改编为同名电影,获西班牙电影戈雅奖十四项提名,并最终斩获最佳剧本改编奖,同年代表西班牙入围奥斯卡最佳外语片。2014年10月6日,题为"《盲目的向日葵》——十年之后"(*Los Girasoles Ciegos* de Alberto Méndez, diez años después)的国际研讨会在苏黎世大学召开,各国学者以此向门德斯及其作品致敬,这部小说的重要性和影响力亦由此可见一斑。

本节将把这部作品置于伦理学批评的视角,探讨作者如何凭借提取存储在不同"记忆之场"的历史记忆,重返1939年至1942年间战后西班牙的伦理现场;通过展示不同立场的人物的伦理混乱,呈现了小说人物由于身份迷失而陷入伦理的困境,揭示了战争带给人类的巨大精神创伤。在以记忆写成的历史背后,隐藏了作者真实的伦理意图,即劝说人们"承担过去,而不是忽略或者遗忘"[①]。

[①] [西]阿尔贝托·门德斯:《盲目的向日葵》,林叶青译,天津:百花文艺出版社,2017年,第1页。下文中引用仅给出中文书名的简写《向日葵》和页码。

一、记忆缔结的伦理现场

文学伦理学批评强调,不同历史时期的文学有属于特定历史的伦理环境和伦理语境,对文学的理解必须让文学回归属于它的伦理环境和伦理语境。[①] 20世纪上半期的西班牙政治动荡,充斥着众多相互冲突的因素:地主贵族、天主教会为首的保皇派,新成立的共和政府和努力改革的左翼社会党人,保守的反君主人士,激进的无政府主义者等之间的矛盾不断激化,终于在1936年7月爆发了内战。这场人民内部的战争由于德意法西斯的介入,使西班牙迅速沦为新式武器的试验场,一座座古城在地毯式的轰炸下迅速沦为人间地狱。这场内战震撼了世界,被视为第二次世界大战的前奏。战争带给西班牙人民的巨大痛苦和创伤至今未能痊愈,"从那时起留下的触目惊心的伤口和根深蒂固的分歧,像埋在深处的暴力引线,将这个国家分成了两个极难调和的阵营"[②]。

为了还原这一苦难历史片段,重返小说主人公们当时身处的复杂伦理现场,《盲目的向日葵》通过记忆媒介,记录了西班牙内战后的四个镜像:"1939年——如果心会思考,它也将停止跳动";"1940年——遗忘中找到的手稿";"1941年——死者的语言";"1942年——盲目的向日葵"。虽然小说以线性时间为序,但四个故事之间保持了相对的独立性,仿佛作者从记忆长河里随手抽取的四张照片,并列摆放在读者面前。一方面通过"判决书""信件""日记"等记忆媒介激活存储在这四个片段中的个人记忆和集体记忆,一点点拼凑、还原出小说主人公们所处的伦理语境;另一方面则抽离政治元素,通过国民军军官、流亡的诗人、共国军士兵、教堂执事、孩子等不同记忆主体痛苦、矛盾的

[①] 聂珍钊:《文学伦理学批评导论》,第256页。
[②] Juan Benet: ¿Qué fue la Guerra Civil? Barcelona: La Gaya Ciencia, 1976, p.19.

回忆,将内战及战后的现场编织成伦理而非政治的存在,由此揭开这场战争已经被遗忘的另一张面孔。

首先,小说通过提取储存在特殊媒介中的个人和集体记忆,从伦理道德的角度呈现西班牙内战残酷而压抑的尾声。国民军后勤军官阿莱格利亚的故事发生在1939年内战结束前夕。1939年4月1日,在佛朗哥军队即将占领马德里的几个小时前,他跨过战壕,主动投降就要输掉战争的共和军一方。因此被国民军政府"开除军籍,判处叛国罪和通敌罪,死刑"(《向日葵》,第23页)。作为记忆主体的阿莱格利亚早已死去,但记忆媒介——他的私人信件、判决书和自杀前留下的字条,带我们重新回到那个特殊伦理现场。他在1938年1月给女友伊内思的信中写道:"虽然所有战争都以死者作为代价,但是我们已为暴利战斗太久。"(《向日葵》,第4页)他甚至给佛朗哥写了信,目的是提醒这位法西斯独裁者,他丧失人性的暴行不会被时间掩盖:"其他人也经历过我的所见,这些事不可能被遗忘在百合花间。"(《向日葵》,第25页)

他的判决书上记载了当时法庭上的审判情况:

> 受审者被要求保持沉默并服从。
>
> 问及国民军的丰功伟绩是否是其叛国原因。答:不是,真正的原因是我们并不想战胜人们阵线取得战争的胜利。
>
> 问及我们是否并不想取得"光荣远征"的胜利,什么才是我们想要的。受审者答:我们想杀死他们。(《向日葵》,第23页)

此时,当我们进入阿莱格利亚所处的历史现场,从他的伦理立场去理解他时,会发现他看似发疯的举动,实为对自己所处伦理环境的无奈抗争。他逐渐明白佛朗哥自1936年年底至1939年年初对马德里实施军事包围的真实目的,并非出自战略需要而是其兽性欲望失控泛滥的结果。于是,他决定用自己的倒戈向法西斯发出道德的拷问。正如作者门德斯在一次访谈中提道:"他(指阿莱格利亚)意识到国民军以屠杀为乐,这是他决定投降共和军的根本原因。"①

故事"遗忘中找到的手稿"通过记忆的媒介———本在西班牙北部山区发现的日记手稿,将内战后的另一历史现场——流亡之路,通过道德伦理的视角重现在读者面前。日记的主人埃乌拉利奥因为在报纸上发表过几首反法西斯的诗歌,被迫逃亡。年仅十八岁的他,在流亡途中目睹怀孕八个月的女友因难产而死,更加残忍的是他不得不再次面对一个无辜新生命的死亡:

> 我会让他在自己母亲身旁死去,她知道怎么照顾一个孩子的灵魂,会教他笑,如果存在让灵魂可以微笑的地方的话。现在我们不用逃到法国去了。没有了艾莲娜,我并不想抵达路途的终点。没有了艾莲娜,也就没有了路。(《向日葵》,第39页)

埃乌拉利奥最后的文字里没有对政治的评判,而是记录下他和这个刚出生的婴儿,在生命最后的日子里所遭受的饥饿、恐惧和孤独。埃乌拉利奥绝望地写道:"夜风环绕着群山,像人那般哀号着,仿佛在向我和孩子展现人类的悲痛应该是什么模样。"(《向日葵》,第53页)几天后,孩子愈加虚弱,他的文字也变得更加哀伤:

> 如果我死了,这件事可以说是公道的,因为我只是一个在死神筑巢的战壕里歌颂生命的糟糕的诗人。但是,如果孩子死了,这是不公道的。谁来告诉他他母亲头发的颜色,她是怎么微笑的,她如何每一步都轻盈地躲开空气对她的打扰?谁来为生下他而跟他道歉呢?如果我活了下来,我会怎么向他讲述我的故事

---

① César Rendueles:"Alberto Méndez. La vida en el cementerio" en *LDNM*, n°.12, 2004, p.35.

呢？(《向日葵》，第57页)

显然，道德的沦丧，兽性的上升，使佛朗哥在内战结束后对左派人士展开残酷镇压，甚至连刚出生的婴儿都被剥夺了生的权利。据统计，从1939年4月至12月，共有近50万西班牙人流亡法国。[①] 这些妇女、孩子、老人和战败的共和党士兵们，在漫长流亡路上，不仅要躲避佛朗哥军队的机枪扫射，还要随时防备德意军队的飞机轰炸。就算能幸运进入法国，等待他们的只有西法边境荒无人烟的沙漠里的集中营。他们长途跋涉，衣不蔽体，食不果腹，加之疾病的传播，数以万计的人因此丧生。其中包括西班牙著名爱国诗人安东尼奥·马查多。

其次，小说通过不同记忆主体的回忆，不断提醒读者这是一场盲目的，从伦理角度而言没有胜利者的战争。事实上，绝大多数人都不知道自己到底为何而战，他们被非理性的意志所支配，盲目地加入了某一方，既没有政治目的也没有理想信仰，就像《盲目的向日葵》里十六岁的男孩埃乌亥尼奥，为了报复舅舅的欺凌，内战爆发时，他等着舅舅站队，以便自己选择相反的一方。"他像游戏一样参与了战争，只是为了战胜自己的对手，他没有理想……也从未想过原因。"(《向日葵》，第83页)三年内战使所有人疲惫不堪，战争造成的大量伤亡让人们开始怀疑这场战争的必要性。冲动过后是理性的上升，道德情感的苏醒使人们逐渐意识到，在这场同胞相残的战争里根本没有所谓的"胜利者"，从伦理角度而言无论输赢都是失败者。教堂执事萨尔瓦多在写给神父的私人信件里，清楚记录下当时的情形："尽管今天我看着一名共产党人死去，但是在其他方面，神父，我被打败了。我觉得自

[①] Félix Santos: *Exiliados y emigrados: 1939 – 1999*. Alicante: Biblioteca Virtual Miguel de Cervantes, 2003, p.20.

己……像一团逃逸的影子。"(《向日葵》,第131页)阿莱格利亚自杀前留下的小纸条上完整保留下他的思考:

> 是我眼前这些悲伤烦闷的士兵取得了战争的胜利吗?不,他们想回到自己的家,但不是以获胜军人的身份,而是作为生命的异类和丧失自我的人。他们会慢慢变成一副被打败的躯壳,与战败者同流合污,唯一的区别是他们身上自相矛盾的仇恨所留下的烙印。他们最后也会像那些失败者一样,害怕真正的胜利者,他们不仅打败了敌人的军队,也打败了自己的……(《向日葵》,第34页)

可见,稳定的媒介使小说《盲目的向日葵》中的叙事声音得以在现在和过去之间自由往返,凝结在各种特殊记忆媒介上的历史记忆被激活、提取、再现。同时,作者有意打破固有的"战胜方"和"战败方"相互对立的局面,转由伦理道德角度聚焦西班牙内战后的多个历史镜像,呈现不同政治阵营人们的相似的痛苦和迷惘,重新缔结出西班牙内战后的伦理现场。

二、伦理困境与身份焦虑

聂珍钊教授指出,"在文学文本中,所有伦理问题的产生往往都同伦理身份相关。伦理身份有多种分类,如以血亲为基础的身份、以伦理关系为基础的身份、以道德规范为基础的身份、以集体和社会关系为基础的身份、以从事的职业为基础的身份等"[①]。《盲目的向日葵》借用圣经中对迷途人们的比喻,将那些由于战争而使原有的身份被破坏,因此迷失了自我,遭遇了身份危机的人们比作找不到太阳的"盲目的向日葵",讲述了四个有关"失败"的故事。其中既有战败方的共和

---

① 聂珍钊:《文学伦理学批评导论》,第263—264页。

军,也有战胜方的国民军,还包括无辜的内战后的一代。这些人物无一例外由于内战造成伦理身份的模糊或丧失,处于矛盾、盲目的伦理混乱,进而陷入伦理两难的境地。

一方面,由于"既有秩序遭受破坏,道德观念发生冲突"[①],引起"自我"或主体对国家、种族或民族等集体的认同的混乱,导致其陷入伦理困境。1936年7月,西班牙全境爆发联合军事暴动,佛朗哥从加纳利群岛飞往摩洛哥,接管驻守非洲的军队,以"光荣征程"为口号向内陆发起总攻。由于在西班牙第二共和国成立之初,曾出现过土地革命者发动暴乱、焚毁教堂、打击贵族和天主教徒等事件,因此为了保护私有财产,出生贵族家庭的阿莱格利亚决定加入佛朗哥的国民军,在后勤部负责战时物资分发。1936年年底,他随国民军驻扎在马德里城外。三年里,目睹昔日求学的首都如何在炮弹的轮番轰炸下满目疮痍,沦为政权斗争的牺牲品。他常从城墙上,用望远镜观察城里的"敌军":

> [他]看着他们来来回回地穿梭。从前线到学校,从部队到家里,从日常到死亡。起初,他觉得这是一支没有军人灵魂的部队,理应会被打败。但随着时间流逝,他得出结论:这是一队民兵。他在信里也是这样描述的:"他们和地下的飞禽或者天上的猛兽并无分别。"最后,看着他们像帮助邻居或者照顾生病的家人一样打仗,他发现这些人是为失败而生的。这个想法把那些民兵变成了一张死尸清单。失败者总是要埋葬更多的死人。(《向日葵》,第5—6页)

阿莱格利亚发现,拼死守护马德里的人们并不是训练有素的军

[①] 聂珍钊:《文学伦理学批评导论》,第257页。

1936年,马德里保卫战,全民皆兵①

队,而是普通的平民。受过高等教育的他逐渐意识到,"光荣征程"的旗帜下是佛朗哥违背伦理禁忌的骨肉相残、血腥屠杀。当良心受到道德的拷问,阿莱格利亚决定拒绝成为刽子手和战争利益攫取者的同党。伦理动力促使他放弃国民军上尉的身份,独自一人穿过战壕,向即将输掉战争的一方——共和军投降。然而根本无人相信他看似疯狂的举动,"充满了道德色彩的投降变成了卑劣的行径"(《向日葵》,第13页)。在被短暂关押了几小时后,马德里终于被国民军控制。于是在1939年4月1日这天,阿莱格利亚由国民军后勤军官变成投降者,继而又沦为叛国者,彻底失去了归属。急剧的变化和身份的丧失

---

① *50 imágenes de la Guerra Civil Española*, Fundación de Investigaciones Marxistas, Madrid: Artes Gráfica Luis Pérez, S. A. p.34.

使他被孤独和恐惧所吞噬,当他从刑场上的死人堆里爬出来时,他已经成了一副空空的躯壳,带着"自相矛盾的仇恨所留下的烙印",成了一个"生命的异类和丧失自我的人"(《向日葵》,第34页)。在这样盲目而走投无路的伦理困境中,他选择用自杀结束自己的生命。

另一方面,"伦理要求身份同道德行为相符合,即身份与行为在道德规范上相一致。伦理身份与道德规范相悖,于是导致伦理冲突"①。因此,当行为不符合其伦理身份,且两者之间的冲突始终无法调和时,就会造成主体对自身认知的混乱,陷入伦理困境。在《盲目的向日葵》中,年轻的教堂执事萨尔瓦多拥有多重伦理身份:就政治立场来看,他是战胜方的国民军士兵,却又对战败方和战场上的杀戮充满懊悔,既是"刽子手,也是受害者"(《向日葵》,第155页);就职业身份而言,他既是小学老师,也是法西斯思想的传播者;就情感关系来看,他是将自己奉献给上帝的神职人员,却又对洛伦佐的母亲艾莲娜充满情欲。在萨尔瓦多的政治信仰和职业身份的建构过程中,这些对立的立场使他的行为和伦理身份之间不断发生矛盾,导致其产生身份认同危机,生活中出现伦理秩序的混乱,陷入走投无路的伦理困境。

首先,从表面上看,为国民军而战的萨尔瓦多是最后的胜者,他将自己的身份定义为"牧羊人",将那些身处另一阵营,明知会失败还坚持抵抗的人们看作"误入歧途的羔羊"(《向日葵》,第134页)。然而,从战场回来的他没有体会到预期的喜悦,反而在内心深处不断对自己的身份产生怀疑,于是他写信向神父忏悔:"神父,即使我们向死去的人、向失败的人、向战场上的残骸请求原谅,我们就会快乐了吗?"(《向日葵》,第132页)在"战胜者"和"战败者"之间不断摇摆的身份使他焦灼、彷徨,甚至愤怒,不断深陷在伦理混乱的处境中:

---

① 聂珍钊:《文学伦理学批评导论》,第264页。

> 我的确是自愿参军的。如果在战斗期间我的生命走向尽头，您和我的家人对我说的话会和圣父对圣子说的话一致：他想要奉献自己。我确实是那个渴望牺牲的人，但我也确实从未感受到世界的恐怖。吹嘘的人、随大流的人、说谎的人、犯下罪过的人和英勇的人。我渐渐脱下铠甲，仿佛即将输掉这场战役。(《向日葵》，第140页)

此外，在情感关系和职业身份上，他同样面临着危机，而且两者互为因果，交织在一起，导致其伦理身份的错位。萨尔瓦多从幼年时期开始就立志成为一名神职人员，"把人生奉献给圣母教堂"(《向日葵》，第139页)。在他的信仰里，世界被清楚地划分为"圣洁"和"卑劣"，就像国民军和共和军一样彼此对立。内战结束，刚脱下士兵制服的他便立刻披上黑色的教士服，成为一名执事。但是"光明"和"黑暗"，"崇高"和"卑鄙"，如同"战胜者"和"战败者"之间的界限，在萨尔瓦多的心中早已变得难以辨别，造成他对自身的认同障碍和身份危机。当信仰失去了支撑的基础，理性亦逐渐失去力量，兽性因子的驱动则不断加强。他觉得自己被"某种力量驱使着"(《向日葵》，第197页)，对艾莲娜产生出畸形而矛盾的情感。他时而同情她的"美丽、纯洁"(《向日葵》，第151页)，时而又觉得她"忸怩作态"，展现出"一种难以企及的淫欲"(《向日葵》，第189页)。伴随着萨尔瓦多单方面对艾莲娜的迷恋愈演愈烈，他的伦理身份开始出现混乱和错位。他不仅打破了伦理禁忌——恋上了一位有夫之妇；更在这场假想的情感关系中，为自己建构了完全错位的身份——一个被引诱又被拒绝的受害者。于是，在混乱的伦理中，在非理性意志的驱动下，萨尔瓦多不断做出与伦理道德相悖的行为，终于在一天闯进了艾莲娜的房间，将其扑倒在床上。

如果说阿莱格利亚和萨尔瓦多是由于内战对自己"战胜者"的身份产生了怀疑,那么艾莲娜的丈夫里卡尔多就是一个因为战争而彻底失去了所有身份的"透明人"(《向日葵》,第169页)。由于"伦理的核心内容是人与人、人与社会以及人与自然之间形成的被接受和认可的伦理关系"①,伦理身份也不例外。换句话说,一个人的身份需要通过人与外界建立的联系来获得认定。被佛朗哥政府列入抓捕名单的里卡尔多原是一名大学教授,由于参与组织了1937年第二届国际反法西斯作家代表大会,成了"战败者"。为了不和妻儿分离,他放弃流亡法国,躲进了家里狭窄的衣柜里。他从不敢在白天踏出衣柜半步,即使是夜深人静时出来活动一下,也从不敢点灯,希望这样可以逃脱法西斯的迫害。起初,里卡尔多表现出强烈的对生的渴望,可是他渐渐发现,"所有人都表现得仿佛从没输掉战争;昔日共事的朋友也没有沉溺于失败,而是从头开始了"(《向日葵》,第169页)。他对人们在战后表现出的无动于衷和迅速遗忘感到愤怒,并逐渐心灰意冷。所有人的牺牲和斗争变得毫无意义。自己显然不是"战胜者",可是好像也无法与"战败者"归为一列。他越来越沉默寡言,从柜子里出来的时间也越来越少。随着信仰破灭,身份丧失,他切断了自己与外界的所有联系,将自己的身体和心灵同时封锁了起来,成了一个彻底失去归属的"透明人",一个"活死人"(《向日葵》,第164页)。

三、记忆选择与伦理意义

深陷伦理困境的人们需要做出伦理选择。随着理性逐渐苏醒,《盲目的向日葵》中的人物们在不同的伦理困境中做出了相似的伦理选择:有人主动选择了死亡,例如阿莱格利亚,被良心折磨的他觉得

---

① 聂珍钊:《文学伦理学批评:伦理选择与斯芬克斯因子》,载《外国文学研究》2011年第6期,第13页。

"必须做点什么才能不亏欠任何人",他用从看守那里抢来的步枪打穿了自己的头颅,"清偿了他的债务";做出同样选择的还有被关在监狱的胡安·森拉,原本可以通过谎言——认识国民军埃伊玛尔上校死在战场上的儿子,并将其描述成了一个英雄——换取活下去的机会,最终还是选择说出真相,毅然踏上刑场;有人被动选择了死亡,例如被"像一块裹尸布"(《向日葵》,第50页)一样的大雪困在山中牧场,最后活活饿死的埃乌拉利奥和那个刚出生的婴儿;再比如被萨尔瓦多执事发现的里卡尔多,为了不牵连妻儿,选择带着"悲伤的笑容"纵身跃下窗台;但更多的人选择"让良心背负着死去者的灵魂",像见不到太阳的"盲目的向日葵"一样,死一般地活着,就像萨尔瓦多、神父、洛伦佐、以及无数在内战后选择遵守"遗忘契约"[①]的人们。

"死亡",或"死一般地活着"造成的直接后果有两个:一是亲历了这段苦难历史的记忆主体的不断减少和消失;二是记忆无法进行有效的共享和传递。记忆的消失和断层,不仅影响"个体身份的形成"[②],更会导致某些情感关联的断裂。这是由于记忆是"意识的一种选择或筛选机制"[③],因而在做出"记住"或是"遗忘"的选择时,必然会涉及记忆主体的情感和主观意愿,反映出人与人之间的深层关系,即伦理关系,体现出主体对他人的价值判断和伦理意图,因为记忆"根本地属于伦理和道德的领域"[④]。由此可见,伦理选择未必与记忆有关,但是记忆的选择一定暗含着某种伦理立场和伦理意图。

建立在记忆之上的《盲目的向日葵》主要包含了两个层面上的记忆选择:由叙述者和被叙述者构成的文本层面,以及由真实的作者和

[①] José F. Colmeiro: *Memoria histórica e identidad cultural: De la postguerra a la postmodernidad*, p.19.
[②] [法]阿尔弗雷德·格罗塞:《身份认同的困境》,王鲲译,北京:社会科学文献出版社,2010年,第42页。
[③] 赵静蓉:《文化记忆与身份认同》,第122页。
[④] 同上书,第124页。

真实的读者构成的阅读层面。

在文本层面,作者通过小说人物,即被叙述者在"被遗忘"和"被记住"之间的选择,体现出记忆对于个体身份的确立,以及对历史真相的重要意义。曾任国民军上尉的阿莱格利亚的故事通过记忆媒介得以恢复,但是那些"情愿遗忘的证人所讲述的回忆",由于在"骇人的真相中占有一席之地"(《向日葵》,第24页),对这些证物的串联起到了关键性的作用。此外,阿莱格利亚之所以选择留下这些记忆的"证物":投降前寄出的多封信件,法庭上的证词,包括他自杀前写的几张小纸条,正是希望自己遭受的人间悲剧不要被"遗忘在百合花间"。埃乌拉利奥同样害怕被遗忘,他留下手记,为了"方便给找到我们的人解释"(《向日葵》,第40页)。孩子死后,埃乌拉利奥为其取名为拉法埃尔,并用仅存的一点铅笔头写了满满三页孩子的名字,因为作为一种"社会符号"和"个体身份的标签"[①]的名字,能够证明这个生命曾经真实地存在过,能够让拉法埃尔不被忘记。被关进监狱的共和军战士胡安·森拉在给弟弟的信中写道:"请永远记得我。"(《向日葵》,第123页)长大后的洛伦佐回忆起自己童年,既感到害怕又难以摆脱:

> 我很难回想起,并不是因为记忆被瓦解了,而是我的童年让我感到恶心。在我的印象中,那些年就像镜子里一个巨大的影像,就像某样我不幸经受同时又必须直面的事物。镜子的这一边是虚伪和掩饰,另一边,是真正发生过的事情。(《向日葵》,第141页)

我们看到,记忆"能记录历史",无论是个体还是集体历史重构,记

---

① Agustí Pou, Esteve Bosch: "El nom propi I la llengua catalana" en *Revista de llegua i dret*. n°. 29, 1998, p.110.

忆都是"最接近真实本貌的'见证者'"①。小说主人公们选择"被记住",因为"记忆所及之处便是身份存在之处"。②

同样地,文本层面的叙事者采用了限知视角,以一个见证者和观察者的身份向读者讲述这四个历史镜像背后的故事。一方面,叙事者密切关注着人物命运,并通过叙事者自己在面对"记住还是忘记",以及"记住谁"这些记忆命题,即道德命题时的选择,表明一个见证者的伦理立场:

> 如果我们想象一下阿莱格利亚上尉的生活变成了什么样子,大概可以形容它为一个油腻的漩涡:缓慢、柔软、毫不留情。在那个充满痛苦的机库里,他与孤独随行,深陷虚空的图圄,他和宇宙间的距离随着他的移动而变化。他等待着那个结局来临前的时刻,却忽视了结局并没有写好。(《向日葵》,第 25 页)

又或者,"字在这里发生了显著的变化。虽然他依然书写得整洁,但是笔画较为仓促,当笔画没有那么仓促的时候,又显得犹豫不决"(《向日葵》,第 51 页);以及"如果他是这本笔记的作者,那他写下这些文字时只有十八岁。我认为,这并不是承受这般苦难的年纪"(《向日葵》,第 66 页)。

另一方面,叙事者不断强调其见证者身份的真实性,以保证叙事者,也就是故事本身的伦理立场的真实性:

> 这是我们最真实的一份资料,记录了确切发生的事情,是能佐证这个故事的唯一真相,而且与我们正在讲述的内容可能有非常高的相似度。因为担心叙述会被误解,所以我们不仅仅誊抄了

---

① 赵静蓉:《文化记忆与身份认同》,第 132 页。
② Gastón Souroujon: "Reflexiones en torno a la relación entre memoria, identidad e imaginación", en *Andamios*, n°.8, 2011, p.238.

卡洛斯·阿莱格利亚的死刑判决书,他以严重的叛国罪被处以枪决。(《向日葵》,第21页)

一九五二年,我在国民警卫队档案管理总部寻找资料的时候,找到了一个归类为"不明死者"的黄色信封,里面有一个胶装格子本,页数很少,我把上面的内容誊写了下来。(《向日葵》,第37页)

一九五四年,我去了桑坦德省的一个叫卡维耶德斯的村庄……我四处询问,得知那名叫塞尔万多的教师于一九三七年被共和党人处决。而他最优秀的无比热爱诗歌的学生,却在十六岁时,也就是一九三七年,逃亡至共和党人领地并加入后来战败的军队。(《向日葵》,第65页)

《盲目的向日葵》自2004年出版以来获奖无数,期间被改编为同名电影也获得了不俗的票房,可见其在读者中受到的关注度。到2017年,《盲目的向日葵》已经再版了二十五次[1],关于这部小说的研究和讨论也从未停止。与之伴随的,是西班牙社会对于历史记忆的追溯和关注不断升温:2007年12月26日,历经艰辛的西班牙《历史记忆法案》终于得以确立;将内战或佛朗哥独裁统治作为历史背景的回忆类小说也越来越多,这一现象从侧面反映出读者们对该类题材小说的广泛接受。当读者选择相信,选择接受作者的道德引导,并认同他们的伦理选择时,前者的伦理立场也随之得到确立。

---

[1] María de la Paz Cepedello Moreno: Los mecanismos de la interpretación: la eficacia de la ficción en la reconstrucción de la memoria a propósito de *Los girasoles ciegos*", en *Studia Romanica Posnaniensia*, n°.1, 2017, p.22.

第四章
记忆书写与空间

第一节 概 述

从古希腊罗马的记忆术开始,记忆与空间之间就建立了根深蒂固的联系。社会学家哈布瓦赫对于"集体"这个概念的阐释就建立在空间之上:"社会群体借助稳定的空间意向来表征自己,从而得以成形。……空间意向带来了集体性的心理状态,尤其是那些与记忆相关、存储在集体记忆当中的集体表征。"① 历史学家皮埃尔·诺拉的"记忆之场"几乎将所有可以作为民族纪念的场所纳入其中:庆典、徽章、纪念物、纪念活动、档案、纪念碑、博物馆等等。② 在文化记忆研究领域,记忆与空间的关系更加盘根错节。阿莱达·阿斯曼更是在《回忆空间——文化记忆的形式和变迁》一书中,通过记忆的空间隐喻在历史上变迁,对文化记忆的形式进行了深入且极具开创性的研究。除了档案、箱子、存储器这些我们较为熟悉的对记忆空间的象征性的描述外,她还把"文字""图像""身体"和"地点"这些记忆的存储媒介全部看作对记忆的空间的隐喻。

值得一提的是,在心理学领域,与记忆有关的两个隐喻同样与空

---

① [法]让-克里斯托弗·马塞尔、劳伦特·穆基埃利:《哈布瓦赫论"集体记忆"》,载[德]阿斯特莉特·埃尔、安斯加尔·纽宁主编:《文化记忆研究指南》,李恭忠、李霞译,南京:南京大学出版社,2021年,第146页。

② 参见本书第一章第二节"从集体记忆到'记忆之场'"。

间有关:"仓库(el almacén)"和"信函(la correspondencia)",前者关注记忆的数量(número),即记忆强大的储存能力;后者则认为记忆是对于过去的一种描述,因而关注记忆在对往再现时的准确程度和忠实程度,也就是记忆的质量(calidad)。由于隐喻的指向不同,引发的记忆研究问题也发生了变化。"仓库"隐喻引申出的关于记忆的研究包括:储存的能力、保存的时间、仓库之间信息的转移、信息的丢失和遗忘等;而"信函"隐喻正如同其字面含义,强调信息的对等和回应,因而**感知到的**与**真实发生的**,这一对要素之间的距离关系则启发研究者们对自传体记忆、证人记忆、闪光灯回忆、情感记忆等展开钻研。①

我们不难发现,无论在何领域对记忆展开研究,都离不开空间,或者更确切地说,离不开与空间相关的隐喻。这一方面体现了记忆研究的跨学科特点,另一方面,也是人类记忆活动的生理特性所决定的,记忆本身就是人类大脑的一种思维方式,而就像乔治·莱考夫和马克·约翰逊指出的:"人类的思维过程在很大程度上是隐喻性的。"②我们因此可以说,"回忆充满了隐喻,没有隐喻,回忆就无法进行"③。

这也就不奇怪,为何在当代西班牙内战小说中常见以"家族""代际空间"为叙述模式的记忆探索。从记忆的空间隐喻的角度看,代际之地象征着"家庭历史的固定和长期联系"④,其中情感纽带是不可或缺的支撑和保障;除此以外,"家族"/"代际"还包含着"'世代—世代

---

① José María Ruiz-Vargas: *Manual de Psicología de la Memoria*. Madrid: Editorial Síntesis, 2010, pp.62-64.
② [美]乔治·莱考夫、马克·约翰逊:《我们赖以生存的隐喻》,何文忠译,杭州:浙江大学出版社,2015年,第3页。
③ 冯亚琳等:《德语文学中的文化记忆与民族价值观》,北京:中国社会科学出版社,2013年,第80页。
④ [德]阿莱达·阿斯曼:《回忆空间——文化记忆的形式和变迁》,潘璐译,北京:北京大学出版社,2016年,第346页。

传递—记忆'三位一体的概念"①,这意味着家族历史和家族记忆对于每一代人建立归属和身份认同的重要意义。于是,未经历过战争的第三代甚至是第四代作为主要叙事人,以亲情纽带或身份危机为回忆动力,通过带有自传色彩的讲述,将存储但已被遗忘在"照片""证件""日记""书信"等媒介中的关于家庭成员的记忆,与自己本身所拥有的记忆相交织,一点点提取、探索、拼贴直至完整呈现。家族空间内因世代交替而呈现的时间流动,以及由家族历史——地点迁移或具体成员形象而标示出的空间位置,共同建构出记忆所需的"场景和形象"②。另外,我们还应注意到,无论是"家族"还是"代际",也都包含了明显的时间的质量,空间视角和时间导向与记忆的特性在此发生了重合,因而很多与记忆相关的空间隐喻实际上也同样指向时间。

本章选取安东尼奥·穆尼奥斯·莫利纳(Antonio Muñoz Molina,1956—)的《波兰骑士》(*El jinete polaco*,1991)和阿尔穆德纳·格兰德斯(Almudena Grandes,1960—2021)的《冰冷的心》(*El corazón helado*,2007)作为分析对象。两者均以"代际"作为叙述展开的空间,家族"情感"和家族成员的某些秘密推动着家族的第四代对那些与其自身密切相关的历史真相展开调查。两部小说中都以一个或多个家族后代的追忆将家族故事徐徐展开,但又在记忆的铺陈转折中呈现出不同的美学表征。借助"骑士""容器""回声"这三个既包含着时间特征也蕴含着空间要素的隐喻,小说《波兰骑士》不仅展现了记忆如何在代际空间内被追溯、民族精神如何被传递,更艺术地模仿了记忆不连贯的、碎片式、偶然性的特点。而《冰冷的心》则将"两个西班牙"的比喻具象化为两个家族的对立。家族后代成员在面临相似的认同危机时所表现出的不同态度:

---

① [德]于尔根·罗伊勒克:《世代/世代性、世代传递与记忆》,载[德]阿斯特莉特·埃尔、安斯加尔·纽宁主编:《文化记忆研究指南》,李恭忠、李霞译,第155页。
② [英]弗朗西丝·叶芝:《记忆之术》,钱彦、姚了了译,北京:中信出版社,2015年,第8页。

或认同并承担,或拒绝和驳斥,或冷漠与无视,体现出当下西班牙的社会文化在面临记忆问题时,依然存在的深层矛盾和价值冲突。

两位作家的记忆书写都没有直接涉及战争,然而通过将记忆置于空间(时间)隐喻,或是借由"家族时空体"的叙述方式,在数代人的命运起伏转折之中,家族苦难与民族命运互相缠绕,代际更迭的艰难过程里镌刻着国家坎坷多舛的近代历史。而小说中的主人公们由于家族记忆的断裂而遭受的精神困境在当下的西班牙绝非个例:

> 战争结束后进入了第三阶段,同时也是历时最久的阶段。通过对教育体系以及包括新闻、广播与出版业等手段在内的公共传播行业的极权主义控制,佛朗哥政权持续有力地展开了针对人民的洗脑工作。有关内战的短期与长期起因的解释,由官方强加给了西班牙人民且完全不容置喙。通过新闻媒体、学校教学、儿童教科书以及教堂讲坛的无休止重复,单一的历史记忆被构建并在接下来的三十五年中流传。历史的重写,以及对胜利者和受害者的经验与回忆的否定,实际上免除了军事叛乱者的罪行,并且对政权的国际形象进行了粉饰。这个过程对西班牙社会造成了巨大的长期破坏。到目前为止,其残存的强大影响力,仍在使当代主流社会难以通过开诚布公的方式来看待他们过去的暴力一页,进而促进在社会和政治方面做出必要的定论。[①]

与小说中的人物有相似经历的正是两位作者本人,他们都对于这场历史劫难及其荒诞而难以理解的后果怀有极其复杂的情感。小说《波兰骑士》的作者穆尼奥斯·莫利纳是内战后第三代作家中声誉极高的一位。2013年,由于他的"部分作品反映了西班牙从独裁走向民

---

① [英]保罗·普雷斯顿:《内战之殇:西班牙内战中的后方大屠杀》,李晓泉译者,北京:后浪出版公司,2021年,第330页。

主期间的深远变化,揭示了创伤性的集体记忆"①,莫利纳获颁耶路撒冷文学奖,可见作家对于自己所遭受的记忆被剥夺、改写,终是难以释怀。虽然出生于1956年的莫利纳并未曾亲历内战,作家的童年却始终被战争以及随之而来的军事独裁的恐惧所笼罩:"独裁政府强迫我们保持无知、沉默,强迫我们对外部世界一无所知,甚至对我们自己也一无所知。"②记忆的剥夺反而激发了莫利纳对过去的追溯和探索:"我们知道我们是谁,那是因为我们记得。"③

阿尔穆德纳·格兰德斯亦是如此,甚至更为强烈。当与她同时代的作家们围绕西班牙内战进行相关文学创作时,大多数人会选择保持中立,至少也会在表面让自己的立场尽量客观,将评判的权利留给读者。然而格兰德斯却从不打算置身于她的创作之外,她从不掩饰自己对西班牙第二共和国的无条件的、深深的爱和支持:

> 我是一个作家,我的职责是创作出好的作品。我根本的任务是文学。我没有义务保持中立,完全的客观是不存在的,哪怕是最诚实的历史学家也必须承认这一点,然而,无论怎样,保持客观并不是一个叙事者应有的责任。④

在格兰德斯看来,无论是在民主转型时期还是在今天的西班牙,第二共和国从未获得历史应当给予它的公正评价。那些为了理想,为了保卫代表着自由、民主、进步的第二共和国而选择不屈斗争的人们,他们的牺牲也从未得到真正的承认或哀悼。换言之,今天的西班牙人由于记忆

---

① 王胡:《安东尼奥·穆尼奥斯·莫利纳获耶路撒冷奖》,载《中华读书报》2013年1月30日第8版。
② Antonio Muñoz Molina: *Pura Alegría*. Madrid: Alfaguara, 1999, p.215.
③ *Íbid.*, p.176
④ Macciuci Marta Raquel, Bonatto Adriana Virginia, Almudena Grandes: "'Machado es el dechado de virtudes republicanas por exelencia': Entrevista con Almudena Grandes sobre *El Corazón Helado*", p.134.

的缺失、被动的隐忍或犬儒主义而造成"西班牙性"的断裂,即一种无法从过去和当下的一致性中建构认同的民族身份危机。记忆文化的缺失"冰冷"了这个民族原本燃烧的"西班牙心"——冰冷的心。

两位作家在小说中以"代际"为空间,让一个国家的历史和精神通过后代的回忆得到延续和传递,而在文本之外,他们的书写同样是我们进入到西班牙内战,乃至更长的历史跌宕、命运起伏的有效路径与空间。

第二节 《波兰骑士》中的记忆书写与时空隐喻

"记忆"在小说《波兰骑士》中占据着重要地位。作者在以记忆书写历史的过程中,构建了多个与之相关的独特隐喻。其中,"骑士"隐喻以时间为导向,作为记忆的主体和承载者的"骑士"们在时空中建构起被回忆充满的代际空间;"容器"隐喻则以空间为导向,一方面对"记忆"和"遗忘"这对相互依存的过程形成隐喻,另一方面,更通过不断被跨越的容器的"边界"体现出人物的精神焦虑和对身份认同的渴求;最后,"回声"效应则对记忆的再现过程构成隐喻,既艺术地表现出记忆运行的特点,更强化了后代们在面对历史记忆时应有的责任与有意识的担当。

安东尼奥·穆尼奥斯·莫利纳出生于1956年,被认为是西班牙"80一代"作家中最具影响力的代表人物之一。自1986年处女作《贝阿图斯·伊莱》(*Beatus Ille*)出版至今,不仅将各类西语文学大奖逐一收入囊中,更于1995年入选西班牙皇家语言学院。1991年小说《波兰骑士》在西班牙出版,即获该年度备受瞩目的"行星"小说奖,次年获国家文学奖。此后五年间仅在西班牙就再版十一次之多。2013年该小说被追授阿斯图里亚斯王子文学奖;2016年1月12日,正值该小说出版二十五周年之际,一场旨在向作者穆尼奥斯·莫利纳及其作品致敬的纪念活动在位于马德里的国家图书馆举行;同年,西班牙赛伊克斯·巴拉尔出版社(Seix Barral)推出《波兰骑士》二十五周年特别纪念版,著名诗人、文学评论家佩雷·金菲勒(Pere Gimferrer)在序言中写道:"1991年时我曾说过,此刻我依然要说,《波兰骑士》是当代西语文学中的伟大作品之一。"

"记忆"在小说《波兰骑士》的情节架构过程中发挥着重要作用。本节将通过对《波兰骑士》中多个意涵特殊的隐喻的解读,探讨这些记忆是如何在代际空间中保存和传递的,以及作者是如何理解与阐释记忆和历史的关系的。"骑士"是记忆的主体和承载者。"骑士"隐喻以时间为导向,隐喻的建构过程是记忆在代际空间中被追溯的过程,也是民族历史再书写、再呈现的过程;"容器"隐喻则以空间为导向,不仅实现了对记忆和遗忘过程的隐喻,更通过不断被跨越的容器"边界"体现人物的认同危机;最后,"回声"效应对记忆的复现过程构成隐喻,艺术再现了那些无意识的记忆如何跨越时间和空间的限制,从过去来到当下。

一、"骑士"隐喻:家族历史与国家命运

《波兰骑士》以西班牙南部小镇上的埃斯波希托家族四代人的经历为叙事主线,分为三个部分:"声音的王国""暴风雨中的骑士"和"波兰骑士"。历史背景则以1870年西班牙普利姆将军被刺、古巴独立战争等作为开端,到20世纪末海湾战争爆发结束,时间跨度长达一个多世纪。在宏大的叙事背景下,荷兰画家伦勃朗于1655年创作的《波兰骑士》成为贯穿整部小说的最重要的隐喻意象。这副现收藏于纽约市弗里克美术馆的《波兰骑士》,同伦勃

［荷］伦勃朗，《波兰骑士》，创作于1655年，现藏美国纽约弗里克收藏馆

朗的《犹太新娘》《戴金盔的男子》等人像画一样，由于画中人物的神秘身份而引起诸多猜测。一位头戴皮帽，身着长衫的年轻骑士，右手轻扶腰间佩戴的弓箭，左手紧握马缰，骑在一匹白色的战马上，回首凝望。

几个世纪以来，这幅画作留给观者的仍是无数费解的谜题。例如无法根据画面色彩判断作品表现的时间是黎明还是黄昏；骑士是打算继续前行还是就此停下；他的表情是忧伤还是欣慰；题为《波兰骑士》，然而骑士的着装显然表明他来自异乡……那么穆尼奥斯·莫利纳为什么要选择这样一幅画作为小说的标题呢？

让·谢瓦利埃和阿兰·海尔布兰特在《世界文化象征辞典》中对"骑士"的含义做出了这样的总结：过去，骑士意象代表着军事上或精神上的胜利，……现代艺术中的骑士形象……表达了一种令人折磨的恐惧和某种绝望,以及对不受理性控制的人类力量的恐慌。① 穆尼奥斯·莫利纳本人也表示初见这幅画时,就令他产生了"十分强烈"的感受,并最终将其化作小说中最重要的隐喻意象,成为"所有故事和所有时间的汇聚点"②。小说《波兰骑士》以埃斯波希托家族的第四代——马努埃尔对过去的回忆作为叙事线索,"骑士"隐喻被投射到处于不同时间、地点的记忆主体上,以血缘关系为纽带的家族内部叙事模式,转而成为更为广义的以"骑士"隐喻为代际关联的民族历史的追溯与再现。小说中充斥着性格各异、身份不同的"骑士",大致可以分为两类:一类是将恐惧深藏内心,默默承受的"黑暗骑士";另一类则是做出反抗,孤独漂泊的"流亡骑士"。

首先,是以马希纳小镇上的埃斯波西托家主要成员为代表的"黑暗骑士"。曾祖父佩德罗·埃斯波西托是家族记忆的第一代承载者。他的姓氏——"埃斯波西托"(Expósito)在西班牙语中有"被抛弃的婴儿"的意思,是收养他的修女们给予他的身份符号,也暗示了他的到来从来都不是被期待的,而是一个黑色身份的"异乡人"。如同与命运默默抗争的骑士,成年后的他拒绝了试图与其相认的富有的父亲,对于自己苦难的身世也向来只字不提,因而在"我"的记忆里曾祖父永远是沉默的:

> 但是他从来不提这些。每当我想起那些塑造了我的记忆的声音时,我发觉那嘈杂一片的声音中,从来没有他的,而我完全想象不出他的声音是怎样的,我猜应该是极慢的,低沉的几乎听不见的,就像我母亲对我描述的那样,……他用这样的沉默永远地

---

① [法]让·谢瓦利埃,阿兰·海尔布兰特:《世界文化象征词典》,《世界文化象征词典》编写组译,长沙:湖南文艺出版社,1994年,第608页。
② Antonio Muñoz Molina: *El Jinete Polaco*. Barcelona: Seix Barral, 2013, pp.15-16.下文中引用仅给出中文书名的简写《骑士》和原文页码。

埋葬了记忆。孤儿院里幽暗的房间、悲伤的童年、脸上冰冷的泪水、修女冰凉的双手、关于战争抚恤金的各种谣言……(《骑士》,第143页)。

除了自己的姓氏,佩德罗留给家族的还有他在1898年古巴独立战争中骑士传说一般的神秘冒险:"那天晚上,在一个漆黑一片,伸手不见五指的偏僻小巷里,阿方索十三世向他借火点烟……到了大雪天,山上半人半马的野兽就会下山来觅食……它们饿了连人肉都吃。"(《骑士》,第30页)在古希腊神话中,这些半人半马兽(Hippocetaurs)代表着"未开化的兽性"与"人性"之间的相互抗争,"在中世纪常用于映衬高尚的骑士"[1]。或许,当佩德罗将战争的威胁和恐惧描述成半人半马兽时,他在内心已经将自己看作那个在黑暗中披荆斩棘,艰难前行的骑士。这次战争以后,西班牙丧失了它最后的几个海外殖民地,国民信心一度受到重创,纷纷要求"重建"这个"颓废"的国家。[2] 1931年,阿方索十三世被迫退位,西班牙第二共和国匆忙接掌了政权,为之后混乱的政局和内战的爆发埋下了隐患。

曾祖父佩德罗在"我"出生之前就已经去世,他的故事和记忆通过外祖父马努埃尔的讲述,在家族内部世代传递。对于岳父佩德罗的这些陈年轶事,马努埃尔一方面津津乐道,一方面又会在喝醉酒时耻笑"埃斯波西托"是妻子莱昂诺尔抹不去的姓氏和耻辱(《骑士》,第141页)。而实际上,坚韧、固执、与周围格格不入的马努埃尔在外孙"我"的眼中,一直是一位黑暗中孤独前行的骑士。

20世纪30年代的西班牙,46%的劳动人口仍然直接从事农业[3],

---

[1] [法]让·谢瓦利埃、阿兰·海尔布兰特:《世界文化象征词典》,《世界文化象征词典》编写组译,第17页。
[2] [英]马丁·布林克霍恩:《西班牙的民主和内战》,赵立行译,上海:上海译文出版社,2003年,第4页。
[3] 同上书,第2页。

与贫瘠的土壤和沉重的债务苦苦抗争。在"我"的记忆中,外祖父的故事"永远发生在夜晚,不是下雨就是下雪"(《骑士》,第115页)。他顽强地与贫穷斗争,夜晚赶着驮着沉重货物的骡子走在崎岖的山路上,结果连车带动物翻下山谷,被大雪和狼群迅速吞噬;还是为了摆脱贫穷,他加入共和国的冲锋护卫队,即使佛朗哥的军队开进马希纳小镇,他依然坚持身着卫队制服,固执地认为自己没做过错事就不会遇到麻烦,因此被国民军抓走关进了集中营;内战爆发之初,民兵们占领了他曾经受雇的庄园,火烧农庄,庄园主夫人跪下求马努埃尔去找民兵们求情,他也真的去了,结果不仅被嘲笑是个"傻子",更差点也被扔进火堆(《骑士》,第119页);从集中营里被放出来,他不眠不休,日夜兼程,困了就大声唱歌,只为回家,回到马希纳……

因而多年以后,当远在纽约的外孙第一次看到挂在眼前的这幅《波兰骑士》时,竟感到似曾相识。遥远的记忆被画中这位不知名的"骑士"激活,这熟悉的感觉在他第一次翻开祖父从那场庄园大火里抢救出来的,边缘已经有些烧焦卷曲的《圣经》时也曾有过:

> 是冒险和梦想,是遥远的向着黑暗前行的旅程。[我仿佛看到]我的祖父在一个暴雨的夜晚,伴着撕破夜空的饿狼的嚎叫声、半人半马兽的嘶鸣声,走在崎岖的山路上,艰难地穿行在马希纳的山区里。(《骑士》,第195页)

不仅如此,父亲佛朗西斯科也是一位坚韧的、默默承受生活不幸的"黑暗骑士"。1936年西班牙内战爆发,不过六七岁的父亲被迫辍学:

> 对他们来说,童年结束得太早了,以至于多年后他们都不觉得曾拥有过这段日子。他们被从学校赶了出来,因为战争爆发了。突然有一天,他们发现家中的父亲也不见了踪影。为了活下

去,他们再也不能像之前那样无忧无虑地在街上玩耍,而是得学着大人的样子干起那些让他们差点折了骨头的农活。双手被麻绳和锄头磨破了皮,稚嫩的肩膀上挑起木柴、粪肥、收割的橄榄,他们在战争带来的不安和贫困中迅速长大,而且很快适应了这种生活,仿佛生活本就应该是这个样子。(《骑士》,第151页)

内战结束,西班牙进入佛朗哥独裁统治时期,贫穷和恐惧依旧笼罩着这个饱受战乱的国家。父辈们天不亮就去农田里干活,天黑了才收工回家,"胡子都还没长出来,皮肤已经像烧焦了一般的颜色……很快显得比实际年龄苍老了许多"(《骑士》,第151页)。那天傍晚,"我"看到父亲"骑在马上,出现在街角","我"向他飞奔而去,父亲于是翻身跳下马,将我高高举起,放在马背上,"他扶着我,把马的缰绳放在我的手里,于是我也成了一名骑士……"。(《骑士》,第195—196页)

可见,"骑士"隐喻与埃斯波西托家族的内部记忆相互交错,"骑士"意象在代际的更迭交替中反复出现,不仅呈现出记忆的流动,更见证了民族精神的延续。不仅如此,通过无家可归的骑士意象所暗含的对"流亡"的隐喻[①],作者在不具备血亲关系的小说人物之间建立起更为隐蔽牢固的内部关联,借由不同年代、不同人物、不同性质的地理或精神上的流离失所,映射出近代西班牙复杂混乱的社会历史现实。例如,由于普利姆将军被刺事件而流亡到马希纳小镇的医生唐·梅古里奥,而后由于他与有夫之妇的不伦之恋,又先后流亡至西班牙位于菲律宾、古巴的海外殖民地战场;1931年4月15日西班牙国王阿方索十三世宣布退位,乘坐"阿方索王子"号巡洋舰从卡塔赫纳出发,开始海

[①] Mery Erdal Jordan:"Los exilios de *El Jinete Polaco*", en *Actas del XIII Congreso de la Asociación Internacional de Hispanistas*, vol.2, ed. por Florencio Sevilla Arroyo, Carlos Alvar Ezquerra. Madrid: Castalia, 2000, p.561.

外流亡生活;参加过一战并在战败后流亡至马希纳小镇的普鲁士人奥托·曾纳(Otto Zenner)选择在二战前夕返回德国追随希特勒;20世纪60年代末70年代初,由于佛朗哥的独裁统治而主动选择政治流亡的文学课教师普拉西斯(el Praxis);等等。而其中最具代表性的"流亡骑士"则是小说中《波兰骑士》这幅同名画作的主人加拉斯少校。他的流亡经历与西班牙内战紧密关联,从初到马希纳买下这幅画,到流亡美国,再到佛朗哥死后,他再次回到马希纳,画作《波兰骑士》一直被加拉斯带在身边,见证了他所经历的精神和地理空间上的双重流亡,以及被内战蹂躏的战败者一方的遭遇和处境。

这幅挂在古董店橱窗里的"有些阴郁、没有镶框、像羊皮纸一样边角磨损、蜷曲着"(《骑士》,第255页)的画之所以会引起少校的注意,正是因为骑士的"流亡"身份:"没有人知道他是谁,也没有人知道他来自哪里"(《骑士》,第311页),却让少校"产生出一种莫名的信任",可见"骑士"隐喻与加拉斯的个人体验之间,由于某种相似性而激发出深层的情感缔结。加拉斯虽出生于军人世家,却天生不爱骑马和作战,然而父亲加拉斯将军自小对他寄予厚望,在父亲的权威面前,加拉斯最终不但成为一名军人,更娶了父亲同僚毕尔巴鄂上校的女儿为妻。然而其内心并未达成与自我的和解,长久以来处于失去方向感和归属感的焦虑之中,如同画上的"波兰骑士":"没有人知道他要去往何地,没有人知道他的名字,如同没有人知道他到底身处何方。"(《骑士》,第20页)迷途的"骑士"隐喻的既是加拉斯少校本人的精神迷茫,更是当时西班牙民族整体的精神世界。

然而,"骑士"隐喻并未到此止步,在当时矛盾复杂的内战背景下,即便是人物走出了精神的迷途,依然要面对继续流亡的残酷现实。1936年佛朗哥在摩洛哥发动军事政变的消息传到军营,士官们群情激昂,高呼着激进的口号,唯有加拉斯少校独自一人坐在昏暗的房间里,静静望着墙上的《波兰骑士》。此刻,骑士的表情在少校的眼中已经不再"复杂",而是带着一种"安静的嘲弄"。在长久的注视以后,他走出房间果断击毙了声称要追随佛朗哥的梅斯塔拉中尉,并立刻整顿军队,带领士兵平息了市政厅前国民警卫军的暴动,更用一个军礼向早已胆战心惊的市长表明了他对共和国的效忠。如果说加拉斯少校做出的决定是他在自我反思后回归个体对于军人价值的理解、实现自我认同的过程,那么他在1936年这个夏日之夜的举动在结束其内心流亡的同时,也将自己推向了长达半个多世纪的地理空间上的流亡。

由此可见,伦勃朗的《波兰骑士》成为贯穿小说的最重要的隐喻,绝非画面和情节之间的简单巧合。以埃斯波希托一家四代为代表的普通西班牙民众,和以加拉斯少校为代表的军人,在动荡混乱、硝烟弥漫的时代里,内心充满恐惧甚至绝望,但又不得不被历史洪流包裹着艰难前行。"行进中的骑士"的意象不仅能够在表层叙事中,拼接起破碎无序的家族记忆,更在深层叙事中构成对近代西班牙坎坷多舛的国家命运的隐喻。

二、"容器"隐喻:记忆之地与认同危机

"如果你想归属,那你必须记住"[1],记忆和身份认同之间的紧密关联使二者在隐喻意义上得到交汇:一方面,与记忆相关的隐喻常常指向空间;另一方面,身份认同也"往往给人一种空间的想象,一种'在家'的感觉"[2]。的确,隐喻不仅是一种修辞手法,它更是人们的一种惯性思维,一种认知世界的方式。面对"记忆"这无声无形的过去的时间概念时,人们习惯用隐喻来进行解读,正如阿莱达·阿斯曼说的那

---

[1] Jan Assmann: "Communicative and Cultural Memory", in *Cultural Memories: the Geographical Point of View*, ed. by Michael Heffernan, Edgar Wunder, Berlin: Springer, 2011, p.23.
[2] 周计武:《流亡与认同》,载《文学理论研究》2007年第5期,第31页。

样,"谈起回忆,人们不能不提及隐喻"①。从苏格拉底时期开始,有关记忆的隐喻主要有两种:仓库和蜡板,并伴随着时代的发展逐渐演变成"仓库"和"信函",分别指向回忆的"数量"和"质量"②,前者侧重被储存的记忆的数量的多少,后者则关注其内容是否经过了整理、筛选和表述。事实上,无论是"仓库"还是"信函"都可以被看作是一种回忆的"容器",而且,不仅物质是容器,"我们每一个人都是一个容器"③,而记忆就是储存在容器中的"内容"。

当"骑士"隐喻指向家族记忆和国家命运时,小说中形式多样的"容器"隐喻则以空间为导向,通过构建与记忆或遗忘相关的隐喻展现记忆和身份认同之间的紧密关联。当"容器"被占据,且处于比较稳定的状态时,记忆被储存和保留,身份得到确立;而当"容器"的边界被不断跨越、打破,记忆被遗忘或被改写,导致安全感的丧失和归属感的割裂,记忆主体则不可避免地陷入身份迷失的困惑和焦虑之中。在小说《波兰骑士》中,存在着多种形式的记忆的"容器",既有具体地理空间范畴上的"容器"——马希纳、房间、地下室等,也有非地理空间意义上的"容器"——照片、声音、身体等,由于它们承载了对记忆和身份的隐喻,其边界不仅仅是空间上的,更指向精神和心理上的距离。

一方面,"容器"拥有清晰的界限感,通过隐喻使个体记忆、身份的断裂与地理上的迁徙相一致。西班牙和小镇马希纳对于很多人来说,既是过往记忆的"容器",也象征着原有的身份和群体关系。对于阿方索十三世来说,西班牙是王室记忆的"容器"。面对波旁王朝的覆灭,身份的丧失使他决定割舍与过去的关联,远走他乡,并终身未曾踏上

---

① [德]阿莱达·阿斯曼:《论回忆的隐喻》,殷西环译,载[德]阿斯特莉特·埃尔、冯亚琳主编:《文化记忆理论读本》,北京:北京大学出版社,2012年,第156页。

② José María Ruiz-Vargas: *Manual de Psicología de la Memoria*. Madrid: Editorial Síntesis, 2010, pp.62–63.

③ [美]乔治·莱考夫、马克·约翰逊:《我们赖以生存的隐喻》,何文忠译,第27页。

故土。同样,当加拉斯少校回忆起自己的流亡经历时,他最常使用的词亦是"destierro",其在西班牙语中不仅有"被驱逐、放逐"之意,更因为"tierra"有"祖国、故土"的含义,体现出加拉斯对于流亡的理解正是一种空间上的"无家可归"的困境和体验。然而,对于拉米罗·雷特拉蒂斯塔来说,马希纳是他获得归属感,确立身份的地方——半个多世纪前辗转来到这里,逐渐成为人们公认的小镇摄影师,其姓氏"雷特拉蒂斯塔"在西班牙语中意为"摄影师",既是他的职业也是他身份象征;然而,马希纳也是他想要逃离的地方——当他发现身边的人们已经遗忘了过去,不再记得这个民族刚刚经历的巨大伤痛时,他感到深切的孤独和焦虑,曾经被他视作故乡的马希纳,成了他首先想要遗忘和割裂的地方:

> 我要离开马希纳,我的朋友,我要永远离开这个忘恩负义的地方。……我要烧掉我所有的照片,因为没人会给我办影展也不会为我出书,什么也不会……但是我对自己说,拉米罗,马希纳这个地方唯一一个还有良知的人就是加拉斯少校,为什么不把你这一生最卑微的作品送给他呢……(《骑士》,第314页)

如果说这些人物的认同危机是由于政治或生存原因而导致的,那么另一方面,对于小说主人公马努埃尔来说,他所经历的漂泊、遗忘和身份的缺失则是其主动选择的结果,是地理空间和精神空间上的双重流离失所。出生在西班牙内战后,童年经历了佛朗哥独裁统治的他,仿佛"容器"一般被恐惧填满。这种恐惧一方面来自家人:"母亲就是这样长大的,她向恐惧屈服,被恐惧填满,总是担心不幸的降临,担心从天而降的惩罚……"(《骑士》,第141页)父亲也不例外:"[他]儿时的恐惧原封不动地过渡成为少年时的不自信,犹豫不决,踌躇不前……"(《骑士》,第141页)不仅如此,身边每一个人都因为突如其来的战争和贫穷而陷入深深的恐惧:"恐惧仿佛是所有人沉默的语言。恐惧成了一种下意识的状态,恐惧甚至占据人们的梦境,就好像那些深埋在海底的雕塑的碎片。"(《骑士》,第 416 页)另一方面,恐惧来自马努埃尔儿时的记忆:"生活的大部分内容已经被我忘记了,唯一还留在记忆里的只有恐惧。我害怕那些伪装在系里的社会分子;害怕前武装警察骑的那些高头大马;害怕军营里的长官……害怕在学校的军事训练时乱了步伐,而被痛揍一顿……"(《骑士》,第 416 页)于是,成年后的他不仅毫不犹豫地离开了马希纳,而且努力学习多国语言,成为一名同声传译,让自己的身体成为时刻被"别人的声音所占据(habitado)"(《骑士》,第 408 页)的"容器"——在不同的文化之间自由"越界"。通过这样的方式,马努埃尔选择遗忘家人和民族的记忆:"我几乎不怀念西班牙……记忆也仿佛可以扔掉。"(《骑士》,第 411—413 页)由于"个体认同以个体自我对过往历史的选择为依据"[①],因此当他拒绝被过往记忆所"占据"的同时,他也拒绝了自己的身份,让自己陷入认同危机并逐渐"习惯当一个外国人"(《骑士》,第 411 页)。不仅如此,当马努埃尔偶尔回到家乡马希纳,见到自己的家人和那些世代生活在这里的人们时,他感到自己面对的"仿佛都是生活在几个世纪以前的陌生人,[因为]他们记忆的最深处已经被长辈们的声音所填满……"(《骑士》,第 14 页)

而当马努埃尔即将彻底失去自己的身份,成为一个"异乡人"(《骑士》,第 411 页)时,他遇到了流亡美国的加拉斯少校的女儿娜迪娅,后者刚刚继承了父亲的遗物:陪伴了加拉斯大半生的《波兰骑士》和摄影师雷特拉蒂斯塔赠给父亲的一整匣子的照片。异乡重逢的二人在娜迪娅位于曼哈顿的公寓里,打开了这箱保存了几千张拍摄于西

---

① 赵静蓉:《文化记忆与身份认同》,北京:生活·读书·新知三联书店,2015 年,第 36 页。

班牙内战前后和佛朗哥统治期间的黑白照片。此时,"容器"隐喻具体化为照片匣子:借由其保存的未经整理的、杂乱无章的照片建构对记忆的量的隐喻。不仅如此,一张张照片中存储的,静止且被遗忘的回忆,通过马努埃尔对娜迪娅的讲述,被逐渐唤醒和整理:

> 半梦半醒之间,我听到自己的声音变得迟缓,灰暗,尽管我已经全然清醒了。语言把一些清晰的,充满细节的画面带到我的眼前,就像挂在我们面前的那幅波兰骑士的画像。语言并非在讲述,而是在召唤,记忆用它那纯粹而古老的目光,将我变成一个静止不动的证人,我听见自己的声音,就像此刻娜迪娅在听我诉说……(《骑士》,第 178 页)

照片上的人物——外祖父、祖父、父亲、母亲、加拉斯少校、医生梅古里奥等,他们的经历连同他们的记忆通过马努埃尔的回忆和讲述被二人逐渐记起和接受。曾经被别人的语言和声音所"占据"的马努埃尔于是由"语言的译者成为语言的创造者"[①]。讲述着家族故事的马努埃尔不仅仅是在向娜迪娅倾诉,更是与自我进行对话与和解:"我的声音向她复述别人的声音曾经给我讲过的故事、我感觉我给娜迪娅讲的不是我自己的生活,而是更久远以前的,我曾经见证过的经历。"(《骑士》,第 90 页)于是在小说的末尾,当他再次回到马希纳,漫步在街头时,他感受到一种回家的感觉,一种精神上的归属感,这次,他继续使用了充满了空间隐喻意味的"居住"(habitado):"在父母的房子里,在马希纳的街头,我感到自己身处回忆构造的王国里,我终于重新被回忆所占据。"(《骑士》,第 578 页)

的确,西班牙民族的百年历史记忆,正是在身份认同危机和记忆

[①] Mery Erdal Jordan: "Los exilios de *El Jinete Polaco*", en *Actas del XIII Congreso de la Asociación Internacional de Hispanistas*, vol.2, p.563.

"容器"的容纳和不断"越界"的过程中逐渐展开的。这里既留下了历史车轮的轨迹,更揭示了民族心理的精神变迁,即面对国家和民族时的矛盾心理:在认可、归宿、依恋等情感上的彷徨和最终的记忆回归。

三、"回声"隐喻:记忆艺术与书写策略

记忆的主体和记忆的空间性阐释离不开隐喻,然而记忆又是转瞬即逝的,如何能够在文本中既体现其本身的特点,又维持记忆持久的在场性并延续其对读者的效应呢?对此,作者穆尼奥斯·莫利纳亦有过同样的思考:"如果人们不再重读这些文字,那么文字一旦写完就不复存在了。除非它们能继续存在于人们的记忆当中,就像音乐在人们心中留下的似曾相识的回声。"①的确,莫利纳曾多次肯定音乐对其文学创作的影响:"在叙事的建构中音乐是不可或缺的……音乐中有一样东西令我极感兴趣,且受益匪浅,就是回声(resonance)。写在这一页的事情,三十几页以后才再次出现,这就要求读者也必须去回忆。"②

因此,在《波兰骑士》中"回声"隐喻首先是指记忆的复现。然而这里的复现并非简单的重复,而是像乐章的序曲一般在小说的最初几页就确定了主导叙事:时间、地点、主要的人物和事件,之后再以此为中心,不间断,无秩序地通过不同视角、不同时间地点的回忆将这些人物事件交代完整,仿佛音乐的回声一般。小说的开头即是1991年年初主人公马努埃尔和娜迪娅久别重逢,一个是刻意逃避家族记忆、主动选择遗忘的马努埃尔,一个是由于父亲加拉斯的政治流亡,而被迫中断了记忆的娜迪娅,两人在娜迪娅位于曼哈顿的一所公寓里,一边通宵达旦地翻看摄影师雷特拉蒂斯塔留下的照片,一边迫不及待地相互交换彼此的回

---

① Antonio Muñoz Molina:"El Jazz y La Ficción", en *Revista de Occidente*, vol.66, nº.93, 1989, p.24.
② Mery Erdal Jordan:"Los exilios de *El Jinete Polaco*", en *Actas del XIII Congreso de la Asociación Internacional de Hispanistas*, vol.2, p.103.

忆。于是这个房间犹如隔绝于世的"孤岛":"一座用他们的声音,还有那些经由想象和回忆在此交汇的别人的声音建造的孤岛",而他们则"仿佛荒岛上的幸存者"(《骑士》,第20页),不知疲倦地回忆着、讲述着。区别于一般的倒叙,小说《波兰骑士》并未在此揭示故事的结局,而是以这座"声音的孤岛"为声波中心,向外部发射不同波幅的回忆圈,每一次的回忆都从这里发出,并像"回声"一般重新返回到这座"孤岛"。

例如,在小说开头第18页即以第三人称提到主人公在匣子里翻看到一张祖父马努埃尔身着冲锋护卫队军装的照片,接着是对家人和马希纳小镇上一些主要人物的回忆;至小说第32页,记忆又折返回曼哈顿的公寓,以"我"的视角再次提到这张照片,但并未就此展开,而是打开了其他记忆;到第92页,则回忆了祖父被捕后即将押送至集中营的情形:"祖父马努埃尔满脸胡茬、脏兮兮的脸,紧紧贴在监狱牢房的栏杆上,由于恐惧和饥饿脸色变得蜡黄;……下雨的早晨,卡车上,滴着水的帆布下面,双手的戴着镣铐的俘虏们……"回忆就此继续延展,至第109页又回到房间里正在看照片的"我":"我看着照片上他们的面孔,感觉自己仿佛从未真正认识过他们……"第118和119页则再次回应了这张照片背后的故事——祖父加入冲锋护卫队,接着内战开始,人民军在前线节节败退,而祖父马努埃尔因为执意不肯脱下这身军装而被国民军逮捕……记忆就这样不间断地在过去和现实之间往返,但始终以"声音的孤岛"——曼哈顿的公寓为中心,宛如"回声"一般散开、折回,余音袅袅。

由于第一人称回顾式的叙述本身具有"双重聚焦":"一为叙述者'我'追忆往事的眼光,另一为被追忆的'我'正在经历事件时的眼光"[1],因此在以记忆作为叙事推动力的小说中视角的转换几乎是不可

---

[1] 申丹:《叙述学与小说文体学研究》,北京:北京大学出版社,2001年,第223页。

避免的。由于《波兰骑士》中的记忆犹如"回声"一般不断复现,通过不同人物的回忆,一点点拼凑、还原过往历史事件的完整面貌。因而在此过程中,不仅不动声色地完成了多角度的叙事转换,更通过记忆的空缺和相互补充,在叙事者和读者之间建立了互通的心理空间,让读者产生和叙事者相似的思维互动:不断回忆,似"回声"往复。

以西班牙内战为历史背景的加拉斯少校传奇般的经历在被讲述时,就是通过记忆的"回声"效应,借助不同视角的回忆相互交错、补充直至完整呈现。在小说的开头,通过马努埃尔的回忆,首先描述了加拉斯少校人生中最高潮的那个瞬间:"加拉斯少校仅凭一人之力就粉碎了武装叛乱者们的阴谋,……他站在院子中央,面对着整个军团,在那个令人窒息的七月的夜晚举起手枪,一枪击中梅斯塔拉中尉的心脏……"(《骑士》,第26页)接着是一百多页后,以女儿娜迪娅的第三人称视角回忆流亡三十七年以后,父亲带自己重返马希纳的情景。父女二人漫步街头被摄影师雷特拉蒂斯塔认出,后者决定将自己拍摄的照片赠给心目中的英雄——加拉斯:"[雷特拉蒂斯塔]给他看一张旧照片,是加拉斯少校在市政厅前的广场上整顿部队的那天晚上拍的,少校在市长面前立正行礼,表示马希纳的驻军对共和国宪法效忠。"(《骑士》,第124页)而对那一晚更为细致的描述出现在小说的第二部分的第七章和第八章,摄影师雷特拉蒂斯塔向加拉斯回忆起那晚的情景:"我当时吓得要死,但我仍然不停地拍照……我探头往台阶上看,市长站在那里,接着我看到您[加拉斯少校],只身一人,腰间佩枪,走上台阶。市长吓得浑身发抖,他肯定以为您是去逮捕他或是去枪毙他的,您停在了第二个还是第三个台阶上,行军礼,但我没有听清您说了什么……"(《骑士》,第306—307页)时间又回到现在,这起事件的主人公——即将不久于人世的加拉斯本人,在美国新泽西州的一所养老院里,生平第一次向女儿回忆了当时的情形:"在我一生中,我唯一亲自决定并终身执行的行动,一个彻底改变了我生活的行动,就是击毙了一个拒绝服从我的命令的、狂热的中尉。对此我没有丝毫犹豫或悔恨,当时他看着我的双眼,我们是如此的靠近,我能听到他咬牙切齿的声音,看到他的下巴在颤抖。"(《骑士》,第335页)

虽然此刻读者对加拉斯平息了军队暴动的事件已不存任何悬念,但由于回忆如同荡开的声波,被分散在不同章节,被从不同角度进行了回顾,这就会引发读者根据脑海中之前留下的记忆的"回声"去努力回忆、思考、拼凑。同时,围绕这一核心事件,更多人物以见证者和亲历者的身份被带进叙事:祖母莱昂诺尔同样记得那历史性的一晚:"那是内战开始的第一晚,人们挤在奥尔杜尼亚将军广场,看满载士兵的卡车一辆辆开向市政府,我母亲,那时不过六岁,不小心松开了外祖母的手,走失在人群里。"(《骑士》,第543页)祖父马努埃尔则一直记得加拉斯少校对市长说的那句话:"马希纳的驻军现在以及将来都会向共和国效忠!"(《骑士》,第558页)可见"回声"效应对记忆艺术的隐喻,通过多个叙事视角和不同时空的自由转换得以实现,不仅契合记忆的运行规律,而且增加了历史书写的客观性和可信度。

记忆的"回声"不绝于耳,作者以这样的方式引导读者:不要忘记,要让记忆不断传递。正如主人公马努埃尔这样描述自己在进行回忆时的感受:"我对娜迪亚讲述着,我的声音是我从未听过的曾祖父佩德罗和我母亲的声音的回声……就像我在同声传译室里,我的声音是别人的回声,我是那个说话人的影子。但此刻这个声音,如此遥远,却不会在空虚和混乱的语言中丢失或消亡,这个声音将永远散发出金属般耀眼的光芒,带着未尽的热量在灰烬下炙热燃烧。"(《骑士》,第143—144页)这里的"声音"正是来过去的口述的历史,是记忆的声音。因此,"回声"既是记忆艺术也是书写策略。"回声"效应通过对记忆运行机制的模仿,一方面体现了记忆碎片式、循环往复的特点,另一方面证实了记忆强大的再生力,通过点滴"回声"不断激发叙事者和读者的大脑思维与联想。

可见,小说《波兰骑士》中与记忆有关的"骑士"意象、"容器"隐喻和"回声"效应的隐喻的建构,不仅再次揭示了记忆和隐喻的密切关联,展现了记忆对过去"进行重组和想象性创造的过程"①,更肯定了记忆对于历史和当下的重要意义和价值。独特意涵的隐喻建构还体现了当代西班牙的记忆文化,和以穆尼奥斯·莫利纳为代表的当代西班牙知识分子对于历史和记忆的态度。

第三节 《冰冷的心》中的家族空间与民族纪事

小说《冰冷的心》将"家族"作为回忆的时间和空间表征,通过"家族时空体"展演了伤痛记忆既复杂曲折、又时刻处于变化之中的传递过程。以代际亲缘关系为主要组成部分的"家族时空体"不仅在时间上包含着回忆、家族秘密、民族传统、亲情和情感等多种独特的记忆要素,更能够通过家族人物在地理空间上的迁移、两个家族集团之间及内部的对立纠葛,隐射出这个民族在20世纪三四十年代经历的动荡多舛的命运和"该隐"之殇。作者借助家族空间特有的、以情感为主要推动的内部张力,向内自我省思了当今西班牙民族所应该承担的历史责任和应当确立的民族身份,向外则再一次彰显出文学作品所特有的再现记忆、承载记忆和反思记忆的特殊功能。

2018年西班牙女作家阿尔穆德纳·格兰德斯凭借其最新小说《加

---

① 赵静蓉:《文化记忆与身份认同》,第36页。

西亚医生的病人》(*Los pacientes del doctor García*, 2017)——《一场无止境的战争轶事》(*Episodios de una guerra interminable*)系列①的第四部,获国家文学奖(El Premio Nacional de Narrativa)。评选组委会一致认为这部作品"在文学想象和历史真实之间取得了十分难得但精准的平衡"②。的确,成为佩雷斯·加尔多斯(Pérez Galdós,1843—1920)③那样,通过普通人物的日常生活来记录和反映西班牙民族历史的文学家,是这位马德里女作家——阿尔穆德纳·格兰德斯一直以来的愿望。④

出版于2007年的《冰冷的心》则常被看作格兰德斯《一场无止境的战争轶事》系列的序曲,获得第七届何塞·曼努埃尔·莱拉小说奖(Premio de Novela José Manuel Lara Hernández)⑤等诸多荣誉,并被译成英语、法语、意大利语等多国文字。学者们一致认为记忆在这部小说中起着极其重要的作用:"《冰冷的心》并不是一部关于内战的小说,而

---

① 按照作者阿尔穆德纳·格兰德斯的计划,该系列共包括6部围绕西班牙内战及其后果的叙事作品,时间跨度大约为1939—1964年。目前该系列小说已经出版了5部,分别是2010年的《伊内斯的欢悦》(*Inés y la alegría*),2012年的《朱利奥·凡尔纳的读者》(*El lector de Julio Verne*);2014年的《马诺利塔的三场婚礼》(*Las tres bodas de Manolita*);2017年的《加西亚医生的病人》(*Los pacientes del doctor García*),以及出版于2020年的《弗兰肯斯坦的母亲》(*La madre de Frankenstein*)。

② 关于此颁奖报道及详细评论参见 https://www.elespanol.com/cultura/20181023/almudena-grandes-premio-nacional-narrativa-guerra-civil/347715767_0.html,2020年12月20日查看。

③ 佩雷斯·加尔多斯(Pérez Galdós,1843—1920),西班牙19世纪杰出的现实主义小说家。被称为"西班牙的巴尔扎克",更有"继塞万提斯之后西班牙最伟大小说家"的赞誉。佩雷斯·加尔多斯一生著有78部小说、24部剧本、15部其他作品,是西班牙著名小说家中的多产作家。1873—1912年间,佩雷斯·加尔多斯从事卷帙浩繁的历史小说《民族轶事》的写作。每辑以一个中心人物的生活反映一个历史时期的特点。

④ José Jurado Morales: "Maquis y topos en los *Episodios de una Guerra Interminable* de Almudena Grandes", en *Guerras de soledad, soldados de infamia*, ed. por Eva María Flores Ruiz, Fernando Durán López. Palma de Mallorca: Genueve Ediciones, 2018, p.200.

⑤ 何塞·曼努埃尔·莱拉小说奖(Premio de Novela José Manuel Lara Hernández)由何塞·曼努埃尔·莱拉基金会与11家西班牙知名出版社于2001年共同设立,旨在奖励前一年度出版的优秀西班牙语叙事作品。何塞·曼努埃尔·莱拉(1914—2003)为著名行星出版社(la Editorial Planeta)的创始人。

是关乎内战的记忆及其作用的叙事作品"①,正如艾琳·安德烈斯·苏亚雷斯(Irene Andres-Suárez)总结的那样:

> 应当指出的是,阿尔穆德纳·格兰德斯的《冰冷的心》并不是一部描写具体历史事件的小说,尽管它们的出现是不可避免的,但这仍是一部关于记忆的作品,是对历史情感,意识形态和道德的再加工。《冰冷的心》属于这样一类文学作品,它们力求以艺术的形式实现对过去的再现,其目的是为了更好地理解当下,以及更多地从道德的角度去理解内战。②

那么作为小说核心的记忆是如何支撑起情节的运行的?作者又是通过怎样的记忆书写完成了"加尔多斯式"的民族纪事的呢?笔者认为《冰冷的心》的独特之处在于将"家族"塑造为回忆的时间和空间表征,建构起以代际亲缘关系为主要组成部分的"家族时空体"。这一时空表征在时间上包含着家族记忆、亲情、家族秘密、民族传统,等多种独特的记忆要素;在空间上则通过家族人物在地理空间上的迁移,反映出西班牙民族在20世纪三四十年代经历的动荡多舛的命运。《冰冷的心》正是通过在意识形态和价值观念上存在巨大差异的两个家族、三代人,在面对理想、民族命运、战争及其后果时的不同抉择、利益冲突和情感纠葛,激发人们对历史记忆中被忽略和遗忘的部分的追溯,以及对自我身份的积极追寻和对历史意义的不断探索。小说借助家族空间特有的、以情感为主要推动的内部张力,重新自我省思了当

---

① Sara Santamaria Colmenero:"La novela de la memoria como novela nacional: *El corazón helado*, de Almudena Grandes, ¿nuevo episodio nacional?", en *Nuevos horizontes del pasado. Culturas políticas, identidades y formas de representación: Actas del X Congreso de la Asociación de Historia Contemporánea*, ed. por Ángeles Barrio Alonso, Jorge de Hoyos Puente, Rebeca Saavedra Arias. Santander: Publican, 2011, p.40.

② Irene Andres-Suárez: "Memoria e identidad en la novela española contemporánea: *El corazón helado*, de Almudena Grandes", en *Nuevos derroteros de la narrativa española actual*, ed. por Geneviève Champeau, Jean-Fraçois Carcelén, Georges Tyras, Zaragoza: Universidad de Zaragoza, 2011, p.311.

今西班牙民族所应该承担的历史责任和应当确立的民族身份,再一次彰显出文学作品所特有的叙述记忆、承载记忆和反思记忆的特殊功能。

一、作为记忆之地的"家族时空体"

由于时间变迁世代传承,"家族"首先是一个来自时间范畴的概念,但同时它也兼具了空间的功能,正如法国历史学家皮埃尔·诺拉在《记忆之场》中指出的那样,代际(generación)是"一个抽象的记忆场,它的实在性在于其人口学内涵,其功能性在于……它同时担当了记忆的塑造和传承的职责;它的象征性在于它的定义,因为它通过某个事件或某个仅有少数人体验过的经验而描绘了大多数人的特征"[①]。当诺拉把"家族"定义为一个"记忆场"时,就已经体现出时间——"指向过去的记忆"和空间——"充满隐喻含义的场"的相互纠葛和密切关联,因此在这类回忆小说中,"家族"可以被看作一个时空体(cronotopo),成为"小说情节组织的功能场"[②]。

在《冰冷的心》中,"家族时空体"首先决定了记忆的内容和情节架构方式,即叙事的起点和讲述形式。小说《冰冷的心》的标题来自著名爱国诗人安东尼奥·马查多的诗句:

> 一个西班牙已经死了
> 另一个在打哈欠,在二者中间
> 有一个西班牙人愿意活着
> 并开始生活。
> 小小的西班牙人

[①] [法]皮埃尔·诺拉:《记忆与历史之间:场所问题》,载[法]皮埃尔·诺拉主编:《记忆之场:法国国民意识的文化社会史》,黄艳红等译,南京:南京大学出版社,2015年,第20页。
[②] 薛亘华:《巴赫金时空体理论的内涵》,载《俄罗斯文艺》2018年第4期,第38页。

> 来到这个世界,上帝保佑你。
> 两个西班牙中的一个
> 会将你的心冻结。①

一千余页的小说分为三个部分:《心脏》《冰冻》和《冰冷的心》,可以被看作这首诗歌的延续。"家族时空体"的效力也正是从此开始,小说没有以见证者的视角去直接展示战争的惨烈和亲历者所承受的苦难,而是从家族内部出发,以分别代表着由于同胞相残而被迫分离的"两个西班牙"的——卡里翁(Carrión)和费尔南德斯(Fernández)家族三代人的经历和恩怨作为叙事的主线和空间,通过两个家族的第三代阿尔瓦罗·卡里翁(Álvaro Carrión)和拉奎尔·费尔南德斯(Raquel Fernández)对家族成员的过往经历的不断挖掘和探索,一步步揭示和重构了父辈们想要遗忘和掩盖,又或是期待被流传和继承的家族记忆。于是,卡里翁家族巨额财富背后的阴谋和丑闻,以及代表着战败者一方的费尔南德斯家族的孤独流亡和悲惨境遇,通过家族内部成员的口述、追溯和传递,经由代际空间被逐渐从过去带入当下的语境,呈现在读者的眼前。

小说的开头就是胡里奥·卡里翁(Julio Carrión)的葬礼,这位成功的商人,称职的父亲由于突发心脏病而离世的事实,令亲友唏嘘家人悲痛,尤其是他向来引以为傲的二儿子阿尔瓦罗·卡里翁(Álvaro Carrión),一直难以接受"强壮、热情、快乐"的父亲在"插满了管子、被各种显示器包围着"②的病床上突然去世。故事于是从葬礼上阿尔瓦罗对父亲胡里奥的回忆和思念开始。在"家族时空体"中,这种对至亲

---

① [西]安东尼奥·马查多:《卡斯蒂利亚的田野——马查多诗选》,赵振江译,北京:外语教学与研究出版社,2018年,第144页。
② Almudena Grandes:*El corazón helado*. Barcelona: Tusquets Editores, 2007, pp.15-16. 下文中引用仅给出中文书名的简写《心》和原文页码。

的回忆必然饱含情感,体现出家族记忆的唯一性、私密性,但同时也不可避免地具有主观片面性和不可靠性。意外出现在父亲葬礼上的陌生女人拉奎尔·费尔南德斯(Raquel Fernández)就是这样一个超出了阿尔瓦罗记忆范围的不可靠因素。像一个来自过去的记忆符号一般令阿尔瓦罗突然意识到他对于父亲的记忆可能并不完整,甚至存在偏差。正是由于突然失去父亲的茫然和空虚,阿尔瓦罗决定要弄清楚这个神秘、漂亮的年轻女人到底是谁?更重要的是她与父亲有着怎样的关系?可见,在"家族时空体"中,代际情感是激发家族后代展开记忆追溯的主要原生力,而至亲关系中不可分割的血缘亲情,一方面使得这种对过去的探索和挖掘具有了合法性,而另一方面则让这样的记忆书写从一开始就充满了情感张力,因为父辈的过往对回忆者本人的影响充满了不确定性,其产生的后果往往会偏离甚至相悖于后代的预期。出于表现出这种家族矛盾和回忆力量的需求,小说的奇数章节均为阿尔瓦罗为第一人称展开自述式叙事,从而以他的视角,通过内心独白,不断向读者展示他内心的困惑、矛盾和反思。

而对于来自费尔南德斯家族的拉奎尔来说,"家族时空体"同样对她产生了巨大的影响。随着父辈们的流亡,1969年出生于法国的她,从小就是家族回忆的承载者,"听大人们用不同时态、不同语式、不同的动词短语表达着与回归有关的对话长大"(《心》,第37页)。如果说那时的她还仅仅只是一个家族记忆的承载者,那么1977年和祖父伊格纳西奥重返西班牙,去拜访胡里奥·卡里翁一家的经历则使她成为和祖父平等的、特殊的流亡群体的记忆主体:"那是拉奎尔·费尔南德斯·佩雷亚一生中第一次,也是最后一次见到祖父哭泣……她永远不会忘记那个下午,她看到祖父哭得如此悲痛欲绝,是那样的孤独、痛苦、失败。仿佛他再也无法止住那么久以来面对如影随形的死亡都没掉下来的眼泪。"(《心》,第124页)这个令拉奎尔·费尔南德斯记忆深刻,但却无法理解的画面正是促使她展开记忆追溯,甚至成为阿尔瓦罗·卡里翁的记忆的催化剂的原动力。距离西班牙内战结束了半个世纪以后,拉奎尔一边轻抚着祖父和外祖父的照片,一边向阿尔瓦罗讲述着他们曾经拥有的身份和故事。当拉奎尔·费尔南德斯一边回忆,一边讲述着流亡法国的祖父辈们还在继续与法西斯战斗的故事时,她已经在"家族时空体"内成为代际记忆的新的继承者和传播者,同时也代表着她对家族身份的认同和对自我价值与责任的认知:

> 他们是西班牙红军,共和党人,流亡者。他们将纳粹赶出了法国,赢得了第二次世界大战的胜利,然而这一切对于他们而言没有任何作用……没有人知道,他们的人数是如此众多,有近三万人参加了战斗。而这些从未出现在好莱坞电影里或是BBC纪录片中。……因为如果他们出现了,观众们就会想知道这些人身上到底发生过什么,他们为了什么而战斗,牺牲生命又是为了换取什么……至于在西班牙,更不必说了,就好像他们从未存在过一样,似乎还有点让人厌烦,仿佛不知道该把他们和他们的故事置于何处……总之,这是一个不公平的故事,丑陋的故事,悲伤而肮脏的故事。这是一个西班牙故事,将一切都丢进遗忘的众多故事中的一个。(《心》,第505—506页)

显而易见,在"家族时空体"的运行下,小说的叙事动力更多来自情感推动,而非某种政治诉求。无论是阿尔瓦罗,抑或是成长背景截然不同的拉奎尔,强烈的家族情感都是促使他们展开记忆追溯的原动力,即叙事的起点。此外,"家族时空体"还决定了小说的叙述形式。正如小说标题援引自马查多的诗句:"两个西班牙中的一个会将你的心冻结",作品在整个叙事结构上,无论从哪个角度看,都始终围绕着这两个家族所代表的"两个西班牙"而展开。首先,小说中并行着两条叙事时间：在两位主人公身上都存在着回忆父辈们的经历时的过去的时间，和自我审视时的当下的时间；此外，是呼应着"两个西班牙"的双重地理空间：西班牙本土和汇聚着大量流亡群体的法国；在这样的时空体中，交织和凝结着无数人物坎坷复杂的经历。无独有偶，故事的叙述声音也是两个：一个是第一人称的自省式叙事，另一个则是以第三人称出现的无处不在的叙事者，通过两个家族在表面上呈现出的财产矛盾和感情纠葛，从人性而非政治的角度，逐渐深入，向家族最为隐秘的内部层层挖掘，通过两个不同群体的记忆，不仅仅展演了近代西班牙从第二共和国时期开始至今的历史断面，更完整呈现和演示了记忆运行的过程。

二、家族内部的罪责反思与记忆重塑

"家族时空体"不仅决定了《冰冷的心》的讲述形式，更成为小说情节展开的中心，因为"情节纠葛形成于时空体中，也解决于时空体中"①。在这样的时空体的作用之下，对家族秘密以及伤痛记忆的追溯必然以家族情感作为主要推动力，而家族成员在面对被揭示的真相时，如何定位自己在代际记忆传递中的角色，如何定义自己的归属和身份，成为推动情节发展的，亟待解决的问题和矛盾。

在小说中凝结起家族秘密并促使阿尔瓦罗和阿奎尔展开对过往的真相、对自己的身份的探究的，正是在小说的开头就去世的胡里奥·卡里翁。他留下的照片、证件和书信成为后代重构家族过往记忆的线索和媒介。在胡里奥生前办公室的抽屉里，阿尔瓦罗发现了两张政治立场完全对立的证件：颁发于1937年内战期间的统一社会主义

---

① ［苏］米哈伊尔·米哈伊洛维奇·巴赫金：《巴赫金全集》第3卷，李兆林、夏忠宪等译，石家庄：河北教育出版社，1998年，第451页。

青年团证（Juventud Socialista Unificada）①和1941年二战期间的西班牙长枪党党证（Falange Española Tradicionalista），而这两张证件都属于同一个人——父亲胡里奥·卡里翁。那么父亲为何会拥有两个相互矛盾的身份呢？阿尔瓦罗感到困惑的同时也对自己的身份产生了怀疑。作者对于胡里奥的设定绝非偶然，小说中，他代表了西班牙内战中的那些战争投机者，他们不关心政治，也没有任何革命理想，利益是唯一能够驱使他们做出选择或采取行动的因素。两张证件如同握在手里的两张牌，可以让胡里奥审时度势，随时根据局势决定该依附哪边。1939年年初，佛朗哥独裁政府逐渐掌握政权，对外闭关锁国，阻隔西班牙与国际社会的联系；对内颁布一系列法案，控制民众，排除异己，巩固国民军的统治。其中就包括颁布于1939年2月，且直至20世纪60年代初依然在发挥效力的《政治责任法案》（La Ley de Responsabilidades Políticas）。依据该法案的第八条，一旦成为被佛朗哥政府认定有罪的市民，政府不必经过任何程序，就可以完全或部分没收其家庭财产。②在该法令的保护伞下，无数流亡海外的西班牙共和党人、爱国人士、爱国知识分子的私有财产，一夜之间被长枪党人悉数收入囊中。胡里奥在法国期间与费尔南德斯一家相遇，凭着革命者的身份，他轻松赢得后者对自己的信任，并得到了费尔南德斯的财产处置委托书，希望他可以代为变卖资产并将所得寄往法国，缓解这一家人饥寒交迫的生活窘境。然而，胡里奥在1947年回到西班牙后，摇

---

① 统一社会主义青年团（Juventudes Socialistas Unificadas，简称：JSU）；1936年4月5日由西班牙社会主义青年团（Federación Nacional de Juventudes Socialistas Españolas）和西班牙共产主义青年团（Unión de Juventudes Comunistas de España）合并而成。统一社会主义青年团实际上为西班牙共产党所领导。

② Cándido Marquesán Millán: "La Ley de Responsabilidades Políticas, paradigma de la crueldad de la dictadura franquista"，参见 https://www.nuevatribuna.es/articulo/cultura-ocio/ley-responsabilidades-politicas-paradigma-crueldad-dictadura-franquista/20191008183532166952.html，2020年12月20日查看。

身一变成为长枪党人,在伊格纳西奥毫不知情的情况下,将其与家人在马德里的固定资产先低价出售,再转而以买家的身份"合法"占有了尚流亡法国的费尔南德斯一家的产业。正是这一卑劣行径使得拉奎尔·费尔南德斯在1977年的那个下午,生平唯一一次看到祖父伊格纳西奥·费尔南德斯流泪,也促使她在成年后开始有意识地探寻家族的历史和秘密,并逐步展开她的个人复仇计划。

在利益的驱使下,胡里奥·卡甲翁不仅可以背叛朋友,甚至能够背叛自己的母亲,以彻底改写在他看来并不光彩的家族历史和自己的身份。在他的讲述中,母亲特蕾莎(Teresa)被描绘为一名抛夫弃子、不负责任的女性,并在1937年内战爆发后的第二年死于战乱之中。而实际上,随着阿尔瓦罗的探寻——祖母的信、祖母生前好友恩卡尼塔(Encarnita)的口述的记忆成为有效佐证,特蕾莎的真实身份才逐渐变得清晰:她是第二共和国时期的一名小学老师,勇敢、正直、善良,充满了正义感。作为教师,她为乡村的人们带去了社会主义思想;作为革命者,她是那个时代里,无数怀揣着伟大革命理想的年轻人的象征和写照。内战爆发后,为了实现自己的革命理想,特蕾莎毅然决然离开了自己已加入长枪党的丈夫,投身革命。然而作为一名母亲,她对于年幼的胡里奥充满歉疚,在她留给儿子的信里,她解释了自己离开的缘由并请求儿子的原谅:

> 我亲爱的儿子,……对于这一切可能对你造成的伤害,我请求你的原谅……我不害怕理想,胡里奥,因为人如果没有理想,就不是一个完整的人,……请你勇敢些,胡里奥,请你原谅我,……我们没遇上好的运气,我亲爱的儿子,……但是战争终有一天会结束,真理、正义和自由终会战胜这一切……或许我是错的,但我觉得我在做我应该做的事情,而且是为了自己在做,我满怀着对

祖国的热爱,在做这件事……我相信你一定会成为一个正直、勇敢的好人,……而且因为勇敢你会原谅你的母亲,……我会永远爱你,……妈妈。(《心》,第302—304页)

从这位共和国女战士的字里行间,可以看出"情感"是推动她走上革命道路的主要动因,尽管并非出自理智冷静的思考,但也的确是那个充斥着各种主义的、混乱动荡年代里的年轻的革命者们的真实写照。作为祖母的遗物,这封被撕碎又被拼接起来、继而又被胡里奥藏在蓝色文件夹中的亲笔信,不仅构成对被遗忘的记忆的隐喻,更是凝结着强烈家族情感的记忆的载体。这封在小说中被反复提及,在叙述时以斜体字的形式与阿尔瓦罗的内心旁白交织在一起的信,是对卡利翁家族固有记忆的巨大颠覆,它帮助阿尔瓦罗拼凑起自己家族的情感地图,寻找到了精神上的共鸣和自己的身份归属。于是原本母亲写给儿子的告别信跨越了代际的鸿沟,形成了祖孙之间的直接对话:

那声音呼唤着我,她在向我诉说……那封信已经与父亲的记忆毫无关系了……那封信现在只和我有关,只和我自己的记忆,和我自己对于尊严、诚实、勇气的认知有关……与在战争中幸存下来的真实有关。(《心》,第306—307页)

在"家族时空体"中,这封信在帮助阿尔瓦罗对真实家族历史考察取证的同时,也包含了他对祖母那代人所经历的苦难历史的认可和承担。而当这些被埋藏的记忆经由文字被新的记忆主体接受和认同时,它们必然对后代的自我认知产生影响,因为"对于这些新的叙事人物来说,他们认识到身份中一个重要的部分是从家族中那些未曾经历过的历史中生长的"[1]。

---

[1] Jan Assmann: "Communicative and Cultural Memory", in *Cultural Memories: the Geographical Point of View*, ed. by Michael Heffernan, Edgar Wunder, p.27.

因此，从祖母的信被阿尔瓦罗从父亲的遗物中发现的那一刻起，到再次进入家族乃至公共空间，直至对阿尔瓦罗的身份重构产生巨大影响力这一过程，完整展演了以文字作为载体的存储记忆如何演变为具有文化认同作用的功能记忆。而功能记忆与存储记忆最大的区别就在于，前者能够促使记忆的主体产生身份认同，意识到甚至是重新建立"自我"在家族空间下，乃至民族历史中的特殊归属。

事实上，在小说《冰冷的心》中，整个卡里翁家族不仅代表着这场同胞相残中战胜者和旁观者的一方，更代表了当今西班牙社会的主流群体在对待这段伤痛记忆时的立场与态度。作者利用"家族时空体"特有的张力，在连续的时间和空间内部塑造了多个相互对立、矛盾，但极具代表性的人物，从不同视角描绘出当今西班牙社会在面对这段该隐之罪时的民族群像。首先，重要家族成员——父亲的隐秘的过去使不同职业、不同政见的子女们必须再次聚集，他们平等的血亲身份凸显出社会个体在面对着同一事件时的不同反应，他们的处理方式也在彼此之间形成对比和关照，一点点描绘勾勒出这副"群像图景"。而这一叙事技巧也得到了作者本人的确认："卡里翁家族的兄弟们在面对家族记忆时给出的回答，绘制出了一幅当下西班牙社会[在面对这一命题时]的隐喻地图。"①

首先和阿尔瓦罗形成鲜明对比的是他的兄长，同样名为胡里奥·卡里翁(Julio Carrión)的态度。作为哥哥的胡里奥对于父亲在人格中呈现出的两面性是有所察觉的，但他选择了忽略和逃避：

> 我习惯了和其他人一起生活，好像什么都不知道似的，好像对我来说什么都不重要。……我并不是确切地知道父亲都做过

---

① Macciuci Marta Raquel, Bonatto Adriana Virginia, Almudena Grandes: "'Machado es el dechado de virtudes republicanas por exelencia': Entrevista con Almudena Grandes sobre *El Corazón Helado*", en *Olivar*, n°.9, 2008, p.131.

些什么,但是没关系,因为我知道肯定是些不好的事情。……事实上,我并不崇拜他,也无所谓他是否以我为荣。从十三岁那年,到现在,我已经习惯了,不难过,不开口,而且,如此的快乐。是的,的确是的,我和你不同,阿尔瓦罗。(《心》,第768页)

而当阿尔瓦罗试图将自己关于祖母特蕾莎的发现告诉胡里奥时,胡里奥不仅表示完全不感兴趣,更建议他不要再将此事告诉其他兄弟姐妹。胡里奥的态度表明了他对于父亲乃至自己的真实身份的拒绝,以及对这种身份有可能带来的压力的逃避。然而,阿尔瓦罗坚持认为,身为家族成员,每一个人都拥有相同的知情权。因此第二个进入对话的是这个家族的长子拉法埃尔(Rafael)。出生于1958年的拉法埃尔一直在父亲的公司任职,在他的心目中,父亲是偶像、领袖般的存在:"……是超人,是他的榜样,他的偶像,他的英雄。"(《心》,第156—157页)在父亲生前的办公室里,拉法埃尔首先提醒阿尔瓦罗关于父亲的事他不会提供任何信息,并强调:"这已经是过去太久的事情了,再次提起根本毫无意义,而且我们不应该去评价什么,因为我们不能这么做。"(《心》,第840页)虽然阿尔瓦罗仍然坚持将自己对父亲不光彩过去的发现,以及长久以来家族成员对祖母的误解,告诉了拉法埃尔和姐姐安吉莉卡(Angélica),两人依然选择坚持自己对父亲的原有认知,并拒绝任何改变。对政治毫不关心的安吉莉卡甚至不明白父亲曾经加入的JSU是何组织。如果说这两人至少还愿意倾听阿尔瓦罗的调查结果,参与到对父亲的过去的思考,那么阿尔瓦罗的妹妹克拉拉(Clara)则直接拒绝知道,希望继续保持自己一无所知、置身事外的状态。

至此,同一家族的兄妹五人呈现出三种完全不同,但具有相当代表性的态度:对不光彩的家族记忆有所了解并选择理解和接受;对过去漠不关心,继续主动遗忘或保持沉默;以及在过去和现在的断裂中不断挣扎,虽然痛苦但仍然积极探寻自我的真实身份。这三种态度体现出受家族情感驱动的"家族时空体"在记忆的传承和保存上体现出的两面性:一方面具有道德责任感的家族成员能够主动审视甚至纠正不正确的、出现偏差的家族记忆;另一方面,受情感驱动的家族内部的记忆传承同样具有局限性和不稳定性,主观判断和先验经验决定了家族成员是否愿意承认和接受"自我"的身份危机。因此,在西班牙人民共同面对过去的创伤记忆的语境下,"家族秘密"事实上构成对不曾消逝却始终被人们试图丢弃和掩盖的民族记忆的隐喻。

三、家族记忆与民族纪事

对众多家族成员的塑造,尤其是对带有相似背景的个体在面对是否要掀开这段被封存的家族记忆时的不同态度的展现,不但多层次描绘出当今西班牙社会在面对内战记忆这样复杂的历史命题时的群像图景,更体现出作者的艺术思想和历史史观。而以聚焦"小小的西班牙人"的方式探索和回溯民族精神的根基,不仅是"加尔多斯"式民族轶事的重要特征之一①,也是作者格兰德斯的创作初衷:"我想讲述普通西班牙人的故事,……这一被许多人共同承担的命运,这段由无数人共同书写的大写的历史。"②

在《冰冷的心》中,作者正是通过卡利翁和费尔南德斯两个家族的记忆来共同书写西班牙民族近半个世纪的历史,从当下,从后代的视角对这段被埋葬的历史记忆进行追溯、批判与反思。在对"两个西班牙"的书写中,小说一方面审视和反观了战争投机者和旁观者的罪责,另一方

---

① 加尔多斯认为小说是历史的第三维度。历史讲述的是真实发生过的事件,而小说能够呈现给读者更为鲜活的人物和社会。参见 Joaquín Casalduero: *Vida y obra de Galdos*. Madrid: Gredos, 1961, p.44.

② 转引自 Maura Rossi: *La memoria transgeneracional: Presencia y persistencia de la guerra civil en la narrativa española contemporánea*. Bern: Peter Lang, 2016, p.226。

面也通过对"另一个西班牙"——流亡法国的费尔南德斯一家三代人的描写,体现出这个特殊群体如何在极度艰难的处境中对抗遗忘,保卫自己的记忆和身份,直到形成"一部后记忆式的家族传奇"(a postmemorial family saga)①。在对流亡人群的描写过程中,作者避免了扁平化的叙述,转而再次借助"家族时空体",通过费尔南德斯一家三代人在身份、情感上的变化让空间的转移和时间的流动相互借力,直至凝结在一起。在这样的时空体中,代际交替使得时间变得具体、可视,家族的流亡则让空间变得被动和局促:"时间在这里浓缩、凝聚,变成艺术上可见的东西;空间则趋向紧张,被卷入时间、情节、历史的运动之中。"②

首先是以祖父伊格纳西奥·费尔南德斯和祖母安妮塔(Anita)等人为代表的,在西班牙内战的最后几个月里被迫离开故土的流亡的第一代。他们亲身经历了死亡的恐怖,尤其见证了战争对自己和亲人们造成的痛彻心扉的伤害,他们所经历的是地理空间上的迁移和内心世界的自我流放。尽管痛苦,流亡的人们选择了记住而不是忘却,他们身在法国却依然努力保持着自己的"西班牙性"(españolidad)。安妮塔在自己位于巴黎的住所的窗外,仍然种植着她从故乡带来的天竺葵(geranio)。对于流亡的第一代西班牙人来说,远离故土让他们更加清晰地意识到自己的归属,他们努力保留自己民族的文化传统,通过仪式化的记忆来表达和延续自己的身份,借助家族内部的口头交流来传递和保留记忆,所以拉奎尔从小就听奶奶对自己讲述:

> 法国人会搬家,离开或是留下。西班牙人从不这样。我们要么回到祖国,要么就不回去。我们说着[和法国人]不同的语言,

---

① Alison Ribero de Menezes: *Embodying Memory in Contemporary Spain*. New York: Palgrave Macmillan, 2014, p.69.
② [苏]米哈伊尔·米哈伊洛维奇·巴赫金:《巴赫金全集》第3卷,李兆林、夏忠宪等译,第274—275页。

唱着不同的歌曲,庆祝着不同的节日。我们除夕夜晚上吃葡萄,而且不管葡萄有多贵,总要设法弄到……(《心》,第33页)

正是这种清晰的"不属于这里"的意识,让在法国生活了近四十年的伊格纳西奥一直拒绝加入法国国籍,自主选择成为一名在法国流亡的西班牙人,一名远离故土的"外乡人"。他在维持自己身份的同时也保留下家族乃至民族的这段伤痛记忆。流亡者们虽然在国界的另一边继续生活,但实际上苦难深重的民族之殇早已烙印在家族内部持续传递的记忆里。他们对身份的坚持,对痛苦的隐忍体现出个体生命在面对民族命运时的坚韧和无奈:

> 多么野蛮,多么恐怖的流亡,永不止境的流亡。从外到内破坏了一切。抹去了城市的界限,扭曲了爱的规则,超出了仇恨的极限,把好与坏变成了一件可怕、冰冷、炙热、静止的东西。多么可怕,这静止的生命,这条永无止境的河流,这条永远无法抵达入海口的河流。(《心》,第804页)

记忆在家族时空体中不断循环、传递,但是对于出生在法国的、流亡的第二代人来说,他们对于自己的身份更多的是茫然。家族时空体使他们仿佛置身情感的迷宫,一方面不得不被动接收父辈们关于内战和流亡的记忆,另一方面则由于未曾亲身经历苦难,始终无法理解流亡的身份对于自己父母到底意味着怎样巨大的痛苦。因此这些记忆对于他们而言还仅仅只是存储记忆,尚未进入功能记忆。不仅如此,他们甚至对于自己不得不继承这些被在家族内部不断重复的、遥远无序的记忆感到厌倦和排斥:

> 多么可怕的流亡,父辈们迫使他们将这场遥远的流亡变成了自己的经历。是法国人,又不是法国人,不知道自己来自何处,但似乎也无法潇洒地宣称对此毫不在意,因为他们的出生地并不能

被称为祖国,而是来自一个部落,一个勇敢承担自己的不幸的氏族,仿佛自给自足、四处游荡的游牧民族……因为他们总是缺少点什么,所有的快乐也只能体味到一半。这些人去到哪里,就会把这个国家带到哪里,并把自己禁锢其中,这个国度仿佛幽灵一般地存在着,他们把它叫作西班牙,一个未曾存在过的,未曾存在过的,未曾存在过的国家。(《心》,第809—810页)

显然,归属感的缺失和破碎不完整的身份使得内战的第二代陷入了困惑和茫然。在面对家族记忆和民族身份的命题时,这个群体表现出的最大不同在于,希望能够通过"沉默"和"遗忘"回归正常生活。而他们的痛苦和矛盾,以及他们为了忘却而做出的努力反而印证了伤痛记忆在"家族时空体"中的存在。

拉奎尔是费尔南德斯家族的第三代,与祖父母之间的深厚感情使她自然成为家族记忆的新的继承者和传递者。尽管不曾经历和了解那些历史事件的真相和细节,但这些创伤记忆出现时所携带的情感已经被糅合进她童年的记忆里。她清楚地记得流亡巴黎的西班牙人如何在1975年得知佛朗哥的死讯后的,夹杂着喜悦和痛苦,混合和泪水和欢笑的狂欢;她记得在玛丽亚在介绍祖父伊格纳西奥·费尔南德斯时溢于言表的自豪与骄傲:"伊格纳西奥·费尔南德斯·穆尼奥斯,绰号'律师',马德里的保卫者,共和国的上尉军官,第二次世界大战的反法西斯斗士,因参与了解放法国的战斗而两次受勋……"(《心》,第42页)同样地,她还永远记得祖父的悲伤,一种被他描绘成"深沉的、黑色的、微笑着的"(《心》,第44页)悲伤,尤其是八岁那年,目睹祖父在离开胡里奥·卡里翁的家时的悲痛与落寞,祖父无声痛哭的一幕令她震撼和难忘,这些情感深深烙印在拉奎尔的记忆中,直至不知不觉中成为她的一部分。正因为如此,当拉奎尔向阿尔瓦罗讲述祖父伊格纳西奥的故事时,后者在这个年轻姑娘的脸上看到"一丝苦涩的笑容,那印迹深刻、温柔,既谦逊又骄傲……"(《心》,第380页)也正是因为如此,当许多年后胡里奥·卡里翁的名字再次出现时,原本沉睡在她记忆中的这一幕被再次唤醒,对祖父的崇敬和强烈的爱推动拉奎尔肩负起家族的使命——让原本被埋藏的记忆重见天日,让罪恶得到正义的审判。在"家族时空体"中,这种对过去的执着探寻并非出自简单的好奇,而是为了让过去经由家族的空间来到当下,以确立新的记忆主体的身份与归属:

> 我知道自己叫什么有什么用?祖母,我知道你叫什么,你的父母叫什么,有什么用?你为什么从来不吃杏子?为什么你从来不跟我提起,哪怕一次,你出生的村庄的名字?不告诉我这些对我来说有用吗?祖母?没有用,不是吗?这么做对我来说毫无意义。除非我能知道我是谁,为什么我是拉奎尔,又如何是,难道你不觉得是这样吗?(《心》,第1062页)

最终,从祖母安妮塔那里得知了真相的拉奎尔在打算用自己的方式获得正义时,胡里奥·卡里翁却突然去世,而他的儿子阿尔瓦罗与拉奎尔的生命从小说开头的葬礼上开始,出现了交集。他们的相识使两个家族的记忆再次得到交流和传递,最终拉奎尔打消了自己报复的念头,阿尔瓦罗则经历了一次记忆的调查、自我迷失和身份重建的过程。两个来自原本对立的集团的第三代在爱的驱使下实现的和解,艺术表达了作者格兰德斯的创作意图:爱,是消除两个西班牙之间的"记忆的争斗"的关键所在。[①] 家族记忆与民族纪事于是在此交汇、重合。

[①] 转引自 Maura Rossi: *La memoria transgeneracional: Presencia y persistencia de la guerra civil en la narrativa española contemporánea*. p.233。

附录:《冰冷的心》家族谱系图

1. 费尔南德斯家族谱系图：

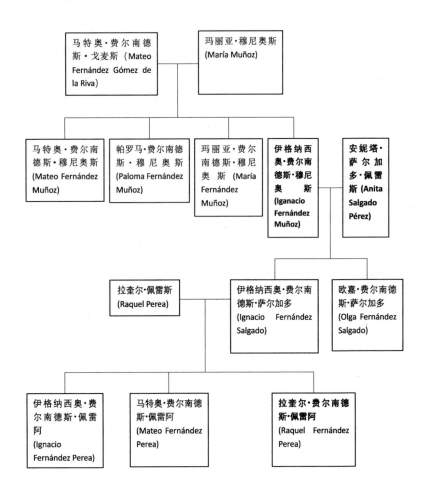

2. 卡里翁家族谱系图:

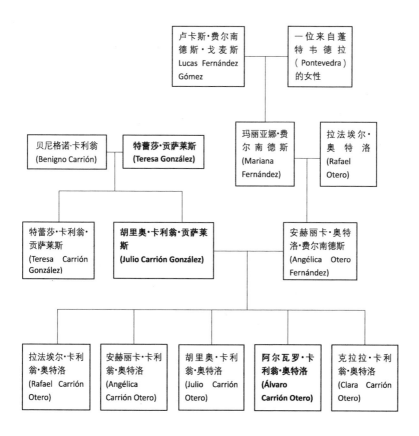

第五章
记忆与媒介

第一节 概 述

通过在第一章对"集体记忆"和"文化记忆"的概念进行梳理,我们已经知道记忆不仅产生于个体自身,也能通过社会活动和集体交往,产生于人与人之间,而形式多样的记忆媒介的作用,正是为了保证个体和集体记忆能够在这样的交往中被再次识别和连续传递。正因为如此,阿斯曼夫妇总结道:"文化可以理解为交际、记忆和媒介三者之间具有历史性变化的关联。"[①]可见媒介是记忆/文化生成和传播的关键要素。

记忆的媒介有各种形式,例如阿莱达·阿斯曼就在论述中提到过"文字""图像""身体"和"场地"四种。[②]而随着时代的发展、技术的进步,媒介的形式也在不断变化,极大地拓宽了记忆的时间和空间范围。丰富多样的媒介对于文化记忆发挥着"存储、循环和调用"[③]的功能。其中媒介的"存储"功能就是指它们可以将集体记忆的内容储备和保存起来,当然由于不同媒介的性质不同,对记忆存储的时间也有长有短;"循环"功能也就是媒介如何使记忆进一步突破空间的限制,

---

① 详见本书第一章第三节"文化记忆与记忆的文学再现"。
② 参见冯亚琳等:《德语文学中的文化记忆与民族价值观》,北京:中国社会科学出版社,2013年,第67—68页。
③ 根据翻译的不同,也有表述为"存储,传播和暗示"。参见[德]阿斯特莉特·埃尔:《文学作为集体记忆的媒介》,吕欣译,载[德]阿斯特莉特·埃尔、冯亚琳主编:《文化记忆理论读本》,北京:北京大学出版社,2012年,第227页。

能够在不同的群体中反复传播;最后,媒介还具有"调用"或者"暗示"(cue)功能,能够通过自身让特定的记忆群体联想起关于过去的某段回忆,我们常常使用的"激活""唤醒"某段记忆的表述,就是指记忆媒介强大的"暗示"功能。

基于此,我们认为特定的"风景"和"声音"同样也是记忆的媒介,并且能够凸显记忆在不同文化语境中的生成和传播特点。这一方面是由于"风景"和"图像"、"声音"和"身体"之间天然存在的密切关联:二者代表着人类最为敏锐的两种感官:视觉和听觉。我们的所观、所闻,能够让我们对所处的世界产生最直观的感受,让当时的经历,包括同一时间脑海中的所思、心灵中的所感,同眼前的风景或是某种声音建立起关联,被记忆的媒介储存起来。另一方面,则更是由于"风景"和"声音"各自所包含的丰富文化内涵。"风景"一词在英语中是"landscape",它的词根来自德语"die-Landschaft",代表着人类主观的"一种判断,即将其视为值得描述的迷人事物"[①];在意大利语中,"风景"对应的词为"pararga",其词根来自拉丁语"pagus",指的是"小河潺潺、满山金黄麦田的田园牧歌"[②]般的乡村美景;在西班牙语中"风景"一词为"paisaje",其词根虽然也来自同一个拉丁语,但内涵再次发生了些许变化,"风景"是国家(país)和画作(pintura)这两个词的结合,代表着"居住地或祖国的风景及其在画布或绘画上的表现"[③]。可见"风景"不仅本身就蕴含着观看者的感受和判断,更能通过观看风景的人对它的再现——文字描述或画作,反映出后者复杂而丰富的故土之思。因而特定区域的自然风景不仅记录了置身其中的人们的生活和

---

① [英] 西蒙·沙玛:《风景与记忆》,胡淑陈、冯樨译,南京:译林出版社,2013年,第8页。
② 同上。
③ Federico Fernández-Christlieb: "El nacimiento del concepto de paisaje y su contraste en dos ámbitos culturales: El viejo y el nuevo mundos", en *Perspectivas sobre el paisaje*, eds. por Susana Barrera Lobatón, Julieth Monroy Hernández, Colombia: Universidad Nacional de Colombia, 2014, p.57.

历史,也承载了他们的记忆和民族认同。

"声音"与记忆之间同样有着复杂而紧密的关联。不仅交际记忆被时常等同于口述记忆,而且口述史学家直接将记忆称作"过去的声音"(The voice of past)。可见声音和记忆的确有一种天然的内在关联。当记忆主体通过"说"对过去展开描述时,记忆借由作为媒介的"声音",通过叙述和表达从意识来到当下,从对过去的指涉转为与现在有意义的关联。记忆无法自我言说,但声音却可以被重复,被表达,被传递,尤其适合推动一种新的历史认知在某一集体内部通过反复言说,持续复制,最终形成一种文化认同。

因而,在本章选取的两部小说《月色狼影》(Luna de lobos, 1985)和《沉睡的声音》(La voz dormida, 2002)中,"风景"和"声音"不仅能够成为存储、传递和激活人们关于这两个人群的记忆的特殊媒介和催化剂,更体现了两位作者在特定的文化浸润下,对于记忆的特点和运行机制的独特审美之思。

这一次他们选择讲述的记忆来自两个特殊群体的声音,且曾经一度被湮没在庞大的记忆声场里,几近消失。一是长久以来被佛朗哥政府刻意丑化的共和国游击队;另一个则是女性的声音,尤其是那些曾拥有特殊身份的女子,例如游击队联络员,或直接参加了游击队战斗,又或是沦为了阶下囚的女人们……总之,在官方历史中他们的声音是完全缺席的,有关他们的记忆被遮蔽于记忆与遗忘之间的真空地带。这样的记忆尤其需要特殊的"媒介"将其激活,重新赋予其可被记忆的故事"粘性"[1]。

1939年4月1日,历时三年的西班牙内战以佛朗哥军队占领首都马德里为结束的标志。然而共和国阵营的抵抗并未停止。佛朗哥统

---

[1] [荷]安·芮格妮:《记忆的机制:介于纪念性和变体之间的文本》,载[德]阿斯特莉特·埃尔、安斯加尔·纽宁主编:《文化记忆研究指南》,南京:南京大学出版社,2021年,第430页。

治期间，第二共和国政府辗转流亡于法国和拉美等国。出于各种原因未能撤离西班牙的部分共和军战士不得不隐入山区，开展各种形式的游击战。一部分共和派的抵抗力量则流亡至法国，事实上，法国也是当时欧洲国家中唯一愿意接收西班牙难民的国家。当法国遭到德国纳粹的入侵时，许多曾经的共和国战士与自由法国（Free French）一起投身抵抗法西斯的战斗之中，"5 000人殒命毛特豪森集中营"[1]。可以说，他们从未放弃武装斗争和推翻佛朗哥政府的理想。其中最为有名的战事发生在1944年10月，一场由西班牙共产党组织的，以坚持在山区斗争的西班牙游击队（el maquis）为主要行动力量的阿兰河谷（Valle de Arán）反击战。游击队穿越西法边境比利牛斯山区的阿兰河谷，深入西班牙境内数十千米。佛朗哥倍感压力，遂调动四万大军前去镇压，游击队终因寡不敌众而撤回法国。虽然多年来面临当局政府的追捕和血腥镇压，西班牙境内有组织的游击队战斗从未停止，有一些甚至坚持到了"上世纪50年代"[2]。

然而与这场战争中的其他方面相比，面对强大的独裁政府，在失去组织领导，力量悬殊又艰苦卓绝的条件下，只为了共和理想而坚持斗争的西班牙游击队，长久以来似乎并未得到人们足够的关注，例如在文学作品中就鲜有作家触及这样的话题。在一些学者看来这与佛朗哥独裁政府的高压统治不无关系："在佛朗哥政府的官方话语体系中，这些游击队员与普通罪犯并无二异，他们不仅被描写为毫无人性的暴徒，更被竭力避免提及游击队员们的行为和政治斗争之间的任何联系。"[3]这种局

---

[1] ［美］斯坦利·佩恩：《西班牙内战》，胡萌琦译，北京：中信出版社，2016年，第300页。

[2] Javier Sánchez Zapatero: "La representación de la guerrilla antifranquista en *Inés y la alegría* y *Donde nadie te encuentre*", en *Revista de la Sección de Filología de la Facultad de Filosofía y Letras*, vol. 34, nº.2, 2011, p.551.

[3] José María Izquierdo: "La literatura de la generación del cincuenta en España y la narrativa actual de la memoria", en *Études romanes de Lund*, vol.70, 2004, p.77.

面一直持续到1985年,佛朗哥去世十年之后,第一部真正以西班牙游击队员为主人公的小说《月色狼影》的出版才得到改变。

《月色狼影》是诗人、作家胡利奥·利亚马萨雷斯(Julio Liamazares,1955—)的第一部小说。1955年,胡利奥·利亚马萨雷斯出生于西班牙莱昂地区,是被称作所谓"莱昂派"(grupo leonés)的第四代作家,即出生于20世纪50年代前后,而其作品在80年代左右为读者所熟知的作家。之所以可以被称为"莱昂派",是由于"他们对于写作的热情,他们的叙事往往与乡村生活密不可分,他们都对民俗成分情有独钟,且都擅于利用记忆重建一个与传统文化紧密关联的,具有象征意义的神秘背景"①。利亚马萨雷斯从小就听到父辈们讲述着内战时那些惊心动魄的故事。小说出版时他只有三十岁,作为内战后的第二代,作者关注的已经不是战争本身,而是人性在极端环境下经历的磨砺和考验。当谈及自己的创作初衷时,利亚马萨雷斯就表示"我想让读者了解的是那些共和战士们是在何种紧张状态下生活的,引发出父辈在给我讲述这些故事时经历的类似感受和受到震撼的心情"②。于是,这个被忽略已久的群体的故事第一次在另一种价值体系内被讲述,以这四名共和国士兵为代表的游击队员终于不再是强盗和罪犯,而是政治迫害和暴力驱逐的受害者。1987年《月色狼影》被导演胡里奥·桑切斯·瓦尔德斯(Julio Sánchez Valdés)颁上大银幕,民众的热烈反响超出预期,也使得小说的销量再度上涨。

这一切表明,西班牙内战显然是无法在1939年这一年画上句号的。不仅由于像《月色狼影》等小说中描述的这种秘密的、小范围的武

---

① M. Mar Langa Pizarro: *Del Franquismo a la posmodernidad: la novela española (1975-1999)*. Alicante: Universidad de Alicante, 2000, pp.52-53.
② 转引自李红琴:《译者前言》,载[西]胡利奥·利亚马萨雷斯《月色狼影 黄雨》,李红琴、毛金里译,北京:华夏出版社,1999年,第11页。

装抵抗从未停止,更由于战争造成的巨大的、难以愈合的肉体和精神的双重创伤和痛苦使得"社会和经济四分五裂,文化遭受扭曲与压抑,国家政治发展被中断"①。在战争造成的后果的直接产物中,除了专制独裁的政府、赤贫的民众,还有一个无法也不应该被忽略的庞大群体:被佛朗哥军队俘虏的20余万名战囚。"1939年末,西班牙监狱里的囚犯总数超过27万……两年之后,在押数量减至16万。"②

作家杜尔塞·恰孔(Dulce Chacón,1954—2003)将目光投向了这些囚犯中的"她们"。这对于长期遭受性别压迫,被剥夺了包括话语权在内的基本权利的西班牙女性来说无疑是具有重要意义的。当谈及这部历时四年的考察、取证、访问后完成的小说《沉睡的声音》的创作初衷时,恰孔这样表示:"这部小说诞生于许多年前就产生的个人需求,我想要了解那些人们从未曾对我讲述过的西班牙的历史,那些被禁止和被压抑的历史。"③她强调道,在大写的历史中,女性的故事从未被讲述,她的小说是对这些输掉了战争的共和国士兵们的致敬。④ 在这位女作家看来,在这场战争中"女性失败了两次。一次是被剥夺了第二共和国赋予她们的各项合法权利;第二次才是战争带来的失败……无论她是左翼还是右翼,女性都是战败者,因为她们在战后被赋予的唯一身份就只有母亲和家庭主妇"⑤。

监狱、刑场、山间林莽……这些在传统观念中难以与女性建立起有效关联的空间,构成了《沉睡的声音》中的女主人公们的主要活动场

---

① [美]斯坦利·佩恩:《西班牙内战》,第295页。
② 同上书,第298页。
③ Jordán, Santiago Velázquez: "Dulce Chacón: La reconciliación real de la guerra civil aún no ha llegado", en *Revista de estudios literarios*, 2002, http://www.ucm.es/info/especulo/numero22/dchacon.html,2020年2月1日查看。
④ 同上。
⑤ Virginia Olmedo: "Dulce Chacón: Las mujeres perdieron la Guerra dos veces", en *Meridiam*, n°. 27, 2002, p.6.

所。她们的声音和身体成为她们最后坚守的阵地,甚至是战斗的武器。

第二节 看见记忆的风景:《月色狼影》中的自然景观与历史书写

小说《月色狼影》对历史记忆的再现带有明显的浪漫主义美学特征。作者胡利奥·利亚马萨雷斯通过大量的对坎塔布连卡山区的自然景况的描写,绘画般表现了储存在作者的无意识或情感世界中的对战争的感受和理解。再现了西班牙内战后期以及独裁政府时期,对于由共和国游击队员所代表的战败者一方的,灭绝人性的迫害和令人绝望的围剿搜捕。自然景观与人物的悲剧命运交织凝结,在叙事层面推动情节不断发展,是西班牙内战历史的特殊"记忆之地",更是这场无从解释的、惨绝人寰的人间悲剧的最公正的见证者。

出版于1985年的《月色狼影》不仅是"第一部正面描写西班牙共和党游击队的小说"[1],更由于作者胡利奥·利亚马萨雷斯的诗人身份,以及其一直以来对于人和自然的关系的关注、反思和审视,而使得这部作品在对历史的书写和艺术表达上呈现出极强的抒情性和浪漫主义的美学意味,与当时正在流行的实验小说和政治小说形成了鲜明对照。同样是在1985年,著名文学批评家贡萨洛·索比亚诺(Gonzalo Sobejano,1928—2019)首次提出"诗意小说"(novela poemática)的概念,并给予这类文学创作模式以极高的评价:"它们完美地融合了诗歌

---

[1] Samuel James Robert O'donoghue: "Nature as enemy of man in Julio Llamazares's *Luna De Lobos*", in *Forum for Modern Language Studies*, vol.50, nº.3, 2014, p.356.

语言的艺术优势,在所有语言层面,从声音到意义,都体现出高度的浓缩和持久性。"①1986年,《月色狼影》获西班牙国家文学奖。

具体来说,作为利亚马萨雷斯的第一部叙事作品,《月色狼影》的创作初衷,就是为了向读者传递作家幼年时听父辈们讲述那些仿佛传说般的故事时,自己所感受到的强烈震撼和复杂情绪,而非历史本身。换言之,作者自始至终想要达到的是和读者在情感上建立一种互通,达到一种共情。因此,利亚马萨雷斯采用了第一人称限知视角,让读者跟随叙事者"我"的视线不断去"观看",进而由"看"制造读者的"在场"感;其次是"看"的内容,《月色狼影》将逃亡的战士置身于植被茂密、人迹罕至的坎塔布连卡的群山(la Cordillera Cantábrica)之中,这些危岩深壑、深林叠嶂既是他们天然的庇护,也是充满了死亡危险的孤寂之地。这种矛盾复杂的关系使得人物的命运和自然紧密交织,难分彼此。

事实上,对于胡利奥·利亚马萨雷斯来说,自然从来都不仅仅是人物活动的空间或故事发生的背景,而是一个独立的个体,是能够与人类产生相互作用的一种存在。风景与人物之间可以产生强烈的情感张力,不仅可以生动具象地反映出人物的精神状态,甚至能够对后者产生决定性的作用。因为在他看来,"风景不是一种客观存在,也并非某个场面的背景,而是一面镜子,让人以一种不同的方式观看自己。而根据观看者心境的不同,看到的自己也会不同"②。在小说《月色狼影》中,对历史的表征正是通过大量的对坎塔布连卡山区的自然景况

---

① 参见 Gonzalo Sobejano: "La novela poemática y sus alrededores", en *Novela española contemporánea 1940-1995*. Madrid: Mare Nostrum Comunicación, 2003, pp.89-94。其中 Sobejano 教授不仅分析了诗意小说(novela poemática)的特点和价值,而且区分了该类叙事和诗歌小说(novela poética)以及与抒情小说(novela lírica)的区别。

② Ma. Antonia Suárez Rodríguez: *La mirada y la memoria de Julio Llamazares: paisajes percibidos, paisajes vividos, paisajes borrados*, León: Publicaciones Universidad de León, 2004, p.293.

的描写,诗性而浪漫地通过作者的记忆和想象,绘画般展现出储存在作者的无意识或情感世界中的对战争的理解,再现了西班牙内战后期以及独裁政府时期对于这些游击队员、战俘和普通民众的残酷迫害和严苛统治。在对游击战士们所处的斗争和求生的自然环境的描写中,人物与风景的边界是被模糊处理的,借由主人公也是叙事者的安赫尔(Ángel)的有限视角勾勒出一幅幅或阴暗抑郁,或粗犷冷峻,甚至黑暗恐怖的风景画。人物既是风景的"观看者"也是"被看"的对象,在被恶劣自然包裹着的有限画面里寻找出路,艰难挣扎。自然景观在叙事层面推动情节不断发展,是人物几近崩溃的精神的真实写照,是西班牙内战记忆的特殊的"记忆之地",更是这场无法解释的、最为惨痛的人间悲剧的最公正的见证者。

一、作为叙事推动力的自然景观

在中西方艺术史和文学史领域内,长久以来都有着"诗如画"的美学传统,绘画和诗都具有极强的抒情性和表达性(expressive),使得二者以不同的形式在美学领域得到交汇。诗可以通过话语生成图像,而绘画则能够"表现对它不在场的东西(现实),曾经对它在场的东西,以及无法再话语中被意指的东西"[①]。换言之,语言文字可以如绘画般描绘出风景,而风景则可以传达出置于文本深层的言外之意。

诗与画这两种艺术语言的共通和交流对于理解《月色狼影》这部作品来说具有非常重要的意义:一方面,胡利奥·利亚马萨雷斯在首次进行叙事文学的创作时,自觉或不自觉地在文字中保留了诗歌的韵律和节奏,并用这样的语言描绘出视觉感极强的、充满情感色彩和渲染力的一幅幅画面,尤其是在对人物所处的自然环境的描写上;另一

[①] [法]让-弗朗索瓦利奥塔:《话语·图形》,谢晶译,上海:上海人民出版社,2012年,第230页。

方面,由于风景"既是我们的对象又是我们生存的环境"[1],因而当我们试图走近风景并探寻它与周围的关系时,实际上也是对我们自身存在的探索和认知。而且,由于作者采用了第一人称限知视角,人物复杂的心理活动和几近崩溃的精神状态,几乎也只能经由其所处的空间得到表达。《月色狼影》中的风景,即自然景观,仿佛是另一个人物,它与藏身其中的四名共和国战士的命运之间产生相互的牵制和作用,共同构成叙事发展的动因,控制和调节着叙事的节奏。

《月色狼影》按照时间为顺序,围绕着四名出于各种原因未来得及撤退的共和军战士,在位于莱昂和阿斯图里亚斯地区之间的坎塔布连卡群山区,从1937年到1946年长达九年的抵抗和斗争,再现了以独裁政府为首的胜利者一方对于所谓"战败者"一方的丧失人性的追捕和迫害。在这九年里,为了躲避群众举报、宪兵追踪,为了不连累家人,他们深藏在大山深处,长年累月与之相处,目光、身体所及之处,皆为自然。藏身大山之中,对时间最真切的感知莫过于四季更迭,日夜交替。无论为了过冬而冒险下山储备食物、还是春天来临换来短暂的喘息,总之,在逃亡中不断战胜恶劣的自然条件,想方设法生存下来成为情节发展的主要动因。而自然与生命之间的联系更是赋予了叙事以意义,并随着两者之间的矛盾、交织,不断生成。

小说开头即是一段秋日的山景:"黄昏时分,附近山毛榉地里的松鸡啼叫。北风突然停住,它撕扯着痛苦的树枝,将秋日里残余的枯枝败叶一扫而光。"[2] 如果说这里使用的暴力意味浓厚的动词"撕扯",以及"痛苦的""残余的""枯枝败叶"等情感导向明显的形容词,已经将

---

[1] James Elkins, Rachel Z. DeLue: *Landscape Theory: The Art Seminar*. New York and London: Routledge, 2008, p.5.

[2] 原文为" Al atardecer, cantó el urogallo en los hayedos cercanos. El cierzo se detuvo repentinamente, se enredó entre las ramas doloridas de los árboles y *desgajó* de cuajo las últimas *hojas* del otoño."摘自 Julio Liamazares: *Luna de lobos*, Barcelona: Seix Barral, 2015, p.11。斜体为笔者标示。

这四名游击队员"镶嵌"进了悲剧色彩的画框,那么在西班牙语的版本里,作者在这段文字里连续使用了多个包含清擦音"j"的单词:*desgajó*、*cuajo*、*hojas*,字母"j"的发音特点是靠近喉部,低沉、厚重的喉音又为画面增加了一种粗犷感。这样的擦音不仅使得原句读起来具有了诗的韵律,而且增强了发声的粗糙感和力量感,仿佛绘画一般勾勒出这副荒凉、悲怆、又十分恐惧的画面,从一开始就确定了小说的悲剧基调,推动着读者去了解这四名游击队员的故事和命运。

不仅如此,人物复杂的心理活动和精神状态,尤其是潜意识,也同样通过具有渲染力的风景,以及富有节奏感的声音来表现。从最初的希望尚存到逐渐的失望,再到绝望,作为丛林里坚持斗争的游击队员们,他们的痛苦、孤寂甚至是脆弱,已经被巨大的危险和强烈求生欲完全遮蔽。剥离了政治因素和革命理想,人类在极端环境下的生理和心理变化,只能通过被储存在记忆中的风景获得具象化的表达。1937年年末,佛朗哥的军队已经占领了除马德里大区、巴塞罗那,以及北部巴斯克地区之外的大部分国内地区。这四名藏身大山的游击队员们面临着如何过冬的严峻问题。主人公安赫尔冒着极大的危险,穿越灌木丛,来到拉亚那瓦山谷(la Llanava),终于见到了每天都要到这一带放牛的妹妹胡安娜。然而对于这个年轻的女孩来说,在国民军的占领区见到哥哥,担忧和恐惧显然盖过了重逢的喜悦,她不断向哥哥强调:"他们会杀死你,安赫尔,他们会杀死你。"[1]在和哥哥分开时胡安娜又重复了一遍:"他们会杀了你。"(《狼影》,第15页)而安赫尔只是按照计划交代完事宜,转身离去,并未对此做出任何反应,但在回去的路上他眼中看到的风景已经有了变化:

---

[1] [西]胡利奥·利亚马萨雷斯:《月色狼影 黄雨》,李红琴、毛金里译,第15页。下文中的引用均只给出缩写的书名《狼影》和中文译本中的页码。

> 月亮从乌云中探出脸来,桦树的树枝被涂上了一层冰冷的银白色。极其深沉的寂静笼罩着今日的苍穹,宛如一泓呈弓形的黑水静静地流淌在山谷的上面。
>
> ……
>
> 再往远处,桥的另一侧,拉亚那瓦的屋顶把夜空切割成大片大片的黑影。(《狼影》,第16页)

"冰冷的银色"(plata negra),"黑水"(agua negra),"黑影"(pulpa negra),以及被屋顶"切割"的夜空,都让人联想到表现主义对紧张、恐怖气氛的渲染,体现出人物潜意识中的焦灼和恐惧。而且不难发现,作者在构画这副风景图时,除了考虑到视觉效果的表现和烘托,依然关照到自然的"声音":作者使用了元音"a"来押韵,除了带来阅读的快感,发音部位靠近咽喉部位的"阿"还会使声音自然下沉,增加黑暗夜晚的神秘和厚重。

逃亡九年之后,当初的四名游击队员只剩下安赫尔一人,然而漫长的时间并未能让独裁政府忘记对他的追捕。当安赫尔的父亲终于因为常年的折磨——宪兵三不五时的提审、拘留、拷打,和极度艰辛的农田劳作——战后的西班牙陷入极度的赤贫,而终于走到生命的终点时,他的死亡却被当作抓捕安赫尔的诱饵。于是他唯一的儿子只能在夜色的掩护下,去坟地里看望守护了自己一生的父亲。安赫尔毫无表情,一言不发,在雨夜里不停地行走。他内心的仇恨和恐惧再次经由风景得到表达:

> 愤怒的河水横冲直撞地流下去。用它的吼叫声击打着杨树的树干和远处沉沉睡去的黑色屋顶,杂乱的树枝中间,这个孤零零果园后面,从最遥远的一个夜晚开始,从世纪开始之时,就长满了荨麻和充满一派寂寥。(《狼影》,第155页)

如果说这些景观都是当时人物眼中的风景,那么事实上,身处其中的这四名战士既是观看者,也是被看的对象。这场逃亡在"看"与"被看"、"看得到"与"看不到"的相互张力中,推动叙事不断向前。白天,他们轮流用望远镜监视山谷,映入眼帘的是表面寂静,实则暗流涌动的风景:"整整一天,我们轮流用望远镜监视着山谷:山上茂密的森林、道路、河流两岸、拉亚那瓦的街道,孤单单的黑色铁路线。"(《狼影》,第47页)自然景观是主人公们的天然保护屏障,"从灌木丛中走,不会被看到"(《狼影》,第14页);甚至是他们的生命卫士:"(我)在雨中和子弹的呼啸声中,奔向那些救命的山毛榉……终于,在我的背后树木合上了那黑色的树冠。"(《狼影》,第122页)

可很多时候,自然景观也会令战士们感受到不安和危险:

> 雾气腾腾,凝结成团,已经分辨不出森林的轮廓和山脉的身影。所有一切都慢慢溶成同一种颜色,呈现出一片灰黑,只有河边杨柳尖尖的树冠和庞特多、拉亚那瓦红色的屋顶时隐时现。
>
> ……
>
> "什么也看不见。……"(《狼影》,第44页)

雾气笼罩住一切,遮蔽了原本清晰的视线,主人公们在看不见的同时感受到致命的危险似乎正在逼近,因为宪兵们也可以在白雾中悄悄靠近,仿佛"发出白色的吼叫声的雾气把我们埋葬"(《狼影》,第45页)。

有时,"看见"和"看不见"会同时存在,彼此之间形成的张力表达出自然景观和人类生存之间复杂而矛盾的关系。正如阿尔贝托·麦迪纳(Alberto Medina)指出的那样:"人类的身影只有当他们在和自然对抗时才能得到显现。"[①]被宪兵追捕的安赫尔躲进黑莓地里,灌木丛

[①] Alberto Medina: "Between Nature and History: Landscape as Ethical Engagement in Llamazares's *Luna de lobos*", in *HIOL: Hispanic Issues On Line*, n°.10, 2012, p.139.

划破他的衣服和皮肤,但是却令他得到庇护和掩藏,使他感到安全,因为他能够清楚地"看见"外面的情形同时又不必被别人发现:"山毛榉的树干像神奇的影子部队下山而去。那是绿色的、深沉的、神秘的影子,可以在它们的空间掩藏另外一些不大安分的、十分紧张的、不时向周围窥测的影子。"(《狼影》,第123页)显然,此刻的安赫尔仿佛已经和这些绿色的树干化为一体,只要不动,便可以如影子一般可以"不被看见"。但同时,由于植物遮挡和距离太远,他看不清被驮在马背上的尸体是不是战友拉米罗,这样的"看不见"又令他倍感煎熬。原本天黑是最安全的时刻,却由于担心战友的生死安危,使得夜色在他眼中显得"浓重阴沉",四周的景物也陷入"死一般的寂静",令安赫尔感到"痛苦和绝望"(《狼影》,第124页)。这种自然景观和人物的生死存亡之间的紧迫张力,在文本中自发形成叙事的推进力。

二、作为"记忆之场"的自然景观

叙事离不开记忆,而记忆离不开空间。记忆和自然景观之间的密切关联首先建立在二者的空间性上。自古希腊时期开始的记忆的艺术(artes memoriae)[①],就是西蒙尼戴(Simonides)在发现了记忆的内容和其所处的位置在感觉上,尤其是视觉上的联系后提出的。[②] 而古罗马哲学家西塞罗在该理论的基础上进一步发展,提出"天然的记忆"和"人为的记忆",后者包括"背景"(background)和"形象"(images),并进一步解释道:"背景是天然或人为地确定一些小型的、完整的、显著的场景,用来衬托要记忆的对象,以便用生来就有的记忆力轻易地把

[①] [美]史景迁:《利玛窦的记忆之宫:当西方遇到东方》,陈恒、梅义征译,上海:上海远东出版社,2005年,第5页。
[②] [美]多米尼克·奥布赖恩:《记忆术——过目不忘的记忆秘诀》,闫圆媛、蔡佩辰译,海口:海南出版社、三环出版社,2006年,第12页。

握它们。……而形象就是我们想要记住的对象的形状、标志或肖像。"①这些都对于之后的学者们从空间角度对记忆问题进行研究时起到了非常重要的影响。其中最为著名的当属20世纪90年代皮埃尔·诺拉提出的"记忆之场"的概念,将这个"场"定义为"蕴藏历史、激活记忆的载体及其所处身的情境,是词、物与境的结合体"②;在具体到对记忆与叙事之间的关系进行研究时,龙迪勇在《历史叙事的空间基础》一文中对"记忆的场所"进行了辨析:"场所就是各种事件发生于其中的一种特殊的地方;……场所往往凝聚着某一社群或共同体的集体记忆,它们在情感上总是起着统合和聚集的作用。"③显然,无论是地理意义上的具体处所,还是象征意义上的空间概念,都是能够承载记忆、激发记忆的记忆之场。

具体到《月色狼影》这部以回忆写就的小说时,空间是人物活动的主要处所——坎塔布连卡群山之中的险山林莽、棘草溪涧、地穴山洞……自然景观的空间性和记忆的时间性在此得到交汇。正如有学者评价的那样,在利亚马萨雷斯的小说里,空间已经成为记忆的"接收者和表现者"④。自然景观以强大的象征功能成为凝结记忆、储存记忆和唤醒记忆的特殊"记忆之地":

> 风景就是记忆。甚至超越记忆的局限。风景里保留了过去的痕迹,重建了记忆。往来行人每一次对风景的凝视,他们目光里便会有昔日记忆掠影般的投射,因为记忆对于这风景来说,总

---

① [古罗马]西塞罗:《西塞罗全集·修辞学卷》,王晓朝译,北京:人民出版社,2007年,第68—69页。
② 赵静蓉:《文化记忆与身份认同》,北京:生活·读书·新知三联书店,2015年,第164—165页。
③ 龙迪勇:《历史叙事的空间基础》,载《思想战线》2009年第5期,第68—69页。
④ John B. Margenot: "Imaginería demoníaca en *Luna de lobos* y *La lluvia amarilla*", en *Hispanic Journal*, n°.2, 2001, p.496.

是忠诚不变的。①

正是由于这样,逃亡中的游击队员们在用望远镜观察敌情时,会不自觉地因为"看到了"那未曾改变的风景触发内心深处被埋藏的美好记忆:

> 一瞬间,绿黄颜色在我的双眼中交错闪烁:河边湿漉漉的草原、一排排英国榆树、拉亚那瓦破旧的房顶上静静地矗立着的炉灶的圆形烟囱。种种景象纷至沓来——放牧的牛群、懒洋洋的道路、桥、塔、畜栏、小巷、果园中土地上弯曲的身影——望远镜的镜片把远处的这些从未忘记的、极其熟悉的景象重现在我的眼前。(《狼影》,第 13 页)

尽管突如其来的战争已经将无数人的命运完全改变,然而眼前这风景却呈现和开放了一种可以感受到的历史的过去,让记忆在自然景观的空间里即时在场。

更多的时候,游击队员们也会进入风景,置身其中,既是"看"的主体也是"被观看"的对象。有如他们在漆黑的夜晚里,冒着随时会被发现和击毙的危险蹚水过河,划过双脚的河水会将他们儿时宁静美好的画面从潜意识里重新送回他们的记忆:

> 河水沿着脚下的石头流向水磨,石头在靴子下滚动着,像沉睡的鱼儿,像我们儿时钓到的河鳟鱼的鱼皮,往昔夏季宁静的黄昏里,村子里的人们从桥上看着我们钓鱼。(《狼影》,第 17 页)

可见风景并不是一个被动等待被观看和感知的对象,而是和记忆一样是流动的,开放的。风景能够激发记忆,因为它本身就是记忆不

---

① Julio Liamazares: *El río del olvido*. Barcelona: Seix barral, 1990, p.7.

可分割的一部分。突如其来的战争毁灭了无数生命、扭曲了正常的生活,战争暴力带来的感性知觉和记忆变迁同样被刻写在风景里,大自然以其毫无遮掩的自然形态再现了战争的无情和残酷:

> 在矿下深处流淌的脓一样的水,自暴自弃地积在一起,形成一潭肮脏的臭水,一股发出臭味的细流在矿渣瓦砾中慢慢地流着。
>
> 在过去大概是指挥所和办公室的棚屋内,只有一派荒凉和寂寞。到处可见断碎的石板、碎玻璃片和枯黄的野草,它们从板子下面冒出来,就好像几个世纪之前,这里突然降临了一场破坏性的灾难。
>
> 远处,映在臭水潭中的太阳,在尤尔玛斯山的后面缓缓落下。

(《狼影》,第27—28页)

大山里被废弃的矿井是很多战俘的天然刑场,许多被抓捕的或是自动投降的共和党士兵,甚至还未经审判就被国民军随便处以极刑,尸体腐烂化作脓水,不断发出恶臭。而他们的家人却还在为他们的生死未卜而日夜担惊受怕。也正是因为如此,安赫尔的父亲叮嘱他:"你们不要投降。无论发生什么事,你们都不要投降……"(《狼影》,第23页)

在这里,作为人类对大自然的破坏的证据之一的"矿井"成为伤痛记忆的"记忆之场",同时它还构成象征意义上的黑暗、孤独和向下坠落的空间,"矿井"内外由于被记忆赋予了不同的内容而表现出巨大的差别:

> 此时,矿井上面,该是天黑的时候了。也许,在十一月的大片云彩的推动下,太阳缓缓地退下;也许,风儿在欧石南地和栎树中由于寂寞而在寻求慰藉;也许就在此时,某个牧人正在穿过整个

神秘莫测矿井的顶部。

> 而这里，井下，永远是黑夜。没有阳光，没有云彩，没有风，也没有地平线。在矿井里，没有时空。失掉了记忆和知觉，也没有"钟点"和"日月"的无止无休的叙说。(《狼影》，第27页)

除此以外，《月色狼影》中的自然景观还包括利亚马萨雷斯本人非常热爱的乡村风景，小说不止一次描写了那些充满了烟火气的乡村生活，如此安静平常的生活场景对于这些逃亡中的游击队员来说，对于那个年代被莫名卷入战争的西班牙人来说，皆为奢侈：

> 一锅牛奶，一口又黑又旧的锅盛着牛奶，在火炉上噗噗翻滚，使厨房内飘满蒸汽。屋里还仅仅弥漫一丝暖意，但沙沙作响燃烧着的树干和盘子上冒出的红色的、香喷喷的、盘旋上升的热气，已使我们远离了夜晚的严寒和下雨的记忆。……我们四人吃着，把枪扔在放脚用的桌子的横梁上，头脑里充满了已久远的、对家庭气氛的回忆。(《狼影》，第10页)

这些如绘画般的乡村图景中保留了追寻过往的线索，是过去的记忆和身份的存储之地："拉耶拉有一座破旧不堪的教堂和一座中世纪的大尖塔，由于时间流逝和生长野生苔藓，尖塔已经严重腐蚀。有一座石头垒起的学校，我每天在那儿讲课，直到战争降临在这里的那个清晨。"(《狼影》，第65页)"破旧不堪""长满苔藓""严重腐蚀"，作者连用了三个既能体现时间流逝，又含有强烈消极感情色彩的形容词，透过这些建筑所遭遇的历史变迁，展现拉耶拉这个普通小村庄所经受的毁灭性打击和严重后果，再由小及大，折射出整个西班牙社会在20世纪二三十年代的政治动荡和权力斗争。显然，主人公安赫尔曾经的身份——教师，也随着战争的爆发被永远封存在了那间石头垒成的学校里。身份的丧失也标志着他们在这样的年代里，注定走向悲剧结局的命运。

三、作为伦理见证自然景观

的确,《月色狼影》中的自然景观与人物复杂矛盾的内心情感和悲剧命运凝结为一体,共同推动叙事发展;由于能够象征、储存和激发人们对过往的回忆而成为历史的"记忆之地"。然而,即使已经到了1946年,佛朗哥政府对于游击队员的疯狂追捕也未有丝毫放松,像猎人捕杀猎物般穷追不舍,安赫尔多么渴望能够被人遗忘,然而,"哪怕一刻(宪兵们)也没忘记过我。整整九个年头,日日夜夜追踪着我,一刻也没有放松对我的追捕。只要不见到我横尸路旁,嘴里和眼睛里塞满荨麻,他们就不会停止对我的追捕"(《狼影》,第145页)。求生的本能使得深居山林洞穴的战士们逐渐和身边的自然景观融为一体,为了生存,他们更像是生活在这里的一类特殊"野兽":"……跑起来像只羚羊,听觉像兔子,进攻时像狼一样狡猾"(《狼影》,第125页),甚至连叫声都和猫头鹰一模一样。

坎塔布连卡的林莽、山谷、溪流、村庄、洞穴、雨雪……对于这一切做出了双重见证。一方面它们见证了人性的"恶",即一部分人的伦理的丧失:赢得了战争的西班牙人,对那些已经不再构成威胁的战败者的疯狂追捕和政治压迫,迫使后者如同动物般回到自然中寻求庇护,到逐渐被可怕孤独的自然所吞噬,再到生命逐渐消亡。而另一方面,它们更见证了人性中的"善",即无论到达何种极端的境遇下,人仍然能够在理性——"人在特定环境中的正确认知和价值判断"[①]的指引下,做出的正确的伦理选择。

如果说记忆的伦理的核心在于"宽恕和忘记"[②],那么显然自然景

[①] 聂珍钊:《文学伦理学批评导论》,北京:北京大学出版社,2014年,第252页。
[②] [以]阿维夏伊·玛格利特:《记忆的伦理》,贺海仁译,北京:清华大学出版社,2015年,第9页。

观首先见证的，便是战后的西班牙对于这一伦理道德的缺乏和丧失。起初进入坎塔布连卡山脉的游击队员们还保有斗争的热情和反攻的希望，此刻他们仿佛燃烧着复仇之火的"狼"，时刻保持着警觉，"突然，拉米罗在欧石南中停了下来。他像一只受伤的狼一样在黑暗中嗅着什么"（《狼影》，第5页）；他们的行动越来越像野兽："当夜色刚刚显露，我离开了山洞，开始向村子靠近。速度很慢，非常缓慢。就像一只狼，企图突然袭击睡梦中的畜群"（《狼影》，第141页）；甚至连气味也越来越像，"有狼的气味"（《狼影》，第59页）。"欧石南"地，"山洞"，这些原本属于动物的活动空间成了这些如同"困兽"般没有出路的人类的最后喘息之地。然而，渐渐地，群众举报、宪兵追捕、悬赏通告、对其家人的严刑逼供和监视，渐渐地让希望丧失，也浇灭了复仇之火，每个人心里都十分清楚，他们活得甚至连野兽都不如："你们不能永远像野兽一样生活。甚至还要糟糕，野兽也没有遭到像对待你们这样的迫害。"（《狼影》，第60页）

这四名战士中战斗经验最丰富，也最勇敢的"独臂人"拉米罗甚至向安赫尔讲述过自己曾亲眼见到的一次捕狼的场面：

> 所有人，男人、女人和孩子们都来参加大围歼。……一点点把它挤到山涧旁，山涧的另一端就是那种叫作陷坑的玩艺儿，那是一个大深坑，用树枝遮盖着。当狼最终进入山涧时，男人们喊叫着、挥动着棍子，开始在它的后面奔跑，女人和孩子们从树后面跑出来，让罐头盒发出轰轰响声。狼害怕地往前面奔跑，掉进陷坑里。人们将它活捉擒拿。接连好几天，带着它沿着几个村子转。在杀死它之前，让人们辱骂它，啐它。（《狼影》，第128页）

拉米罗在讲述这个捕狼的场面时，靠在一块冰冷的石头上，"神情就像没有人在听他说话"。他茫然的目光注视着远处的大山和落日，他看到"被乌云围住的太阳慢慢地沉下去,沉在冰冷夜晚的无底的深渊中"(《狼影》,第 128 页)。大山、落日、余晖,象征着自由的光亮除了陷入"无底深渊"毫无出路。他显然已经预感到自己的命运将和这被围捕的狼一样,将受尽侮辱,再被残忍杀死。不幸的是,他竟一语成谶。在一次受伤感染后,安赫尔冒险带发着高烧的拉米罗下山,在蒂娜家中等待救治。然而宪兵们很快得到消息,他们将蒂娜的家团团围住,放火焚烧,等待拉米罗这只走投无路的"困兽"破门而出,自投罗网。安赫尔因为外出寻找医生帮忙而迟到了一步,他只能无奈地蹲在荆豆地里,强压内心巨大的悲痛和四周的景观共同见证了这场人间炼狱:

> 房梁、正门和小门、畜栏内储存的草、整个房子在黑夜中燃烧,变成了一个大火堆。红色、紫色、黄色的熊熊烈火发疯地烧着扁石板和板岩瓦,它们散落在附近的树木旁,矗立在房顶上,把天空变成了一座巨大的铸铁炉。一股浓烈的黑烟柱和夜色融合在一起,把烈火中发出可怕的嚎叫声的被烧烤着的母牛祭献给野蛮、无情之神。(《狼影》,第 139 页)

然而令人发指的还不仅仅是将一个已经生命垂危之人活活烧死,更在于在他死后,将"他那烧焦的尸体当成狩猎的战利品,沿着各村展示"(《狼影》,第 156 页),这种行为已经完全超出了人的理智,而是出自人的动物本能中的"兽性因子"[①]的嗜血的疯狂。

为了生存,这些战士们从被围困、抓捕和侮辱的"狼",逐渐变成更为低级的动物,对于四人中唯一的幸存者安赫尔来说,他的动物化过程最为明显:"我厌烦了在巴尔格兰德山涧里的欧石南地中,绕来绕去

[①] 聂珍钊:《文学伦理学批评:伦理选择与斯芬克斯因子》,载《外国文学研究》2011 年第 6 期,第 6 页。

往下走,索性躺在潮湿草地上的奶牛旁,直接、长时间地用嘴去吮吸母牛的奶水,就像当年那条蛇一样"(《狼影》,第 142 页);而后由于其在山中的藏身之地被宪兵发现,他和妹夫佩德罗一起在自家的山羊圈下挖了一个地洞,"像鼹鼠一样蜷缩在泥土穴洞中,我离死人的世界已经近在咫尺"(《狼影》,第 166 页)。

伴随着人的逐渐动物化,甚至连自然景观也随之"兽化",日渐展现出残忍的一面,将被独裁政府丧心病狂地驱赶和追逐的游击队员的绝境展现无遗。安塞沃斯山的风像恐怖的野兽"撕扯着干枯的树枝,愤怒地刨扒着黏土,发出黑色、不绝于耳的呼啸声,顺着山脉远去"(《狼影》,第 28 页),太阳"像一只被希尔多的折刀斩首的动物在拼命燃烧"(《狼影》,第 84 页),而山,"总是一成不变,总是安静的,沉默的,像死去的动物"(《狼影》,第 90 页);到了冬天,北风和雪更是"发出呜咽",将安赫尔的"胡子冻结、指甲由于寒冷而裂开",大雪和河水的潮气如同猛兽般吞噬着他,直到把安赫尔变成了"透明的灰色物体"(《狼影》,第 163 页)。显然,《月色狼影》中的自然景观与身处其中的人物一起,既是这一人间悲剧的见证者也是亲历者。

然而另一方面,无论在怎样极端的条件下,无论生命处于怎样的困境,有一些人仍能够始终清醒保留着道德意识,即使"在邪恶看上去牢不可破、苦难看上去遥遥无期的环境下,仍然不相信邪恶和苦难就是人本应该是那样的活法"[①]。阿斯图里亚斯地区的自然景观也见证了人性中道德的一面,即人"本为善"的属性。

内战结束后的西班牙陷入独裁政府的白色恐怖之中,民众终日生活在恐惧之中,许多人由于害怕而相互举报,但更多的人依然在这样的高压之下保有良知,默默保护着以这四名游击队员为代表的共和国

---

① 徐贲:《人以什么理由来记忆》,北京:中央编译出版社,2016 年,第 280 页。

战士们。安赫尔的妹妹常年遭受宪兵的毒打,伤重时大口吐血,甚至被剃光头发,但仍不肯透露哥哥的藏身之地;她的丈夫佩德罗也是同样,宪兵把他带甘达莫山上,用假枪杀吓唬他,佩德罗也"没有张开嘴巴"(《狼影》,第171页);除了家人,医生堂费里格斯因为帮助安赫尔取出膝盖里的子弹而被抓进监牢,整整一年受尽折磨,虽然内心充满恐惧,还是忍不住追上安赫尔递上一瓶也许能够帮助拉米罗的酒精;山里的牧羊人每年都盼望着能够在春天见到这些另类的"野兽";无数次收留过他们,并最终和拉米罗一起被烧死的蒂娜;等等。

而其中,与丧失理智的"恶"构成最直接的对比的,还是小说的主人公们——这四名被宪兵疯狂追捕的游击队员。他们本应该是最先崩溃和失去理智的人,因为他们已经被过去模仿和学习动物的生存习性,只为了能够在自然环境中生存下去。在"活下去"这个重要的生命命题面前,似乎任何行为都能够得到理解和原谅。然而,他们虽然内心绝望,行为像极了兽类,却从未丧失人性中最珍贵的"善"。在山林里遇到春天进山的牧羊人,饥肠辘辘的他们尽管强迫牧人交给他们一只羊,但安赫尔却出人预料地给了他"比两倍还要多的钱"(《狼影》,第32页);还是为了生存——买一张逃亡法国的通行证,他们在费雷斯内多山隘口打劫了一辆公共汽车,但是拉米罗对于那些"从外表判断比(他们几个)更需要钱的人",或是"那个抱着孩子的曾经不止一次帮助过(他们)的年轻女人"(《狼影》,第58页)却并不予搜查;整个小镇都是他们的悬赏通告,为了尽快脱身,他们绑架了富有的矿主,傍晚,安赫尔和被捆绑的矿主一起看着远处的群山:"天开始黑下来。地平线上,群山像被涂抹上了一层烟云,一群蓝色的鸟从山毛榉地的黑影中轰然飞过"(《狼影》,第90页),安赫尔向矿主表示他们"谁也不能杀害"(《狼影》,第91页),然而莫名受惊的鸟儿仿佛预示着意外的发生:谁也没有料到来交纳赎金的并不是矿主的妻子而是伪装的宪兵,希尔多因此丧生,矿主也在一片混乱中被杀。

更重要的是,当多年来企盼的逃跑的机会终于来临时,他们却沉默下来,甚至也不再感到饥饿:

> 奇怪的是,我们竟不知该做些什么。并不是害怕面临一个陌生的国家和不可知的未来。甚至也不害怕那些答应帮助我们逃跑的人有可能会出卖我们。是依恋这块没有生活的土地——没有生活也没有希望——依然之情像碑石一样压在我们身上。(《狼影》,第85页)

显然,尽管在这片土地上受尽屈辱和折磨,除了山林洞穴,几乎没有一寸容身之处,也几乎完全告别了正常人的生活,他们却还是对自己的祖国怀有深深的依恋,哪怕"没有生活也没有希望",也无法去憎恨自己的祖国。"不知道该做些什么"——是他们最真实直接的反应,来自人的下意识,也来自人性中的"善",彼时他们眼中几乎完全静止的风景:"没有一丝云","一只像石头般伫立在鹰爪豆地里的云雀"(《狼影》,第84页),表现出人物内心的凝重和矛盾,以及对故土爱恨交织的复杂心情。

"内战是西班牙现代史中最具破坏性的一段经历,只有1808年的法国入侵可以与之相比"[①],这样的描述当属恰当。小说《月色狼影》通过浪漫主义风格的自然景观描写,巧妙将人物所处的极端恶劣的环境,和承受的巨大的心理及精神压迫相凝结,经由对风景的描写展现第一人称限知视角所无法触及的人物的内心,甚至是潜意识。在对这段人类悲剧进行历史书写时,利亚马萨雷斯通过自己对于记忆的独特理解和审美关注,准确展现了战后的一代对于民族伤痛过往的理解和传递,他充满想象力和情感的历史书写,为读者重新思考历史、解读历

---

① [美]斯坦利·佩恩:《西班牙内战》,胡萌琦译,第295页。

史开辟了独特的路径。

第三节 听见记忆的声音:《沉睡的声音》中的听觉叙事

《沉睡的声音》是一部建立在西班牙内战幸存者和亲历者的口述的记忆之上的小说。用作为听觉符号的声音来表征记忆的在场或缺席并非偶然。小说中的"声音"包含了多重美学含义。既有经由人的身体器官发出的"语音"(voice);也有被迫沉默的内心独白或心理活动;最后,它还形成了对文字本身的自我指涉。"听"和"被听"体现了集体记忆的主体间性;声音和身体成为记忆的表意或存储空间;文字成为声音的一种"延迟在场",是原初记忆和声音的"回声",让记忆和声音共同在文本中寻找到美学意义上的互通和出路。

> 人们混淆了沉默和失忆。不应该这样,
> 一个没有记忆的民族是病态的。
> ——杜尔塞·恰孔

出版于2002年的小说《沉睡的声音》同样是后现代的质疑精神和对自身"记忆赤字"的觉知的产物。作者杜尔塞·恰孔表示:"写作的动力来自长久以来的个人需求,我需要了解这段从未有人对我讲述过的历史,这段被删除和掩盖的历史。"[1]小说的题目"沉睡的声音"体现出作者的担忧和疑虑:"作为集体记忆的重要组成部分的战败者一方的声音,已经被官方记忆完全遮蔽,并将最终走

---

[1] María Corredera González: *La guerra civil española en la novela actual: Silencio y diálogo entre generaciones*. Madrid/Frankfurt: Iberoamericana/Vervuert, 2010, p.137.

向遗忘。"①以语言符号的形式将这些声音固定下来,并重新带入公共空间无疑是一个作家对抗忘却的最有效的方式。更何况恰孔将这种"小说化的现实"(ficcionalizar la realidad)建立在长达四年的亲自调查与取证之上②,其中最为重要的创作素材是对大量战争亲历者的直接采访,即口述的记忆,这也使得《沉睡的声音》得到学界一致的认可和广泛关注,因为见证者的身份保证了回忆的真实性,缩短了事实和虚构之间的距离,为作品增加了重要的文献价值,但同时又兼顾了小说的艺术虚构性。何塞·科尔梅罗就认为它具有"见证小说典型的杂交特性"(characteristically hybrid nature of the testimonial novel genre)③。此外,备受关注的还有小说独特的视角,即"由谁来回忆"和"回忆什么的问题"。这次,杜尔塞·恰孔将目光投向了一直以来在西班牙处于社会边缘的女性身上,她想要再现和唤醒的正是那些在战后遭受独裁政府迫害的,几乎被完全掩盖和遗忘的女囚的声音。学界对该小说的批评研究也多从女性书写的角度入手,《沉睡的声音》也因此被认为是"第一部深刻而彻底地通过回忆书写西班牙内战中战败的女性的小说"④。

不难发现,无论是从历史书写还是女性主义写作的角度,在关于

---

① Juan Manuel Martín Martín: "Ficcionalizar el recuerdo: del silencio a la memoria cultural", en *La memoria novelada* (*vol.II.*), ed. por Juan Carlos Cruz Suárez, Diana González Martín, Bern: Peter Lang, 2013, pp.123-124.

② Sarah Leggott: "Narrative Representations of Gendered Violence and Women's Resistance in Francoist Spain: Dulce Chacón's *La voz dormida* (2002) and Almudena Grandes's *Inés y la alegría* (2010)", en *Gender and Violence in Spanish Culture: From Vulnerability to Accountability*, eds. by María José Gámez Fuentes, Rebeca Maseda García, New York: Peter Lang, 2010, p.131.

③ José F. Colmeiro: "Re-collecting women's voices from prison: the hybridization of memories in Dulce Chacón's *La voz dormida*", en *Foro hispánico: revista hispánica de Flandes y Holanda*, nº.31, 2008, p.191.

④ Mazal Oaknin: "La reinscripción del rol de la mujer en la Guerra Civil española: *La voz dormida*", en *Espéculo. Revista de estudios literarios*, nº.43, 2010, pp.3-4.

这部小说的几乎所有文学批评中,"声音"都被等同于"记忆"。那么,用作为听觉符号的声音来表征记忆的在场或缺席只是一种偶然吗?或者说,这类以"声音"为载体或媒介来书写历史的"记忆小说",是否也承载着作者对于记忆的特点或运行机制的某种审美之思呢?本节拟以小说《沉睡的声音》对记忆的书写、再现和反思作为切入点,探讨"声音"与"记忆"、与"文字"之间的关联与共通,借由此探讨这样的历史书写和阐释中所蕴含的有关历史和记忆、事实和叙事的后现代思考与审美关注。

一、"听"与"被听":记忆的主体间性

杜尔塞·恰孔在小说结束的最后,用了整整五页的篇幅,向那些勇敢而慷慨地对她"讲述"了自己伤痛过往的人们致以真诚的谢意,也再次证明,《沉睡的声音》是一部建立在西班牙内战幸存者和亲历者的口述的记忆之上的叙事作品。而这种口述的记忆被英国口述史家保尔·汤普逊(Paul Thompson)称作"过去的声音"(The voice of past),可见声音和记忆的确有一种天然的内在关联。当主体通过"说"对过去展开描述时——例如那些对作者讲述自己经历的人们,记忆借由作为媒介的声音,通过叙述和表达从意识来到当下,从对过去的指涉转为与现在有意义的关联。记忆无法自我言说,但声音却可以"被重复,被表达"[①],来自过去的声音唤醒了沉睡的记忆,而记忆也赋予这一声音以价值。正如作者在小说开篇写道的那样:"献给不得不保持沉默的人。"

事实上,当作者选择从人类知觉表达之一的"声音"切入,来表现和重构那些关于内战的被遮蔽的"记忆"时,后者就已经不再只是单纯

---

① [法]雅克·德里达:《声音与现象》,杜小真译,北京:商务印书馆,2010年,第96页。

的关于过去的回忆和想象。也就是说,和回忆的具体内容相比,杜尔塞·恰孔表现出了对集体记忆运行机制的审美关注:记忆的工作过程如同声音,是发生在每一个记忆主体之间的"说"和"听",可以被"听见"或"听不见";可以是被向外表达出来的声音,也可以是主体的向内的内心独白;可以是真实的意识的表达,也可以是对记忆的遮蔽。总之,有意义的声音的表达离不开记忆的主体之间的交流和理解,在声音的"听"与"被听"之间,体现了记忆的主体间性。

《沉睡的声音》要去倾听的是一群在佛朗哥政权建立初期被关押在马德里文塔斯女子监狱里的女囚们的声音。为了尽然展现这个特殊人群被压抑和被遮蔽的声音,作者杜尔塞·恰孔在文本中采取了全知视角,由一个无处不在的叙事者来"倾听"女主人公们或向外言说的、或被迫沉默的声音。而在文本外,作者恰孔在创作时,对来自不同个体的口述记忆进行的"收集、挑选、组合",因而有学者认为小说的结构是"双重的"(a dual process),即不仅"给予她们声音和表达的渠道",而且将她们的声音和记忆"转换成新的文学话语"[1]。于是,那些"不在场"的声音——沉默,和"在场"的声音——言说,原本二元对立的关系在多个记忆主体身上,时而交替存在,时而相互消解,共同展现声音成为集体记忆,即意义的表现中心的过程。

在文塔斯监狱里,女囚们的声音是被剥夺的,甚至在面对探视或审讯时也被禁止高声说话,"女人们的声音中流露出恐惧"[2]。对于被关押着的欧尔滕霞来说,她在监狱里的处境尤其艰难,这不仅是由于她本人的共和国游击队员的身份,也由于她已经怀孕八个月的身体。

---

[1] José F. Colmeiro, "Re-collecting women's voices from prison: the hybridization of memories in Dulce Chacón's *La voz dormida*", en *Foro hispánico: revista hispánica de Flandes y Holanda*, nº.31, p.200.
[2] [西]杜尔塞·恰孔:《沉睡的声音》,徐蕾译,北京:人民文学出版社,2007年,第3页。下文中引用仅给出中文书名的简写《声音》和中文版页码。

杜尔塞·恰孔并未直接描述她进入监狱后所遭受的非人的折磨,而是通过展现她声音运动的变化,激发读者去感受,去想象,去"听":

> 她已经习惯了低声说话了,这并不容易,但她开始习惯了。她还学会了不发问,学会了接受事实,接受渗透到灵魂深处、最深处的失败,无须请求,无须解释。她饥寒交迫,膝盖疼痛,但她仍止不住要笑。(《声音》,第3页)

然而,学会了低声说话和不发问,并不表示她已经投降或屈服。很多时候,沉默是监狱里的生存策略和斗争需要。因为当欧尔滕霞见到来探视自己的妹妹佩帕时,"她吐字清晰、准确,语速和缓,而且字斟句酌,绝不多说半个字"(《声音》,第4页),可见尽管她对自己所遭受的折磨和不公保持缄默,但从未忘记自己的身份和职责,依旧保有一个共和国战士的本能和警觉。所以即使欧尔滕霞保持了沉默,或在说话时有所保留,"听"的人依然能够理解她的言外之意和未尽之言,依然能在多年后回忆起她于"说"与"不说"之间表现出的不屈和斗争精神,这里的"听"和"说"体现出声音,也就是记忆的主体间性。

因而"被听见"就代表着意义得到表达,意味着有可能"被记住"。正如女囚托马萨永远无法忘记那些在卡斯图埃拉集中营被扔进矿井的孩子和大人们,因为她听见了他们的声音:

> 活下去。讲述他们怎样把她抓到奥利文萨女子监狱。两年多的时间里,她怎样时刻面对被"拖出去"的威胁。同牢房那个女人的两个孩子都死在卡斯图埃拉集中营。他们把两个孩子绑在一起,然后拿枪托把他们打下矿井。孩子们的呻吟声从地球最深处传来。他们的哀嚎整夜都能听得到。直到后来更多的身体被抛到他们身上,越来越多,越来越多。越来越多的呻吟声。接下来,一颗手榴弹从上面扔了下去。(《声音》,第188页)

"说"和"听"使信息被传递,使记忆从个体走向集体,使死去的人被记住,也使牺牲获得意义。就像从审讯室被放回来的佩皮塔把自己的听到的讲述给塞利阿夫人:

> 佩皮塔扑到塞利阿夫人的怀里时,也会热泪盈眶的。她也会的,她将述说粘脏她衣服的不是她自己的鲜血。……她告诉夫人卡尔米娜死了的时候,眼泪止不住哗哗地流了下来。

"我听到他们说她没有招。"(《声音》,第151页)

声音从"无声"到"有声",记忆从"被遮蔽"到"被倾听",被听到的声音和被传递记忆共同获得了意义,记忆的主体也寻找到了延续生命、继续生存的动因:

> 今天晚上,托马萨不停地把自己的痛苦喊出来。
>
> 她要用自己的吼声充满整个夜晚。内林格派的女人抬高了声音,因为她的任务就是活下去。"活下去讲述这段历史。"长枪党人把她的丈夫推到河里时如是说。"你要活下去,来讲述这段历史。"他们这么说,却没想到事实正好相反,她要讲述历史,目的是要活下去。
>
> 活下去。(《声音》,第188页)

声音可以成为生存的理由,声音还可以成为令敌人胆战的看不见的武器。女看守为了显示自己的威严,向拒不发声的托马萨动了手,"耳光的声音在走廊里回响"。面对此景,女囚们起初继续保持沉默,但很快她们开始低声吟唱。开始是雷梅一个人的小声的、跑调的声音:"起来,全世界受苦的人们。起来,饥寒交迫的奴隶",接着,欧尔滕霞、埃尔维拉、托马萨,一个接一个的女囚犯们开始跟着唱了起来,她们音量越来越大,直到一个牢房的人都加入了进来,"歌声越来越雄壮","起来,饥寒交迫的奴隶。团结起来,这是最后的斗争",渐渐地,

"声音变成了怒吼,冲出牢笼"(《声音》,第 32—33 页)。从浅声低吟的独唱到所有女囚的高声合唱,这来自记忆深处的歌声,同时也是深层意识的声音,裹挟着愤怒和屈辱,似乎什么也没有说,但又似乎说了许多,这样的声音让听懂了歌声真正的含义的看守感到恐惧和畏怯。

当然,"听"不仅仅是一种感官觉知,也就是说"听"到来自外界的内容,还包括主体由此产生的想象和理解,"声音现象既不是纯粹想象的,也不是纯粹知觉的,它是两者的'交织'和'混合'"①。因此我们在《沉睡的声音》里还会接收到另一种记忆的声音,它们经由某种媒介的激发,通过想象从被压抑的潜意识中浮现,再通过全知视角的叙事者的"说",被读者"听"到。埃尔维拉在发烧时感到自己回到了家里,而家里的收音机里正播放着音乐,她在高烧的状态下,又一次听到那熟悉的旋律:"绿色的眼睛,罗勒一般的绿色……"(《声音》,第 9 页)她从小就喜欢音乐和唱歌,母亲支持她的梦想,而父亲则反对,"母亲一听到丈夫的脚步声就关掉收音机"(《声音》,第 10 页)。梦里的收音机关掉,声音消失,她的意识就再次回到恐怖冰冷的牢房里,听到雷梅的骂声:"那个看守心肝上的位置是他妈的空的!"(《声音》,第 10 页)而反反复复的高烧让她的思绪不断回到梦境,听到自己为母亲和哥哥帕乌利诺唱歌的声音,听到他们鼓掌的声音,听到母亲对她说:"我永远不懂你哪儿来的这些艺术细胞。"(《声音》,第 10 页)埃尔维拉在发烧的状态下的意识是模糊的,那些与过去的美好生活联系在一起的声音浮现在她的记忆里,再通过她对自己的"听"来到当下。而伴随着来自知觉和来自想象的声音的不断交织和混合,一会儿是外界当时正在发生的声音,一会儿是来自自己无意识的声音,她越来越迷糊混乱,甚至在半梦半醒之间,她喊出了好几声:"妈妈",埃尔维拉自己和所有女

---

① 李金辉:《声音现象学:一种理解现象学的可能范式》,载《哲学动态》2011 年第 12 期,第 47 页。

囚都听到了她的"胡话",实际上她喊出的是"所有人的心声"(《声音》,第12页),是女囚们最想发出和最想被听到的声音。

于是,声音打开了连通着过去和现在的时光隧道,既有幸福忧伤的回望,也裹挟着无助绝望的痛苦,就像母亲的声音和身边狱友的声音在埃尔维拉的记忆中产生了交叠:"妈妈在床头用极有节奏的音调,像是讲一个童话故事一样给女儿读信。托马萨告诉埃尔维拉说她已经发了五天高烧时,也是这样的声音。"(《声音》第24页)

有时,声音不仅是功效强大的激发器,能够唤醒个人或集体关于过去的记忆,声音还能通过再建情感关联,让缺席变为在场:

> 马特欧让埃尔维拉给他讲滕西的事时,她总是说滕西一向叫他费利佩。他喜欢一边听埃尔维拉讲,一边回忆着欧尔滕霞。
>
> 是的,他容忍了埃尔维拉,以为她可以给他讲滕西德事情。红发小女孩说出了妻子的名字,然后再说出他的名字,他就会觉得两人被紧紧联系到了一起,就会激动万分。欧尔滕霞——费利佩。(《声音》,第229页)

此外,保持缄默,即声音主动"不在场"或是"无声"的声音,同样可以成为女囚们的武器和坚守。通过对自己声音的控制,她们沉默着表达抗议,维系和践行着生命最后的尊严。此刻她们的声音是内化的,她们用拒绝"被听",表达愤慨,坚持斗争。例如,年纪最小的女囚埃尔维拉"在审讯时跪在鹰嘴豆上忍着疼痛,一言不发,没回答任何问题,没有透露哥哥帕乌利诺的身份"(《声音》,第7页);向来脾气火爆的托马萨本想在面对看守的逼问时回骂一句,但她最终没有这么做,"因为她觉得沉默对她们的伤害更大"(《声音》,第29页);怀孕的欧尔滕霞在被关在内务部的三十九天里,遭到多次毒打和长时间的罚跪,然而无论身体遭受怎样的折磨,"三十九天里,她没有和任何人说话"(《声音》,第115页)。

二、声音的延异:记忆的空间性写入

正如上文所述,让这个无人倾听的、几乎被遗忘的边缘人群自身的记忆,以及有关于她们的记忆重新"在场",是小说的主要创作动因。而当杜尔塞·恰孔选择以女囚作为"听"和"被听"的对象时,空间问题是必然引起关注的重要因素。首先是她们所身处的物理空间——监狱,作为一个天然代表着政治和权力的特殊空间,监狱不仅仅是这些女囚的个人记忆的写入空间,更承载了20世纪上半叶的西班牙最为黑暗的一段民族记忆;其次,在这样封闭、压抑、令人恐惧和必须保持沉默的空间里,她们的声音是如何被表达的?她们的身体在这个过程中起到了怎样的作用?最后,她们的声音又是如何被传递和保存的?被听到的或听不到的声音是如何跨越时间的阻隔,在不同的空间中得到延长,并被今天的读者听到的?这些都离不开记忆在物理空间和身体空间的双重写入。

文塔斯女子监狱,作为小说《沉睡的声音》的主要情节的展开空间,在小说中占据着非常重要的地位[1],它不仅是人物活动的主要场所,更是法西斯政权对革命力量和普通民众实施暴行和压迫的权力的场所。作者从未从正面对其进行过描写,但正如博韦斯·纳维斯(Bobes Naves)指出的:"空间不仅仅是动作发生的场所,更是一个可以通过视觉、听觉、触觉和嗅觉到达的概念。"[2]于是通过身陷囹圄的女囚们的感官知觉,读者可以多角度构建起这个人间地狱的真实模样。新入狱的社会党人索莱这样控诉她眼前不堪的一幕幕:

---

[1] 《沉睡的声音》的意大利语版本就被译为 Ragazze di Ventas,意为:文塔斯监狱里的女人们。
[2] María del Carmen Bobes Naves: Teoría general de la novela. Madrid: Gredos, 1985, p.196.

> 等候的时间里,她述说维多利亚·肯特当时下令建造文塔斯监狱时,监狱的设计仅容五百名囚犯。她抱怨空间太小,说原来每间牢房里由一张床、一个小柜子、一张桌子和一把椅子,现在却在地上铺了十二张席子。她抱怨说走廊和楼梯都变成了卧室,要想去厕所就必须从其他躺在地上的人身上迈过去。……这么少的厕所怎么能解决一万一千人的排泄问题呢?……癣、伤寒、虱子、臭虫、痢疾,什么都有。(《声音》,第112—113页)

原本容纳五百人的监狱被关押进一万一千人,其恶劣的生存环境可想而知。但更重要的是造成这种状况的原因,是战后令人不寒而栗的残酷压迫和政治清洗。显然,战争并没有如历史书上记载的那样,结束在1939年:

> 1939年2月,佛朗哥颁布政治责任法令,战后第一年中就有数十万人被军事法庭起诉。被判处死刑的共约5.1万起,虽然佛朗哥撤销了其中近半数,但实际执行的处决仍有至少2.8万件,他们中的确有红色恐怖事件的罪犯,但很多只是单纯的政治犯。①

这样也就不难理解为何如此庞大数量的犯人们被同时关押在文塔斯监狱,也不难想象她们经历了怎样的精神和肉体的双重折磨。而经由狱医堂费尔南多的双眼,我们还会看到这所女子监狱里令人毛发悚然的医疗卫生条件:

> ……一种很奇怪的恐怖感觉,那是一种无能为力、恶心和怜悯的混合体。每张床上都挤了两名犯人。病人要共用那些脏兮兮的床单。床上没有毯子。糙皮病、痢疾、梅毒、营养不良、肺结核,各色传染与否的疾病折磨着那些女人。……女犯们回答医生

---

① [美]斯坦利·佩恩:《西班牙内战》,胡萌琦译,第296页。

的问题时都虚弱疲惫,气若游丝。到了隔壁的第二间屋,医生毛骨悚然,停下了脚步。地上的床垫或者没有床垫的床绷就是那些两两挤在一起的病人的栖息地。(《声音》,第 155 页)

"监狱"作为权力的场所,写入了有关佛朗哥政府残酷压迫和严苛统治的黑暗记忆。正因如此,"监狱"也是女囚们顽强不屈、坚韧反抗的"记忆的场所"。例如文塔斯监狱里的"桶",作为对女囚们的一种极端惩罚,这是一个没有一丝光线的、仅有一只桶大小的漆黑压抑的禁闭室。埃尔维拉因为在探视时,试图让爷爷看到自己的受伤的膝盖被在"桶"里关过禁闭(《声音》,第 8 页),回来便高烧不断;托马萨由于在训诫日被强迫亲吻圣婴的脚趾时,将其一口咬掉而被罚三个月的禁闭(《声音》,第 105—106 页),但即使因此差点丧命"桶"中,托马萨也从未有过一丝后悔。不仅如此,整个文塔斯监狱都成了她们另一种形式的斗争的场所:在监狱的地下室里缝制衣服时,她们学会了如何骗过看守的监视,巧妙节省布料和针线为还在坚持斗争的游击队员们缝制冬衣,她们"把文塔斯的地下室变成了游击队的后备据点"(《声音》,第 221 页)。

此外,还有异常混乱和嘈杂的、装满铁栏杆的探视间;或是在下雪的日子里,女囚们围坐在一起试图彼此增加些热量的院子;无数次经过的监狱走廊、坐满人的台阶;等等,因此有学者评论道:"《沉睡的声音》使文塔斯监狱成为皮埃尔·诺拉提出的'记忆之场'或'回忆之地',在这里,监狱成为象征女性为反抗佛朗哥政权,而进行的政治斗争的历史记忆的记忆之地。"[①]

如果说作为记忆之地的"监狱"是迫使这些女囚们发出斗争的声音的记忆的空间,那么她们是如何表现和传递自己的声音的呢?

[①] José F. Colmeiro, "Re-collecting women's voices from prison: the hybridization of memories in Dulce Chacón's *La voz dormida*", en *Foro hispánico: revista hispánica de Flandes y Holanda*, n°. 31, p.192.

事实上,当杜尔塞·恰孔选择以女囚作为叙事围绕的主体时,对她们身体知觉的关注几乎是必然的。一方面,"身体是意义的根本出发点,人对社会、文化的体验需要经过身体媒介来表达,社会、文化话语对人的影响也最终铭刻在人的身体之上"①,而女性的身体又尤其具有其特殊性。小说中的女性群体几乎只能通过她们身体来感知外界或表达被压抑的,甚至是不被其自我感知到的深层情感情绪。例如女囚托马萨对不受自己控制的月经和因此带来的污痕感到愤怒(《声音》,第28页);欧尔滕霞因为即将见到偷偷来看她的丈夫而紧张激动,导致自己的括约肌不受控制(《声音》,第112页);佩皮塔的身体也诚实印证了她要去传递情报时的紧张和恐惧:"她咬紧牙关,更用力挤着自己的腿,更用力地摁住私处。出来了,尿出来了。汗水下来了"(《声音》,第54页);这里对排泄物、月经等身体分泌物的描写,不仅凸显了女性的性别身份,更通过她们的身体暗示着一种潜在的、巨大的危险:

> 粪便及其等同物(腐烂物、感染物、疾病、尸体等)代表了来自身体外部的危险:自我受到非自我的威胁,社会受到其外部的威胁,生命受到死亡的威胁。相反,经血代表了来自身体内部(社会或性欲)的危险;它威胁着社会整体中两性之间的关系,并且通过内摄的方式,威胁着处在性别差异面前的每个性别身份。②

而另一方面,在监狱这样特殊的空间里,被剥夺了几乎所有权利的女囚最后能够支配的只有自己的身体感官,这其中就包括来自听觉的"声音"。声音无条件地依附于我们的身体,我们通过身体去感知或表达声音,再借由声音所达之处的他者去感受世界。因此,声音连同

---

① 柯倩婷:《身体、创伤与性别:中国新时期小说的身体书写》,广州:广东人民出版社,2009年,第8页。
② [法]朱莉娅·克里斯蒂瓦:《恐怖的权力——论卑贱》,张新木译,北京:生活·读书·新知三联书店,2001年,第102页。

声音的载体——她们的身体,是体现自我主体性的空间,是"身体拥有者践行或反对现有身份的重要场所"①。事实亦是如此,自梅洛-庞蒂的身体现象学打破了身体与心灵的二元对立,我们认识到"人首先是以身体的方式而不是意识的方式和世界打交道的,是身体首先'看到'、'闻到'、'触摸到'了世界,它是世界的第一个见证者"②。也就说身体绝非脱离精神而单独存在的躯壳,而是支撑着我们去理解世界的最基础的结构。因而也就不难理解,为何女囚们对于失败和权力暴行的感知首先来自自己的身体。因为坐在家中缝制共和国的旗帜而被邻居举报的雷梅,当街被长枪党人抓捕,她被逼当着丈夫和儿女的面喝下会让她上吐下泻的蓖麻油,"然后她被剃了光头,只在头顶正中央留下了一小撮,还用一根共和国国旗颜色的带子扎上。之后又在她的额头上画了个UHP"(《声音》,第37页)。实际上直到被捕,雷梅对自己"协助军事叛乱"的罪名都毫无概念,在她看来那些抓捕她的人才是叛军,"只有当手摸着光秃秃的脑袋时她才深深地感到耻辱"(《声音》,第40页),可见"身体"让雷梅第一次感受到失败、权力和暴行。

被剃了光头和被逼喝下蓖麻油的雷梅,"被关在镇上的监狱差不多有两年的时间,头发已经长了,但是被转移到穆尔西亚军事法庭受审之前再一次被剃了头"(《声音》,第39页),被剃了两次光头,两次受辱的雷梅从此后再也没有长出过黑色的头发,而是变成了灰色,同时,她的声音也发生了变化:"雷梅的声音就跟她的头发颜色那样,就是用干净的五洁粉开始擦拭砂锅底灰渍的那种声音。"(《声音》,第38页)显然,权力和暴行已经写入了女性的身体及其身体感官——声

---

① 唐青叶:《身体作为边缘群体的一种言说方式和身份建构路径》,载《符号与传媒》2015年第1期,第57—58页。

② 季晓峰:《论梅洛-庞蒂的身体现象学对身心二元论的突破》,载《东南学术》2010年第2期,第154页。

音之中。伴随着每一次声音的发出,被写入身体的伤痛记忆就会被再次唤醒。

同时,由于监狱代表的权力的一方对于女囚身体的控制,权力、性别和政治被施加于身体之上,身体因而成为"权力的身体"①,成为独裁者暴行的受害者和见证者,也是女囚们共情、团结和抵抗的场所。于是,作为对暴行的抵抗,托马萨不想失去对自己身体的控制,她用禁止自己流泪来表达愤怒:"关禁闭的十五天里,不止一次眼泪从睫毛下流出,但不等它们滴落,她就会用食指指节拭去"(《声音》,第33页);身体也是她表达对同伴的思念、内心的孤独绝望,以及对女囚身份的反抗的通道与处所:

> 雷梅走了。托马萨左右摇着脑袋,咀嚼着自己的不知所措。她抓着自己的脸,哀嚎着。她紧咬着嘴唇,向前方看着。墙壁。她看着地面。她猛地向后甩了甩颈部。撞到围墙。她没有感觉到疼痛。她咬着嘴唇,摇着头。她撕咬着自己的胳膊。她的同伴们都睡了。雷梅走了。(《声音》,第240页)

而"头发"作为女性身体的典型标志,在小说中同样被进行了多次描述。当欧尔滕霞的头发梳成两根小辫盘在后脑时,她是身着军装、斜挎步枪的游击队员(《声音》,第59页);红发女孩埃尔维拉的小辫儿则承载着她关于母亲和哥哥的温暖回忆:

> 当母亲玛尔蒂娜夫人给埃尔维拉的马尾辫上扎上头绳后,埃尔维拉跑到哥哥的房间:
> "你也要上战场?"
> "小鬼,你把辫子晃动起来真可爱,我一向喜欢的。"

---

① 董运生、昂翁绒波:《空间认知的四个维度:以身体空间研究为例》,载《福建师范大学学报》(哲学社会科学版)2020年第6期,第51页。

埃尔维拉的辫子左右扫动着空气,哥哥趁着女孩闭着眼的功夫拽住绳子的一头。

"妈妈,妈妈,帕乌利诺把我的头发弄散了。"(《声音》,第24页)

在监狱里,头发变成不同身份的象征和暴力施行的处所。女狱警梅赛德斯的头发永远高高挽起,"梳成香蕉发髻"(《声音》,第28页),作为女囚的欧尔滕霞和埃尔维拉的头发里则长满虱子。当埃尔维拉想念哥哥时,她哭着散开辫子,"因为她不知道下一次什么时候能够再一次为哥哥甩动自己的马尾辫"(《声音》,第124页)。埃尔维拉的行为显然激怒了狱警,作为惩罚,绰号"毒药"的女狱警"把她的红辫子连根剪掉"。埃尔维拉坐在草席上,"用双手捂住脑袋,心里难过,却没有泪水"(《声音》,第125页)。应该说,不受其主体意识控制的女囚的身体是监狱里的黑暗暴力的直接记录者和见证者。

写入被关押的这些女囚的声音里乃至身体之中的伤痛记忆,与著名西班牙历史学家,英国学者保罗·普雷斯顿(Paul Preston,1946—)在其专著《西班牙大屠杀:二十世纪西班牙的审与杀》中描述的情形几乎分毫不差:

> 对于妇女的迫害是战后佛朗哥军队整个镇压行动的核心之一。……许多在共和国时期支持妇女解放的自由派和左翼女性所受到的暴行中包括谋杀、酷刑以及强奸。那些活着从监狱出来的人,饱受生理和心理问题的双重折磨。成千上万的女性遭受过强奸或其他性侵犯,对她们的折磨包括剃光头和被迫服下蓖麻油后再当众侮辱。①

---

① Paul Preston: *The Spanish Holocaust: Inquisition and Extermination in Twentieth-Century Spain*, London: Harper Press, 2012, p.xix.

《沉睡的声音》因而成为这段民族伤痛记忆的存储空间和"记忆之地"。

三、"回声"艺术：记忆的图景式重构

具有主体间性的记忆通过"听"和"被听"获得意义和传递；像依附于身体感官的"声音"一样，通过写入特定的空间得到保存，并具备了可以被随时激活、被倾听的能力。那么作者在构造"储存记忆的最后的载体"[①]，也就是文本空间时，是如何通过文字书写来体现声音，即口述记忆的特点的？又是如何艺术地表现二者的特点和联系的？经由恰孔的书写我们是否真的能够"听到"那些原初的声音或是记忆？即通过文字去追溯那些在时间上已经逝去的记忆是否可能？意义何在？

实际上，至此我们已经发现小说《沉默的声音》中的"声音"是包含了多重美学含义的，既有经由人的身体器官发出的"语音"（voice）；也有未曾发出的被迫沉默的内心独白或心理活动；最后，它还形成了对文字本身的自我指涉。因为"声音"是人的意识的存在与表达，而作者所进行的是通过文字书写去弥补声音的"不在场"或"缺席"，去完成对自己这一代，乃至后代们缺失的历史记忆进行再书写的可行性，也就是说，文字成为声音的一种"延迟在场"。那么作者如何在文本中为记忆和声音建立一种互通，又是通过怎样的符号建构为二者寻求共同的出路呢？这里就要提到声音的另一个现象——"回声"。如果意识或语言活动可以被传递和被听到，那么它也就可以被重复。也就是说，只要满足一定的条件，声音就可以处于一种不断重复的结构之中。而记忆的运行过程与之非常相似。

---

① 贺昌盛：《被给予的"记忆"》，载赵静蓉编《记忆》，广州：暨南大学出版社，2015年，第139页。

为了保留口述记忆的特性,同时兼顾作品的文学性,恰孔非常巧妙地通过对词语和句子的重复模仿了"回声"的结构,通过每一次的重复,加强小说的戏剧效果,增强人物的悲剧感受:

  埃尔维拉的**恐惧**。欧尔滕霞的**恐惧**。那些惯于低声说话的女人们的**恐惧**。女人们声音中流露出的**恐惧**。直面鲜血、直面家人躲闪的目光的**恐惧**,以及自己同样躲闪的目光中流露出的**恐惧**,还有家人的**恐惧**。(《声音》,第4页)①

而并非表意必要的、略显语无伦次的重复不仅符合记忆的天然特性,更体现出人物因担心丈夫安危,而表现出的焦灼不安:

  尽管如此,当**丈夫的行李**被运来时她还是很吃惊。
  他的行李到了。
  一名军队发饷官把它带回了家。
  他的行李。(《声音》,第25页)

这种为了保留口述记忆的特点的重复,即对"回声"的美学审视,在小说中比比皆是。但作者并未止步于此。因为事实上,我们是无法真正触及那些原初的声音或记忆的,声音一旦发出就会立刻成为"回声"。记忆和声音被一次次重复,而我们追寻到的始终是它们的痕迹,也就是"回声"。那么小说的标题"沉默的声音",就不仅仅是对那些被压抑和被遮蔽的记忆的指涉,更通过这场对声音痕迹的追寻之旅,将"沉默的声音"指向了不会主动发声的文本本身:

  书写文字作为"根源的补充"是一种"分延的声音"和"延迟的"不在场的"声音"或沉默的"声音",它使声音的在场永远保持在"延迟"的状态中。书写文字没有简单的补充声音的在场,而是

---

① 为突出显示,加粗字体来自笔者,下文皆是。

"通过补充在场而构成在场"。①

换言之,作为"沉默的声音"的文字不仅仅是声音的一种"延迟在场"或简单的重复,更能够通过文字的书写使其成为一种"回声"的艺术,意义的中心。无论是被不断重复的话语声音,还是文字书写形成的声音的痕迹,其实都是"回声",它们相互交织错落,如绘图一般,为我们呈现出一幅以女性作为画面中心主角的西班牙内战的全景图。

文塔斯女子监狱里的犯人来自全国各地。以被关押在右二号牢房里的女囚为例,就有来自埃斯特雷马杜拉的女人托马萨,来自穆尔西亚一个小村庄的家庭主妇雷梅,来自巴伦西亚的红发女孩埃尔维拉,来自科尔多瓦的游击队员欧尔滕霞,还有来自佩尼阿兰达德勃拉卡蒙特的共产党人索莱。然而,作者对于内战图景式的再现,并不是简单地在地理位置上进行标注和还原,而是通过特定人物的声音或文字的传递,在读者的认知中重新建构起这一复杂历史事件的轮廓和脉络。

因此,在这幅主要聚焦于战争以及女性的内战图景里,我们仍然可以依稀分辨出引起战争爆发的一些导火索:1931年4月第二共和国的匆忙成立不仅没能为西班牙带来民主与和平,反而加剧了不同政治立场的各党派之间的矛盾激化。夹在中间的工人阶级不仅长期忍受贫困,而且文盲众多,由于担心自己的权利被剥夺而频频组织大型罢工。来自埃尔特雷马杜拉的托马萨就被指控参加了1931年12月31日在该自治区的卡斯蒂尔布兰科发生的流血暴力事件:

埃尔维拉给她们讲监狱里的种种传闻。
……

---

① [法]雅克·德里达:《论文字学》,汪堂家译,上海:上海译文出版社,1999年,第455页。

埃尔维拉也不相信托马萨会参加一场大屠杀。但她又补充说其他犯人们说一九三一年十二月的最后一天托马萨在卡斯蒂尔布兰卡参加了由国家土地工作者联盟组织的罢工。所有的罢工的人都带着小刀或镰刀,他们杀掉了四名打算驱散示威人群的警卫队员,还肢解了他们的尸体,女人们则在尸体上跳舞。(《声音》,第161—162页)

"其他犯人说""埃尔维拉讲",事实上都是对原初声音和记忆"回声"般的重复和延长。

在第二共和国之前,西班牙女性不仅没能享有和男性平等的受教育的权利,她们的身份从来都只被定义为家庭主妇和男人的附属,完全被排除在社会生活之外。埃尔维拉和马特欧的辩论证实了当时女性的处境:

"为什么?"

"因为你会让他成天干干净净的,小姑娘。"

"你要是认为我结婚是为了让我的丈夫干干净净,你就大错特错了。谁想干干净净,谁就自己洗衣服。你从共和国那里什么也没学到。马特欧。老爷的年代结束了。"

"你才错了呢。那才是个老爷的政府。我不知道他们有什么可以教给我们的。"

"要教给你的就是男人和女人生来平等,你明白不明白?"

"什么平等?洗衣服平等?"

"投票平等,比方说,选举制度总得给我们带来点什么吧。"

(《声音》,第230页)

第二共和国执政期间,左翼党派积极推进农业改革,"一系列没收和占领土地的事件在中南部地区爆发,涉及大量村庄和数万农村劳动力"①,许多没有土地的农民、佃户,由于长期遭受的贫穷而加入了这场运动。政府军失败以后,他们被指控为赤色分子,成为国民警卫队和长枪党的抓捕对象。托马萨的丈夫和儿女们就在这样的抓捕中丧命塔霍河中,托马萨声嘶力竭地哭着,讲述着,唤醒自己的声音和记忆:

> "没错,我们当然是赤色分子,我们当然占有一处庄园。我们厌倦了满世界去捡橄榄的日子。收成之后我们能找到的那寥寥几颗橄榄都被用来换油了。我们就这样苟延残喘,就靠那几颗地上残存的橄榄。使唤着牲口耕一天地挣的那点微不足道的铜子儿,连糊口都不够。"
>
> ……
>
> 她喊着。她想唤醒自己的声音。她原来一直拒绝讲述那些坠入水中的尸体的故事。因为讲述历史就意味着眼前要再现亲人惨不忍睹的死亡场面,就意味着再次亲历他们的死亡,经受那种撕心裂肺的苦痛。(《声音》,第186—187页)

1936年7月内战爆发后,埃尔维拉原本已经退伍的父亲重回共和国军队,担任上尉。七个月里,他不断向家人寄回家书,告诉妻子自己一切安好。每一封家书的寄出地址描绘出其所指挥的红色阿利坎特营的作战路线,也是政府军和国民军自1936年秋至1937年春之间发生的主要战事。上尉在每一封信的落款处都会写上"共和国万岁"。第一封"共和国万岁"寄自喀斯特雍市塞戈尔贝镇(《声音》,第23页),直到1937年的3月9日,他的行李被从位于瓜达拉哈拉(Guadalajara)的特里淮凯(Trijueque)运了回来,一名军队发饷官将它送到了玛尔蒂娜夫人手里,"我们的人在瓜达拉哈拉跟意大利人进行了一场恶战"(《声音》,第25页)。这场发生在1937年3月的著名战事最终以政府军成功逼退佛朗

---

① [美]斯坦利·佩恩:《西班牙内战》,胡萌琦译,第47页。

哥的国民军而告终,但共和军也付出了惨痛的代价:

>……帕乌利诺把她们(母亲和妹妹)带到阿利坎特后告诉她们阿利坎特红色营在瓜达拉哈拉的公路上全部阵亡,没有一个人逃出轰炸。
>
>"飞机飞的很低,所有人都遭到扫射。父亲是第一个被击中的。他不是那种往后退缩的人。"(《声音》,第30页)

1937年12月至1938年年初,两军在零下十八度的气温下,争夺南北重要枢纽特鲁埃尔(Teruel)的战役可谓"整个内战中最为惨烈的战事之一"①。佛朗哥集结六万大军对阵四万五千人的政府军。这场重要战事也是来自穆尔西亚年近六十的雷梅受辱和被捕的重要背景。因为支持共和国的雷梅在特鲁埃尔被国民军攻占的第二天,"就笑容满面地跑到外面向亲家展示照片"(《声音》,第34页),没想到特鲁埃尔很快被国民军再次夺回,她惨遭邻居举报,后被长枪党人抓捕入狱。之后国民军重夺贝尔奇特并向地中海发起进攻,1938年年底,当政府军兵败埃布罗河战役时,西班牙内战也进入到最后的尾声。

于是1939年年初,当时任共和国上校的卡萨多(Casado)决定与佛朗哥谈判求和的消息传出时,帕乌利诺决定将母亲和妹妹埃尔维拉经由阿利坎特港口送往法国。那时,"成千上万聚集在港口的人们都充满希望地等待着军舰赶快到来,好载他们撤离。虽然空间狭小,虽然难以觅食,虽然有各种各样的困难,人们的情绪却并不低落"(《声音》,第44页)。然而佛朗哥坚决拒绝国际势力的调停,任何国外军舰将无法驶入阿利坎特港口进行救援,这条海上求生之路最终被佛朗哥无情切断,得知消息的人们陷入了绝望的疯狂,悲惨的情状一直清晰保存在埃尔维拉的记忆之中:

---

① Juan Benet: ¿Qué fue la Guerra Civil? Barcelona: La Gaya Ciencia, 1976, p.19.

就在这时,就在埃尔维拉试手套时,领事的声调变了,不是平常的声音了,很多人开始叫喊。领袖①拒绝国际势力的调停,他宣布对任何手上没有溅满鲜血的无辜的人都施以仁慈和宽恕。场面混乱起来。很多人来到水边,把武器扔到内港的深处。人们开始自杀。一个军人在电线杆上吊死,另一个人在脖子上拴了块石头然后投了河。一个上了年纪的人就在离埃尔维拉两步远的地方往自己嘴里打了一枪。妈妈把她紧紧搂在自己的膝头保护着她不让她太恐惧。(《声音》,第45页)

而那些在港口活下来的人们全部被当作政治犯抓捕,男女分开,送往不同的监狱。埃尔维拉的母亲就死在了杏树营,埃尔维拉则被送到了文塔斯女子监狱。至此,这幅内战画卷中的女性形象愈发凸显,不同家庭角色的女性——母亲、妻子、女儿,以及不同社会阶层的女性——文盲、农民、中产家庭、游击队员,等等,无一例外都被卷入了这场战火之中。

在杜尔塞·恰孔描绘的这幅以女性为主角的内战图景中,"沉默的声音"——文字,成为我们能够追寻和无限接近那些原初的声音和记忆的重要的"回声",逐渐勾勒出女性觉醒、反抗和成长的历程。因为在恰孔看来,当然也的确是那个年代的西班牙女性们所面临的真实处境:"她们失败了两次。一次是被剥夺了第二共和国赋予女性的权利②,另一次则是在内战中成为战败者。"③

20世纪30年代的西班牙,教育资源主要被教会开办的私立学校

---

① 领袖,指佛朗哥。
② 例如1931年4月25日,由时任陆军部长,后成为西班牙第二共和国总统的曼努埃尔·阿萨尼亚(Manuel Azaña, 1880—1940)颁布的新宪法,即阿萨尼亚法(La Ley de Azaña),包括限制天主教徒的权利、给予妇女受教育及参与选举等多项权利。
③ Virginia Olmedo, "Dulce Chacón: Las mujeres perdieron la Guerra dos veces", en *Meridiam*, n°.27, 2002, p.6.

所掌控,公办学校数量有限,因而在当时的西班牙社会依然存在大量文盲。游击队员欧尔滕霞在1937年的夏天才第一次学会写字,"她首先学会写自己的名字,然后学会了所有的字母"(《声音》,第163页)。而她的情况绝非个例。进入文塔斯监狱后,学会了写字的欧尔滕霞甚至为狱中其他女囚开设了识字课程。在收到丈夫送给她的蓝色笔记本后,欧尔滕霞更是在上面不停地写着:

> 十二个社会主义青年团结会的女人们被抓了进来,她也要被列入同一桩案件,很快就会审判她们十三个人。十三个,一九三九年八月五日同样数目的少年遭到枪杀,那十三朵玫瑰①。她还写到托马萨被罚关禁闭十五天。……她在日记中还写到那个埃斯特雷马杜拉女人肯定出过什么大事,因为她从来不肯透露为什么被带到这儿来。有人说她曾经在奥利文萨作为死囚犯被关了两年。她还写托马萨总是问到海。她向每个人问同样的问题:
> "你见过海吗?"
> "海是什么样的?"
> 她写埃尔维拉身体康复了,而全体犯人都受到了惩罚,那个告密者也没能逃过。她说所有人受到了最严厉的惩罚。雷梅给她梳头的时候她就写啊,写啊。(《声音》,第38—39页)

显然,欧尔滕霞留下的文字已经成为自己和其他女囚的声音的"回声",更成为她的女儿滕西长大后得以"倾听"母亲的"声音",寄托对母亲的回忆的有效媒介,成为唤醒记忆的催化剂,成为连接现在和

---

① "十三朵玫瑰",指十三名社会主义青年团结会(Juventudes Socialistas Unificadas)成员。年纪在19岁到29岁之间。1939年她们被指控杀害了一名国民警卫队上校及其儿子,并被关押在文塔斯监狱。1939年8月5日凌晨,她们被集体执行枪决。事实上,她们和刺杀事件并无关系,只是佛朗哥政府疯狂报复、散播恐怖的牺牲品。这场屠杀在当时引起巨大震动,甚至在法国也因此爆发了声势浩大的游行。从此,人们用"十三朵玫瑰"来称呼这群英勇就义的年轻女性们。2007年由埃米略·马丁内斯·拉萨罗执导的电影《十三朵玫瑰》在西班牙上映。

过去的"沉默的声音"。

除了欧尔滕霞的日记,作者还在小说中设置了形式多样的文本:判决书、公文、报纸消息、行为规范书、信件,等等,作为那个被遗忘、被遮蔽的年代的人们的"回声"。例如曾经也被关押在文塔斯监狱右二号监区的十三朵玫瑰中的胡利塔·科内萨(Julia Conesa,1920—1939)写给母亲的最后一封信,也经由文本对历史记忆的保存和激活,从个人记忆进入到公共空间,通过一次次的重复,被记住、被唤醒、被赋予价值和意义:

> 母亲,兄弟们,我怀着满腔的爱和激动恳求你们不要哭泣,一天也不要哭。我不会哭泣着出去。……他们杀害了清白的我,我是无辜的。
>
> ……
>
> 再见了,亲爱的母亲,永别了。
>
> 再也不能吻你,不能拥抱你的女儿。
>
> 胡利塔·科内萨
马德里 1939 年 8 月 5 日
>
> 把我的吻带给所有人,无论是你还是我的同伴们都不要哭泣。
>
> 我的名字不会被历史遗忘。

只有被记住,才有可能不被遗忘驱逐,只有留下痕迹,才有可能重回原地,只有存在"回声",才能想起那些不得不沉默的声音。正如作者以《沉默的声音》告诉读者们的:即使战争已经成为历史,但是死者并没有成为历史的一部分(《声音》,第 19 页)。因为他们的名字还未曾被记住,他们的故事还没有被讲述,他们的声音依然需要被今天的我们倾听和传递。

战后超负荷关押大量政治犯的马德里文塔斯女子监狱①

小说《沉睡的声音》西班牙版的封面,来自历史学家胡丽安·恰维斯(Julián Chaves)著作中的一张照片。作者恰孔在访谈中表示,自己第一次见到这张照片时就知道这就是她小说的主人公,女游击队员——欧尔滕霞②

---

① 文塔斯女子监狱建于 1931 年,于 1969 年关闭。图片来源于该纪念机构官方网站 https://carceldeventas.madrid.es/,2021 年 2 月 18 日查看。
② Virginia Olmedo, "Dulce Chacón: Las mujeres perdieron la Guerra dos veces", en *Meridiam*, n°.27, p.8.

第六章
记忆书写的"跨界"

第一节 概 述

我们在上篇第二章对内战记忆小说的再现模式进行讨论时注意到,相较于"记忆什么","学界显然更加关注"如何记忆",也就是说,采用怎样的叙述策略,会直接影响到其塑造的关于过去的某种"真相"能否被接受,能否进入更加广阔的集体记忆的公共领域,以及能否在时间和空间上获得更持久、广泛的传播,甚至最终使自身也成为记忆的对象。因而,采用一种恰当的方式,创造出一种真实的记忆效果对于西班牙内战小说而言,可谓十分关键。

为了实现对记忆的模仿,内战记忆小说常见以第一人称进行叙事,仿佛面对面一般,向读者讲述一段"我"的亲身经历,彰显出一种"生平书写"[1]的近距离体验感,这样的书写形式被学者称为"自我虚构"(autofiction),并随着西班牙内战小说持续扩大的影响力,已经成为21世纪西班牙后现代主义文学流变中的代表风格。[2]

如果说"自我虚构"从情感和心理上拉近了叙事者和读者的距离,那么如何进一步让读者相信"我"讲述的这段历史是真实的呢?其中一个策略就是将记忆建构的过程塑造为有证人、有证据(物证、书证、

---

[1] [英]马克斯·桑德斯:《传记、文化记忆与文学研究》,载[德]阿斯特莉特·埃尔、安斯加尔·纽宁主编:《文化记忆研究指南》,李恭忠、李霞译,南京:南京大学出版社,2021年,第398页。

[2] 杨金才:《21世纪外国文学:多样化态势明显》,载《文艺报》2017年9月4日第7版。

证言)、有逻辑推理的侦探破案般丝丝入扣的动态进程。这样的策略选择并非偶然。一方面,内战历史的记忆化、文本化过程,的确为个体记忆和想象提供了丰富的可能性;而另一方面,正如我们之前讨论过的那样,西班牙官方对这段看似并不光彩的内战记忆的刻意回避和"掩盖",反而使得所谓"真相"的版本大量涌入,越发扑朔迷离。

不过,对于历史的书写者们来说,寻找被时间或被人为因素刻意掩盖的真相永远具有难以抗拒的吸引力。因而渐渐地,侦探小说的程式被记忆小说的创作者们愈来愈多地挪用。显然,对历史谜题的诘问,对事实真相的渴求,使对被掩藏的伤痛历史的记忆书写与侦探小说从根本的创作动机开始,就缔结了某种天然亲缘。于是,作家们不约而同借助一名业余侦探——通常是教师、记者、翻译等知识分子,对某起或悬而未决、或被刻意掩盖的历史事件展开调查,以此推动情节发展。我们不妨将其看作记忆书写的一次成功"跨界",因为记忆的"侦探"们很快受到学界和读者们的关注与肯定,并使"这一程式逐渐成为当代西班牙小说中的一大特点"[1]。他们以文本的形式去"挖掘"那些被埋葬的与内战相关的历史真相。这些"跨界"之作无论是从小说的主题上,还是叙事的方法上,都可谓是珠联璧合,相得益彰。

在围绕内战的叙事中,首次以侦探小说的范式进行这一记忆实践的是一位流亡作家——拉蒙·森德·巴拉约(Ramón Sender Barayón, 1934—)。幼年跟随父亲拉蒙·何塞·森德(Ramón J. Sender, 1901—1982)[2]流亡

---

[1] Santos Sanz Villanueva: "La novela", en *Los nuevos nombres: 1975-1990*, ed por Darío Villanueva, *Historia y crítica de la literatura española*, vol.9, coord. por Francisco Rico, 1992, Barcelona: Editorial Crítica, p.251.

[2] 拉蒙·何塞·森德(Ramón J. Sender, 1901—1982),西班牙著名小说家、散文家和记者。1922—1924年间参加过里夫战争(Guerra del Rif),1924—1930年间是著名媒体《太阳报》(El Sol)的撰稿人;1936年7月内战爆发,他与妻子及年幼的两个孩子分开,自己冒险穿过前线,以一名普通士兵的身份加入了从马德里前来保卫马达拉马山脉的共和军队伍。1936年10月,他的妻子安帕罗·巴拉约在萨莫拉被国民军逮捕,后执行枪决。1939年年初,在加泰罗尼亚地区全境陷　　(转下页)

美国的森德·巴拉约,对于母亲在1936年的突然离世始终心存疑惑,然而无论小巴拉约如何追问,父亲始终避而不谈。1982年,父亲更是带着这个秘密与世长辞。之后不久,森德·巴拉约便和妹妹重返西班牙,调查母亲安帕罗·巴拉约(Amparo Barayón,1904—1936)在西班牙内战期间被枪决的真相。1989年,他根据自己的调查结果写就小说《萨莫拉死亡事件》(*A Death in Zamora*),在美国出版后,大受欢迎。1990年,同名小说在西班牙上市,次年其德文版在德国被翻译出版。2017年小说再版,2018年被改编成了电影。

从文学创作上而言,这部小说无疑是记忆书写成功"跨界"的一个最佳例证:自传体小说、侦探小说、回忆录等彼此交织;从记忆与身份认同的关系来看,《萨莫拉死亡事件》不仅是森德·巴拉约对家族秘密的一次探寻之旅,也是一名西班牙流亡者的后代寻找自我身份、治愈童年创伤的精神之旅;而从文化记忆的运行机制来看,这更是实现个体记忆进入集体记忆的一种策略,文本成为这段家族记忆、民族之殇的稳定载体,并不断在当时以及当下新的语境中,向不同的读者们发出质疑:到底谁是真凶?

实际上,持有这一追问的西班牙作家不在少数。对内战真相的探寻是记忆的"侦探"们的责任与使命。无论是穆尼奥斯·莫利纳的《贝阿图斯·伊尔》,还是形成了"塞尔卡斯效应"的《萨拉米斯士兵》,抑或是安德烈斯·特拉皮耶洛的《日日夜夜》、马丁内斯·比颂(Ignacio Martínez de Pisón)的《埋葬死者》(*Enterrar a los muertos*,2006)、罗莎·

(接上页)落后,拉蒙·何塞·森德流亡海外,先后在法国、墨西哥、美国等国家停留,并最终定居纽约。作家直至去世,仍在希望可以放弃美国国籍回到祖国。拉蒙·何塞·森德的经历对于内战期间的西班牙知识分子来说,具有一定的代表性,同时他也是一位十分多产的流亡作家,他的创作中被读者所熟知的,是由彼得·查尔默斯·米切尔爵士(Sir Peter Chalmers Mitchell,1864—1945)翻译成英文的内战题材小说:《七个红色星期天》(*Siete domingos rojos*)、《叛乱中的维特先生》(*Witt en el cantón*)和《西班牙战争》(*Contraataque*)等。

蒙特罗的《食人肉者的女儿》(*La hija del caníbal*, 1997)、洛伦索·席尔瓦的《我们的名字》(*El nombre de los nuestros*, 2001)、哈维尔·马里亚斯(Javier Marías, 1951—)的《明日你的脸庞》(*Tu rostro mañana*, 2007)等等一系列创作中,侦探小说的叙述轨迹清晰可见:作者们不约而同借助一名业余侦探——教师、记者、翻译、作家等知识分子,对某起可能隐含着秘密,甚至是巨大阴谋的历史悬案自发展开调查,案情的进展往往也呼应着这名"侦探"对过往的重新认知和对自我身份的重新建构,即个人的成长。那么,这样的艺术表征只是巧合吗?仅仅是为了追求像侦探小说一般扣人心弦的叙事张力吗?应该说确有这样的因素存在其中,但又不仅限于此。

古希腊神话中的《俄狄浦斯王》不仅是悲剧的原型,更被不少学者认为具有典型侦探小说的因子[①],如果我们以此作为批评的切入点,会发现除了"挖掘真相"之外,对身份的找寻和最终悖论的结局——受害者也是真凶,从古希腊神话开始,就已经使得这两类小说有了某种天然亲缘。只不过内战记忆小说寻找的是更为广义的集体记忆和民族身份,而真凶也往往难以界定,体现出更为复杂的人性和无从解决的深层次矛盾。此外,侦探小说中常见的收集证据,然后解谜、拼图般对案情进行还原的经过,与记忆小说从当下发起对过去的探寻,通过收集碎片式的记忆,一点点重构历史真相的过程亦不谋而合。最后,屡屡涉及暴力、犯罪的侦探小说历来对世人具有告诫和警示的作用,故此当记忆小说涉及内战期间被掩盖的罪恶时,尽管真凶早已无迹可寻,但从记忆的伦理角度来看,同样对读者具有道德规劝的意味。

本章选取的分析对象是哈维尔·塞尔卡斯的《萨拉米斯士兵》和

---

① 参见袁洪庚:《〈俄狄浦斯王〉中的侦探小说因子》,载《外国文学研究》2008年第6期,第117—122页。

本杰明·普拉多(Benjamín Prado, 1961—)的《邪恶的人四处行走》(*Mala gente que camina*, 2006)。在两部作品中扮演"侦探"角色的分别是记者塞尔卡斯和文学课老师乌尔瓦诺,他们的"探案"轨迹亦清晰可循:二人都从当下发起对过去的"谜题"——内战期间一次离奇的枪决事件、佛朗哥政府统治期间一部无人问津的小说和它的神秘作者——入手,层层剥茧,环环相扣,在将真相一点点揭示给读者的同时,也激活了无数个以被集体记忆所遗忘,但实则应当获得正义和纪念的时刻。他们的"案件"中都没有真正的罪犯,或者说也没有真正的无辜者,更多的是对自身和社会的审视、反思和拷问。他们的"结案报告"分别是小说《萨拉米斯士兵》和《一段不存在的历史》;不仅如此,两名记忆的"侦探"也都经由这次找寻,完成了一次精神洗礼和自我成长,于是交往记忆经由这新的记忆承载者的"调查破案",从被存储和被遗忘的记忆,成为被理解和被居住的功能记忆。

鉴于此,我们在对这两个文本进行批评时,一方面希望体现作者利用"犯罪—探案—破案"的程式为记忆小说增添的紧张悬念和阅读趣味;另一方面,更要将我们自己也化作"侦探",探寻上述程式背后所蕴含的伦理观、价值观、记忆观、历史观。因而,对于引起了著名"塞尔卡斯"效应的《萨拉米斯士兵》,我们不仅关注它如何通过一名记忆的"侦探",将这桩内战时期的谜团拨云见日,更要意识到在"破案"的过程中,被真实展现的当下西班牙社会对于战争记忆的矛盾心理,最后,还要注意到这部作品在无意中契合了文化记忆的运行规律,使文本成为文化记忆的载体和对象,因而才能够将这场寻找从文本内延伸到文本外,且余波不断。而对于通过系列小说创造了一个业余"侦探"形象的,断案意味更加明显的《邪恶的人四处行走》,我们则努力剥开其侦探小说的外衣,解读破案程式之下的隐性进程,体味作者发人深省的反讽意味,为记忆的"跨界"探寻更多的可能和意义。

第二节 记忆的"侦探"——《萨拉米斯士兵》中的叙事策略

《萨拉米斯士兵》是当代西班牙内战小说创作中里程碑式作品。小说借助侦探小说的写作程式,同时利用记忆固有的运行特点,通过多声部叙事等策略,不仅体现出历史叙事中对真实性的高度关注,更呈现了在历史的文本化过程中,如何利用对过往事件破案般环环相扣的取证和推理,从而达到对战争记忆的有效追溯和真实再现的过程。而当过去和现在经由记忆的"侦探"成为相互关联的有意义的整体时,"侦探"本人也在实现记忆重构的同时,完成了自我反思和身份认同。

西班牙作家哈维尔·塞尔卡斯于 2001 年出版的小说《萨拉米斯士兵》(*Soldados de Salamina*)可以被看作当代西班牙内战题材小说中里程碑式的作品。不仅在世纪之交引发了著名的内战记忆的"爆炸",其热度和引发的话题更是至今未平。由于《萨拉米斯士兵》经久不息的热度,对这部作品的解读亦呈现出十分多元的特性。一方面,由于小说取材于西班牙内战期间的真实人物及事件,因此被看作是历史小说[1];另一方面,由于作者在小说中展示了作品从构思到完成的创作过程,也被看作是元小说[2];同时小说采用第一人称叙事,且作者、叙事者和小说主人公都叫塞尔卡斯,其他重要人物桑切斯·马萨斯、桑切斯·菲尔罗西奥、米拉耶斯、波拉尼奥等也都是真实存在的历史人物,

---

[1] 陈众议:《回到情节——新世纪西班牙语小说管窥》,载《世界文学》2005 年第 1 期,第 276 页。

[2] Javier Lluch Prats: "La dimensión metaficcional en la narrativa de Javier Cercas", en *Actas del XXI Congreso Aispi*, 2006, p.298.

因而被马努埃尔·阿尔贝尔卡(Manuel Alberca)等学者看作自我虚构小说的代表作品。①

而本节将主要以阿斯曼夫妇的文化记忆原理作为主要依据和切入点,探寻《萨拉米斯士兵》如何融合了记忆机制的运行模式和侦探小说的创作程式,重构了关于西班牙内战的历史记忆并获得成功的原因。我们看到,当对内战和民族苦难有着直接记忆的一代人渐渐离去之时,年轻一代的知识分子们借助侦探小说程式,同时利用记忆固有的运行特点,通过多声部叙事,在历史的真实性与创作的艺术性的交织中,对历史记忆进行追溯和再现,让过去和现在成为相互关联的有意义的整体,在实现历史记忆重构的同时也完成了自我审视和身份认同,体现了他们不轻言遗忘且勇于承担的勇气、精神和追求,更为当代西班牙内战题材小说找到了更多的意义。

一、疑云初现:被记忆的"侦探"打开的多声部叙事

小说《萨拉米斯士兵》采用了第一人称叙事,并由《丛林里的朋友》《萨拉米斯士兵》和《斯托克顿之约》三个部分构成。叙事者"我"和作者同名,叫作"塞尔卡斯",也是阴错阳差地在整部小说中扮演了记忆的"侦探"的核心人物。

在小说第一部分《丛林里的朋友》中,职场失意的记者塞尔卡斯在一次对畅销作家拉斐尔·桑切斯·菲尔罗西奥(Rafael Sánchez Ferlosio)的采访中,意外得知其父亲拉斐尔·桑切斯·马萨斯(Rafael Sánchez Mazas)在西班牙内战期间的一段颇为传奇的经历:1939年1月,内战结束前夕,共和军眼看败势已定,决定在流亡法国前,枪杀一批国民军的俘虏。这批被押往西法边境的支持佛朗哥的战犯中,就有作为

---

① 参见 Manuel Alberca: *El pacto ambiguo. De la novela autobiográfica a la autoficción.* Madrid: Biblioteca Nueva, 2007。

长枪党创建者之一的桑切斯·马萨斯。然而行刑之时,突降大雨,子弹穿过桑切斯·马萨斯宽大的棉裤,却并未令他受伤。马萨斯趁乱向身后的密林里狂奔而去,慌不择路地选了一处荆棘丛生的凹地将自己藏身其中。然而,却被一名前来搜查的年轻的共和军士兵发现,几秒对视之后,士兵在暴雨中转身离去,桑切斯·马萨斯幸运捡回一命。塞尔卡斯听完菲尔罗西奥的叙述后深感震撼,这会是真的吗?如果是真的,这名士兵为何要放过自己的敌人?那一刻他在想些什么?塞尔卡斯的记者身份,让他顺理成章地具备了成为一名优秀的记忆的"侦探"的先决条件。小说的第二部分《萨拉米斯士兵》正是塞尔卡斯根据其在第一部分的调查和采访写就的桑切斯·马萨斯的故事,但他本人一直觉得不甚满意。在第三部分《斯托克顿之约》中,塞尔卡斯又偶然通过智利作家波拉尼奥(Bolaño)的回忆,获知了共和士兵米拉耶斯(Miralles)的故事,他会是那个救了桑切斯·马萨斯的士兵吗?几经周折,这位记忆的"侦探"终于如愿采访到这位共和党老兵,在解答了心中疑虑的同时也终于为他在小说中创作的《萨拉米斯士兵》找到了最好的结局。

对小说的结构和情节稍作梳理,我们不难发现,整部小说的三段式结构不仅在表层上满足了"案件—调查—揭秘"的侦探小说程式,更在深层意义的传递上,契合了记忆的独特运行机制,体现了社会性的记忆如何传递、保存,以及如何从停留在表面的储存式记忆向功能性记忆转换的过程。这两者在《萨拉米斯士兵》中的有机结合,不仅体现出历史叙事中对真实性的高度关注,更呈现了在记忆的文本化过程中,对历史事件的合理逻辑推理和有原则、有选择的历史想象,实际上是有助于这一普遍历史真实的实现的。换言之,小说既反映了历史事件的真实性,又呈现了文学叙事的艺术性,而这一效果的达成,离不开记忆的"侦探"塞尔卡斯,正是通过他主动发起的一系列探寻,无数早已被遗忘和废弃的回忆之门才得以重新开启,来自不同记忆主体的回忆和声音才能够从过往来到当下的叙事当中,并经由他的筛选、整理和再次叙述,形成了由不同记忆汇聚而成的和谐的多声部叙事。

那么,塞尔卡斯是如何能够做到这一点的呢?在文化记忆理论中,扬·阿斯曼将具有社会性的集体记忆按照保存时间长短和产生的方式分为"交际记忆和文化记忆"①。阿斯曼认为交际记忆是个体生平框架内的历史经验,是非正式的,不太成型的经验。它在日常生活中通过与他人的交往产生,保存时间较为有限,一般在八十年到一百年间,也就是三至四代人,所以也被称为代际记忆。它的载体是非专职的,回忆共同体中某时代的亲历者。我们看到,由于交际记忆的流动性和较为容易的保存性,虽然经过"佛朗哥独裁统治阶段的集体沉默和被动失忆阶段"②,有关内战及战后的记忆仍然通过口头讲述得到

照片取自导演大卫·特鲁巴根据小说改编,于2003年上映的同名电影《萨拉米斯士兵》

---

① [德]扬·阿斯曼:《文化记忆:早期高级文化中的文字、回忆和政治身份》,金寿福、黄晓晨译,北京:北京大学出版社,2015年,第25页。
② José F. Colmeiro: *Memoria histórica e identidad cultural: De la postguerra a la postmodernidad.* Barcelona: Anthropos, 2005, p.19.

传递,正如没有亲身经历过西班牙内战的塞尔卡斯,之所以能够在已经过去六十年后,还可以完成对那段极少人知道的家族内部记忆,或曰记忆谜团的调查、取证和重新构建,正是由于交际记忆的作用。

然而,如果由交际记忆保存并传递的各种回忆和信息是零散和破碎的,那么它们之间如何相互融合、作用,共同推动小说的叙事呢?正如上文所述,这与作者的叙事策略,即记忆的"侦探"塞尔卡斯息息相关。《萨拉米斯士兵》并非简单地利用交际记忆来追溯和传递历史,而是利用叙述视角的不断转换,建立起一个多声部的回忆声场,从而构建了文本意义的发生器,把不稳定、不匀质的交际记忆转换成了能够承载文化记忆的文学文本。在这个转换过程中,始终发声的是记者塞尔卡斯,他以第一人称"我"进行叙事,"我"既是记忆声场的中心,也是其他记忆进入声场的媒介:"我开始对桑切斯·马萨斯产生了兴趣,对西班牙内战产生了兴趣,在此之前,内战对于我而言如同萨拉米斯海战一般遥远。"[1]起初,塞尔卡斯试图通过查找档案来填补这段记忆空白。然而,作为长枪党创始人的桑切斯·马萨斯,无疑是西班牙近代历史需要"快速掩埋"(《士兵》,第19页)的对象。因此,关于马萨斯在内战爆发前几个月以及他在战争中的经历,由于没有任何文字记载而变得模糊不清。

但幸好,当年马萨斯藏身丛林的几天中,偶遇的几位当地村民尚且在世,他们的记忆将成为破解疑团的关键要素。当塞尔卡斯几经周折终于见到当年这起事件的几位关键证人:八十二岁的华金·菲格拉斯(Joaquin Figueras),丹尼尔·安赫莱斯(Daniel Angelats),以及八十八岁的玛丽亚·费雷(Maria Ferré),前两位是不愿意跟随共和军流亡,又恰巧和马萨斯躲进同一片丛林的士兵,后一位则是当年给马萨斯提

---

[1] Javier Cercas: *Soldados de Salamina*. Barcelona: Tusquets Editores, 2011, p.19. 下文中引用仅给出中文书名的简写《士兵》和原文页码。

供了食物和避难所的平民姑娘。三位年事已高的当事人,通过口述的记忆为塞尔卡斯苦苦探寻的事件真相提供了关键证据:

> 三位的记忆力都不错,至少对于他们五十多年前与马萨斯相遇时的情景依然记忆犹新,仿佛那件事情已经成为他们生命中至关重要的一个部分,让他们时常回想。三个人讲述的版本略有不同,但并不矛盾,在很多点上,他们的讲述相互补充。在这个基础上,借助一些逻辑,再加些许想象,这个关于桑切斯·马萨斯的离奇故事也就不难被还原出真相了。(《士兵》,第69页)

这里"我"既是文本情节叙述的组织者,又是如侦探一般对各种记忆进行整理、对真相的揭秘过程进行还原的解说者,"我"成为文本意义发生器的核心所在。

于是,围绕着小说文本意义发生的核心,更多的亲历者,即更多的证人和证词被带入当下的叙事。在小说开头,桑切斯·菲尔罗西奥对记者塞尔卡斯讲述他的家族记忆:

> ……那是内战结束的前夕。7月18日有人在马德里的街头撞见他(桑切斯·马萨斯),那时他已经在智利使馆避难一年多了。大约是1937年底,他从使馆逃出来,藏在一辆大卡车里,可能是想去法国。不过,他们在巴塞罗那抓住了他。佛朗哥的军队开进巴塞罗那的时候,他被带到距离法国边境很近的埃尔科耶,在那里执行枪决。(《士兵》,第17页)

之后,随着调查的深入,更多的记忆通过"我"得到交汇。当年帮助过桑切斯·马萨斯的玛丽亚·费雷,讲述她第一次在家门口见到马萨斯的情景:"高个儿,饥肠辘辘,幽灵似的,戴着一副歪斜的眼镜,胡子也很多天没有刮过,穿着沾满了泥土和烂草的棉袄,满是窟窿的裤子"(《士兵》,第104页);又或是安赫莱斯回忆起他曾在夜里醒来,听到桑切斯·马萨斯向菲格拉斯讲起自己和那个不知名的共和党士兵的事,马萨斯说道:"我问自己,他为什么不揭发我,为什么放走了我。我问了自己无数遍。"(《士兵》,第 120 页)而据在马萨斯晚年接触过他的人回忆,这位垂暮的老者经常想起内战时的事,尤其是那场发生在埃尔科耶的枪决。(《士兵》,第 136 页)

这些叙述者虽然都是从第三人称的视角展开的叙述,但是由于个人所处的情景不同,有的是家族记忆的回顾,有的是自己的亲眼目睹,还有的是本人与当事者的亲密接触等,形成了多声部的叙述片段。这些片段通过记忆的"侦探"塞尔卡斯的交际活动——调查和走访,而被不断提取,在过去和现在之间不断流动,不断交织,不仅为这个历史谜团的调查提供了线索,更推动小说情节不断向前发展。从小说开头部分的单一声音,到越来越多声音的加入:作家桑切斯·菲尔罗西奥、乌梅·菲格拉斯、历史学家阿吉雷(Aguirre)、玛丽亚·费雷,智利作家波拉尼奥、共和党士兵米拉莱斯等不同个体的回忆声音,从不同的视角通过与"我"的对话进入叙事主线,并最终汇聚到塞尔卡斯身上,并通过他的接收、筛选、整理和传递,将记忆的维度指向读者和未来。

二、真相还原:记忆"侦探"的空间拼图

当大量碎片化,甚至是有些自相矛盾的个体记忆被激活和提取后,如何还原那桩只有两个当事人在场的历史谜案,且其中一个已经去世,而另一个下落不明?此时,侦探小说的叙事程式再次发挥作用,记忆的"侦探"塞尔卡斯一方面通过实地调查走访,另一方面则通过追寻当事人在地理空间中的移动和标示,再加以自己的推理和想象,合理地还原了当初那个被覆盖了重重迷雾的历史疑案中的两个主人公的身份和故事。

一直以来,空间与记忆之间的关系就颇受学者们的关注。例如科

特(Wesley A. Kort)就在《现代小说中的地方和空间》(*The Poetics of Space*, 1957)中总结了巴什拉(Gaston Bachelard)的《空间诗学》中关于记忆与空间关系的看法:"巴什拉的基本观点……是记忆负载着连续感、身份和个人生活的价值等所有的含义,与其说它们具有时间特性,倒不如说它们更具有空间特性。"[①]也就是说记忆不仅与时间有关,记忆的空间性更加明显。某种具体的空间往往会激活一些具体的记忆。

在《萨拉米斯士兵》中,空间对于记忆的激活作用是显而易见的。记者塞尔卡斯在获知桑切斯·马萨斯的故事后虽然感到不可思议,但也并未打算立刻做些什么。反而,五年之后在撰写纪念著名爱国诗人安东尼奥·马查多的报道时,诗人病逝的地方埃尔科耶(El Collell)激活了塞尔卡斯的记忆,让他再次想起了桑切斯·马萨斯死里逃生的故事,并写进了文章中。此后,为了重新建构这段历史(reconstruir la historia),仿佛搜集证据的侦探,塞尔卡斯更是多次奔赴巴塞罗那,他在埃尔科耶找到当年行刑的地点,并亲自回到了那个现场:"我停留在这里……想象着六十年前在这个同样的地方,五十个男人不得不面对死亡,而他们中的两人躲开了美杜莎的目光。"(《士兵》,第68页)无论是两个原本并无关联的历史人物被同一个地点联系在一起,还是塞尔卡斯重返历史现场的行为,都体现了埃尔科耶作为记忆之地对具体回忆的储存和激活作用。

在文学创作中,特定的空间不仅能够激活与储存历史记忆,而且更能够激活深层的隐喻。从小说的标题到内容都不断重复着一个地点"萨拉米斯",用公元前480年的一场几乎无人记得的海战,比喻发生在20世纪30年代的西班牙内战,形象体现了当今西班牙社会面对历史记忆的逃避态度。在塞尔卡斯调查走访的过程中,有这样一段对

[①] Wesley A. Kort: *Place and Space in Modern Fiction*. Florida: University Press of Florida, 2004, p.167.

历史档案馆的颇具玩味的描述:"我来到历史档案馆,它位于老城区一栋翻新过的古老的修道院里。我沿着路牌,登上几步石阶,走进馆内,这里安静得只听得到一位办事人员俯身在电脑后敲击键盘的声音。"(《士兵》,第61页)塞尔卡斯并未直接道破,但我们依然能够清晰感受到被遗忘和被忽略的历史,如同这人迹罕至的历史档案馆。

不仅如此,两位当事人,桑切斯·马萨斯和米拉耶斯的坎坷人生经历,更是经由塞尔卡斯过对他们频繁迁移的地理空间的整理,仿佛拼图一般,逐渐勾勒呈现出来。两个毫无关联的人的同样变化多舛和身不由己的命运,折射出西班牙20世纪上半期纷乱复杂的社会意识形态和政治局势。1894年桑切斯·马萨斯出生在马德里,由于父亲早逝,他跟随母亲迁居至毕尔巴鄂(Bilbao),1916年的毕尔巴鄂被描述成一座"被富有的资产阶级统治的……自由主义气氛热烈"(《士兵》,第79页)的城市,在这样的大环境下,刚刚大学毕业的马萨斯开始踌躇满志地为杂志《赫尔墨斯》(*Hermes*)撰稿,渐渐地在他的周围形成了一个小型作家群体,这些人中的大部分人都在日后加入了长枪党。1922年,在墨索里尼夺权后,桑切斯·马萨斯被《ABC报》派往罗马担任通讯员,在罗马的七年时间里,他开始信仰法西斯主义。后来,当他再回到马德里时,他的理想是通过法西斯主义让西班牙回到等级分明的旧时代,"说马萨斯是西班牙的第一个法西斯主义者也不为过,更确切地说,他是法西斯主义在西班牙最有影响力的理论家"(《士兵》,第80页)。1933年他与普里莫·德·里维拉等人一起创办了西班牙长枪党,最终成为促使西班牙内战爆发的直接原因。1936年长枪党位于马德里的总部被第二共和国以武力关闭,马萨斯被迫在智利使馆避难。之后,他在巴塞罗那被捕,并被带往埃尔科耶附近执行枪决;他幸运逃脱后无比狼狈地藏身丛林,又在佛朗哥进入巴塞罗那后追随独裁政府回到马德里;由于他的政治影响力,在毕尔巴鄂有一条街以他的名字命名;1940年以后他在佛朗哥统治集团内部的政治地位不断下降,被逐渐排除出了核心统治群,直到1966年去世他一直独居在西班牙南部小城克里亚(Coria)。

从自由主义氛围浓烈的毕尔巴鄂,到意大利的政治中心罗马,再到西班牙的首都马德里和大城市巴塞罗那,直至最后的西班牙小城克里亚,一个个空间片段,随着时间的迁移不停地转换,激活了历史的记忆。马萨斯本人动荡的政治生涯随着一个个地点、一座座城市的经历,与所处时代的社会场景一起渐渐展现出来。

对于事件的另一位当事人米拉耶斯,记者塞尔卡斯通过同样方式的空间拼接,生动还原了他被战争改写了的艰难人生。1936年西班牙内战爆发,不满十八岁的米拉耶斯被招募入伍,追随恩利克·李斯特(Enrique Líster)带领的第五军团参加了几乎所有内战期间的重要战事:马德里保卫战、阿拉贡战役、埃布罗河战役,最后于1939年初退守加泰罗尼亚,打算由此流亡法国。1939年2月,他和45万西班牙人一起穿过西法边境,等待他们的却是边境小镇阿尔赫勒斯(Argeles)周围荒芜的沙漠,流亡的西班牙人把这里称作"集中营",最终只有8千人活了下来。因此几周后当米拉耶斯看到法国外籍军团的旗帜时,他几乎没有丝毫犹豫就再次入伍。这次他来到非洲的法属殖民地马格里布(Magreb),此时二战爆发,米拉耶斯又被不承认维希政府合法性的菲利普·勒克莱尔的部队招募,他们穿越半个非洲,在海外为戴高乐寻求支援。之后他又陆续参加了法军多尔纳诺(D'Ornano)中校指挥的多场战事,直到1944年盟军在诺曼底登陆,纳粹投降,已经遍身伤痕的米拉耶斯才终于结束了颠沛流离又危险重重的军人生涯。我们和记忆的"侦探"塞尔卡斯一样,追随着主人公米拉耶斯在空间中留下的点点足迹,通过一个个战役、一场场战争,看清了这位被遗忘的无名英雄的身影,也再次重现了这段被保存在不同地理空间中历史记忆。

　　频繁更替的空间承载着马萨斯和米拉耶斯的个人经历和集体记忆,不仅是判断当年的丛林谜案真相究竟为何的重要依据,更由于侦探小说一般缜密的断案和推理,真实再现了西班牙内战爆发的起因、过程和结局。人物活动的小空间看似分散却彼此关联,它们相互交织构成《萨拉米斯士兵》的大空间。2001年《萨拉米斯士兵》发表,在读者中引起巨大反响,人们纷纷自发展开对无名英雄米拉耶斯的寻找;出版社不断收到读者来信,讲述自己的父辈们在内战中的相似经历;2003年小说被改编为同名电影搬上大银幕时,导演特意将主角塞尔卡斯设定为一名女性,避免再度引起读者的认知混乱;2013年《日报》(El Periódico)再次采访被认为是英雄的儿子的米盖尔·米拉耶斯(Miguel Miralles);十余年来关于这部小说的分析和研究从未间断;此时文本已经成为关于西班牙内战乃至二战的记忆空间,"是一种稳定的社会角色,它保存了群体的历史和思想,是一个巨大的记忆系统"①。

三、结案报告:"侦探"的反思与身份认同

　　作者选择"塞尔卡斯"成为记忆的"侦探"绝非偶然。我们发现,小说《萨拉米斯士兵》以第一人称"我"作为叙述主体,"我"既是交际记忆的承载者、传播者,也是文化记忆的叙述者、转换者。战后出生的塞尔卡斯对于内战并没有直接的记忆。一方面,他一步步挖掘、探索和重构上一代人在战争期间的经历,并不断加入自己的审视、评论和反思,正是在这个过程中他完成了对自我身份的认同;另一方面,他又通过对创作过程的不断分析和解说,努力实现着作家身份的认同、民

---

① 龙迪勇:《空间叙事学》,北京:生活·读书·新知三联书店,2015年,第384页。

族文化记忆与传播者身份的认同。正如阿斯曼认为的,"个体的认同的形成和发展是通过反思而完成的"①。

《萨拉米斯士兵》对于历史记忆的反思首先体现在以塞尔卡斯为代表的战后一代对于西班牙"内战"历史的询问和修正。面对经历了长达半个世纪的"记忆赤字"②西班牙社会,想要重获历史真相绝非易事。1939年西班牙内战结束,独裁政府面临的首要任务就是政权合法化,对西班牙人民的记忆控制也正始于此。从1939年到1975年间,"内战"是不存在的,取而代之的是"民族运动",是"圣战";7月18日不再是1936年佛朗哥发动政变的日子,而是伟大的"起义日";西班牙第二共和国成了非法组织,是"反西班牙"的异类;佛朗哥的头像被印上邮票,被和历代西班牙国王一起刻在城市广场的纪念碑上;在小学生的教科书里,佛朗哥更是解救西班牙人民于水深火热中的英雄⋯⋯因此,当记者赛尔卡斯第一次听说桑切斯·马萨斯在枪决中的经历时,他感到"十分震惊"。在这以前,桑切斯·马萨斯,连同西班牙内战对于塞尔卡斯这代人都只是一个遥远而模糊的名称:"内战对我来说就像萨拉米斯战役一般遥远,我总以为它是那些上了年纪的人对过去无法释怀的借口,是那些缺乏灵感的作家们需要的素材罢了。"(《士兵》,第19页)

此后,在记忆的"侦探"塞尔卡斯一点点拼凑记忆碎片,努力还原真相的同时,他不断对内战和战后的民主过渡提出质疑。面对战胜者书写的历史,他借助读者的来信让战败者发声:"内战的结局对于战胜的一方而言自然是好的,对于战败者则只剩下残忍。我们曾为了自由

---

① [德]扬·阿斯曼:《文化记忆:早期高级文化中的文字、回忆和政治身份》,金寿福、黄晓晨译,第135页。

② José F. Colmeiro: *Memoria histórica e identidad cultural: De la postguerra a la postmodernidad*, p.19.

而战,却从未有人对我们露出哪怕一丝感激之情……"(《士兵》,第25页)对于同样被历史记忆迅速遗忘的西班牙长枪党创始人之一的桑切斯·马萨斯,塞尔卡斯没有盲目跟从人们对其的固有印象,而是通过中肯的描写对历史记忆进行修正:一方面,20世纪30年代的政治狂热席卷到每一个西班牙人,敏感的知识分子们尤其如此,对于早年被派驻罗马的马萨斯而言,法西斯主义对他而言是建立一个"诗中的理想国的工具",因此回国后他创办了长枪党(《士兵》,第80页);另一方面,他在"丛林里的朋友"佩德罗·菲格拉斯(Pedro Figueras)被捕入狱时伸出援手,更在发现佛朗哥政府与自己的政治诉求格格不入时,以缺席会议消极抵触,最终被排挤出核心政权。桑切斯·马萨斯的确是一个法西斯分子,但他更代表了那个充满了各种主义的历史时代里大部分盲目而激进的知识分子的普遍状态。

其次,小说对这桩历史谜案的探寻过程,以及对内战记忆建构的双重过程,从个体记忆和集体记忆的双重角度印证了塞尔卡斯个人的成长,正是他在这个过程中不断的自我反思,促使其在历史中找到了自我的特定归属,找到了自己存在的意义和身份的认同,也代表了他所处的知识分子群体,长久以来的身份焦虑和对集体、民族认同的渴望与追寻。

在《萨拉米斯士兵》的开头,塞尔卡斯是一个毅然辞职后却又走投无路的颓废作家,正是这个作家身份,使得他可以把小说创作与创作阐释完美地结合起来。塞尔卡斯作为一个故事中的作家,有写不完的小说、付不完的账单,捉襟见肘的他甚至差一点付不起父亲的丧葬费,于是整日闭门不出,对着没有图像的电视机痛哭流涕,见不得他这副模样的妻子也终于弃他而去。不得已他只好再次回到报社,却在偶然的机会获知了桑切斯·马萨斯从埃尔科耶的刑场上死里逃生的事件,之后,"侦探"的本能被激发,他为"真相"所深深吸引,并为此展开了长达六年的调查寻访,也终于完成了同名小说《萨拉米斯士兵》的写作。大功告成的欣喜却并没有持续太久,这反常的现象促使塞尔卡斯开始对其原因进行反思:

> 书提前了一个月完稿,我十分高兴。我读了一遍,接着又读了一遍。第二次读它的时候,喜悦却彻底被失望所替代:不是这书写的不好,而是不够,就像是一个制作完成的机器由于少了一块配件而无法达到预期的功能。糟糕的是我偏偏不知道少的是哪一块。我把书仔细修改了一遍,重写了开头和结尾,改写好几处情节,又把另外几处情节的位置做了调整。可是,缺少的那块配件依然没有出现;这本书就像是个瘸子。(《士兵》,第 142 页)

就在他苦于没有线索,几乎打算放弃的时候,共和党士兵米拉耶斯经由智利作家波拉尼奥的记忆,进入了他的视线。太多的巧合令塞尔卡斯深信米拉耶斯就是那名放走桑切斯·马萨斯的士兵。他兴奋不已,他发觉原来自己真正感兴趣的不是马萨斯的故事,而是那位无名战士,找到了他也就找到了"机器缺少的那一块配件"(《士兵》,第 165 页)。显然,"侦探"塞尔卡斯挖掘出了比故事本身更为引人深思的意义。在与米拉耶斯的交谈中,塞尔卡斯发现相比战争的残酷更令老人感到痛心的是他们已经被这个为之战斗过的国家所遗忘:

> 1936 年,我和很多小伙子们一起奔赴前线。他们都和我一样,是塔拉萨人;我们都是那么年轻,都几乎还是些孩子;他们当中的一些我见过,还有一些说过一两句话,但大部分之前都不认识。他们是加西亚·塞戈斯兄弟(García Segués)——让和莱拉(Joan y Lela),米格尔·卡尔多斯(Miguel Cardos),加比·鲍德里奇(Gabi Baldrich),比伯·加纳尔(Pipo Canal),胖子欧戴那(el

Gordo Odena)、桑蒂·布鲁加达(Santi Brugada)、乔迪·古达约尔(Jordi Gudayol)。我们一起打仗,两仗都参加了：一次是我们自己的,一次是他们的(指二战期间在法国参加的抗击法西斯的战争),尽管这两个其实也是一个。他们当中没有一个活下来,所有人都死了。最后一个死的是莱拉·加西亚·塞戈斯。……那是1943年的夏天,在的黎波里附近的一个村庄里,被一辆英国坦克压死。你知道吗？自从战争结束,我没有一天不想念他们。他们是那样的年轻……然而所有人都死了,都死了,所有人。他们当中没有一个人品尝过生活的美好：找个姑娘结婚,生一个可爱的孩子,然后在一个阳光明媚的星期天的早晨,这个三四岁的孩子爬上爸爸妈妈的床,躺进父母的怀里……没有人记得他们,你知道吗,没有人。甚至没有人知道他们为什么死了……在这个国家里,哪怕有那么一个荒无人烟的小村子里的一条小胡同用他们的名字命名也好啊！我没有一天不想念他们,我记得他们所有人。
(《士兵》,第197—199页)

米拉耶斯的亲身经历在帮助记者填补缺失的记忆碎片的同时,也使得这段被人们遗忘的过往,在其过世后能够通过塞尔卡斯的记忆继续传承。当塞尔卡斯不仅接收而且理解了这段历史的时候,他也终于明白了这场找寻和写作《萨拉米斯士兵》的意义,因此在故事的结尾,尽管米拉耶斯坚持否认自己就是那名放走马萨斯的共和党士兵,在回程的火车上塞尔卡斯却前所未有地"感到无比愉快和巨大的幸福"(《士兵》,第203页),"我"决定把米拉耶斯和他的战友们的故事继续讲下去,就算他们已经死去了很多年,就算整个西班牙没有一个人记得他们,"只要我还继续讲他们的故事,他们就会以某种方式继续活着"(《士兵》,第206页)。可见,当塞尔卡斯从一个浑浑噩噩的记者,成为努力拼凑真相的记忆的"侦探"时,当他决定让自己成为那个"过去与现在的交汇点"①,直面真相并勇敢承担历史责任时,他也终于找到了作为个体的自己存在的意义和集体归属感,即自我身份认同。这种意义和认同既是一个"侦探"的历史认同,也是一个作家的创作追求,更是内战记忆小说的一次成功"跨界"。

第三节 侦探的游戏、历史的迷局——《邪恶的人四处行走》中的隐性进程

《邪恶的人四处行走》是以侦探小说的程式进行历史书写的典型代表作品。然而作者并非仅仅希望通过悬念吸引读者,在情节发展的背后,在"侦探"游戏的表面逻辑之下,是被赋予了特殊隐喻含义的人物设定,"侦探"与读者共同成为道德的观察者与见证者。当被全世界作为典范称颂的、被西班牙引以为傲的民主过渡其实是掩盖犯罪的遮羞布时,人们是否愿意接受这样的真相?在侦探游戏的表象之下,是一股贯穿全文的反讽性叙事潜流。

2006年诞生于《邪恶的人四处行走》中的"侦探"——胡安·乌尔瓦诺(Juan Urbano),随着该系列第四起案件《三十个姓》(*Los treinta apellidos*)在2018的出版,使作者本杰明·普拉多成为在后现代语境下利用"体裁杂交"(la hibridación de géneros)进行记忆书写的典型代表作家。

对于这些建立在真实历史事件上的小说而言,学界的关注点往往集中在作品的历史书写策略,尤其是作者如何处理真实与虚构间的关

---

① Carlos Castilla del Pino: "El uso moral de la memoria", en *El País*, 25 de julio, 2006. 参见 https://elpais.com/diario/2006/07/25/opinion/1153778406_850215.html, 2016年12月20日查看。

系。马努埃尔·阿尔贝卡就以此为研究维度,剖析了这些小说如何在两者之间努力寻求平衡,从而与现实和虚构同时签署了"双重契约"。哈维尔·卢奇(Javier Lluch)指出:"在《邪恶的人四处行走》中,虚构的人物被嵌套进可被求证的历史事件当中,让读者难以分辨。"[①]而这一点也为本杰明·普拉多招来了争议,有历史学家指出小说中"信息缺少准确度,有操控历史的倾向和嫌疑"[②]。不难看出,学界普遍忽视了这部历史小说的跨界书写,"犯罪—调查—破案"的基本程式仅被看作激发读者阅读兴趣的叙述技巧。换言之,人们认为作者只是无意间将这桩佛朗哥统治期间发生的"婴童失盗案"写作一部侦探小说,却未曾深入探寻作品隐于侦探范式之下的,贯穿情节始终的反讽意味。事实上,情节中基本侦探程式的存在,就已经构成对近代西班牙混乱、压抑的历史局面的隐喻,代表着内战后的第三代作家们面对这段历史时的道德伦理观,透露出他们的书写和生存焦虑。

  归根到底,以探案模式设置悬念,以不断接近历史谜题的真相作为叙事动力,依然属于小说的情节进程。申丹提出,很多叙事作品中存在着双重叙事运动,即显性的情节进程背后还有可能存在着一股并行的叙事暗流,即"隐性进程"(convert progression)。她指出:"在面对作品中并列运行的不同叙事运动时,我们需要打破长期批评传统的束缚,关注同样的文字在不同叙事运动中产生的不同意义,看到它们在对照冲突中的相互制衡核和相互补充,更好地理解文学表意的复杂丰富和矛盾张力。"[③]因此,在仔细考察《邪恶的人四处行走》后,我们发

  [①] Javier Lluch Prats:"Novela histórica y responsabilidad social del escritor: El camino trazado por Benjamín Prado en *Mala gente que camina*",en *Olivar*,nº.8,2006,p.37.
  [②] Christine Di Benedetto:"*Mala gente que camina* de Benjamín Peado: encuesta sobre los niños desaparecidos del franquismo. Cuestión genérica y metaficción",en *La memoria novelada* (vol.I), ed. por Hans Lauge Hansen, Juan Carlos Cruz Suárez. Bern: Peter Lang, 2012, p.200.
  [③] 申丹:《文字的不同"叙事运动中的意义":一种被忽略的文学表意现象》,载《外语教学与研究》2015年第5期,第721—722页。

现,在情节发展的背后,在"侦探"游戏的表面逻辑之下,是被赋予了特殊隐喻含义的人物设定,作者、叙事者、读者都是隐喻层面的"侦探",受害人也是道德层面的旁观者和嫌疑人,二元对立的消解使矛盾冲突由个人之间上升至个人与主流社会意识形态的对抗。寻找真相,接近谜底的过程是隐喻含义被逐渐揭示,反讽意味不断汇聚、增强的过程。"侦探"既标示着真实和虚构的边界,也混淆了这一界限;"侦探"与读者平等的叙事视角突出了后者的主体性,二者共同成为道德的观察者与见证者。于是,当被全世界作为典范称颂的,被西班牙引以为傲的民主过渡其实是掩盖犯罪的遮羞布时,人们是否愿意接受这样的真相?在侦探游戏的表象之下,是一股贯穿全文的反讽性叙事潜流。

一、记忆的"侦探":被打破的边界

在本杰明·普拉多创作《邪恶的人四处行走》时借鉴的史料中,最重要的当属西班牙加泰罗尼亚电视台于2002年推出的纪录片《佛朗哥时代遗失的孩子们》(*The lost children of Francoism*),该节目通过记者蒙特塞·阿蒙古(Montse Armengou)和导演里卡德·贝利斯(Ricard Belis)对国内外数百位亲历者的访问调查,大量资料的查找、取证,最终历时一年制作完成。节目播出后在社会各界引起轩然大波,其中不乏质疑的声音,令两位导演倍感委屈:"我们讲的是事实,但很多人说我们杜撰。"[1]那么真相究竟如何?本杰明·普拉多在震撼之余决定展开调查。四年后,小说《邪恶的人四处行走》出版,普拉多以诗的方式做出了自己的回答。那么,一个亟待解决的问题是,面对这个已经被掀开一角的,敏感、沉重的命题,作者如何在历史书写和文学虚构间找到平衡?

---

[1] Luz Celestina Souto: "Mala gente que camina: De la expropiación a la reconstrucción de la memoria", en *OLIVAR*, n°.16, 2011, p.71.

在侦探小说的程式中,设定一个以"侦探"的身份进行调查、解谜的人物是必不可少的因素。在《邪恶的人四处行走》中,叙事者"我"承担了这一关键性角色,并在几乎是故事结束的最后一刻才亮明自己的身份:"差点忘了告诉诸位,我叫胡安·乌尔瓦诺。"①这一句看似随意的身份挑明,实际上暗含着作者的创作意图,即刻意拉开作者和叙事者"我"之间的距离,提醒读者摆放在面前的是一部艺术作品,而非真正的现实。那么为何依然有许多读者将两者混淆,并因此向作者发难呢?其关键之处依然在于"侦探"本人充满矛盾和讽刺意味的身份设定。在叙事进程中,胡安·乌尔瓦诺的身份是被不断多元化建立又被立刻消解的:是"对文学毫无兴趣的学生们"(《行走》,第 52 页)的文学课教师;是《一段不存在的历史》(*Historia de un tiempo que nunca existió*)的作者;是一本几乎无人知晓的奇怪小说的读者;是明明发现了真相却不被"受害者"认可的"侦探";等等。因此,原本作者希望借由"胡安·乌尔瓦诺"来确定的界限,由于其自身充满的不确定性和矛盾性,而被他本人不断打破。

首先被打破的文本和文本之间的边界。三年西班牙内战以 1939 年 4 月 1 日佛朗哥占领马德里为结束的标志。然而人民盼望已久的和平并未到来。佛朗哥政府在全国范围内实施"大清洗"(la Depuración)运动,大肆逮捕、屠杀共产主义者、民主运动人士,以及一切被怀疑可能反对佛朗哥政府的共和国的支持者。有近 50 万人在"大清洗"中被投入监狱,其中不乏身怀六甲的女性。时任军队心理调查内阁总务的心理学博士安东尼奥·瓦列霍·纳耶拉(Antonio Vallejo Nájera,1889—1960)向佛朗哥提出他的最新研究结果:"共产主义是一种精神疾病,要从根上拔除,所以必须要从这些左派手中拿走他们

---

① Benjamín Prado: *Mala gente que camina*. Madrid: Alfaguara, 2006, p.460。下文中引用仅给出中文书名的简写《行走》和原文页码。

的孩子,以免他们的后代被污染。"(《行走》,第 147 页)荒谬的提案竟被独裁者欣然采纳,由于瓦莱霍·内耶拉的这一理论,据保守估计在整个佛朗哥时代,有大约 31 000 名共和党的后代被非法夺走。① 小说中的小说——《生锈》的作者多洛雷斯·塞尔玛的姐姐胡丽亚·塞尔玛(Julia Serma)就是这条法令的直接受害人。多洛雷斯创作这部小说的目的正是希望通过虚构的人物格洛莉娅(Gloria),一个共和党母亲长达三年对孩子近乎疯狂的寻找,来记录姐姐的故事,以此声讨当局,对抗遗忘。"侦探"乌尔瓦诺既是小说中的《一段不存在的历史》的作者,也是《生锈》的读者,后者是促使前者诞生的诱因。不仅如此,"侦探"的认知逻辑和《生锈》的故事主人公的故事逻辑这里出现了重合点:《一段不存在的历史》从自身的逻辑出发,以充满反讽意味的调查报告将"解谜"的结果以文本的形式予以固定;而从叙事逻辑看,后者则是借由书写永远保留下当局的"犯罪"证据,两者都构成对犯罪的调查和对民族身份的重构。

随着文本之间的界限被打破,"事实"和"叙事"之间的边界也变得模糊。像许多经典侦探小说一样,《邪恶的人四处行走》中采用了胡安·乌尔瓦诺的第一人称限知视角,将整个事件的调查置于和读者平等的视野下,拉近了读者和人物、现实与艺术的距离。身为一所中学的文学课老师,乌尔瓦诺正在准备一份关于著名女作家卡门·拉福雷特(Carmen Laforet, 1921—2004)及其成名作——发表于 1944 的小说《空盼》(Nada)的会议论文。一次机缘巧合,他意外获知拉福雷特年轻时有一位女性好友,同样从事文学创作的多洛雷斯·塞尔玛(Dolores Serma),后者在《空盼》出版时也完成了自己的处女作《生锈》

---

① Christine Di Benedetto: "*Mala gente que camina* de Benjamín Peado: encuesta sobre los niños desaparecidos del franquismo. Cuestión genérica y metaficción", en *La memoria novelada* (*vol.I*), ed. por Hans Lauge Hansen, Juan Carlos Cruz Suárez, p.199.

(*Óxido*),然而一直教授文学的乌尔瓦诺竟对此闻所未闻,好奇心促使他展开对后者的调查。真实与虚构的界限也从这一刻开始变得模糊,因为"曾使无数西班牙读者倾倒在她的石榴裙下"[①]的卡门·拉福雷特在国内几乎无人不知,但多洛雷斯·塞尔玛确实是虚构的人物,她隐藏在《生锈》中的秘密,和乌尔瓦诺的调查一起,形成叙事进程中的推动力。在对塞尔玛发掘的过程中,大量真实存在的政治人物和知识分子:梅赛德斯·桑兹·巴琪耶尔(Mercedes Sanz Bachiller,1911—2007)、华金·布鲁姆(Joaquín Blume,1933—1959)、米格尔·德利贝斯(Miguel Delibes,1920—2010)、安东尼奥·马查多等等,被安置进叙事链的不同环节,保证叙事走向按照预期进行的同时,不断混淆读者的视线。尽管作者的本意是希望"让真实的人物进入虚构的故事"[②],然而这样的方式也的确使虚构的塞尔玛不断滑向"双重契约"中现实的一端。但无论怎样,真假难辨,虚虚实实的表述正是侦探小说特有的策略。作品中描写的"现实"并非生活现实,而是艺术现实,作者通过这样的方式再现了"盗童案件"的"虚构之实"。

最后被打破的是"侦探"与读者之间的边界。在叙事过程中"侦探"——胡安·乌尔瓦诺不断以第一人称和读者进行直接对话:或交流案件侦查过程中的思考:"计划赶不上变化,诸位不这么觉得吗?"(《行走》,第72页)"把这样精彩的一部小说束之高阁是很不公平的,您觉得呢?"(《行走》,第139页)或直接要求读者信任其调查的结果:"请诸位相信我"(《行走》,第144页);又或者分享自己在某一刻的心情与感受:"请各位注意:是成千上万的孩子!"(《行走》,第185页)

[①] 陈众议:《她世纪的一抹风景》,载[西]杜尔塞·恰孔《沉睡的声音》(序二),徐蕾译,北京:人民文学出版社,2007年,第4页。
[②] Sara Santamaría Colmenero: "Historia, testigo y nación en *Mala gente que camina*, de Benjamín Prado", en *La memoria novelada*(*vol.I*), ed. por Hans Lauge Hansen, Juan Carlos Cruz Suárez, Bern: Peter Lang, 2012, p.57.

"侦探"与读者于是跨越了文本的边界,进入同一时空:"我听到书的那边有些声响,难道是……各位在向我发问?"(《行走》,第315页)元小说以其独特的方式邀请读者直接参与了解谜过程,不仅启发了读者的思考,更使得叙事者和读者共同成为这桩历史谜题的认知主体,增加了后者的在场感和见证感。尽管侦探小说的程式是希望通过悬念的魅力吸引读者的注意力,但元小说的叙事手段也的确在一定程度上消解了作者自身的历史书写的权威,保证了读者参与文本意义建构过程的平等权利。正如作者本人在一次访谈中谈到的:"所有黑色小说的读者都是一名侦探,至少,也是一个生活中的失意者。"①而造成这种"失意"原因,正是由于历史记忆的丧失造成人们归属感和责任感的缺失。

由此,记忆的"侦探"乌尔瓦诺游走在现在与过去之间、文本与文本之间,以及现实与虚构之间,他矛盾而充满嘲讽意味的"侦探"身份已经为叙事的隐性进程埋下了伏笔。

二、破解谜题:违反常理必有隐情

被奉为侦探小说开创者的爱伦·坡曾表示他创作《莫格街凶杀案》的本意"并非要开创侦探或推理小说这一小说的次文类",而是想要表明"无论何时在日常推理中遇到有悖常理、完全不可能发生的事情时,人们均有责任运用想象力和常识去思考、去证明那些全然不可能发生的事情事实上并非如此"②。坡对侦探小说的观点运用在解读《邪恶的人四处行走》时亦非常适用。在侦探小说的范式中,富有张力的情节设计是推动叙事进程的有效手段。小说《邪恶的人四处行走》

---

① Benjamín Prado: "Entrevistas Digitales: Benjamín Prado", en *El País*, 17 de mayo, 2006.参见 https://elpais.com/cultura/2006/05/17/actualidad/1147878000_1147880084.html,2019年9月20日查看。
② 转引自袁洪庚:《〈俄狄浦斯王〉中的侦探小说因子》,载《外国文学研究》2008年第6期,第120页。

在表层叙事中的确遵循了这一基本程式：围绕和塞尔玛有关的一系列不合理不断设置悬念，促使记忆的"侦探"在过去与今天之间往返，通过寻找造成多洛雷斯·塞尔玛的无数不合常理的缘由来推动叙事。但在深层的隐性进程中则将这一寻找进行了颠覆性的逆向推演，真正的谜题并不是多洛雷斯·塞尔玛——这位被遗忘和被埋没在历史洪流中的内战后第一代女性作家。事实上，只有塞尔玛是清醒和合理的，她的"反常"举动不过是她所处畸形时代的映照和讽刺。

小说中的多洛雷斯·塞尔玛与她的好友卡门·拉福雷特不仅年龄和经历相仿，而且开始文学创作的时间也几乎一致，都始于20世纪40年代，即内战刚刚结束不久的西班牙。时年仅二十三岁的拉福雷特以一部《空盼》获得1944年第一届纳达尔文学奖，而塞尔玛和她的《生锈》却几乎无人知晓，这一比对成为笼罩在这位女作家身上的第一层迷雾。而以两位女性作家截然相反的事业境遇来引出谜题，也并非偶然。仅仅存在了八年的西班牙第二共和国（1931—1939），从成立之初就面临着复杂的政治局势和严峻的经济危机，然而年轻的共和国对待知识分子的态度却是前所未有的开放，尤其是那些支持社会革新和政教分离的左派知识分子。在第二共和国时期，受法国现代思潮的影响，历来享有教育特权的贵族阶级被边缘化，"那些并非来自传统权利核心的、站在右派价值体系对立面的思想家、作家、艺术家和发明家们首次登上了历史舞台"[①]。内战的爆发以及第二共和国的失败使得这个原本深陷危机的国家雪上加霜，但那些有责任、有立场的知识分子持续不断的发声和书写无疑是另一种形式的顽强斗争。被小说中的"侦探"乌尔瓦诺视为偶像的卡门·拉福雷特是这样，被他视作谜团的多洛雷斯·塞尔玛亦是如此。不同的是《空盼》绕开了敏感的话题，以

---

① Juan Benet: ¿Qué fue la Guerra Civil? Barcelona: La Gaya Ciencia, 1976, p.163.

较为隐晦的手法表现了内战后普通民众极度贫穷压抑的生活;而《生锈》则更为直白,将法西斯瓦列霍·纳耶拉丧失人性的儿童实验作为主要故事情节,批判和揭露了独裁政府有悖人伦的压迫和精神控制。无论是成功出版的前者,还是被雪藏的后者都构成对佛朗哥独裁统治时期残酷严苛的文化审查制度的反衬与讽刺。

此外,塞尔玛的政治身份与她的文学创作之间同样形成了巨大反差。作为其得力助手,她为梅赛德斯·桑兹·巴琪耶尔——西班牙长枪党的妇女援助会(La Sección Femenina)创始人工作了二十余载,然而,她不仅没有像马努埃尔·马查多或是迪奥尼西奥·里德鲁尤(Dionisio Ridruejo,1912—1975)那样为独裁政府大唱赞歌,反而冒着极大的风险,创作出一部批判和揭露佛朗哥非人的独裁统治的小说,身份与文字间的矛盾激发了侦探和读者解读的欲望。小说情节于是也围绕着这一解读欲望逐渐铺陈,对这一谜题的答案的追寻将侦探和读者引向了小说中的小说——《生锈》。后现代小说家们对元小说的偏爱常常被解释为他们对"小说这一形式和叙述本身进行反思、解构和颠覆"[1],《邪恶的人四处行走》将这一叙事技巧发挥到极致。小说中至少存在着相互嵌套的两个元小说,其一是小说《生锈》的书写过程,其二则是对这部小说的内容进行分析和反思的过程,二者共同构成了读者们正在阅读的《邪恶的人四处行走》这部作品。换言之,此处的侦探小说程式中,小说及其自身的书写既是"嫌疑人"也是破案的物证。"侦探"乌尔瓦诺几经周折得到小说并阅读后,感到"巨大的眩晕",并发出疑问:"作者塞尔玛为什么要这么写,象征着什么?一个失踪的孩子在这里代表了什么?"(《行走》,第142页)于是,对这部小说创作的分析,尤其是对其与外部世界之间的联系的探讨,成为破解谜

---

[1] 陈世丹:《论后现代主义小说之存在》,载《外国文学》2005年第4期,第28页。

题的关键过程。多洛雷斯·塞尔玛的姐姐胡丽亚·塞尔玛,由于信仰社会主义,并且嫁给了一名国际纵队的成员,而被自己的亲舅舅揭发,在战后被捕入狱。六年牢狱生活的折磨令她精神错乱,出生在狱中的婴儿也下落不明。多洛雷斯·塞尔玛为了营救胡丽亚而委身于桑兹·巴琪耶尔身边,等待机会的出现。擅长文字写作的多洛雷斯将姐姐胡丽亚·塞尔玛的不幸遭遇编织进文学作品之中,就是为了用文本的形式将这段记忆固定下来,让受害者的故事不至于被历史所遗忘。于是,胡丽亚在《生锈》中化身格洛莉娅,一名几近崩溃的母亲三年来锲而不舍地寻找着自己失踪的儿子。她每一天都穿梭在城市的大街小巷,一遍又一遍询问路人是否见过自己的儿子,甚至被抓进警察局或是被威胁要把她关进疯人院也不愿放弃。让她感到恐惧的从来不是旁人的眼光或是当局的压力,而是记忆一点点的丧失:"她努力回忆儿子的样貌,像一个雕塑家想要努力除掉雕塑上的锈迹。"(《行走》,第141页)这是小说标题的由来,也同样构成对当今西班牙社会"冷回忆"①的现状的讽刺——人们任由记忆逐渐消亡、"生锈",且丝毫不以为意。面对这样鲜明的对照,乌尔瓦诺感叹道:"我对这些人的崇敬之情也在增长,他们用作品战胜了现实,战胜了文学审查,战胜了恐惧,战胜了那段日子里文明和道德的贫瘠"。(《行走》,第271页)

然而,作品的反讽意味并未止步于此。从表面看,悲剧产生的源头是瓦列霍·纳耶拉提出的荒谬的"共产主义基因"论,造成31 000余名无辜的孩子在独裁统治期间沦为这一理论的试验品和牺牲品②。然

---

① 扬·阿斯曼在《文化记忆》中将不同社会的文化记忆策略分为"冷回忆"和"热回忆"两种。在"冷回忆"占主流的社会文化里,"文字和统治机构能够成为冻结历史的手段",而与之相反的"热回忆"社会则能够把回忆变成自身发展的动力。参见冯亚琳等:《德语文学中的文化记忆与民族价值观》,北京:中国社会科学出版社,2013年,第43—44页。

② Christine Di Benedetto:《*Mala gente que camina* de Benjamín Peado: encuesta sobre los niños desaparecidos del franquismo. Cuestión genérica y metaficción》, en *La memoria novelada* (*vol.I*), ed. por Hans Lauge Hansen, Juan Carlos Cruz Suárez, p.199.

而,更深层次的罪恶在于,社会各阶层对于如此骇人惊闻的事件的冷漠和无视,即使佛朗哥已经下台,社会已经开始大踏步迈向民主,大多数人们却选择达成沉默契约,"将这历史上罪恶的一页撕去而不是翻过去"①,"让人们不断向前看"的西班牙民主过渡在这个意义上而言,是失去了道德立场的罪恶的帮凶。在这里,情节的翻转和反讽叙事被有效结合,从而使得侦探小说和叙事中的隐性进程再次交叉,真正可疑和不合理的从来都不是多洛雷斯·塞尔玛,而是她所处的畸形、荒谬的可悲时代,"成千上万的人们在独裁政府期间被迫撒谎、隐藏、戴上面具生活为了使自己不显得可疑"(《行走》,第445页)。

三、真凶与同谋:法律之外的道德审判

那么,是否就可以将塞尔玛姐妹的遭遇定义为不可逆的历史悲剧? 将骇人听闻的盗童案件归因于佛朗哥的独裁统治? 作者的意图显然不止于此。正如简·阿斯曼说的那样:"如果你想归属,那你必须记住。"②拥有共同的民族记忆不仅是建构民族身份时必不可少的因素,更意味着对生命的尊重。当谜题获得破解,情节走向发生变化的叙事进程之下,《邪恶的人四处行走》围绕侦探乌尔瓦诺将一个个看似无关的"受害者"或"嫌疑人"推向读者面前,共同迎接一场法律之外的道德审判。

小说中,在乌尔瓦诺破解谜题的过程中,由于当事人塞尔玛姐妹实际上并未真正出场,围绕着这一事件的另外三位女性角色与之形成对照,显得尤为突出。她们来自不同的社会群体,在面对内战和战后

---

① Benjamín Prado:"Entrevistas Digitales: Benjamín Prado", en *El País*, 17 de mayo, 2006.
② Jan Assmann:"Communicative and Cultural Memory", in Astrid Erll, Ansgar Nünning (eds.) *Cultural Memory Studies. An International and Interdisciplinary Handbook*. Berlin: Walter de Gruyter, 2008, p.23.

独裁政府的种种暴行这一问题上,代表着当今在西班牙社会具有典型意义的几种观点和立场。首先是"侦探"乌尔瓦诺的母亲,在小说中她和苦于寻求的答案的儿子形成鲜明对比,两人的对话在一定程度上代表着当今西班牙社会"冷回忆"和"热回忆"共存的现状。乌尔瓦诺的母亲亲身经历过战争和战后贫穷压抑的生活,在她看来,这场同胞相残的悲剧是两个激进对立的阵营无法避免的军事冲突,双方皆有过错:"儿子,战争是可怕的,但是战争中没有谁是无辜的。"(《行走》,第78页)而"佛朗哥最终推动建立了一个议会君主制的国家"(《行走》,第81页),因此为了寻求和解而在民主过渡中达成遗忘契约是必然的,也是最好的选择。事实上,她的态度也代表了大部分西班牙民众面对这段伤痛过往时的立场。其次,是乌尔瓦诺的前妻——弗吉尼亚(Virginia),代表了内战后迷茫的一代,他们积极参与了马德里新潮文化运动(la Movida Madrileña)①,在酒精、毒品和性爱中放纵自我。由于吸毒,弗吉尼亚失去了婚姻和健康,而她经营惨淡的餐厅也折射出西班牙在民主过渡初期经历的严重的经济危机。因此,面对刚刚过去就被迅速掩盖和遗忘的历史谜题,她同大多数还在为生存问题而挣扎的年轻一代一样,由于自顾不暇而无能为力。从这个意义上而言,弗吉尼亚所代表的迷失的一代同样是战争和失败的民主过渡的受害者。

最后,是对破解谜题起着关键作用的人物,同样也是一名女性——娜塔莉亚(Natalia)。小说中她有着多重身份:既是关键的"证人",因为她恰好是多洛雷斯·塞尔玛的儿媳;同时,她又是侦探的得力助手,正是在她的协助下,乌尔瓦诺才能够最终得到珍贵的,同时又迷雾重重的《生

---

① "马德里新潮文化运动"是指在1975年佛朗哥逝世后,在西班牙民主过渡的初期,出现在马德里及周边城市的一场向传统价值观宣战的反文化运动。这场运动尤以音乐、绘画和电影等艺术形式为主。在长达四十余年的独裁压制后,人们极度渴望摆脱政治专权和宗教保守,在这一运动期间,享乐主义盛行,酒精、毒品、性爱、同性恋等禁忌被打破。该文化运动大约在20世纪80年代中期结束。

锈》的原稿,并最终发现了隐藏其中的秘密;此外,受过良好教育,任神经科医生的她还代表着当今西班牙社会的精英阶层,对于民族的伤痛记忆和尚未获得正义的历史疑案,他们的态度始终是左右摇摆的。一方面他们为自己从未了解过的内战的真相感到震惊,另一方面又将战争及其后果归于过去的范畴,并急于划清过去和现在的界限。因此当胡安·乌尔瓦诺坚持要将多洛雷斯·塞尔玛与《生锈》的故事调查清楚,并为其争取公正的评判时,娜塔莉亚又习惯性选择了逃避:

——(乌尔瓦诺):20世纪是人类历史上最没有人性的世纪:集中营、古拉格①……,而我们的内战是这一切恐怖事件的开端,我们不该忘记……

——(娜塔莉亚):但这不是我们的战争,而是过去的一部分,只能靠建立民主和民族和解来战胜。

——可是我想要做的只是为她的作品争取该被承认的价值,发现她生活的真相而已!

——但是,她已经选择永远埋藏这段真相。

——西班牙在民主过渡时期所签署的沉默契约是埋藏太多的事情,你知道为什么吗?因为人们经受了太多折磨,所以对自己的记忆也断然否定。

——作为神经科医生,我要告诉你的是,人们是无法刻意失去,或者刻意选择记忆的,唯一能做的是选择原谅。

——是的,但是这所谓的原谅,不是来自我们慷慨的性格或是我们的责任感,而是纯粹出于害怕,出于羞耻。(《行走》,第

---

① 大多数西方作家则将"古拉格"当作高度概括苏联历史上所有的战俘营和劳改营的工具,有时候"古拉格"被用在和苏联集中营体系无关的方面。此处指内战结束后,佛朗哥统治期间存在于西班牙境内的集中营。有些集中营甚至到1962年前后还在持续运转,例如塞维利亚(Sevilla)的梅里纳莱斯集中营(los Merinales)。被关押在此处的犯人形同奴隶,根据政府所谓的"劳动刑法兑换系统"(Sistema de Redencion de penas por el trabajo),在战后参与修建路桥、水库、铁路、码头、运河、监狱等。

282—283 页）

此外，随着真相渐渐浮出水面，《生锈》中那个失踪的婴儿同样引起乌尔瓦诺的关注。这个孩子最后被找到了吗？多洛雷斯·塞尔玛的儿子、娜塔莉亚的丈夫：卡洛斯·利斯瓦诺（Carlos Lisvano）逐渐进入了"侦探"和读者的视线。从小接受良好教育，身为律师的他是典型的传统资产阶级的代表，其一切行为都取决于是否可以为自身带来利益。对于意外发现的母亲的作品，他略觉吃惊，但始终保持着距离和冷漠，并就此事件的真实性不断与乌尔瓦诺进行辩论："我觉得作为一个调查者来说，应该明白历史不是用故事组成的，历史是事实"（《行走》，第428页）；或者是嘲笑："你是不是看共产党的东西看的太多了？历史可不是广告"（《行走》，第429页）；甚至威胁和恐吓他如果未经其允许而公布了多洛雷斯·塞尔玛的经历，就要将乌尔瓦诺送上法庭。而实际上，根据乌尔瓦诺的调查，卡洛斯·利斯瓦诺真正的母亲正是被在监狱里折磨至疯的胡丽亚·塞尔玛，出于保护他的目的，多洛雷斯始终未将真相告诉包括卡洛斯在内的任何人。

由于意识形态的差异，利用军事独裁进行丧失人性的儿童偷盗、交易的，西班牙并非个案。1976—1983年处于军事独裁统治时期的阿根廷，海军总司令马赛拉（Emilio Eduardo Massera）为排除异己，将500名婴儿从政治对手身边带走，送到亲独裁政府的右翼政权的家庭或军人身边。这样的交易一直持续到最后一名军事独裁者雷纳尔多·比尼奥内（Reynaldo Bignone）倒台。然而，阿根廷政府承认"肮脏战争"（Dirty War）造成的伤害和遗留的伤痛，以战争博物馆的形式揭露战争的残酷，纪念军政府时期数以万计的无辜受害者。与之相比，西班牙的受害者们就没有这么幸运了。无论是社会党还是人民党都始终拒绝对佛朗哥做出审判或定义，因而也就不奇怪为何这起"婴童盗窃案"

至今没有得到公开审判。无数像《邪恶的人四处行走》中的卡洛斯一样,终生也无法获知和面对自己的真实身份。从伦理道德的角度而言,当今西班牙社会盛行的犬儒主义真的可以被视而不见吗?那么卡洛斯到底是无辜的"受害者"还是冷漠的"帮凶"?记忆的"侦探"胡安·乌尔瓦诺将问题留给了读者。

2011年,英国广播公司(BBC)以此为题材,拍摄了一部题为《这个世界:西班牙被盗的婴儿》(*This World: Spain's Stolen Babies*)的纪录片,又一次将佛朗哥独裁统治期间最大的盗童丑闻带入全世界的视野。从无人问津到屡屡引起热议,文学文本、纪录片、新闻报道,各种不同媒介对历史记忆的一次次追溯和反思,或许终将推动西班牙走向真正的"热回忆"时代。

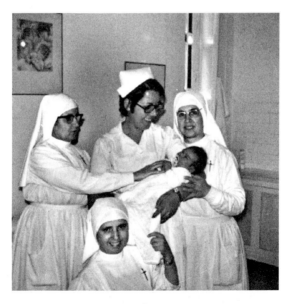

图片来自上述纪录片,1971年在西班牙马拉加的一家医院里,兰迪·莱德(Randy Ryder)被前来购买他的妇女抱在怀里

第七章
记忆的解构

第一节 概　　述

当我们讨论和分析了诸多内战小说如何以不同的叙述方式,既体现出记忆运行机制的特点,又对内战历史进行了有效追溯,共同塑造了当下的西班牙社会关于这一民族伤痛过往的集体想象的时候,突然,一个不太和谐的声音从这场记忆的盛宴中响起:这些让我们趋之若鹜的记忆书写是否总是可靠?当此起彼伏的有关这场战争的各种解读和阐释不断冲击、刷新着人们的情感和认知时,到底是填补了我们记忆的空白,还是让我们再一次滑入了记忆被操控的恶性循环?或者,我们真的让过去的意义和价值得到了有效恢复和实现吗?还是我们人为地制造了某种关于"过去"的意义?这种对记忆的再现过程进行批判性反思的文学作品,就是被利卡宁称之为"反对式"的记忆小说,以及被波苏埃洛·伊万科斯归入历史编撰元小说的记忆书写方式。[①]

正如我们在上篇中已经提到的,当许多以西班牙内战和战后佛朗哥政府独裁统治为题材的叙事作品相继在评论界和营销上获得成功时,与之相关的不同体裁的艺术创作:诗歌、戏剧、电影等,不断进入大众视野,直至"在21世纪的最初几年,伴随着这些作品的出版,形成了

---

① 参见本书第二章第三节"内战记忆小说的概念界定与再现模式"。

关于西班牙内战的文学爆炸(boom)"①时,一些学者,包括身处这场"爆炸"中心的一些作家们,已经开始对这一现象展开了反思。例如代表了这场所谓回忆小说"爆炸"的《萨拉米斯士兵》的作者哈维尔·塞尔卡斯本人,就曾在访谈中明确表示对记忆小说的质量的担忧:"历史记忆已经成为一种工业化生产。"②而在《当代西班牙叙事文学概要(2000—2010)》[*Contornos sobre la narrativa española actual (2000—2010)*]中,阿尔瓦雷斯·布兰科(Álvarez-Blanco)更是将以内战和战后独裁统治为主题的历史小说分为了两类,即对这段历史表现出接受与和解态度的"怀旧类的文学潮流"和持并不太乐观态度的"反怀旧类的文学潮流"③,后者呈现出一系列具有相当共性的特点,例如"反讽、戏仿、幽默、游戏和实验性质"④,挑战读者已经熟悉和习惯的,对于这一特殊阶段的民族历史的解读方式。

1974年生于西班牙塞维利亚(Sevilla)的作家伊萨克·罗萨(Isaac Rosa)不仅是这类"反怀旧文学"中最为引人注目的一位,更以其鲜明的个人风格、激进的批判态度,推动和引领了另一种记忆文学的发生,体现出后现代文学强烈的自我指涉性,以及其与历史事实之间既相互依存又彼此质疑的矛盾性。尽管1999年,25岁的他就出版了自己的首部内战记忆小说:《糟糕的回忆》(*La malamemoria*),但反响寥寥,几乎是石沉大海。2004年,第二部小说《昨日无用》(*El vano*

---

① Isabel Cuñado: "Despertar tras la amnesia: guerra civil y postmemoria en la novela española del siglo XXI", en *Dissidences: Hispanic Journal of Theory and Criticism*, *vol.2*, noviembre, 2012, https://digitalcommons.bowdoin.edu/dissidences/vol2/iss3/8/,2021年1月7日查看。

② Entrevista en *El País*, 15 de noviembre, 2014, 参见 http://cultura.elpais.com/cultura/2014/11/12/babelia/1415819975_800516.html,2021年1月7日查看。

③ Palmar Álvarez-Blanco: "Escribir en el siglo XXI, a pesar o a favor de las circunstancias", en *Contornos de la narrativa española actual* (2000-2010). Madrid: Iberoamericana Editorial Vervuert, 2011. p.24.

④ Ibid.

ayer)问世。次年,正是凭借着这部作品,年轻的伊萨克·罗萨在众多的西语作家中脱颖而出,获颁2005年第十四届罗洛慕·加列戈斯小说奖(Premio de Novela Rómulo Gallegos),也成为该奖项自成立以来,第三位获此殊荣的西班牙作家①。伊萨克·罗萨在颁奖致辞时讲道:"写作本就是有立场的,是一种参与,或是介入和干涉。无论作者对自己的责任是否有所意识,责任都在那里。"②

获奖为伊萨克·罗萨带来了前所未有的关注和知名度。2007年,他再次重写了自己的第一部小说《糟糕的回忆》,在保留了原小说全貌的前提下,在每一章的最后,以斜体字的形式引入了一个挑剔而刻薄的读者视角的评论,将叙事的制造过程毫无保留地呈现给读者,并将其以新的小说名《又一本该死的内战小说!》(¡Otra maldita novela sobre la guerra civil!)重新出版,与当时十分流行的"怀旧类"西班牙内战文学可谓背道而行,迅速引起了读者和学界的关注。

当对内战记忆的追溯成为一种文学和商业热潮时,叛逆大胆、逆流而上的创作态度使伊萨克·罗萨在被称为"内战后的第三代"作家中显得独树一帜。而具体到他的小说创作时,这种独特性则主要体现在两个方面。

其一,罗萨所关注的历史时期和其他同类型、同时代的作家不甚相同。在他看来,现有的文学作品对内战至佛朗哥政府建立之初(1936—1945),那个以疯狂的政治压迫、大规模的流亡、人满为患的监狱,以及暴力横行为代表的历史阶段,已经进行了反复的涉及、探索和

---

① 罗慕洛·加拉戈斯小说奖(Premio de Novela Rómulo Gallegos)创办于1964年,历来被看作最具分量的西语文学奖项之一。在伊萨克·罗莎获颁该奖项之前,获此殊荣的西班牙作家仅有1995年的哈维尔·马里亚斯和2001年的恩里克·比拉-马塔斯(Enrique Vila-Matas, 1948—),二人的获奖小说分别为《明日战场上,勿忘我》(Mañana en la batalla piensa en mí, 1994)和《垂直之旅》(El viaje vertical, 1999)。

② Isaac Rosa: "Discurso de agradecimiento al recibir el Premio Rómulo Gallegos 2005", en *Letralia. Tierra de Letras*, nº.128, año X, 2 de agosto, 2005.

思考。而相比之下,除了巴斯克斯·蒙塔尔万(Vázquez Montalbán,1939—2003)和胡安·马尔塞(Juan Marsé,1933—2020)等个别作家、作品外,几乎无人去深入探究,事实上对当下影响更为深远的民主过渡时期,包括该时期产生和结束的前因与后果。在伊萨克·罗萨看来,内战留下的伤口之所以迟迟未能愈合,其直接的原因不仅仅在于战争本身,而是佛朗哥政府下台之后,西班牙政府的民主改革和转型根本不够公开和彻底。新的民主政府要求人们一切向前看,而当公众不可能合法重构关于佛朗哥时期的民族冲突与矛盾的话语时,造成的直接后果之一就是,独裁政府的警察制度可以在新生的国家内被再次回收利用。① 因而,现在的民主社会正是在这样一种以集体沉默和被迫失忆作为标签的一种表面平稳高效,实则矛盾重重的民主过渡下建立起来的。正如阿吉拉尔·费尔南德斯(Aguilar Fernández)总结的那样:

> 与内战形成对比的是,紧随其后的佛朗哥政府的独裁统治并未像前者那样成为文学上取之不竭的灵感源泉。独裁统治时期非常漫长,但建立民主制度后,除了个别作品涉及内战刚刚结束的关键时期,只有极少的文章、小说和电影认真讨论过这一特殊阶段(尽管有一些作品的确以此为背景)。伊萨克·罗萨以他几乎独有的坚持,揭露在佛朗哥时期由于政治原因而被捕的人们所遭受的体制的暴行。从这个意义上而言,他的作品之所以被看作非常少见的特例,不仅是由于他所探究的历史时期,更由于作品所涉及的主题同样非常棘手。②

---

① Maura Rossi: *La memoria transgeneracional: Presencia y persistencia de la guerra civil en la narrativa española contemporánea*, Bern: Peter Lang, 2016, p.268.
② Aguilar Fernández: "La evocación de la guerra y del franquismo en la política, la cultura y la sociedad españolas", en *Memoria de la guerra y del franquismo*, Madrid: Taurus, 2006, p.288.

其二,相对于重构记忆,即向过去追溯、探究、再现某一个或者某一些具体的历史事实,他显然更加关注回忆获得的方式,即如何通过语言符号系统进行记忆的表达和意义传递的过程本身:

> 小说,作为一种文学体裁,不应该是单一方向的。一部作品可以拥有多个目标。我希望探究的是佛朗哥政权统治时期,并且不仅仅是描述性的,而是思考如何在叙事中建构关于这一历史时期的话语。我尝试在文学作品内部讨论佛朗哥统治时期或是内战的一些问题是如何被呈现的。我不单想问什么(el qué)? 更要问如何(el cómo),我想知道20世纪的西班牙是被以何种方式向读者进行讲述的。①

也就是说,比起获得记忆的具体内容,伊萨克·罗萨更加关注的是这样的记忆是如何通过特定的叙事被传递的,以及这样的传递是否真的有效? 又或者,这些不断涌现的内战小说究竟是填补了人们对于这段历史的认知缺失,还是操控了读者们的记忆? 就像罗萨一直担忧的那样,"虚构的叙事已经渐渐成为文化和历史的一部分,与其去重写这样的历史,不如去重写虚构了历史的叙述"②。那么这样"另类"的,对虚构的虚构是否具有意义呢? 是否达到了作者预期的效果呢? 无论怎样,作为内战后的第三代作家中的佼佼者,"伊萨克·罗萨"这个名字,连同他独特的书写方式都不应为读者所忽视,用记忆书写来反思记忆,甚至刻意引起有关记忆的争论,不正是昨日正在当下发挥着效应的最好证明吗?

---

① Jan Hupfeldt Nielsen: "Ironía y sinceridad. *El vano ayer* de Isaac Rosa entre metaficción y compromiso", en *La memoria novelada* (vol.II), ed. por Juan Carlos Cruz Suárez, Diana González Martín, Bern: Peter Lang, 2013, p.254.

② Bénédicte Vauthier: "Metaficción historiográfica en Isaac Rosa: ficción y ficciones sobre guerra civil y franquismo", en *Revista suiza de literaturas románicas*, n°.3, 2012, pp.166-167.

因而在本书的最后,这两部极具争议、又颇受关注的小说《昨日无用》和《又一本该死的内战小说!》[①]将成为本章的个案研究对象。在这两部作品里,特别是《昨日无用》中,我们在分析其他内战记忆小说时讨论过的艺术表现手法和叙述方式,几乎都会在此以一种被解构、戏仿甚至反转的形式得到呈现。我们也将由此探讨以伊萨克·罗萨为代表的年轻一代知识分子们对记忆书写的自省式怀疑和反思,体味他们对于世界、对于历史以及对于自我的疑惑和焦虑,以及由此体现出的一种既自我矛盾,又渴望自我认知和超越的,看似悲观消极实则充满理想主义之思的后现代史观。

第二节 "坏记忆"?"好记忆"?——《又一本该死的内战小说!》中的解构与建构

《又一本该死的内战小说!》是伊萨克·罗萨对其本人的第一部内战小说《糟糕的回忆》的再版。其中,原小说只字未改,而是在每一章的最后,加上了一个挑剔傲慢的读者对原作者创作过程的评论和质疑,形成了一种元小说叙事。于是两个文本之间形成了两股相对的叙事力量:一个努力挖掘一段内战期间被埋藏的骇人记忆,另一个则不断拆台,极尽嘲讽。在记住和遗忘,在"好记忆"和"坏记忆"的相互拉扯之中,罗萨通过文本对文本的反思与内省,表明了他对于当下扁平化、程式化的历史书写的不满和焦虑。在作者看来,这样的书写不仅无法引导着一种卓有成效的记忆文化的形成,相反,还会对公众的集体认知和历史意识带来无法忽视的危害。

[①] 由于《又一本该死的内战小说!》是在1999年出版的《糟糕的回忆》的基础上改编后的重新出版,因而将其作为第一个个案进行分析。

2007年,伊萨克·罗萨重新出版了他默默无闻的第一部小说——《糟糕的回忆》,这或许是一种作家的执着,但也可以看作是他对自我的一次颠覆和挑战,因为这一次,他为这部小说增加了一个"自负傲慢"的读者:在每一个小节的末尾,不留情面地对小说中的作家评头论足、讽刺挪揄,仿佛这些真的都是些"糟糕的回忆",然而伴随着彻头彻尾的批评,新的文本也随之诞生。于是这本"关于小说的小说"①以一种既解构又建构的形式第二次进入读者的视野,成为我们现在读到的《又一本该死的内战小说!》。

当谈及自己为何以这样近乎极端的方式进行创作时,罗萨表示他对当下正在流行的历史书写方式感到不满:"我觉得那些通过艺术虚构的方式传递出的历史话语,无论是小说、电影还是电视,都无法令人满意,因为它们范围局限,视野也不甚充分。"②在面对《国家报》的采访时,他更加清晰地表明了这一立场:

> 我们有必要问问自己,为什么我们会拥有这样的记忆?又是什么使得我们这样去回忆?我们有必要建立一种自我反思、自我批评、自我剖析的记忆。由此重新提出问题,即使并不会马上得到答案。然后去书写我们自己以及很多其他人都不记得的事情,尽管我们的确应该记得。③

胡安·戈蒂索洛(Juan Goytisolo)在《国家报》上称之为"读者的反抗",不仅对罗萨的勇气赞誉有加,更称其是"对自己的小说本身和已经固化的体裁的一次精彩的摧毁"④。且这种"摧毁"从小说开篇就表

---

① William Hans Gass: *Fiction and the Figures of Life*, New York: Alfred A. K., 1970, p.25.
② Luis Barrera: "Isaac Rosa Camacho, escritor: 'El discurso transmitido por la ficción sobre el franquismo es reduccionista'", en *El Periódico de Extremadura*, 11 julio, 2007.
③ Ignacio Echevarría: "Una novela necesaria", *en El país*, 12 de junio, 2004.
④ Juan Goytisolo: "Ejercicio de valentía y lucidez", en *Babelia de El País*, 17 de marzo, 2007.

现的咄咄逼人。在《又一本该死的内战小说!》的开头,作者这样写道:

> 最近几年出版了多少部与记忆有关的小说?依据ISBN统计得出,近五年里,共有419部文学作品(小说,故事和诗歌)的标题里包含了"记忆"二字。而在上一个十年里,从1990到1999年,也有289部与"记忆"有关的文学作品。很显然,这是一次有关记忆的膨胀(inflación de memoria)。因为还有另外162部标题里含有"西班牙历史"的作品,同样在试图以各种形式唤起人们的记忆。①

那么,如何让自己的小说与这场记忆热潮下的其他叙事有所区别?如何通过叙述去反观叙述?换言之,如何让自己的"摧毁"更加彻底?几乎是不可避免的,伊萨克·罗萨选择了元小说(metaficción)。通过设置了两个互相拆台的叙事声音,向读者展示一部记忆小说是如何被创作出来的,历史话语是如何形成的,历史素材又是如何被选择、被艺术加工,并最终变得真假难辨的。

换言之,当大多数内战记忆小说模糊了事实与叙事、历史与记忆、过去与当下的距离时,罗萨则努力将距离的两端标示出来,让人们看到记忆的生产过程,看到记忆是如何被改写、被遗忘和被压抑的。更重要的是,看到我们的记忆往往是有限的、片面的和存有偏见的。所谓"好记忆"就是那些意识到这一点并不断自我修正的记忆,而"坏记忆"就是对此刻意掩饰或是毫无觉知的记忆。但"好"与"坏"之间并非简单的对立,而是更多地取决于个体或集体的历史意识与记忆方式。总之,作者既强调过去对于当下的重要意义,又不断对这种意义的有效性发出质疑,建构的同时也在不断解构,两者

---

① Isaac Rosa: *¡Otra maldita novela sobre la guerra civil!* Barcelona: Seix Barral, 2007, p.11.下文中引用仅给出中文书名的简写《又一本》和原文页码。

相互缠绕,裹挟前行。

一、"坏记忆"——被改写的记忆

原小说《糟糕的回忆》中的故事发生在1977年。当时,西班牙政府正努力在各党派间多方斡旋,全面推进温和的民主转型。这一年,不仅举行了佛朗哥去世后的首次民主选举,更在10月份通过并颁布了《大赦法》,依据该法案,所有的政治犯、在1976年12月15日之前发生的无论个人或是政治组织实施的叛乱和暴动,以及由此造成的犯罪或过失等,均得到赦免。小说主人公胡利安·桑托斯(Julián Santos)的生活也因此发生了改变。

桑托斯本是一名默默无闻、薪酬微薄的年轻作家,靠着为政商名流偶尔代笔尚可谋生,然而民主转型阶段人人自危,他的收入也大幅缩水。此时,一位企业家的遗孀委托他为自己刚刚自杀身亡的丈夫,冈萨洛·马里纳斯(Gonzálo Mariñas)续写其生前尚未来得及完成的自传。作为一名在战后迅速发迹的商人,精明的马里纳斯早已料到,终有一天人们会对他快速积累的财富产生怀疑,因而在民主转型开始的前几年,他就开始着手自己的洗白工程——为自己书写自传。值得玩味的是,尽管出身商贾,马里纳斯却比常人更加相信文字的力量,他深知文字一旦被印刷出版,就会"具有一种与生俱来的说服力,具备能够改写过去、重塑过去的能力,能够重建一个与事实并不一致的、虚构的,却令人更觉真实的现实"[①]。罗萨选择以此为切入角度,对记忆的主体与客体,即记忆的承载者与记忆的对象之间的关系展开探究,就已经体现出他从创作初期就表现出的,对于人们的记忆动机的关注甚至是质疑。

[①] Maura Rossi: *La memoria transgeneracional: Presencia y persistencia de la guerra civil en la narrativa española contemporánea*, pp.272-273.

此处的马里纳斯显然成为一名企图操纵、改写记忆的嫌疑人,而他想方设法为自己书写自传——以文字符号的方式重构自己的过往的行为,就是罗萨希望通过《又一本该死的内战小说!》对其进行解构和批判的"糟糕的回忆"的典型。文字的确可以填补记忆的空白,然而文字也可以利用人们经验的缺失,扭曲和控制大众的记忆,从而完成对个人历史的"洗白":

> 企业家马里纳斯,西班牙政坛上的活跃人物,从50年代末开始悄悄转变,和其他许多人一样,从一个在佛朗哥时代高唱凯旋赞歌的人摇身一变,成了改革派,而且也并未和独裁政府完全割裂关系。……而在佛朗哥去世后,马里纳斯更加成为玩弄政治的高手、操控现实的魔术师。他看起来能够与所有人相处甚欢,他能让不同立场和身份的人坐在一起,而那个人群中间的人永远是他:表情自信,看向镜头。(《又一本》,第61页)

寥寥数笔,一个随风转舵、八面玲珑的战争投机分子的狡猾形象跃然纸上。显然,作者首先想要解构的就是"真""假"之间的二元对立,拆解自传体书写的真实性及其对于集体意识的价值。于是,他毫不犹豫地将马里纳斯的自传归为一种不能被信任的,甚至与事实相悖的虚假回忆。这也在某种程度上回应了这一代作家普遍表现出的对于记忆书写的担忧,一种"源于各种形式的后现代主义和后结构主义批评对历史知识的凭据的激烈质疑"[1]。自然地,马里纳斯尚未完成的这部自传,也就构成了小说在叙事层面展现的,利用文字书写欺骗和操控他人记忆的"坏记忆"的重要证据,成为胡利安展开调查的缘起,成为罗萨试图解构的对象,也成为推动情节发展的主要动力。

---

[1] [英]杰弗里·丘比特:《历史与记忆》,王晨凤译,南京:译林出版社,2021年,第63页。

二、"坏记忆"——被遗忘的记忆

一方面,在别有用心的人的操控下,不可靠的自传体书写成为"糟糕的回忆";而另一方面,那些被人们压抑的、扔进遗忘的记忆,无论是否刻意为之,在伊萨克·罗萨看来,也是遮蔽真相、歪曲事实,进而沦为独裁政府操控民众记忆的帮凶的"坏记忆"。

为达成这样的批判目的,罗萨虚构了一个被集体"扔进"遗忘深渊的阿尔卡斯(Alcahaz)小镇。自从决定接受为马里纳斯续写自传的工作,胡利安·桑托斯首要任务就是了解自己的书写对象的过去。他于是开始查阅这位商人的回忆录、笔记,以及为数不多的身边朋友的口述记忆。然而由于后者提供的各种故事版本相互间出现了矛盾,桑托斯"编写记忆"的工作一度被迫停滞。直到一个偶然的机会,胡利安在死者的办公室里无意中发现了一张老照片:"马里纳斯骑在马上,一群农民围在他的身边,背景是寻常的乡村风景,照片的反面则仿佛一张邀请函似的写着:*阿尔卡斯,1930*。"(《又一本》,第108页)这张照片激发了年轻作家的巨大好奇,被那些还未被发掘的记忆牵引着,他决定只身前往阿尔卡斯所在的安达卢西亚地区。

然而令桑托斯感到十分的诧异的是,他的调查工作开展得并不顺利。人们或欲言又止,或直接否认:"您是找不到的……从来没有过这个村庄"(《又一本》,第54页);"我什么都不知道,我和您说过了,这个村子根本不存在"(《又一本》,第156页)。胡利安感受到笼罩在"阿尔卡斯"这个名字上的"暗黑的压抑",这几个字"像被一把刀从人们的记忆中剜走"(《又一本》,第82页)。最终,在作家的坚持下,他还是来到了这个已经破败不堪,看上去荒无人烟的不毛之地。更加令他感到毛骨悚然的是,在看上去杳无人迹、坟墓般的村落里,竟然还有人幽灵一般地生活在这无尽的黑暗和孤独之中,看着突然出现在面前的人们，他甚至开始怀疑自己是否出现了幻觉：

> 他以为自己正在参加一场盛大的表演，天地之间便是天然的剧场。在这里，他不是观众而是受害者，由于疯狂或是遗忘，经历着一场穿越人类灵魂的幽灵之旅。疯狂，就像所有疾病一样，例如年迈或是死亡，在这样的病患面前我们总是保持着严谨的敬意，沉默的恐惧。我们面无表情地注视着他们，因为我们知道下一次发疯的人可能就是我们自己，而其他人则会以理智的目光看着我们。（《又一本》，第246页）

随着胡利安向村子深处走去，更多疯狂奇怪的事件接连发生。十来个妇女聚集在阿尔卡斯一处破败的小礼拜堂里，跪在长凳的脚踏上，默默对着一个想象出来的神父做着弥撒。突然，她们发现了背光站在门口的胡利安，便一个接一个地挪过来将其围住："女人们一起向桑托斯走去，就像一个个长满了头和腿的被阉割的身体，有节奏地跛行着，黑色的衣服摩擦着，在教堂里沙沙作响。"（《又一本》，第249页）被眼前的景象吓呆了的胡利安仿佛定在了原地，听着这些女人或从牙齿缝里挤出的声音，或者高声的询问："你们终于回来了，我们已经开始有些担心了……""佩德罗，其他人呢？""你们回来晚了，我们真担心发生了最坏的情况……"女人们围着他，不停地重复这些同样的问题。紧张又惊恐的胡利安发现，所有问题都和她们的丈夫以及一座要修建的桥有关："为什么回来得这么晚呢？就是因为修一座桥吗？"（《又一本》，第250页）但他已顾不得许多，奋力地挣脱着，同时感到"一种突如其来的恐惧，一种反常的，担心被这些女人们触碰甚至推倒，接着被她们大脑里那个叫作'疯狂'的病毒所感染的恐惧"（《又一本》，第251页）。

胡利安狼狈地驾车逃离村庄，一路不断想要说服自己这不过是夜晚的幻觉,是噩梦和回忆相互交织产生的臆想,然而理智让他慢慢放弃了这样的念头,他回想起两天前刚来到当地时,每当问起阿尔卡斯,总是遭到拒绝和否认,还有那些"不信任的眼神",他突然明白:"所有人都知道,……他们知道一些事情,却沉默着,更糟糕的是,否认着。"(《又一本》,第266页)胡利安于是决定暂时放下马里纳斯的回忆录,转而开始调查这个偏僻神秘的小村庄为何被现在的人们集体遗忘的原因。

终于,通过当年阿尔卡斯事件的当事人之一安帕罗(Amparo),这起令人发指的巨大罪恶才被揭开。农场主马里纳斯家族一直以来勾结政府,压榨当地农民,甚至连尚未成年的小女孩——安帕罗的女儿安娜(Ana)也惨遭马里纳斯的蹂躏。女孩父亲安德烈斯(Andrés)气愤至极打伤了马里纳斯,两天之后安德烈斯的尸体在郊外被人发现。村民再也无法压抑内心的愤怒,他们将马里纳斯奢侈豪华、时常名流云集的乡村庄园付之一炬。众怒之下,马里纳斯一家不得不离开阿尔卡斯,再未回来。之后的两年里,村民们常常被当局抓走、审讯、关押,不过直到1936年共和国最后一次选举期间,都还是最终会被再放回来。(《又一本》,第285—293页)因为第二共和国"最重要的职责是改善西班牙农村贫困人口的命运"①,政府原就主张限制大农场主和贵族的利益,并一直致力于处理农村土地分配不均的问题,因此马里纳斯家族本就是要被打击的对象。

1936年7月内战爆发,马里纳斯立刻倒戈支持佛朗哥的军队,他不仅出钱资助长枪党,更直接加入其中。与之做出相反选择的是阿尔卡斯的村民们。他们无法忘记那短暂的、成为土地主人的幸福,无法忘记第二共和国给予底层农民的自由和权利,他们时刻准备着为共和

---

① [英]马丁·布林克霍恩:《西班牙的民主和内战(1931—1939)》,赵立行译,上海:上海译文出版社,2003年,第28页。

国而战,为彻底打倒所有"马里纳斯们"而战。然而,马里纳斯残忍的复仇阴谋也随之到来。一日,一辆印着 CNT 和 FAI[①] 标志的卡车开进村庄,声称紧急需要人手帮助共和国的作战部队,在下午之前重建一座被长枪党炸毁了的石桥。村里四十多名男性,包括那些尚未成年的男孩,全部义无反顾地登上卡车,踏上了这趟再无回头的死亡之旅。原本承诺当天下午就能回来的男人们自此杳无音讯。他们的母亲、妻子、女儿,所有村里的女人们在苦苦等待了一个星期以后,才逐渐明白发生了怎样的悲剧:

> [马里纳斯]杀死了他们……杀死了所有人。然而除此之外,我们一无所知,不知道他们死在哪里,又或者是怎么死的,因为我们从未见过他们的尸体,更别说他们的坟墓了。什么也没有。死亡就像是一个公告,一个单词,一个八月的噩梦。……他看似提前准备好了一切:一个陷阱,一些实际上是枪手的假民兵,一座根本不存在的桥,一次可能发生在公路上任何地方的集体处决,我们知道的,仅此而已。(《又一本》,第 298 页)

明知悲剧已经发生,但由于缺少犯罪证据——受害人的尸体,村民们因此无法证明马里纳斯的罪行,更加无法让其接受应有的惩罚。缺少正义审判的暴行直接导致了两个后果:一方面,突如其来的巨大伤痛,启动了创伤记忆的自我保护机制,幸存者们下意识地选择了集体遗忘,从此,时间仿佛不再流动,女人们将自己永远禁锢在了四十多年前的回忆里;另一方面,她们的主动遗忘也造成了这段记忆丧失了进入公共空间的机会,成为一段被封存在阿尔卡斯的,无法在不同社会群体或代际间传递的无效记忆。而她们无辜的家人,如同无数内战

[①] CNT-FAI: 全称为 la Confederación Nacional del Trabajo y la Federación Anarquista Ibérica,指全国劳工联盟——伊比利亚无政府主义联盟。

期间和战后被杀害的尸骨无存的人们，注定无法得到历史的公平和正义，因为"如果大规模罪行的受害人不能留下他们的样貌和名字，如果无人知晓他们在人生的最后时刻所处的时间、地点以及死亡的方式，那么他们就是在真相的光亮之外，就是被遗弃在遗忘之中"①。

三、"坏记忆"——被压抑的记忆

随着有关阿尔卡斯的记忆重返公共的视域，一段长期被胡利安刻意搁置在黑暗遗忘角落里的伤痛记忆，一段被其自己称作"糟糕的回忆"的往事，也被意外激活。

内战爆发时，胡利安不过是个懵懂孩童。自当地被佛朗哥的国民军占领后，胡利安的父亲，巴达霍斯（Badajoz）地区工会的领导人，就和游击队员们一起躲进了条件艰苦的山区坚持斗争。一天晚上，和母亲发生冲突的小胡利安决定独自上山寻找父亲，却不知自己已被两个卫兵悄悄尾随。就这样，他的任性之举导致父亲和他的队员们被国民卫队抓捕，而后处决。胡利安的母亲也因包庇罪被捕入狱，不久便死在狱中。长大后的胡利安选择以自己的方式"清除"这段"坏记忆"：

> 我长大了，……我开始慢慢忘却，我想忘记所有这一切。我当然没有忘记我的父母，这是多么愚蠢的想法！我忘掉的是他们因何离世的原因。我情愿像许多人一样，简单地认为他们是在战争中因为炸弹或类似事件而丧生。随意地更改记忆是很容易的事情。一开始，你用谎言欺骗别人，到最后连你自己也深信不疑。所有人都这么干……就像轻度的妄想症：你以你自己的方式构建一个现实或是一种记忆。（《又一本》，第399—400页）

这段被记忆主体搁置在潜意识暗区的"糟糕的回忆"，同样属于主

---

① 转引自［英］杰弗里·丘比特：《历史与记忆》，王晨凤译，第58页。

体亲历的,并带有激烈情感冲击的创伤记忆。显然,无论是被调查的对象:那些游荡在阿尔卡斯的疯女人们,还是调查者胡利安,他们自身都携带着充满"创伤性情绪体验的记忆"①,也就是"糟糕的回忆",这些记忆被记忆主体压抑着,"阻止其进入意识,然而与之相关联的情绪体验却持续不断地影响着个体的内心世界"②。

与小镇上的女人们不同的是,从小被亲戚带离创伤记忆之地,成长在马德里的胡利安,重新融入了正常生活,遗忘对于他而言具有治愈创伤的作用,因为"创伤记忆是有立场、有倾向的,它是一种意识的反应机制或应对机制,是记忆主体对其自身所经历过的伤害和痛苦的一种自我防御和自我保护"③,创伤记忆的主体可以"通过压抑、释放、梳理或分析等多种手段来适应创伤体验对主体日常生活的介入,并最终趋向缓解痛苦甚或治愈创伤的目的"④。因而,小说中神经错乱的女人们,和依然还具备回溯过去的能力的胡利安,构成了"糟糕的回忆"的两种呈现和体验的方式,也共同体现了记忆和遗忘之间既相互对立又相互依存的,复杂微妙的关系。

总之,"阿尔卡斯",这个在阿拉伯语中意为"鸟笼"的小镇,不仅本身深陷在遗忘的漩涡中,更成为不同类型的"坏记忆"的起点或终点。小说中,一方面,亲历性的创伤造成了被压抑和被遗忘的"糟糕的回忆";另一方面,安帕罗的女儿安娜则代表了由于自己缺少对记忆的义务和责任的觉知,而从未想过要去了解过去,因此被变相操控了记忆的人们。她向胡利安这样描述自己关于阿尔卡斯的记忆是如何逐渐变形和被改写的:

---

① 杨治良、孙连荣、唐菁华:《记忆心理学》,上海:华东师范大学出版社,2013年,第312页。
② 同上。
③ 赵静蓉:《文化记忆与身份认同》,北京:生活·读书·新知三联书店,2015年,第94页。
④ 同上书,第95页。

> 阿尔卡斯是个杜撰……是个傻话……是人们编造出来吓唬小孩子的故事……妈妈向我讲起这里时,就像有的人描述那些有人被绞死的、满是幽灵的森林似的恐怖;她像开玩笑似地吓唬我,太可怕了……您想,她说这是一个荒无人烟地地方,住着奇怪的生物,一半是女人,一半是鸟身……全身乌黑……它们被永远囚禁在这个村子里,就像被关在鸟笼里,如有人靠近一样会被抓住囚禁……您瞧,这就像是个为了不让孩子们独自跑远而编出来的吓唬小孩子的故事……(《又一本》,第275—276页)

显然,安帕罗是为了保护女儿而主动选择了遗忘和沉默,只是和女儿不同的是,她非常清楚这种行为的原因和结果。安帕罗主动遗忘,并对此坦然承认的态度,代表了很大一部分自民主过渡时期就主动缔结"遗忘契约"的西班牙社会的大众群体:

> 对我们来说,将阿尔卡斯搁置一旁,就像是对沉默、对遗忘宣誓效忠。我们再也没有回到过那里,回到阿尔卡斯。镇上很多人都知道那里发生了什么,然而他们情愿对此视而不见,仿佛阿尔卡斯从未存在过……忘掉它;阿尔卡斯是无数内战期间的报复事件之一,就应该被忘记。另一些人,因为忘记,所以否认。因为这是不必为此担负责任的唯一方式,忘掉了也就不必为那些疯了的女人们担心。把那些精神错乱的女人们带去某个地方,医院或是其他能够照顾她们的地方,应该并不难做到。但是,没有人这么做。我们,所有人,选择了遗忘,选择了视而不见。(《又一本》,第316页)

随着伤痛亲历者的主动遗忘,以及第二代人被改写的、不可靠的记忆,代际之间有效的记忆传递也随之缺失。许多内战和战后时期的记忆,就如同阿尔卡斯以及那些无辜受害者的亡灵一样,被封存在了集体记忆的社会框架之外。而这种"糟糕的回忆",或称之为"坏记忆""生病的记忆",在作者看来,仍然在履行着"遗忘契约"还不自知的西班牙社会里发挥着作用和效力。

四、从"坏记忆"到"好记忆"——解构与建构

那么,又该如何阻止"坏记忆"的蔓延和传染呢?文本中,代表着战后第二代的胡利安和安娜,逐渐意识到过去的意义和自身的记忆责任时,也昭示了记忆本身所蕴含的反思和修正的能力。尤其当原本属于他们个人的私密记忆,经过相互分享进入公共空间以后,他们也进而成为承担这一记忆共同体的成员,记忆或者遗忘也就具有了道德责任[1]。因此,也就不奇怪为何胡利安仓皇逃离小镇,在公路上"连续开了两个小时的车后,突然停车"(《又一本》,第265页),人性的本能和道德内疚让他无法对面前这些可怜的女人们视而不见:

> 他无法就这样一走了之,他应该了解更多的事情,进行更多的调查,弄明白到底发生了什么,为什么这些女人会疯疯癫癫。而更加重要的是:他应该让其他人知道,无论是他们本来就不知道还是不愿知道,要让他们记起那些被困在遗忘中的真相。他这样想着,仿佛一种刚刚加身的道德责任……(《又一本》,第266页)

胡利安从逃避记忆、拒绝面对伤痛记忆,到被安帕罗和安娜讲述的关于阿尔卡斯的记忆激发,并认知到自己的记忆责任,归根到底,是集体记忆的社会框架在发挥作用。也就是说,当集体中的成员们彼此之间可以通过交际共享记忆时,他们也就被自然纳入同一社会群体之中,并开始共同追溯该群体被遗忘的过去,共同建构当下得到彼此认

---

[1] [以]阿维夏伊·玛格利特:《记忆的伦理》,贺海仁译,北京:清华大学出版社,2015年,第51页。

同的,并且可以被不断分享的持续的新的记忆。

也正因为此,尽管胡利安逃避着自己童年时的伤痛记忆,但这些记忆只是被暂时搁置,并不会消失;与此同时,代表着被改写了记忆的一代人的安娜同样感到自责:

> 我以为我什么都知道,然而实际上并不是这样:我缺失的恰恰是最重要的那部分,是母亲生命中最大的悲剧。四十年来她可能没有一天不回想的痛苦过往,然而她什么也没有告诉我……不过这么多年我也从未有过问问她的念头:"有没有什么事情是你没告诉过我,但是又想告诉我的?"(《又一本》,第325页)

胡利安和安娜意识到,作为社会群体的成员,他们都肩负着承载和传递记忆的责任与义务。随着他们之间相互共享了记忆,确立了身份与归属,作者在解构记忆的可靠性以及记忆与遗忘的二元对立的同时,也通过昭示新的记忆和反思过去的方式,建构了"好记忆"和新的记忆群体。

然而,更进一步的思考是,热衷于"制造"记忆的作家们又该如何防止"坏记忆"的蔓延呢?罗萨采用元小说的形式,对自我以及他所代表的作家群体的记忆书写行为展开了深刻反思。对于作为既是记忆的主体,也是记忆的生产者的作家们而言,为避免"坏记忆"的泛滥,最直接且最有诚意的自省或许当属从记忆的产物——文本自身入手。

这时不妨让我们再次回到《又一本该死的内战小说!》再版时新增的部分——对原小说《糟糕的记忆》的评论和批判。这一次,罗萨将自己置身于一位不知名的读者的视角,首先向原作的作者——罗萨本人的创作水准发出了质疑:"太过矫情""杂乱无章""太过说教",又或是"太情感用事":

> 这位作者的年纪(根据小说的出版时间来看是1999年,写这

部小说的时候应该是28岁）或许可以让我们原谅他如此杂乱无章又太过说教的前言,不仅肤浅空洞,且满是一些哗众取宠的句子,类似"远离历史的时间的灰尘","被封存在神秘箱子里的尸体",又或者"故意用遗忘的细沙将一切掩盖"。(《又一本》,第18页)

对于原作者将被遗忘的南方小镇"阿尔卡斯"设定为叙事展开的中心也颇有意见：

> *尽管在小说的第一章就已经有所察觉,但当时我们并未在意,不过现在可以对此完全肯定,因为我担心这会令小说的目标难以达成：作者的"南方"情节让他构建了一个来自南部乡村的小镇,在他不合时宜的浪漫主义的视角下,小镇上的人物表达是变形的,显然作者并不知道如何运用他过去的阅读经验,把写作完全变成了一种个人主义的理想化。*
>
> *……*
>
> *在我们面前的是一个并不存在的、刻意人为塑造的文学景观,一个在1977年的西班牙表现出孤独和残酷的南方。从作者建构的这幅乡村景象里,看不出丝毫批判社会的意图,有的只是一个年轻的,不懂收敛技巧的作家的各种炫技[……]*（《又一本》,第30—31页)

我们看到,原文中,以斜体字出现的另一个叙事声音,不断指向文本自身,向内对这类小说的艺术构造,极尽讽刺与批评,其中不乏卓有见地的忠告与建议。例如,这位读者不留情面地指出,原作者的这些所谓技巧不仅毫无意义,甚至算得上是一种欺诈行为："作者假装利用对话从不同角度客观展现马里纳斯这个人物。然而这一方式根本就是我们常见的叙事陷阱：作者借助多个叙述视角伪装一种客观叙事,但这些视角不过是其已经有了预先评判后做出的选择。"(《又一本》,第141页)换言之,所谓对于历史事实的客观再现和表述其实并不存在,叙事在产生的过程中就已经包含了作者的先验情感和价值判断。

且罗萨自省和反思的对象并不局限于自己的早期创作,对于当下颇受出版界和读者们青睐的这类记忆小说的创作方式,以及写作动机中存在的诸多弊端和潜在危机,同样进行了"摧毁"与揭底。在他看来,作家们尽管对过去,尤其是那些被遮蔽和被掩盖的罪恶,显示出强烈的追溯意愿和创作热情,但他们却只停留在诸多矛盾的表层,甚至为了迎合读者而把法西斯的屠杀描写成私人恩怨或复仇事件。换言之,作家们从未或很少去触碰问题的实质,对战争罪行也还未进行彻底的反思与批判:

> 这类小说大都会在同一个问题上出现缺失:对罪行的发生缺少合理的解释。这部小说亦未能避免。为何会发生屠杀事件?我们深入这起个人复仇的案件当中,我们看到积怨已久的仇恨,该隐之罪,愤怒,还未清算的恩怨。阿尔卡斯的村民们被屠杀,并非由于他们是共和党人,或共产党,或是无政府主义者,或工会成员,又或是左派分子;也不是因为他们曾经帮助过共和国,或是他们因为没有工作或缺少耕地而发动过罢工,都不是。他们死于一起私人复仇事件:一个地方权贵为了报复他被烧毁的家宅和因此带来的侮辱而进行的可怕的复仇。……当然,内战期间出于怨恨而引发的谋杀案件不计其数,尤其是挑起战争的叛乱方,为了根除异己,几乎将其变成了一项由于意识形态的差异而被执行的群体灭绝政策。然而,如果将迫害的原因仅仅解释为复仇这无疑是一种自我开脱,等于是将佛朗哥及其独裁政府的罪责用一系列个体责任、私人恩怨来替代,这无疑是为了推卸责任。战争、压迫,仿佛都变成了个人恩怨累积造成的偶然事件。然而事实不是这

样,至少不仅仅是这样。但这样处理显然更加容易,更舒服,更有噱头。把战争描述成个人恩怨,私人复仇,而不是灭绝政策,不是法西斯,因为后者尽管也在复仇,但显然是有组织有计划的政府行为,是精心策划的"复仇政策",就像保罗·普雷斯顿①表述的那样。(《又一本》,第299—300页)

文本中的读者评论,清晰表明了他/她对于当下扁平化、程式化的历史书写的不满和焦虑,尤其对于造成这一结果的作家们的道德立场和写作动机,表达了强烈的质疑和批评。在罗萨看来,这些借由文字书写形成的对于过去的塑造,建立在充满不确定性的个体想象之上,而这样的文本一旦进入公共领域,就会成为集体记忆的组成部分,不仅无法引导着一种卓有成效的记忆文化的形成,相反,还会对公众的集体认知和历史意识带来无法忽视的危害:

> 无论作者宣称自己的初衷是如何真诚,这样的小说在有关过去的话语建构中总是弊大于利。尤其是西班牙这样的特殊个案,由于我们与过往的联结是不完整的,是受损的,在关于过去的话语建构和固定的过程中,叙事文学逐渐占据了一个至关重要的核心位置,尽管实际上并非名副其实,但它确已占据了这样的位置,无论作者是否有意为之。因此作者应该对其肩负的责任有所积极的觉知。(《又一本》,第445页)

由此,我们不难得出这样的结论:看似对现有的、风头正盛的记忆文本极尽讽刺,通过揭露各种"坏记忆"的弊端对其进行"摧毁"的《又

---

① 保罗·普雷斯顿(Paul Preston, 1946—),英国历史学家,伦敦政治经济学院名誉教授,英国科学院院士。20世纪西班牙历史资深研究者、学者,主要研究领域为西班牙内战及其后果和影响。曾获大英帝国勋章、伊莎贝拉女王勋章等。著有多本有关这一时期的历史研究专著,如:《民主的胜利:西班牙政治变革的进程》《民主国王:胡安·卡洛斯传》《内战之殇:西班牙内战中的后方大屠杀》等等。

一本该死的内战小说!》,实际上,依然是以年轻的罗萨为代表的这一代人对一个真实的过去的渴求,对自我身份的质疑,乃至对一个民族的记忆文化和集体身份建构的深深焦虑:

> 终其一生,我们总是渴求知识的宽广,渴求跨越记忆的局限……这种对于求知的无用的努力,使我们无法理解真正有意义的东西,理解围绕在我们周围的那些根本的东西,理解我们自己、或是他人,无论远近亲疏,理解我们的生活和他们的生活。总之,我们一无所知:你的生活里到底发生了什么?那个令人羞耻的过去到底发生了什么?除了夜晚空荡荡的楼道和吼叫声,你的童年发生了什么?那些与你亲近的人是谁?你的家庭?你的同学或是同事是谁?你的朋友们,又或者那个你爱着的男人或者女人,他们现在以及过去到底是谁?在刚刚发生过的那场战争里你的父母在哪里?他们如何挨过饥饿和那些艰难日子里的压迫,他们是战胜者还是战败者?是英雄还是历史长河里的时间灰尘?在那些至暗岁月中,你又在哪里?(《又一本》,第15—16页)

这一连串对生命乃至存在意义的反复追问,这种看似与过去"断裂"式的拷问,实际上也是这一代人努力摆脱记忆操控,寻求新的、更为牢固的深层次的情感、身份和文化"缔结"的一次"摧毁"和"重生"并存的精神突围。

第三节 元小说的迷宫游戏——《昨日无用》中的戏仿与真诚

《昨日无用》继续关注有关西班牙内战,尤其是民主过渡时期的历史与记忆问题。罗萨采用了历史书写元小说的方式,通过戏仿、情节并置、邀请读者参与情节设计等非延续性又不可预知的、迷宫游戏般的叙事程式,暴露记忆小说的虚构过程,打破记忆小说塑造的历史神话,再次展示记忆的可操控性和历史叙事的不可靠性。在当下内战记忆热潮正兴的文化语境下,体现了以罗萨为代表的、更加年轻的知识分子群体对记忆书写的动机和道德责任的深度反思,证明了一种更为审慎和成熟的历史观、记忆观正在形成。

2005年,三十一岁的西班牙作家伊萨克·罗萨凭借《昨日无用》,获颁西语文学届极具分量的奖项——罗洛慕·加列戈斯小说奖。一时间,声名大噪。在备受瞩目的同时,这位年轻的塞维利亚作家同样饱受争议。在获奖结果颁布后不久,委内瑞拉著名作家、文学批评家和出版人古斯塔沃·盖莱罗(Gustavo Guerrero,1957—)就在西班牙《国家报》上发表了题为《一个文学奖项的安魂曲》(Réquiem por un Galardón)的评论,讽刺罗萨获此重要文学奖项并非出于其文学质量,而是由于小说《昨日无用》表现出的左倾政治立场迎合了当时的大部分评审[1]。持这类观点的还有古巴作家何塞·马努埃尔·普列托(José Manuel Prieto,1962—)等人。

但更多的学者对罗萨和他的《昨日无用》表示了肯定和支持,其中就有西班牙著名文学批评家、学者桑斯·比亚努埃瓦(Sanz Villanueva,1948—)教授,他认为罗萨的作品表现出作者对"先锋派"写作技巧的娴熟运用,并向读者们推荐道:"这是一部不容错过的精彩作品。"[2]西班牙文学评论家,出版人伊格纳西奥·埃切瓦里亚(Ignacio

---

[1] Gustavo Guerrero:"Réquiem por un galardón", en *El País*, 15 de julio, 2005, https://elpais.com/diario/2005/07/15/cultura/1121378402_850215.html,2020年12月2日查看。

[2] Santos Sanz Villanueva:"Isaac Rosa", en *El Mundo*, 27 de julio, 2004. http://www.elmundo.es/papel/2004/07/27/uve/1671196.html,2020年12月2日查看。

Echevarría, 1960—)更是毫不掩饰自己对这部作品的欣赏:

> (罗萨)创作了一部非比寻常的作品。小说从最初的几页就对阅读明确提出了严格要求,这是非常必要的,并且它也确实做到了。在读完之后,我们更加确信它的价值:一部像《昨日无用》这样的小说的存在是十分必要的,我们应该庆贺它的到来。①

正如这位经验丰富的出版人所言,这部小说对其阅读者是有着颇高要求的。换言之,它需要读者既富有耐心又保持清醒,自始至终参与创作的同时,还必须为可能会大失所望的结尾保持宽容。

由于罗萨选择从方法论意义上对历史书写进行阐释和把握,我们因此可以将他的这部作品看作琳达·哈琴提出的第四种讲述过去的方式②,即"强烈意识到了其叙述过去的方式"的"历史书写元小说"(historiographic metafiction)③。在这样一个精心设计的,并邀请读者参与其中的元小说的迷宫里,罗萨通过对已有记忆小说的叙述模式的戏仿、对自身虚构过程的暴露,对读者身份的反转——从记忆的被动接受者变为记忆的制造者等,让人们再次意识到记忆的选择性、可操控性和它所制造出的历史的不可靠性。看似随意的迷宫游戏,实际上隐含着作者面对记忆书写时极其真诚而满怀敬畏的心态:掩饰了自身虚构性的记忆书写是不道德的。昨日并非无用,关键在于我们如何取用。

一、暴露虚构:所谓真实的历史人物

为了暴露语言的虚构性,罗萨借助历史书写元小说的方式,首先

---

① Ignacio Echevarría: "Una novela necesaria", en *Trayecto. Un recorrido crítico por la reciente narrativa española*, Barcelona: Debate, 2005, p.280.
② 翁贝托·埃柯提出有三种方式来叙述过去:第一种是传奇故事,包括爱情故事、哥特式小说和科幻小说;第二种是以武打和惊险为代表的侠义小说;第三种就是历史小说。同时,他认为自己创作的《玫瑰之名》就属于第三类。详见 Mark Currie, *From Reflections on the Name of the Rose*, 1995, p.176。
③ [加]琳达·哈琴:《后现代主义诗学:历史·理论·小说》,李杨、李锋译,南京:南京大学出版社,2009年,第152页。

想要戏仿和以此为方式进行击破的,就是那些声称自己的书写是围绕着一个真实历史人物展开的所谓真实的故事。而巧合的是,这些成功模仿了现实,备受读者青睐和信任的小说实际上也在一定程度上借用了元小说的书写方式。

一方面,从《萨拉米斯士兵》引起读者们多年来对共和国士兵米拉耶斯自发展开寻找,到人们在互联网和图书馆里查找小说《生锈》及其作者塞尔玛的信息,都可以看出,这类借助元小说或元虚构形成的叙述方式,突出了作为符号的语言文字对于现实的再现功能,尤其是面对着西班牙内战及佛朗哥独裁统治这段被掩盖和被迫遗忘的记忆时,作为记忆媒介的文字,架构起"同时代人和见证者之间相对散漫的故事交流"①,反而成为人们可以接近真实的一种有效途径。而另一方面,这些以历史发生论和探求历史真实性作为出发点的作品,其本质还是根植于传统现实主义小说对历史的批判反思之上,保有完整的故事情节、中心人物、相对固定和清晰的一个或多个叙事视角等。而对现实的成功"模仿",也使其最终成为另一个真实性亟待考查的历史进程中的对象。

这种在文学真实和历史现实之间看似矛盾的摇摆往复在《昨日无用》中却并不会出现,因为罗萨在进行历史书写时的出发点从来就不是为了追问历史的真实性,而是借助元小说的形式和力量启发人们再度思考历史再现中的问题:有关过去的话语建构是否总是可靠?当下充斥着的有关内战的记忆,然而这都是谁出于什么目的讲述的关于谁的历史?换言之,他想通过文学创作去实现的从来都不是"模仿"而是"戏仿",通过后者"反观自身……出于自我了解的目的而探究自身的

---

① [荷]安·芮格妮:《记忆的机制:介于纪念性和变体之间的文本》,载[德]阿斯特莉特·埃尔、安斯加尔·纽宁主编:《文化记忆研究指南》,李恭忠、李霞译,南京:南京大学出版社,2021年,第428页。

形式。它考虑更多的不再是去形而上地反映事物,而是去把认知的过程弄清楚"①。

于是,为了打破人们对现有内战小说的"真实英雄们"的追捧,罗萨决定以戏仿的方式,以文本关照文本,以人物反观人物,展现和审视作家们制造虚构的过程。哈琴指出,与传统历史小说相比②,历史元小说的特点之一就是,其中的人物不再是被类型化了的典型人物,而是被去中心化的、边缘化的人物。而且即使是真实历史人物,他们的处境也是如此。《昨日无用》中的主人公胡里奥·丹尼斯(Julio Denis)就是这样一个毫不起眼的,被遗忘在历史缝隙中的真实人物。作者这样描述他与这位真实历史人物的相遇:

> 我们非常幸运地在卡雷拉斯和鲁伊斯·卡尼塞尔(Carreras y Ruiz Carnicer)共同编写的,由费尔南多天主教国王出版社(Institución Fernando el Católico)于1991年出版的《佛朗哥政权下的西班牙大学(1939—1975)》③的第327页看到这样几句描述:"胡里奥·丹尼斯教授的被捕以及之后被迫流亡海外,很可能是警察系统内部在盲目疯狂地打压学生运动的过程中的一起失误。因为那些令人难以置信的对于胡里奥老师的指控很快销声匿迹,而这起不明不白的案件最终成为无数被报复打压的学生和老师们的可笑的反面教材。"这简直是一个绝佳的小说情节,很多作家们看过卡雷拉斯的这本书,不明白为什么这样的细节竟然能够从他们的眼前溜走……竟然还没有人从这么理想的小说素材中捞

---

① 陈后亮:《事实,文本与再现:琳达·哈钦的后现代主义诗学研究》,济南:山东大学出版社,2011年,第64页。
② 这里主要指乔治·卢卡契(Georg Lukács)对于历史小说的定义,详见[加]琳达·哈琴:《后现代主义诗学:历史·理论·小说》,李杨、李锋译,第152—158页。
③ 西语全名为 La universidad española bajo el régimen de Franco (1939-1975), eds. por Juan José Carreras Ares, Ruiz Carnicer, Miguel Ángel, Zaragoza: Institución Fernando el Católico, 1991.

到好处,我们完全可以用它来消遣(juguetear)一番60年代的学潮,系里的学生会,春天的校园里身着灰色制服、骑着高头大马的警察们的追捕,那些激进的小帮派们(永不停歇的革命、第三世界的解放、城市游击队的魅力),那些手持警棍和锁链的轻率冒失的长枪党人到处破坏会议,即使是符合教规的马克思著作的阅读也不被允许,那些与佛朗哥的手下对峙的并不在编的教师们……①

于是,大学教授胡里奥·丹尼斯就这样意外地成为《昨日无用》的主人公。一方面,罗萨用调侃的语气讽刺那些"渴望现实"(afán realista,《昨日》,第18页)的历史小说的创作者们;但另一方面也揭示了这些小说创作的偶然性:对于文学虚构来说,那些曾在历史上存在过的边缘人物,若恰好再带着些疑问和神秘色彩,那么在作家眼中,就是可被利用的最完美的历史小说素材。当然,前提是如果他们都能像丹尼斯这样,恰好被后者发现的话。这也是《昨日无用》在"历史编撰元小说"或"元记忆小说"上的一个重要契合点——它通过自我指涉和揭示,向读者抛出了最本质的问题:我们是否可以这样毫无顾忌地,为了制造记忆而随意动用过去?这样的思考贯穿小说始终,但伊萨克·罗萨并未直接揭示答案,而是通过"悖论、并置、随意性、非延续性"②等元小说中常见的表现手法,围绕胡里奥·丹尼斯的可疑案件,多角度架构出故事的情节框架,仿佛一个移动的迷宫,随着视角的转换,呈现出不同的版本和面貌,不断展示事实和叙事、历史和记忆之间的多种可能。

那么,胡里奥·丹尼斯的身上到底发生了什么?他在这一系列的事件中又扮演着怎样的角色呢?小说作家在现有资料中仅找到两处

---

① Isaac Rosa: *El vano ayer*. Barcelona: Seix Barral, 2004, p.13-14.下文中引用仅给出中文简写书名《昨日》,和原书中的页码。
② 赵毅衡:《后现代派小说的判别标准》,载《外国文学评论》1993年第4期,第14页。

相关记载,一是1969年出版的《西班牙的大学和民主:三十年学生运动》的第356页提及"丹尼斯教授被驱逐出境",以及1981年的《佛朗哥政权下的西班牙大学(1939—1975)》的第193页:

> 8月13日,决议被执行:阿兰古伦(Aranguren)、蒂尔诺(Tierno)和加西亚·卡尔沃(García Calvo)三位教授被所在大学彻底开除。阿吉拉尔·纳瓦罗(Aguilar Navarro)和蒙特罗·迪亚兹(Montero Díaz)被判处停职两年。胡里奥·丹尼斯,尽管并未参与学生会组织,依然被捕,不得不离开西班牙前往巴黎。之后,加西亚·卡尔沃就职于巴黎一所大学,而蒂尔诺返回了普林斯顿,阿兰古伦则前往加利佛尼亚。(《昨日》,第20页)

关于胡里奥·丹尼斯的官方记载显然十分有限,作家不仅没有气馁,反而兴奋起来:这是一个绝佳的可以用来"制作"一个所谓"真实"的故事的历史人物。于是,作家毫不掩饰地在这段话的末尾写道:"调查结束,虚构开始。"(《昨日》,第20页)

二、读者邀请:拼贴一个好故事

随着主角的确定,这个好故事还需要一个恰当的背景和充满巧合的情节。毫无意外,罗萨再次将这一过程毫无保留地展示给读者,这一次,他邀请读者共同参与。

20世纪60年代,随着"西方马克思主义"在欧美等发达资本主义国家的兴起和流行,人们为反对种族歧视,反对侵越战争,要求改革教育,要求自由民主,而爆发了二战以来最为壮观的学潮和工潮,其声势之浩大,席卷了西欧、北美等西方主要工业化国家,这其中就包括西班牙。

胡里奥·丹尼斯教授的神秘案件正是发生在这样的政治背景之下的1965年。彼时,马德里大学的大学生们正在秘密策划组织一起工人罢工运动,然而由于被人暗中告密,行动当天遭到独裁政府警察们的破坏,罢工运动无疾而终。表面看起来丹尼斯与此事件并无关联,然而巧合的是,在学生和警察发生冲突的前一晚,他与这起学生运动的领导者之一——安德烈·桑切斯(André Sánchez)有过一次短暂的会面。第二天安德烈便立即被警察抓捕,因此会面的内容不得而知。之后警察又在两天的时间内,以超乎常理的速度完成了对丹尼斯的审讯和判决——驱逐出境。而安德烈·桑切斯则一直生死未卜,甚至其女友马尔塔(Marta)也受到了牵连,不得不远走他国。

由于官方史料对于丹尼斯记录的缺失,小说中的作家表示他只能发挥想象,为其构想了在那个年代一名大学教师可能面临的三种处境。第一种:"比如我们可以把胡里奥·丹尼斯变成为佛朗哥的独裁政府服务的知识分子的代表,……通过对当局的谄媚讨好而在大学里谋得一席";第二种身份则正好相反,"我们决定把他塑造成形象光辉的英雄,……把他描绘成一个革命斗士,经常组织学生运动,组织游行,他的课堂充满了自由的精神和思想";最后第三种身份,作家则建议将其放置在"中间的无人地带,既不是亲佛朗哥主义者,也不是反佛朗哥的斗士,永远保持在所有事件的边缘地带,仿佛他就职的是另一所大学,一所没有任何斗争只有课堂和知识的大学",作家还解释了做出这样选择的原因:唯有如此,丹尼斯才能够做到默默无闻,"他的突然消失才能够不必引起任何人的关注"(《昨日》,第23—25页)。接着,处于中间地带的丹尼斯的性格被作家设定为"孤僻而固执"(《昨日》,第26页),小心翼翼,与任何一方都保持着距离,防止自己被牵连进政治斗争之中。一方面,他拒绝在一份抗议解雇了某位老师的联名书上签名,甚至每天自带咖啡和汉堡,只为了能够不必去食堂或教师休息室;另一方面,他也拒绝参加任何亲佛朗哥的庆典或仪式,例如"1964年,佛朗哥为庆祝取得和平25周年,在教堂举办了一场盛大的庆典,他也没有出席"(《昨日》,第26页)。

可如果丹尼斯就是这样一个木讷、胆小怕事的知识分子,他又如何会被警察突然抓捕呢?他和桑切斯又有怎样的关系呢?作家在小说的第七节为教授的被捕设置了三种可能性:一是由于警察的失误,继而为了面子,给了丹尼斯一些经济补偿,并让其尽快出国,草草结案;二是丹尼斯由于平时的孤僻早已被人怀疑,于是遭到秘密揭发;最后一种可能是丹尼斯实际上是一个特工(有可能是共产党组织的秘密联络人,也有可能是佛朗哥政府安插的),但不幸暴露。并且作家建议读者,最后一种安排应该会让故事更加精彩。

如果说通过诸如此类的情节并置,不断揭示自身虚构本质的元小说迷宫的走向还主要是在作家对读者的引导下完成的,那么,在小说的第二十七小节,作家则将"选择"的权利完全交给了读者。他对丹尼斯的生平做出了两种设定,分为左右两栏,平行呈现两种完全不同的人物设定,"读者您可以根据自己的喜好任意选择"(《昨日》,第172页)。左边一栏的胡里奥·丹尼斯是一个为了逃离战争的伤痛记忆,决定从家乡塞维利亚来到战后的马德里的大学任教的,与世无争的知识分子;右边一栏中的大致内容十分相似,然而通过一些关键单词的改变,丹尼斯摇身一变,成为一名激进的战争投机者,他拥护夺取了政权的佛朗哥政府,是当局安插在大学里的诸多告密者中的一位。他揭发了安德烈,并且在这次任务结束后,申请了退休。作者有意让读者发现,一切叙事都是选择的结果,作家需要选择,读者更是如此,即使是相似的语言符号,经过选择便会产生出完全不同的叙事效果。

无论是多个情节并置,还是叙述方式的直观对比,作家将人物命运和情节设计完全交给了读者。从表面看,连续的反身指涉和对历史记忆小说本身的戏仿,为情节的发展引入了多种可能性,在架构元小说迷宫的同时,也成功将读者注意力吸引到历史小说的虚构过程之中。然而,当我们按照作者留下的提示,试图找到"迷宫"的出口时,会发现我们似乎一直无法抵达故事的结局或迷宫的终点。因为直到小说结束,三位主人公的命运仍然是未解之谜,至于丹尼斯到底是暴行的帮凶还是体制下的受害者,也随着他消失在人流如织的巴黎机场(《昨日》,第28页)而不了了之。

那么,罗萨通过并置、戏仿、自我指涉等方式构建出的元小说的"迷宫"仅仅只是为了凸显自己的创作技巧,显示小说的虚构过程吗?答案是否定的。因为在另一方面,或者说更深层次,罗萨同时又对精心设计的元小说的迷宫,即《昨日无用》这部小说本身进行了反转,告诉读者就在后者通过层层选择,以为自己就快接近事件的真相时,读者其实已经被作者虚构的情节所操控:

> 您(指读者)试图清算一些实际上您并不熟悉的账单,您满怀痛恨、义愤填膺。然而请您注意哪怕这一个细节,就已经足以说明问题:这本一共264页的小说中的118页都在以直接或间接的方式讨论着一个单一的问题:压迫和警察的暴力,这就占了整部小说的44.7%。您无法否认,这就是一本令人难以忍受的冗长啰嗦的小说!
>
> ……
>
> 这本书的89和92页再现了一个佛朗哥时期的武装警察的自白,而这不过是文学手段罢了,与现实毫无关系。换言之,这完全是一场莫须有的访问,坦白的人只不过说了您,读者,希望他说的话而已。(《昨日》,第266—267页)

至此,我们不难觉察出,在看似游戏般的元小说迷宫的背后,是作者在当下记忆热潮正兴的文化语境下,对记忆书写的立场和道德责任的思虑,以及对于现实与真实、历史与故事之间的关系的深刻反思。

在《昨日无用》的开篇,作者就直白地揭开了近年来深受关注的西班牙内战小说的编写过程:

> 我们终于明白,被我们的历史学家们认真收集整理的现实,向我们伸出具有强大故事潜力的桥梁,令我们的评论家和理论家们感到兴奋(在那些夏季研讨会上和文化增刊上总能看到这样肯定的评价:在最新的西班牙叙事文学中虚构和非虚构相互交织;借用新闻报道的外衣来书写现实的真相;根据那些被记录下来的历史现实展开叙事想象),更深受明智的读者和同样明智的出版机构的青睐。然而,那些特别的小说,它们并未向现实让步,只在时间、地点、一些主要人物和次要事件上和现实保持了一致。这样的小说多到近似饱和的地步,几乎用尽了显然十分有限的可以被用来书写历史的程式,例如经常被用来描写"佛朗哥时期"的一些模式:
>
> a)一桩神秘案件,在一番必要的警方调查后发现,实际上是一起源自内战的复仇;
>
> b)一个流亡者重返祖国,故地重游,故人重逢,然而紧随其后的是对往事的回忆和深深的失落。复仇的情节在这种情况下同样适用;
>
> c)一些行动主义者正在策划一起叛乱:我们目睹了他们充满冒险和吸引力的秘密生活。同伴间的争执、背叛事件也是必不可少的,还有被质疑的道德立场以及失败的结局;
>
> d)一个孝顺的儿子整理已故父亲的物品,在翻阅父亲的信件或是日记时发现了父亲在内战中及战后初期的遭遇,父亲几十年来所经历的内心的流亡,甚至是一场悲剧的爱情或是一个令人心痛的秘密;

> e）可怕的孩子们：少年时代破碎的艺术之梦，失败的政治梦想。被困在家乡的少年郁郁寡欢，又一次无法避免的不幸的结局；
>
> f）相互交织的故事，许多次要人物，代表着各自所属的人群(反对者，知识分子，长枪党人，企业家，投机者，等等)最终互相之间产生戏剧性的冲突。(《昨日》，第14—16页)

或许略显夸张，但罗萨的总结绝非空穴来风。熟悉近年来颇为流行的内战记忆小说的读者们，一定会对这样强烈的反讽报以会心一笑。哪怕仅仅只是前几章里提到过的小说，它们最为学界所热衷提及的特点都已被囊括其中。

之后，作家更是在情节进程中不断提醒读者，甚至是作家群体，不要将小说中的叙事等同于真正的历史。如果用阅读小说或编写传奇故事的态度去看待自己民族真实经历过的苦难，只会把记忆书写变成毫无价值的消遣和娱乐，变成商业营销的手段和获取经济效益的渠道：

> 西班牙内战成了我们的文学家们和导演们一次又一次乐此不疲、取之不竭的灵感源泉：史诗般的英雄故事，悲壮背景下的人物故事，无可比拟的英雄气概和家族复仇。是否总是保持严谨、是否是历史真相、是可靠还是破碎的记忆、是否是伪造的关于战胜者的老生常谈，这些都不重要。我们正在进行虚构，女士们先生们，敬请放松欣赏。(《昨日》，第220页)

三、戏仿与真诚：昨日并非无用

那么，既然关于"昨日"的表述已经变得不可靠，是否书写昨日亦是无用的呢？这显然不是罗萨的目的。实际上，罗萨在以元小说的方式对文本自身进行批评和内省时,就已经将读者放置于和作者同等重要的地位,从另一个角度看,这样的设置实则拉近了艺术和生活的关系:

> 我曾经一度认为,我在为我们这一代人写作,为了那些不了解什么是佛朗哥主义,成长在民主时期的这代人写作,对于那个特殊的年代我们缺少直接的记忆,唯有从父辈那里继承的,仿佛借来的二手记忆。但我很快发现,我的读者们主要是那些经历过佛朗哥时代的,以为自己对此了解,但实际上也只拥有被构造、被强加的记忆的人们。在写作时,我总把自己也想象成一名读者:一位对当下的西班牙文学,尤其是有关内战和佛朗哥独裁统治时期的文学十分不满的,感到厌烦和疲倦的读者。①

换言之,罗萨并非是要全然否定这类文学文本在历史记忆建构过程中的作用和意义,恰恰相反,他通过戏仿,挑战和颠覆了当下读者对于各种内战小说的阅读习惯和期待,"迫使读者意识到自身对于小说创作不可或缺的作用,意识到是哪些因素促成了他对于传统小说的解码、接受和反应"②。也就是说,对于当下的各种内战记忆的兴起,读者们的责任并不比作家们轻松丝毫,相反,作为阅读这一活动中不可或缺的"我们",更有必要对自己的价值观、历史观和记忆观进行反思。那么,对于记忆制造者的作家们来说,更加责任重大,他们既是作者也是读者。总之,伊萨克·罗萨以看似戏谑实则极其坦白真诚的态度,对读者的阅读和接受提出了更高的标准和要求,对同时代作家们的文学创作给予了更高的责任期许,正如伊夫

---

① Melanie Valle Collado: *Juegos metaliterarios en El vano ayer de Isaac Rosa*, Universidad de Lieja. http://ahbx.eu/ahbx/wp-content/uploads/2010/02/tesina-melanie-valle-collado.pdf, 2021 年 1 月 20 日查看。

② 陈后亮:《事实,文本与再现:琳达·哈钦的后现代主义诗学研究》,第 93 页。

琳·海夫特(Evelyn Hafter)评价的那样:"在如何阐释刚刚过去的昨天的问题上,《昨日无用》为罗萨和他同时代的作家们之间建立了持久稳定的对话。"①

最后,我们必须看到,当追溯"昨日"之记忆的热浪不断兴起之时,对于"昨日是否有用"的及时思考,恰是有责任、有立场的知识分子们在不断探索和自省的过程中形成的一种更加成熟、更为审慎的记忆观。因为无论是单一大写的历史,还是复数小写的历史,都有可能被"有意无意掩藏起来或者被拿走",且这种操控往往是不易察觉的,会跟随着"历史、政治或者文化环境每次发生变化时"而产生变化。因而,罗萨以自我剖析、向内自省的方式,警示读者,历史书写的确是我们了解过去的一种有效途径,但也极有可能是不可靠、不真诚、不值得被记忆的。这种自我反思和觉知,对于正在经历由"记忆的缺失"到"记忆的爆炸"转变过程中的西班牙社会来说,无疑是非常必要的,它有效避免了记忆行为从一个空白的极端滑向另一个被过度填充的极端。

我们以怎样的方式看待和理解过去,决定着我们在今天和未来是否能够获得预期的意义。正如小说《昨日无用》的题目,同样来自西班牙著名爱国诗人安东尼奥·马查多,出自作品《转瞬即逝的明天》:"无用的昨天带来空洞的明天,又或许,转瞬即逝!"②那么,在伊萨克·罗萨看来,该如何避免"昨天"沦为无用呢?

答案的关键依然在于作者和读者如何认知和反思其自身在这一记忆文化建构过程中的动机与责任。实际上这也是小说《昨日无用》的创作初衷之一:昨日是否能够对当下产生价值和意义,其关键

---

① Evelyn Hafter:"El vano ayer", en *Olivar. Revista de literatura y cultura españolas*, 2006, n°.7, p.251.
② 来自西语版马查多诗选《卡斯蒂利亚的田野》中《转瞬即逝的明天》这一诗歌的诗句。

还在于我们如何记忆过去的方式。人们在一点点追溯过去的同时，也无时无刻不在制造着新的记忆。于是罗萨在小说的最后几页列出了对他的成长来说十分重要的阅读清单，作为他完成这部小说的参考文献(《昨日》，第307—309页)。其中不乏读者们所熟知的内战期间的流亡作家马克斯·奥夫(Max Aub)[①]、豪尔赫·森普伦(Jorge Semprún)[②]等人，根据其亲身经历写就的自传性质的回忆录；国内历史学家哈维尔·图塞尔(Javer Tusell)[③]多年来的研究成果；英国历史学家保罗·普雷斯顿等人的专著和贡献；擅长以侦探小说的方式揭露民主过渡时期黑暗现实的巴斯克斯·蒙塔尔万的叙事作品；等等。罗萨以这样的方式，向这些为他讲述了"昨日的记忆"的作家们致敬，实际上也为《昨日无用》中的"元小说迷宫"启动了新的迷宫的入口——他打通了文本与文本、文本与世界之间的通道，邀请读者进入并探索下一个充满了更多可能性的世界。如此，叙事的责任也从作者罗萨一人

[①] 马克斯·奥夫(Max Aub, 1903—1972)，西班牙小说家、剧作家、诗人。年轻时加入西班牙工人社会党，积极参与策划反法西斯、反内战的相关文化活动，战争结束后被佛朗哥当局追捕，于1939年逃亡至法国。1940年4月5日，他被当作共产主义分子被捕入狱，5月30日被转移至法国阿列日省的韦尔内集中营(Campo de internamiento de Vernet d'Ariège)。短暂被营救不到一年，1941年9月3日他再次被关押至阿尔及利亚的杰勒法(Djelfa)集中营，至1942年5月18日重获自由，从此流亡墨西哥近三十余年。他的作品如《神奇的迷宫》(El laberinto mágico)六部曲，就在此期间创作出版。佛朗哥政权期间，他的作品在西班牙一直处于被禁状态。为了纪念这位伟大作家的斗争精神，1997年，西班牙地方为其在位于巴伦西亚自治区的塞戈尔韦(Segorbe)成立马克斯·奥夫基金会(Fundación Max Aub)致力于对这位饱经磨难的作家及其作品的研究和传播。

[②] 豪尔赫·森普伦(Jorge Semprún, 1923—2011)，西班牙作家，编剧。内战后流亡法国，1943年，因参加法国义勇军游击队的抵抗活动，及其共产党员的身份，被秘密警察捕入布痕瓦尔德(Buchenwald)集中营，至1945年法国解放才重获自由。他的作品往往与其亲身经历密切关联，例如根据布痕瓦尔德集中营的经历，他创作了《漫长的旅程》(El largo viaje, 1963)；其他作品诸如《写作或生活》(La escritura o la vida, 1994)、《拉蒙·梅卡德尔的第二次死亡》(La segunda muerte de Ramón Mercader, 1969)等均带有自传色彩。其与西班牙内战直接相关的叙事作品为《二十年零一天》(Veinte años y un día, 2003)。

[③] 哈维尔·图塞尔(Javer Tusell, 1945—2005)，西班牙著名历史学家，政治家，《国家报》《世界报》等媒体历史专栏作家。撰写了大量关于西班牙20世纪历史的研究和著作，如《佛朗哥、西班牙与二战：轴心国与中立国之间》(Franco, España y la II Guerra Mundial: entre el Eje y la neutralidad, 1995)；《20世纪西班牙的外交政策》(La política exterior de España en el siglo XX, 2000)；《佛朗哥独裁和民主社会：1939—2004》(Dictadura franquista y democracia 1939-2004, 2005)，等等。

转为作者和读者共同承担。正如奎姆·佩雷斯(Quim Pérez)所评价的那样:"罗萨从未打算要用现实来抵制虚构,而是让虚构的叙事服务于更真实的事实真相。"[1]昨日并非无用。

---

[1] Quim Pérez:"¿Otra maldita novela sobre la Guerra Civil?", en *Lateral*, octubre, 2004, p.28.

结　语

在文化记忆的研究框架下讨论"历史的记忆化书写",其实就是讨论"记忆的文本化",因此某种意义上依然可以归于诗学的范畴。历史与诗到底哪个更真实？或者说文本化再现的记忆究竟能在多大程度上符合历史客观？自柏拉图以来这个问题一直是哲学家、文学批评家、史学家们争论的焦点。柏拉图以诗人只会模仿,不能揭示真理为理由,在《理想国》中向诗人发出了逐客令①,而亚里士多德却在《诗学》中为文学辩护,在他看来,历史与诗的差别在于"历史学家描述已发生的事,而诗人却描述可能发生的事,因此,诗比历史是更哲学的,更严肃的,因为诗所说的多半带有普遍性,而历史所说的则是个别的事"。②然而,历史与诗也并不总是对立的。20世纪80年代新历史主义批评家们,就有意打破历史与诗的二元对立,历史是文本的创作背景和场所,文学则是人类历史进程中不可分割的重要文化组成部分。文学不仅具有通过无数小写的历史去揭示、反映事物发展规律的能力,更承担着这样的道德责任。在格林布拉特（Greenblatt，1943—）看来,"不参与的、不做判断的、不将过去与现在联系起来写作是无任何价值的"③。历史的真实性与文学的诗性之间不仅难以标出界限,很多时候,前者的"真实"甚至只能通过具有立场和态度的文学话语得以体

---

① ［古希腊］柏拉图:《理想国》,郭斌和、张竹明译,北京:商务印书馆,1986年,第102页。
② 朱光潜:《西方美学史》,北京:人民文学出版社,1979年6月第2版,第73页。
③ 转引自王岳川:《新历史主义的文化诗学》,载《北京大学学报》（哲学社会科学版）1997年第3期,第29页。

现和表述。

正如这样一批西班牙知识分子,他们出生于佛朗哥政府统治的中后期,成名于民主转型后的世纪之交,他们围绕着"内战"的历史书写在叙事视角、行文风格、反思意识和审美追求上各有千秋,但整体呈现出一种后现代的身份焦虑,既有对自我身份的探索,也有对长久以来西班牙社会习以为常的"沉默契约"的对抗。这些经作家们艺术加工的历史材料,通过诗性叙事成为文本化再现的记忆,在更为广阔的公共空间被理解、被接受、被记住。显然,具有强大共情能力的叙事,能够唤醒和传递那些无法通过正常官方渠道得到表达的情感和记忆。随着这类文学文本,即"内战记忆小说"在集体记忆领域的广泛流通,它们影响和塑造了一代人的历史观和记忆观,以诗的方式自下而上地推动了当下这场记忆热潮的形成,给予那些被由文本汇聚在这个特殊"记忆之场"的战争受害者们以诗的正义。

通过在上篇对多个与"历史""记忆"相关概念的厘清,对内战记忆小说概念的界定等相关研究背景的梳理;以及下篇对具体文本中历史的记忆化书写的分析,我们首先想要回答的依然是"如何记忆",或者说"是什么让这个特殊的记忆之场成为可能"的问题。依照文化记忆生成的过程,即记忆发生的动机、记忆发生的过程,以及记忆对自身的反思为思路,围绕着记忆的核心要素,我们在现有研究的基础上,总结出以下几种内战记忆小说的再现模式:

首先是与记忆的动机和道德立场密切相关的一类内战小说,它们在回忆延展铺陈的起伏中,在文本艺术建构的过程中,蕴含着作者的伦理意图:"要记住、不要忘却。"在这一书写模式下,无论其追溯的是怎样边缘的、私密的、残酷而野蛮的,甚至是匪夷所思的记忆,都能够将这种创伤记忆从个体的苦难上升为集体的灾难,从一个文学问题演变为伦理道德的问题,但又因为其虚构的本质而不必受限于政治因素的干涉和困扰。这样的叙述模式将个人的身体、精神创伤深化为一个民族,乃至人类的文明危机,让我们对人类的社会责任和历史使命展开思考。在这一叙事模式下,我们常见见证的力量和勇于承担的勇气。尤以我们在第三章分析过的《我现在诉说的名字》和《盲目的向日葵》为代表。

其次,是对记忆发生的过程和意义有关的重要因素:时空、媒介和身份认同有所呈现的小说。也是我们分别在第四、五、六三个章节讨论的记忆与空间、记忆与媒介以及记忆的"跨界"书写问题。"时间、空间以及人等要素构成了值得记忆的素材"①,通过空间位置,能够联想起在这个地点发生过的人和事情,于是既包含空间视角又以时间为导向的"家族"和"代际"的隐喻成为十分常见的叙述模式。例如我们在第四章讨论的《波兰骑士》和《冰冷的心》;同时,记忆的过程离不开记忆的媒介,那些特殊媒介和催化剂不仅能够唤醒一直被遮蔽、被扭曲的记忆,并能呈现出不同文化语境中的作者对记忆生成的特点和运行机制的独特审美之思,在这个意义上,《月色狼影》和《沉睡的声音》是非常契合的文本;身份认同问题是文化记忆的重要特征,以个人和集体的身份焦虑为书写出发点的记忆小说,常常围绕一名业余的"侦探",他对历史谜题的"挖掘"往往也伴随着对自我身份的找寻和确立。可划入这一模式下的文本数量也较多,《萨拉米斯士兵》和《邪恶的人四处行走》可以被看作其代表。

最后,是常被学界列入反对式,或反思型的内战记忆小说。我们将它们看作记忆对记忆自身的一种解构,但在解构的同时也生产着新的话语、新的文本、新的记忆问题。这也是几乎是每一种划分模式下,都会特别提到的《又一本该死的内战小说!》和《昨日无用》。在这类

---

① [法]雅克·勒高夫:《历史与记忆》,方仁杰、倪复生译,北京:中国人民大学出版社,2010年,第67页。

小说里常见元小说的叙述方式,作者向读者毫无保留地展示一部记忆小说是如何被创作出来的,历史话语是如何形成的,历史素材又是如何被选择、被艺术加工,并最终变得真假难辨的。以此不断提醒人们不要从一种记忆危机滑入新的危机。

正是这样契合了文化记忆运行机制的书写,通过一个个具体的文本"把真实和想象的、被记住和被遗忘的东西结合起来,并通过叙事工具,对记忆的运作进行想象性的探索,从而提供了有关过去的新视角"①,因此它们既是集体记忆的对象也是记忆的媒介。那么,它们以这样的方式"记忆了什么?",它们让哪些被讲述和被记住的人与事,构成了这一特殊的文本体系,从而在西班牙的历史文化语境下,对文化记忆机制的运行发挥着作用呢?

第一,文本塑造了具有感染力的鲜活人物,通过被解读、被分析阐释,尤其是被电影等媒介进行了具象化建构后,这些虚构的人物在越来越广泛的读者群体中引起共鸣,形构了人们在对战争中某一特定人群展开想象和回忆时的参照物。譬如《萨拉米斯士兵》塑造了隐忍、固执、将爱和伤痛隐藏在狡黠外表下的共和国老兵的形象;《沉睡的声音》对关押在文塔斯监狱的不同阶层和身份的女囚们——女游击队员、底层劳动妇女、中产阶层的女性、女艺术家、女革命家、包括女狱警等入木三分的生动刻画;《月色狼影》中末路穷途,如困兽般竭力逃亡的四名游击队员;《盲目的向日葵》里那名临时倒戈的国民军后勤部长、陷入伦理混乱的神职人员、藏在柜子里的从渴望生存到逐渐绝望的父亲;《波兰骑士》里努力想要摆脱那些来自父辈记忆的"碎片"和"回声"的年轻一代;等等。总之,不同性别、不同阶层、不同身份、不同政治立场和不同革命理想的人物经由文本,在读者的想象中勾画出受

---

① [德]柏吉特·纽曼:《记忆的文学再现》,载[德]阿斯特莉特·埃尔、安斯加尔·纽宁主编:《文化记忆研究指南》,李恭忠、李霞译,南京:南京大学出版社,2021年,第415页。

到这场战事影响的、跨越代际的社会群像。

第二，借助可以被识别的物理空间，小说将散落在不同"场所"的记忆一点点收集、拼凑起来，以文本的形式编织出内战记忆的"网"状地图，共同形成具有相当稳定性的历史记忆的文化框架。比如被《我诉说的名字》在"内战地图"上标示出的"屠杀之路"——马拉加—阿尔梅利亚公路、埃布罗河战场、沦陷之前的马德里；被《沉睡的声音》标记的红色阿利坎特营的作战路线、特鲁埃尔战役、阿利坎特港口的撤退和屠杀，以及位于马德里的文塔斯女子监狱等地理坐标；《月色狼影》描绘出的游击队员藏身其中的位于西班牙北部的坎塔布连卡群山；《盲目的向日葵》描画出的西法边境危险重重的逃亡之路等等。这些原本并无直接关联的空间，一旦经过记忆化的书写和建构，便成为与人物相呼应的民族记忆流动的空间，可以被数代人所记住和传承。

第三，这些围绕着内战历史的记忆书写始终关注着那些被遗忘、被忽视、被刻意埋藏或者被误读的普通人的故事，它们在文化层面对个体记忆的挖掘，催生出许多引起社会关注的新话题。例如《萨拉米斯士兵》让人们突然意识到那些如米拉耶斯一样，虽然侥幸活下来，却已经被这个民族永远遗忘的苦难的见证者的存在，对于这些无家可归的"战败者"，怎样的评价才是公正的？《邪恶的人四处行走》引起的争议，则把佛朗哥时期骇人听闻的盗童案推上媒体的风口浪尖；《冰冷的心》将佛朗哥政府用以非法剥夺人民资产的《政治责任法案》带入公众讨论的范畴；《我所诉说的名字》和《盲目的向日葵》让人们见识到战火之中生命的脆弱和人性的复杂；《昨日无用》则通过文本的自我剖析、互文指涉，警示人们如果从"记忆空洞"的极端滑向"记忆膨胀"的另一端，那么这只能意味着新的记忆危机的开始。面对着不同媒介形式带来的一次又一次的记忆冲击，我们该以何种立场、意识、觉知来应对,是当下所有人们应当认真思考的命题。

第四,文本层面对记忆要素的选择和编辑,必然受到当下记忆话语和记忆文化的影响,然后再经由一定的叙事策略进行表达。因此,这些内战记忆小说所建构和提供的新的回忆视角、记忆模式,实际上都会对人们已有的关于内战的理解和回忆产生影响,对现行的文化记忆的内容和社会框架形成修正,而不仅仅只是一种反映。这种尤其体现在以伊萨克·罗萨对《糟糕的回忆》的自我批评和重写,以及通过《昨日无用》对读者大众将虚构等同于现实,甚至视作历史知识的记忆形态的批判与反思。

最后,我们更可以结合"谁记忆""记忆什么"和"如何记忆",即回忆的视角和方式,考察蕴于其中的当代西班牙知识分子的价值观、历史观和记忆观。

首先,无论是明确的表达,还是暗含的指涉,当代西班牙内战题材小说最终都会指向记忆的道德和责任。这一方面是由于记忆运行机制本身就包含的选择和遗忘的过程,另一方面则是西班牙在近代所遭遇的特殊政治历史劫难造成的必然命题。在面对内战这段民族黑暗历史时,"忘却还是承担"在今天依然还是争论的焦点。尽管年轻一代的作家们在叙事策略上进行了不同的探索,但他们的书写在整体上都表达出这样的记忆观:记忆是裹挟着责任的,应当记住而不是忘却。如此,可归纳出以下三种主要的伦理立场:第一种,坚定站在第二共和国的一方,执着地为战败者们发声,例如阿尔穆德纳·格兰德斯的内战六部曲系列,本杰明·普拉多的胡安·乌尔瓦诺侦探小说系列,杜尔塞·恰孔的《沉睡的声音》,马努埃尔·里瓦斯的《蝴蝶的舌头》等;第二种,不站在所谓"两个西班牙"的任何一方,而是揭示普遍意义上的战争对人类身心造成的不可估量的巨大伤害,以及人性在极端环境下所面临的善与恶的考验,尤以《我所诉说的名字》和门德斯的《盲目的向日葵》为代表;第三种,一种比较温和的,以寻求战胜者和战败者的和解为出发点和愿望的写作,例如《萨拉米斯士兵》、豪尔赫·森普伦的《二十年零一天》等。

其次,成长在后现代主义思潮下的这一代作家,借由糅合了记忆特质和运行规律的叙事策略,既诗性再现了另一种有关战争的真实面貌,又传递了关于历史或记忆的独特理解与审美之思。一方面,这些内战回忆小说中最为作家们所常用的多重叙事声音,如《冰冷的心》《波兰骑士》中第一人称限知视角和第三人称全知视角交替出现,前者对应着叙事者的个人回忆,后者用于补充不同人物关于同一历史事件的回忆和理解;《盲目的向日葵》中的多个故事,采用将人物和文本层面的作者的叙事声音并置,个体既是回忆的主体也是他者回忆的对象;又或者《我所诉说的名字》里辛托拉的内心独白和"我"的回忆相互交织……这样的书写方式不仅符合记忆主观化、流动性、碎片式的运行方式,同时也解构了唯一的、大写历史的权威,蕴含着作者希望强调和建构的复数的、多元化的历史史观。

另一方面,对历史的追溯和再现离不开强大的记忆媒介,既包括日记本、照片、档案、信件、手稿、新闻报道等文字符号构成的存储媒介,也包括风景、油画、声音、气味、歌曲、衣物、诗歌、名字等众多象征性媒介。在记忆主体对过往进行追溯和探寻的过程中,"未被居住的"存储记忆需要被激活、被理解和接受才能够成为"被居住的"功能性记忆。例如贯穿《波兰骑士》始末的伦勃朗的同名油画、装满照片的木匣子、始终回响在主人公记忆中的音乐和声音;《月色狼影》中与人物命运交织共生的自然景观;《萨拉米斯士兵》中促使塞尔卡斯联想起马萨斯的传奇故事的诗人安东尼奥·马查多和他的诗歌;《我所诉说的名字》中的照片和手记;《邪恶的人四处行走》中从未被出版的小说《生锈》的手稿等等,都对被遗忘的、杂乱无章的、无意识的记忆构成隐喻,但又具备可以被激活、被唤醒的潜力。可见,对历史的记忆再现不是对过去的简单复制,而是一个需要积极召唤、主动工作的、包含着情感因素的认知过程。因此对持这一写作态度的作家们来说,历史必然是开放的,是主观建构与客观史实、虚构与现实、叙事与事实并存共生的形态。

　　总之,当官方记忆依然对这场苦难予以回避时,当内战的亲历者、见证者在不断减少时,当战争受害者的铮铮白骨还未能得到安息时,当一个民族关于这段暗黑历史还未能充分反省,甚至自觉无视时,有这样一批作家,借助艺术的审美表征和文字世界的想象性探索,将历史真实再现和具有立场、饱含温度情感的记忆书写有机融合,通过观察、思考、自我审视、深刻反思,用话语系统见证和记录了一个社会群体的思想进程和一个时代的文化变迁,以文字书写既完成了某种意义上的自我救赎,也滋养了一个民族的历史记忆意识,推动了个体和集体自我觉知的苏醒,以及对文化身份的认知和确立。他们的文本凝结成为这些受害者们获得正义和纪念的"场所",更成为制造记忆、传播思想文化的有效的意义发生器。他们的文字图绘了西班牙社会的记忆文化地形,更给予受害者以诗的正义——"请不要忘记":

> 孩子,你现在看到的,这些消沉的、被摧残的、愤怒的、疲惫不堪的、满脸胡茬的、臭气熏天的、邋遢的、肮脏的、疲倦的、紧咬双唇的、令人作呕的、筋疲力尽的人,请不要忘记,无论怎样,请永远不要忘记,他们是西班牙最好的人。是唯一真正站出来的,一无所有,用他们的双手,反对法西斯主义,反对国民军,反对强权,只为了正义;每个人都以自己的方式,尽其所能。他们舍弃了舒适安逸,舍弃了家庭,舍弃了财富。孩子,这些你看到的,衣衫褴褛

的,挫败的,拥挤不堪的,受伤的,困倦的,半死不活的,但仍然希望能有一线生机活下去的西班牙人,请不要忘记,他们是这世界上最好的。这并不美丽。但他们是这世界上最好的。永远不要忘记。不要忘记。①

---

① Max Aub: *Campo de los almendros*. Madrid: Editorial Alfaguara de Bolsillo, 1998, p.605.

参考文献

中文文献

［西］阿尔贝托·门德斯：《盲目的向日葵》,林叶青译,天津：百花文艺出版社,2017年。

［法］阿尔弗雷德·格罗塞：《身份认同的困境》,王鲲译,北京：社会科学文献出版社,2010年。

［德］阿莱达·阿斯曼：《回忆空间——文化记忆的形式和变迁》,潘璐译,北京：北京大学出版社,2016年。

［美］阿曼达·维尔：《西班牙内战：真相、疯狂与死亡》,诸葛雯译,北京：中国友谊出版公司,2017年。

［德］阿斯特莉特·埃尔、冯亚琳主编：《文化记忆理论读本》,余传玲等译,北京：北京大学出版社,2012年。

［德］阿斯特莉特·埃尔、安斯加尔·纽宁主编：《文化记忆研究指南》,李恭忠、李霞译,南京：南京大学出版社,2021年。

［以］阿维夏伊·玛格利特：《记忆的伦理》,贺海仁译,北京：清华大学出版社,2015年。

［西］安东尼奥·马查多：《卡斯蒂利亚的田野——马查多诗选》,赵振江译,北京：外语教学与研究出版社,2018年。

［法］保尔·利科：《虚构叙事中时间的塑形》,王文融译,北京：生活·读书·新知三联书店,2003年。

［古希腊］柏拉图：《理想国》,郭斌和、张竹明译,北京：商务印书

馆,1986年。

［英］保罗·普雷斯顿:《内战之殇》,李晓泉译,北京:民主与建设出版社,2021年。

陈世丹:《论后现代主义小说之存在》,载《外国文学》2005年第4期。

陈众议:《回到情节——新世纪西班牙语小说管窥》,载《世界文学》2005年第1期。

董运生、昂翁绒波:《空间认知的四个维度:以身体空间研究为例》,载《福建师范大学学报(哲学社会科学版)》2020年第6期。

［西］杜尔塞·恰孔:《沉睡的声音》,徐蕾译,北京:人民文学出版社,2007年。

［美］多米尼克·奥布赖恩:《记忆术——过目不忘的记忆秘诀》,闫圆媛、蔡侗辰译,海口:海南出版社、三环出版社,2006年。

［荷］F.R.安克斯密特:《历史表现》,周建漳译,北京:北京大学出版社,2011年。

［英］法拉、帕特森编:《记忆》,户晓辉译,北京:华夏出版社,2006年。

冯友兰:《三松堂全集》第八卷,郑州:河南人民出版社,2000年。

冯亚琳等:《德语文学中的文化记忆与民族价值观》,北京:中国社会科学出版社,2013年。

［德］弗里德里希·梅尼克:《历史主义的兴起》,陆月宏译,南京:译林出版社,2010年。

［法］弗朗索瓦·多斯:《碎片化的历史学:从〈年鉴〉到"新史学"》,马胜利译,北京:北京大学出版社,2008年。

[英]弗朗西丝·叶芝:《记忆之术》,钱彦、姚了了译,北京:中信出版社,2015年。

葛剑雄、周筱赟:《历史学是什么》,北京:北京大学出版社,2015年。

[德]哈拉尔德·韦尔策主编:《社会记忆:历史、回忆、传承》,季斌、王立君、白锡堃译,北京:北京大学出版社,2007年。

[西]胡利奥·利亚马萨雷斯:《月色狼影　黄雨》,李红琴、毛金里译,北京:华夏出版社,1999年。

季晓峰:《论梅洛-庞蒂的身体现象学对身心二元论的突破》,载《东南学术》2010年第2期。

[法]加斯东·巴什拉:《梦想的诗学》,刘自强译,北京:生活·读书·新知三联书店,1996年。

江守义:《伦理视野中的小说视角》,载《外国文学研究》2017年第2期。

[英]杰弗里·丘比特:《历史与记忆》,王晨凤译,南京:译林出版社,2021年,第30页。

柯倩婷:《身体、创伤与性别:中国新时期小说的身体书写》,广州:广东人民出版社,2009年。

康澄:《文化记忆的符号学阐释》,载《国外文学》2018年第4期。

李金辉:《声音现象学:一种理解现象学的可能范式》,载《哲学动态》2011年第12期。

[加]琳达·哈琴:《后现代主义诗学:历史·理论·小说》,李杨、李锋译,南京:南京大学出版社,2009年。

[美]刘易斯·科瑟:《导论:莫里斯·哈布瓦赫》,载[法]莫里斯·哈布瓦赫:《论集体记忆》,毕然、郭金华译,上海:上海人

民出版社,2002年。

刘亚秋:《记忆二重性和社会本体论——哈布瓦赫集体记忆的社会理论传统》,载《社会学研究》2017年第1期。

刘颖洁:《从哈布瓦赫到诺拉:历史书写中的集体记忆》,载《史学月刊》2021年第3期。

龙迪勇:《空间叙事学》,北京:生活·读书·新知三联书店,2015年。

龙迪勇:《历史叙事的空间基础》,载《思想战线》2009年第5期。

龙迪勇:《寻找失去的时间——试论叙事的本质》,载《江西社会科学》2000年第9期。

[英]罗纳德·弗雷泽:《藏着:一个西班牙人的33年内战人生》,熊依旆译,上海:格致出版社,2020年。

[英]马丁·布林克霍恩:《西班牙的民主和内战(1931—1939)》,赵立行译,上海:上海译文出版社,2003年。

[法]马克·布洛克:《历史学家的技艺》(第二版),黄艳红译,北京:中国人民大学出版社,2011年。

[苏]米哈伊尔·米哈伊洛维奇·巴赫金:《巴赫金全集》第3卷,李兆林、夏忠宪等译,石家庄:河北教育出版社,1998年。

[法]莫里斯·哈布瓦赫:《论集体记忆》,毕然、郭金华译,上海:上海人民出版社,2002年。

[加]南希·帕特纳、[英]萨拉·富特主编:《史学理论手册》,余伟、何立民译,上海:格致出版社,2017年。

聂珍钊:《文学伦理学批评导论》,北京:北京大学出版社,2014年。

聂珍钊:《文学伦理学批评:伦理选择与斯芬克斯因子》,载《外国文学研究》2011年第6期。

［法］皮埃尔·诺拉主编：《记忆之场：法国国民意识的文化社会史》，黄艳红等译，南京：南京大学出版社，2015年。

［美］乔治·莱考夫、马克·约翰逊：《我们赖以生存的隐喻》，何文忠译，杭州：浙江大学出版社，2015年。

［匈］乔治·卢卡契：《现代主义的思想体系》，杨乐云译，载［英］戴维·洛奇主编：《二十世纪文学评论》（下），葛林等译，上海：上海译文出版社，1993年。

［法］让-弗朗索瓦·利奥塔：《话语·图形》，谢晶译，上海：上海人民出版社，2012年。

［法］让·谢瓦利埃、阿兰·海尔布兰特：《世界文化象征词典》，《世界文化象征词典》编写组译，长沙：湖南文艺出版社，1994年。

［美］塞缪尔·P.亨廷顿：《第三波：20世纪后期的民主化浪潮》，欧阳景根译，北京：中国人民大学出版社，2013年。

［美］斯坦利·佩恩：《西班牙内战》，胡萌琦译，北京：中信出版社，2016年。

［美］苏珊·桑塔格：《关于他人的痛苦》，黄灿然译，上海：上海译文出版社，2018年。

［美］史景迁：《利玛窦的记忆之宫：当西方遇到东方》，陈恒、梅义征译，上海：上海远东出版社，2005年。

申丹：《文字的不同"叙事运动中的意义"：一种被忽略的文学表意现象》，载《外语教学与研究》2015年第5期。

申丹：《叙述学与小说文体学研究》，北京：北京大学出版社，2001年。

沈坚:《记忆与历史的博弈:法国记忆史的建构》,载《中国社会科学》2010年第3期。

谭裘麒:《唯有时间(绵延)真实——柏格森自我意识本体论初探》,载《哲学研究》1998年第5期。

唐青叶:《身体作为边缘群体的一种言说方式和身份建构路径》,载《符号与传媒》,2015年第1期。

陶东风、周宪主编:《文化研究》(第11辑),北京:社会科学文献出版社,2011年。

王岳川:《新历史主义的文化诗学》,载《北京大学学报(哲学社会科学版)》1997年第3期。

[英]西蒙·沙玛:《风景与记忆》,胡淑陈、冯樨译,南京:译林出版社,2013年。

[古罗马]西塞罗:《西塞罗全集·修辞学卷》,王晓朝译,北京:人民出版社,2007年。

徐贲:《人以什么理由来记忆》,北京:中央编译出版社,2016年。

薛亘华:《巴赫金时空体理论的内涵》,载《俄罗斯文艺》2018年第4期。

[德]扬·阿斯曼:《文化记忆:早期高级文化中的文字、回忆和政治身份》,金寿福、黄晓晨译,北京:北京大学出版社,2015年。

[法]雅克·德里达:《声音与现象》,杜小真译,北京:商务印书馆,2010年。

[法]雅克·德里达:《论文字学》,汪堂家译,上海:上海译文出版社,1999年。

[法]雅克·勒高夫、皮埃尔·诺拉主编:《新史学》,姚蒙译,上海:上海译文出版社,1989年。

［法］雅克·勒高夫:《历史与记忆》,方仁杰、倪复生译,北京:中国人民大学出版社,2010年。

［古希腊］亚里士多德:《诗学》,陈中梅译注,北京:商务印书馆,1996年。

［德］雅斯贝斯:《历史的起源与目标》,魏楚雄等译,北京:华夏出版社,1989年。

杨金才、张琦主编:《21世纪外国文学研究新视野》,南京:南京大学出版社,2017年。

杨金才:《21世纪外国文学:多样化态势鲜明》,载《文艺报》2017年9月4日第7版。

杨治良、孙连荣、唐菁华编著:《记忆心理学》(第三版),上海:华东师范大学出版社,2012年。

［美］伊格尔斯:《二十世纪的历史学——从科学的客观性到后现代的挑战》,何兆武译,沈阳:辽宁教育出版社,2003年。

袁洪庚:《〈俄狄浦斯王〉中的侦探小说因子》,载《外国文学研究》2008年第6期。

赵静蓉:《文化记忆与身份认同》,北京:生活·读书·新知三联书店,2015年。

赵静蓉:《文化记忆与符号叙事——从符号学的视角看记忆的真实性》,载《暨南学报(哲学社会科学版)》2013年第5期。

赵静蓉编:《记忆》,广州:暨南大学出版社,2015年。

赵毅衡:《符号学:原理与推演》(修订本),南京:南京大学出版社,2016年。

赵毅衡:《哲学符号学:意义世界的形成》,成都:四川大学出版社,2017年。

赵毅衡：《后现代派小说的判别标准》，载《外国文学评论》1993年第4期。

赵毅衡：《符号学第一悖论：解释意义不在场才需要符号》，载《西华大学学报(哲学社会科学版)》2018年第2期。

周计武：《流亡与认同》，载《文学理论研究》2007年第5期。

朱光潜：《西方美学史》，北京：人民文学出版社，1979年。

[法]朱莉娅·克里斯蒂瓦：《恐怖的权力——论卑贱》，张新木译，北京：生活·读书·新知三联书店，2001年。

英文文献

ASSMANN, Jan. "Collective Memory and Cultural Identity", in *New German Critique*, n°. 65, *Cultural History/Cultural Studies* (Spring‒Summer), 1995.

ASSMANN, Jan. "Communicative and Cultural Memory", in Astrid Erll, Ansgar Nünning (eds.) *Cultural Memory Studies. An International and Interdisciplinary Handbook*. Berlin: Walter de Gruyter, 2008.

AMAGO, Samuel. *True Lies: Narrative Self-Consciousness in the Contemporary Spanish Novel*. Lewisburg: Bucknell University Press, 2006.

BENTLEY, Michael. *Modern Historiography: An Introduction*. London: Routledge, 1999.

BERNTSEN, Dorthe. *Involuntary autobiographical memories*. Cambridge: Cambridge University Press, 2009.

COLLINGWOOD, Robin George. *The Idea of History*. New York:

Oxford University Press, 1961.

COLMEIRO, José F. "Re-collecting women's voices from prison: the hybridization of memories in Dulce Chacón's *La voz dormida*", in *Foro hispánico: revista hispánica de Flandes y Holanda*, nº.31, 2008.

DE MENEZES, Alison Ribero. *Embodying Memory in Contemporary Spain*. New York: Palgrave Macmillan, 2014.

DELUE, R. Z. and ELKINS, J. (eds.). *Landscape Theory: The Art Seminar*. New York and London: Routledge, 2008.

FREEMAN, Mark. *Rewriting the Self: History, Memory, Narrative*, London: Routledge, 1993.

FRIESE, Heidrun (eds.). *Identities. Time, Difference and Boundaries*. New York/Oxford: Berghahn, 2002.

GÁMEZ FUENTES, M. José and MASEDA GARCÍA Rebeca (eds.). *Gender and Violence in Spanish Culture: From Vulnerability to Accountability*. New York: Peter Lang, 2010.

GASS, William Hans. *Fiction and the Figures of Life*, New York: Alfred A. K., 1970.

GRAHAM, Helen. *The Spanish Civil War*. New York: Oxford University Press, 2005.

HALBWACHS, Maurice. *The Collective Memory*. New York: Harper Colophon Books, 1980.

HANSEN, Hans Lauge. "Auto-reflection on the processes of cultural re-memoration in the contemporary Spanish memory novel", in Nathan R. White (ed.) *War: Global assessment, public attitudes and psychosocial effects*. New York: Nova Science Publishers, 2013.

HERZBERGER, David K. *Narrating the past: History and the Novel of Memory in Postwar Spain*. 1995, Durham: Duke University Press edition.

HIRSCH, Marianne. *Family Frames: Photography, Narrative, and Post-memory*. Cambridge: Harvard University Press, 1997.

HUTTON, Patrick H. *History as an Art of Memory*. Hanover: University Press of New England, 1993.

KORT, Wesley A. *Place and Space in Modern Fiction*. Florida: University Press of Florida, 2004.

LABANYI, Jo. "The Politics of Memory in Contemporary Spain", in *Journal of Spanish Cultural Studies*, n°.9, 2008.

LOWENTHAL, David. *The Past is a Foreign Country*. New York: Cambridge University Press, 1985.

MEDINA, Alberto. "Between Nature and History: Landscape as Ethical Engagement in Llamazares's *Luna de lobos*", in *HIOL: Hispanic Issues on Line*, n°.10, 2012.

O'DONOGHUE, Samuel James Robert. "Nature As Enemy Of Man In Julio Llamazares's *Luna De Lobos*", in *Forum for Modern Language Studies*, vol.50, n°.3, 2014.

PRESTON, Paul. *The Spanish Holocaust: Inquisition and Extermination in Twentieth-Century Spain*, London: Harper Press, 2012.

RICKMAN, H. P. (ed.). *Meaning in history: W. Dilthey's Thoughts on History and Society*. London: George Allen & Unwin, 1961.

SINGER, Jefferson and SALOVEY, Peter. *The remembered self: Emotion and memory in personality*. Nueva York: The Free Press, 1993.

WERTSCH, James. *Voices of Collective Remembering*. New York: Cambridge University Press, 2002.

WIESEL, Elie, and SAINT-CHERON, Philippe De. *Evil and Exile*. Trans. Jon Rothschild, United States: University of Notre Dame Press, 1990.

WINTER, Jay. *Remembering War. The Great War Between Memory and History in Twentieth Century*. New Haven & London: Yale University Press, 2006.

西班牙文文献

AGUADO, Txetxu. *Tiempos de ausencias y vacíos: Escrituras de memoria e identidad*. Bilbao: Universidad de Deusto, 2010.

AGUILAR FERNÁNDEZ, Paloma. *Memoria y olvido de la Guerra Civil española*. Madrid: Alianza, 1996.

ALBERCA, Manuel. *El pacto ambiguo: de la novela autobiográfica a la autoficción*. Madrid: Biblioteca Nueva, 2007.

ALONSO GARCÍA, Pedro. "Contra el ruido y el silencio: los espacios narrativos de la memoria de la posguerra española", en María Teresa Ibáñez Ehrlich (ed.) *Ensayos sobre Rafael Chirbes*. Madrid: Iberoamenciana Vervuert, 2006.

ALVAREZ MÉNDEZ, Natalia. *Espacios narrativos*. León: Universidad de León, 2002.

ANDRÉS-SUÁREZ, Irene. "La prosa de Julio Llamazares", en Florencio Sevilla Arroyo, Carlos Alvar Ezquerra (coord.) *Actas del XIII Congreso de la Asociación Internacional de Hispanistas.* julio de 1998, vol.2, 2000.

ALONSO, Santos. *La novela española en el fin del siglo 1975-2001.* Madrid: Mare Nostrum Comunicación, S.A., 2003.

ÁLVAREZ PALACIOS, Fernando. *Novela y cultura española de posguerra.* Madrid: Edicusa, 1975.

ASÍS, María Dolores de. *Última hora en la novela en España.* Madrid: Eudema, 1992.

AUB, Max. *Campo de los almendros.* Madrid: Editorial Alfaguara de Bolsillo, 1998.

BAL, Mieke. *Teoría de la narrativa. Una introducción a la Narratología.* Madrid: Cátedra, 2006.

BAQUERO GOYANES, Mariano. *Estructuras de la novela actual.* Madrid: Castalia, 1995.

BARRERA, Luis. "Isaac Rosa Camacho, escritor: ' El discurso transmitido por la ficción sobre el franquismo es reduccionista' ", en *El Periódico de Extremadura*, 11 julio, 2007.

BEISEL, Inge. *El arte de la memoria: incursiones en la narrativa española contemporánea.* Mannheim: Lehrstuhl Romanistik III, 1997.

BENET, Juan. *¿Qué fue la Guerra Civil?* Barcelona: La Gaya Ciencia, 1976.

BENSON, Ken. "Transformación del horizonte de expectativas en la narrativa posmoderna Española: de *Señas de identidad* a *El jinete polaco*". en *Revista Canadiense de Estudios Hispánicos*, n° 19, 1994.

BERNECKER, Walther L. y Brinkmann Sören. *Memorias divididas. Guerra civil y franquismo en la sociedad y la política españolas. 1936-2008*. Madrid: Abada, 2009.

BIEDERMANN, Hans. *Diccionario de símbolos*. Barcelona: Paidós, 1993.

BOBES NAVES, María del Carmen. *Teoría general de la novela*. Madrid: Gredos, 1985.

BORGES, Jorge Luis. *Obras Completes en Colaboración*. Barcelona: Emecé, 1995.

BRINGAS, Cinthia. "Montaje y memoria en la novela española contemporánea: Isaac Rosa, Benjamín Prado, Javier Cercas", en *Informe Científico Técnico UNPA*, vol.6, n° 1, 2014.

BRUNER, Jerome. *Realidad mental y mundos posibles: los actos de la imaginación que dan sentido a la experiencia*. Barcelona: Gedisa, 2009.

CABALLERO BONALD, José Manuel. "Arte de la escritura", en *Cultura ABC*, n° 51, 26 de diciembre, 1995.

CABO ASEGUINOLAZA, Fernando. *Infancia y modernidad literaria*. Madrid: Biblioteca Nueva, 2001.

CANDAU, Joël. *Memoria e identidad*. Buenos Aires: Del Sol, 2001.

CARDONA, Rodolfo (ed.), *Novelistas españolas de postguerra*, 1. Madrid: Taurus, 1976.

CASALDUERO, Joaquín. *Vida y obra de Galdos*. Madrid: Gredos, 1961.

CASTRO GARCÍA, Mª Isabel de; MONTEJO GURRUCHAGA, Lucía. *Tendencias y procedimientos de La novela española actual (1975-1988)*. Madrid: Universidad Nacional de Educación a Distancia, 1990.

CERCAS, Javier. "Narrativa y memoria. Responden Carme Riera, Javier Cercas y Alfons Cervera.", Entrevista de Txetxu Aguado, en *Quimera: Revista de Literatura*, 2007.

CHAMPEAU, Geneviève; CARCELÉN, Jean-Fraçois; TYRAS, Georges; VALLS, Fernando (coord.). *Nuevos derroteros de la narrativa española actual*. Zaragoza: Prensas Universitarias de Zaragoza, 2011.

CHIRBES, Rafael. "Madrid, 1938", *El novelista perplejo*. Barcelona: Anagrama, 2002.

CIFRE-WIBROW, Patricia. *Giro cultural de la memoria: La Guerra Civil a través de sus patrones narrativos*. Bern: Peter Lang, 2021.

COLINAS, Antonio. "La literatura de la memoria", en Cusato, Domenico Antonio; Frattale, Loretta; Morelli, Gabriele (coord.) *Letteratura della memoria*, vol.1, 2004.

COLMEIRO, José F. *Memoria histórica e identidad cultural*. De la postguerra a la postmodernidad. Barcelona: Anthropos Editorial, 2005.

COLMENERO, Sara Santamaria. "La novela de la memoria como novela nacional: *El corazón helado*, de Almudena Grandes, ¿

nuevo episodio nacional?", en *Nuevos horizontes del pasado. Culturas políticas, identidades y formas de representación: Actas del X Congreso de la Asociación de Historia Contemporánea*, coord. por Ángeles Barrio Alonso, Jorge de Hoyos Puente, Rebeca Saavedra Arias, Santander: Publican, 2011.

COMELLAS AGUIRREZÁBA, María Mercedes. "Cualquier memoria es literatura: memoria literaria y proceso de creación", en *Philologia hispalensis*, vol.15, n° 2, 2001.

CORREDERA GONZÁLEZ, María. *La guerra civil española en la novela actual: Silencio y diálogo entre generaciones*. Madrid / Frankfurt: Iberoamericana/Vervuert, 2010.

CRUZ SUÁREZ, Juan Carlos y GONZÁLEZ MARTÍN, Diana (eds.). *La memoria novelada (vol.II)*. Bern: Peter Lang, 2013.

CUÑADO, Isabel. "Despertar tras la amnesia: guerra civil y postmemoria en la novela española del siglo XXI", en *Dissidences: Hispanic Journal of Theory and Criticism*; vol. 2, 2012.

DE ANDRÉS SANZ, Jesús. "El golpe de estado de La Transición. Las causas, actores, desarrollo y consecuencias del 23-F", en *Actas del III Simposio de Historia Actual*, ed. por Carlos Navajas Zubeldia, 2002.

DE TORO, Alfonso; Ingenschay, Dieter, (eds.). *La novela española actual: autores y tendencias*. Murcia: Reichenberger, 1995.

DENEB, León. *Diccionario de símbolos: selección temática de los símbolos más universales*. Madrid: Biblioteca Nueva, 2001.

DÍAZ-VIANA, Luis. *Narración y memoria. Anotaciones para una antropología de la catástrofe*. Madrid: UNED, 2008.

DOMÍNGUEZ CAPARRÓS, José. *Teoría de la literatura*. Madrid: Centro de Estudios Ramón Areces, 2002.

ENCINAR, Ángeles, *Novela española actual: la desaparición del héroe*. Madrid: Pliegos, 1990.

FERNÁNDEZ, Aguilar. "La evocación de la guerra y del franquismo en la política, la cultura y la sociedad españolas", en *Memoria de la guerra y del franquismo*, Madrid: Taurus, 2006.

FERNÁNDEZ, Álvaro. "Contar para olvidar: la política del olvido en *Corazón tan blanco*". *Nueva revista de filología hispánica*, tomo 51, n° 2, 2003.

FERNÁNDEZ-CHRISTLIEB, Federico. "El nacimiento del concepto de paisaje y su contraste en dos ámbitos culturales: El viejo y el nuevo mundos", en Susana Barrera Lobatón, Julieth Monroy Hernández (eds.) *Perspectivas sobre el paisaje*. Colombia: Universidad Nacional de Colombia, 2014.

FERNÁNDEZ FERNÁNDEZ, Luis Miguel. *El neorrealismo en la narración española de los años cincuenta*. Santiago de Compostela: Universidad de Santiago de Compostela, 1992.

GARCÍA-POSADA, Miguel (coord.). *Medio siglo de narrativa española (1951 - 2000). Cinco voces ante el arte de narrar*. Consejería de Educación, 2002.

GARCÍA JAMBRINA, Luis Miguel. "La recuperación de la memoria histórica en tres novelas españolas del año 2001", en Orejudo,

Antonio (coord.) *En cuarentena. Nuevos narradores y críticos a principios del siglo XXI*. Murcia: Universidad de Murcia, 2004.

GRACIA, Jordi. *Los nuevos nombres: 1975-2000* (*vol. 9 /1*), de (coord. por Rico, Francisco) *Historia y crítica de la Literatura española*. Barcelona: Crítica, 2000.

GRACIA, Jordi y RÓDENAS DE MOYA, Domingo. *Historia de la literatura española: Derrota y restitución de la modernidad 1939-2010*. Barcelona: Crítica, 2011.

GARCÍA URBINA, Gloria. "No basta con que callemos. *Mala gente que camina*, de Benjamín Prado: Una reivindicación de la historia completa", en *Espéculo. Revista de estudios literarios*, n° 33, 2006, Universidad Complutense de Madrid.

GARCÍA VIÑÓ, Manuel. *Teoría de la novela*. Barcelona: Anthropos, 2005.

GARRIDO, Miguel Ángel. *Nueva introducción a la teoría de la literatura*. Madrid: Síntesis, 2000.

GÓMEZ LÓPEZ-QUIÑONES, Antonio. *La guerra persistente. Memoria, violencia y utopía: representaciones contemporáneas de la Guerra Civil española*. Madrid: Vervuert, 2006.

GÓMEZ REDONDO, Fernando. *El lenguaje literario: teoría y práctica*. Madrid: Editorial EDAF, 2010.

GULLÓN, Ricardo. *La novela española contemporánea: ensayos críticos*. Madrid: Alianza, 1994.

HANSEN, Hans Lauge. "El cronotopo del pasado presente. La relación entre ficcionalización literaria y lugares de memoria en la novela española actual", en Juan Carlos Suárez, Diana González Martín (eds.) *La memoria novelada II*. Bern: Peter Lang, 2013.

HANSEN, Hans Lauge y CRUZ SUÁREZ, Juan Carlos (eds.). *La memoria novelada (vol.I)*, Bern: Peter Lang 2012.

HOLLOWAY, Vance R. *El posmodernismo y otras tendencias de la novela española (1967-1995)*. Madrid: Fundamentos, 1999.

IZQUIERDO, José María. "La literatura de la generación del cincuenta en España y la narrativa actual de la memoria", en *Études romanes de Lund*, vol.70, 2004.

IZQUIERDO, José María. "Memoria y literatura en la narrativa española contemporánea: unos ejemplos", en *Anales*, n° 3-4, 2000-2001.

JURADO MORALES, José. "Maquis y topos en los Episodios de una Guerra Interminable de Almudena Grandes", en *Guerras de soledad, soldados de infamia*, coord. por Eva María Flores Ruiz, Fernando Durán López. Palma de Mallorca: Genueve Ediciones, 2018.

JULIÁ, Santos (dir.). *Memoria de la Guerra y el franquismo*. Madrid: Taurus y Fundación Pablo Iglesias, 2006.

JULIÁ, Santos. "Echar al olvido: memoria y amnistía en la transición", en *Claves de razón práctica*, n°.129, 2003.

JULIÁ, Santos. "Bajo el imperio de la memoria", en *Revista de occidente*, n°.302-303, 2006.

LANGA PIZARRO, M. María. *Del franquismo a la posmodernidad: La novela española (1975 - 1999)*. Alicante: Universidad de

Alicante, 2000.

LANGA PIZARRO, Mar. "La novela histórica española en la transición y en la democracia", en *Anales de Literatura Española*, n°.17, 2004.

LIIKANEN, Elina. "Novelar para recordar: la posmemoria de la Guerra Civil y el franquismo en la novela española de la democracia. Cuatro Casos", en AA.VV. *Actas del Congreso "La Guerra Civil Española 1936 - 1939"*, Sociedad Estatal de Conmemoraciones Culturales, 2006.

LLAMAZARES, Julio. *El río del olvido*. Barcelona: Seix barral, 1990.

LLUCH-PRATS, Javier. "El concepto de generación en la construcción de la historia de la novela española contemporánea: entre el pasado reciente y un futuro posible", en Macciuci y Pochat (dirs.) *Entre la memoria propia y la ajena. Tendencias y debates en la narrativa española actual*. La Plata: Ediciones del lado de acá, 2010.

LLUCH-PRATS, Javier. "La dimensión metaficcional en la narrativa de Javier Cercas", en *Actas del XXI Congreso Aispi*, 2006.

LLUCH-PRATS, Javier. "Novela histórica y responsabilidad social del escritor: El camino trazado por Benjamín Prado en *Mala gente que camina*", en *Olivar*, n°.8, 2006.

LÓPEZ VIEJA DE LA, María Teresa. *Ética y literatura*. Madrid: Tecnos, 2003.

LUENGO, Ana. *La encrucijada de la memoria. La memoria colectiva de la Guerra Civil Española en la novela contemporánea*. Berlín:

Tranvia, 2004.

MACCIUCI, Raquel y María Teresa Pochat (dirs.). *Entre la memoria propia y la ajena. Tendencias y debates en la narrativa española actual*. La Plata: Ediciones del lado de acá, 2010.

MACHADO, Antonio. *Poesías completas*. Madrid: Espasa Calpe, 1979.

MAINER, José Carlos, Santos Juliá: *El aprendizaje de la libertad 1973-1986: la cultura de la transición*. Madrid: Alianza Editorial, 2000.

MALDONADO ALEMÁN, Manuel. *Literatura e identidad cultural: Representaciones del pasado en la narrativa alemana a partir de 1945*. Bern: Editorial científica internacional, 2009.

MARGENOT, John B. "Imaginería demoníaca en *Luna de lobos* y *La lluvia amarilla*", en *Hispanic Journal*, n°.2, 2001.

MARTÍN VEGAS, Rosa Ana. *Análisis de textos literarios de la modernidad española*. Granada: Port-Royal, 2000.

MATE, Reyes. "Lugares de la memoria", en *El País*, 12 de abril, 2004.

MATEO DÍEZ, Luis. *La mano del sueño. Algunas consideraciones sobre el arte narrativo, la imaginación y la memoria*. Madrid: Real Academia Española, 2001.

MUÑOZ MOLINA, Antonio. "El Jazz y La Ficción", en *Revista de Occidente*, vol.66, n°.93, 1989.

MUÑOZ MOLINA, Antonio. "Memoria y ficción", José María Ruiz-Vargas (coord.) *Claves de la memoria*. Madrid: Editorial Trotta, 1997.

MUÑOZ MOLINA, Antonio. *Pura alegría*. Madrid: Alfaguara, 1998.

NAVARRO MARTÍNEZ, Eva. *La nueva novela española en la última década del siglo XX* (Tesis doctoral). Universidad de Ámsterdam, 2002.

NICHOLS, William. "La narración oral, la escritura y los 'lieux de mémoire' en *El lápiz del carpintero* de Manuel Rivas" en Ulrich Winter (ed.) *Lugares de memoria de la Guerra Civil y el franquismo. Representaciones literarias y visuales*. Frankfurt / Madrid: Vervuert/Iberoamericana, 2006.

OAKNIN, Mazal. "La reinscripción del rol de la mujer en la Guerra Civil española: *La voz dormida*", en Espéculo. *Revista de estudios literarios*, n°.43, 2010.

OLEZA SIMÓ, Joan. "Una nueva alianza entre historia y novela. Historia y ficción en el pensamiento literario de fin de siglo", en José Romera, Fernando Gutiérrez, María García-Page (eds.) *La novela histórica a finales del siglo XX*. Madrid: Visor Libros, 1996.

OLMEDO, Virginia. "Dulce Chacón: Las mujeres perdieron la Guerra dos veces", en *Meridiam*, n°.27, 2002.

OLMOS, Ignacio y Nikky Beilholz-Rühle (eds.). *La cultura de la memoria. La memoria histórica en España y Alemania*. Madrid-Frankfurt: Iberoamericana-Vervuert, 2009.

OREJUDO UTRILLA, Antonio (coord.). *En cuarentena: nuevos narradores y críticos a principios del siglo XXI*. Murcia: Universidad de Murcia, 2004.

ORTIZ HERAS, Manuel. "Memoria social de la guerra civil: la memoria de los vencidos, la memoria de la frustración". *Historia Actual Online*, nº 10, 2006.

POZUELO YVANCOS, José María. *Novela española del siglo XXI*. Murcia: Universidad de Murcia, Servicio de Publicaciones, 2014.

RAMOS, R., "Maurice Halbawchs y la memoria colectiva", en *Revista de Occidente*, nº 100, 1989.

RENDUELES, César. "Alberto Méndez. La vida en el cementerio" en *LDNM*, nº.12, 2004.

RICOEUR, Paul. *La lectura del tiempo pasado: memoria y olvido*. Madrid: Arrecife, 1999.

RICOEUR, Paul. *La memoria, la historia, el olvido*. Buenos Aires: Fondo de cultura económica, 2000.

RIDRUEJO, Dionisio. *Escrito en España* (1962). Madrid: Servicio Comercial del Libro. 1976.

RIVAS HERNÁNDEZ, Ascensión. "Memoria y escritura en *El nombre que ahora digo*", en *IXQUIC*, nº 5, febrero 2004, Nueva Zelanda: Universidad de Otago.

ROSSI, Maura. *La memoria transgeneracional: Presencia y persistencia de la guerra civil en la narrativa española contemporánea*, Bern: Peter Lang, 2016.

RUIZ-VARGAS, José María (comp.). *Claves de la memoria*. Madrid: Editorial Trotta, 1997.

RUIZ-VARGAS, José María, *Manual de psicología de la memoria*, Madrid: Editorial Síntesis, 2010.

SÁNCHEZ ZAPATERO, Javier. *Max Aub y la escritura de la memoria*. Valencia: Renacimiento, 2014.

SÁNCHEZ ZAPATERO, Javier. "Escritura autobiográfica y traumas colectivos de la experiencia personal al compromiso universal", en *Revista de literatura*, n°.146, 2011.

SÁNCHEZ ZAPATERO, Javier. "La cultura de la memoria", en *Pliegos de Yuste*. n°.11-12, 2010.

SANTOS, Félix. *Exiliados y emigrados: 1939 - 1999*. Alicante: Biblioteca Virtual Miguel de Cervantes, 2003.

SANZ VILLANUEVA, Santos. *La novela española durante el franquismo: itinerarios de la anormalidad*. Madrid: Gredos, 2010.

SANZ VILLANUEVA, Santos. *Historia de la literatura española. El Siglo XX. Literatura actual*, vol.6/2, Barcelona: Ariel, 1994.

SAVAL, José V. "Simetría y paralelismo en la construcción de *Soldados de Salamina* de Javier Cercas", en *Letras Hispanas: Revista de Literatura y Cultura*, n°.1, 2007.

SEMPRÚN, Jorge. *La escritura o la vida*. Barcelona: Tusquets Editores, 1995.

SILVA, Emilio y MACÍAS, Santiago. *Las fosas de Franco: Los republicanos que el dictador dejó en las cunetas*. Madrid: Ediciones Temas de Hoy, 2003.

SOBEJANO, Gonzalo. "La novela poemática y sus alrededores", en *Novela española contemporánea 1940 - 1995*. Madrid: Mare Nostrum Comunicación, 2003.

SOLDEVILA DURANTE, Ignacio. *Historia de la novela española*

(*1936-2000*). *Vol.I.*, Madrid: Cátedra, 2001.

SOUROUJON, Gaston. "Reflexiones en torno a la relación entre memoria, identidad e imaginación", en *Andamios: revista de investigación social*, vol.8, n°.17, 2011.

SOUTO, Luz Celestina. "Mala gente que camina: De la expropiación a la reconstrucción de la memoria", en *OLIVAR*, n°.16, 2011.

SUÁREZ RODRÍGUEZ, Ma. Antonia. *La mirada y la memoria de Julio Llamazares: paisajes percibidos, paisajes vividos, paisajes borrados*, León: Publicaciones Universidad de León, 2004.

TODOROV, Tzvetan. *Memoria del mal, tentación del bien: indagación sobre el siglo XX*. Barcelona: Península, 2002.

TUSELL, Javier. *Vivir en guerra. Historia ilustrada 1936 - 1939*. Madrid: Sílex, 2003.

VALLINA, Cecilia (ed.). *Crítica del testimonio. Ensayos sobre las relaciones entre memoria y relato*. Rosario: Beatriz Viterbo, 2008.

VALLS, Fernando. "La narrativa de Rafael Chirbes: entre las sombras de la Historia", en *Turia: Revista cultural*, n°.112, 2015.

VAUTHIER, Bénédicte. "Metaficción historiográfica en Isaac Rosa: ficción y ficciones sobre guerra civil y franquismo", en *Revista suiza de literaturas románicas*, n°.3, 2012.

VILANOVA, Antonio. *Novela y sociedad en la España de la posguerra*. Barcelona: Lumen, 1995.

VILLANUEVA, Darío. *Historia y crítica de la literatura española*, vol.9, coord. por Francisco Rico, Barcelona: Editorial Crítica, 1992.

WINTER, Ulrich. *Lugares de memoria de la Guerra Civil y el franquismo. Representaciones literarias y visuales*, Frankfurt / Madrid: Vervuert/Iberoamericana, 2006.

附：当代西班牙内战记忆小说推荐书目

Aldecoa, Josefina. *Historia de una maestra.* Barcelona: Anagrama, 1990.

Azúa, Felix de. *Cambio de bandera.* Barcelona: Anagrama, 1991.

Cercas, Javier. *Soldados de Salamina.* Barcelona: Tusquets, 2001.

— *El monarca de las sombras.* Barcelona: Literatura Random House, 2017.

Cervera, Alfons. *La noche inmóvil.* Barcelona: Montesinos, 1999.

— *Maquis.* Barcelona: Montesinos, 2003.

Chacón, Dulce. *La voz dormida.* Madrid: Alfaguara, 2002.

Chirbes, Rafael. *La larga marcha*, Barcelona: Anagrama, 1996.

— *La caída de madrid*, Barcelona: Anagrama, 2000.

De Toro, Suso. *Hombre sin nombre.* Barcelona: Lumen, 2006.

Ferrero, Jesús. *Las Trece Rosas.* Madrid: Siruela, 2003.

Galván, Francisco. *Cuando el cielo se caiga.* Sevilla: Algaida, 2003.

Grandes, Almudena. *El corazón helado.* Barcelona: Tusquets, 2003.

— *Inés y la alegría.* Tuesquets. 2010.

Gimenez Barlett. Alicia. *Donde nadie te encuentre.* Barcelona: Destino, 2011.

Lago, Eduardo. *Llámame Brooklyn.* Barcelona: Destino, 2006.

Llamazares, Julio. *Luna de lobos.* Barcelona: Seix Barral, 1994.

Molina Foix, Vicente. *El abrecartas.* Barcelona: Anagrama, 2006.

Marías, Javier. *Tu rostro mañana.*

— *I. Fiebre y lanza.* Madrid: Alfaguara, 2002;

— *II. Baile y sueño.* Madrid: Alfaguara, 2004.

— *III. Veneno y sombra y adiós.* Madrid: Alfaguara, 2006.

Martínez, Manuel. *La enfermera de Brunete.* Barcelona: Seix Barral, 2006.

Martínez de Pisón, Ignacio. *Enterrar a los muertos.* Barcelona: Seix Barral, 2006.

Mateo Díez, Luis. *Fantasmas del invierno.* Madrid: Alfaguara, 2004.

Méndez, Alberto. *Los girasoles ciegos.* Barcelona: Anagrama, 2004.

Merino, José María. *El heredero*, Madrid: Santillana, 2004.

— *La sima.* Barcelona: Seix Barral, 2009.

Montero, Rosa. *La hija del Caníbal.* Madrid: Espasa Calpe, 1998.

Muñoz Molina, Antonio. *El jinete polaco.* Barcelona: Editorial Planeta, 1991.

— *La noche de los tiempos.* Barcelona: Seix Barral, 2009.

Pedro, Corral. *La ciudad de arena.* Barcelona: Aleph Editores, 2009.

Prado, Benjamín. *Mala gente que camina.* Madrid: Alfaguara, 2006.

Rivas, Manuel. *¿Qué me quieres, amor?* Madrid: Alfaguara, 1996.

— *El lápiz del carpintero.* Madrid: Alfaguara, 1998.

Riverola, Emma. *Cartas desde la ausencia.* Barcelona: Seix Barral, 2008.

Rosa, Isaac. *El vano ayer.* Barcelona: Seix Barral, 2004.

— *¡Otra maldita novela sobre la guerra civil!* Barcelona: Seix Barral, 2007.

Silva, Lorenzo. *Carta Blanca*. Madrid: Espasa Calpe, 2004.

Soler, Antonio. *El nombre que ahora digo*. Madrid: Espasa Calpe, 1999.

Soler, Jordi. *Los rojos de ultramar*. Madrid: Alfaguara, 2004.

Trapiello, Andrés. *Días y noches*, Madrid: Espasa Calpe, 2000.

— *Ayer no más*. Barcelona: Destino, 2012.

Zúñiga, Juan Eduardo. *Capital de la gloria*. Madrid: Cátedra, 2003.

后 记

  从初次接触西班牙语到开始从事与西班牙文学相关的研究,于我而言皆为偶然。正如2016年我在博士论文答辩时对答辩委员会陈述的那样:"是西语选择了我,对于这场命运安排的奇妙旅程,我始终心怀感激。"

  这本专著的缘起亦为偶然。

  我在萨拉曼卡大学撰写博士论文,研究对象是西班牙当代作家安东尼奥·索列尔,在读完了他的所有作品后,我决定以"回忆"为关键词打开这位马拉加作家的艺术世界。就这样,通过他当时最知名的小说《我现在诉说的名字》,我接触到了关于西班牙内战的记忆。又因为阅读关于内战的文献,我发现了不断被引用和提及的《萨拉米斯士兵》。很容易地,我就在萨大图书馆借到了这本薄薄的小说,一个下午的时间,在二楼靠窗的桌前,我追随着记者塞尔卡斯的脚步,共同完成了一场对历史的体验和对英雄的探寻。当读到米拉耶斯说:"他们是那样的年轻……然而所有人都死了,都死了,所有人。他们当中没有一个人品尝过生活的美好:找个姑娘结婚,生一个可爱的孩子,然后在一个阳光明媚的星期天的早晨,孩子爬上爸爸妈妈的床,躺进父母的怀里……"时,我早已泪眼潸然,心有戚戚。于是,仿佛被撬开了一角的记忆之岛,那些被遮蔽、被改写甚至被扭曲的记忆碎片迸发而出,不由分说地将我吸引进它富丽而幽暗的巨大声场。

  我时而将双眼凑近《我现在诉说的名字》中的少年古斯塔沃·辛托拉破碎模糊的镜片,和他一起恐惧困惑,惆怅迷惘;时而俯在《沉睡的声音》中欧尔滕霞的肩头,看她在狭窄逼仄的囹圄中又匆忙记录下哪些生命瞬间;有时,我又仿佛和《月色狼影》中的安赫尔一起藏身于冬天的山毛榉树林,奋力地往山下张望,紧张得能听见自己的心跳……我无法忘记自己如何在《盲目的向日葵》的第一个故事中反复疑惑徘徊,不明白为何后勤官阿莱格利亚要在国民军获胜的前一天临时倒戈,结果被双方皆视为叛徒和罪犯;我感怀于那个在硝烟弥漫、枪林弹雨的战火中,紧握着一名生命垂危的士兵的手,呼喊着他的名字直到其死去的中尉——波尔图·利马;我亦无法从脑中轻易挥去《波兰骑士》中那个在 1936 年的夏夜,凭一己之力粉碎了狂热的叛乱者的阴谋,毫不犹豫地宣誓效忠共和国的加拉斯少校……

应当说,我关于西班牙内战的一切了解、认知和理解都是通过这些叙事作品而逐渐拼凑完成的。我感受到这一代知识分子如何在皈依与反叛,感性与理性,撕裂与重建之间不断尝试,在语言的空间中用回忆对抗遗忘,用记忆不断触碰历史的"真实",而他们的反思与审视又不局限于其民族自身,而是从普遍意义上对战争的罪恶予以揭示与控诉。我于是也想要书写,见证这一切的见证。非常幸运地,我以"当代西班牙内战小说研究"为题申请到了国家社会科学基金的青年项目。此后五年,我从南京到西班牙,再到上海,步履未停,思考未止,感怀未尽。

如今,这一见证的成果即将付梓,它是我对于历史、记忆、文学的思考,也是我对二十多年前那场美丽相遇的回望与告慰。

在此,感谢这一路上无数前辈给予的指导与帮助,感谢亲人、挚友、同事的支持与鼓励。感谢本书的编辑杜怡顺老师的耐心与专业。最后,感谢我的家人——我的父母、先生与孩子对我长久以来的包容、信任与无私的爱。你们是我前进的力量和所有快乐与希望的源泉。

2022 年 11 月 6 日
上海

图书在版编目(CIP)数据

诗性正义:当代西班牙内战小说中的历史与记忆/邹萍著.—上海:复旦大学出版社,2023.5
ISBN 978-7-309-16701-6

Ⅰ.①诗… Ⅱ.①邹… Ⅲ.①小说研究-西班牙-现代 Ⅳ.①I551.074

中国国家版本馆 CIP 数据核字(2023)第 015016 号

诗性正义:当代西班牙内战小说中的历史与记忆
邹 萍 著
责任编辑/杜怡顺

复旦大学出版社有限公司出版发行
上海市国权路 579 号 邮编:200433
网址:fupnet@fudanpress.com http://www.fudanpress.com
门市零售:86-21-65102580   团体订购:86-21-65104505
出版部电话:86-21-65642845
上海四维数字图文有限公司

开本 890×1240 1/32 印张 11.125 字数 268 千
2023 年 5 月第 1 版
2023 年 5 月第 1 版第 1 次印刷

ISBN 978-7-309-16701-6/I·1348
定价:58.00 元

如有印装质量问题,请向复旦大学出版社有限公司出版部调换。
版权所有 侵权必究